A PRÁTICA DA CRÍTICA LITERÁRIA

A PRÁTICA DA CRÍTICA LITERÁRIA

I. A. Richards

Tradução
ALMIRO PISETTA
LENITA MARIA RÍMOLI ESTEVES

Martins Fontes
São Paulo 1997

Este livro foi publicado originalmente em inglês
com o título PRACTICAL CRITICISM
por Routledge & Kegan Paul, Londres, em 1929.

1ª edição
março de 1997

Tradução
ALMIRO PISETTA
LENITA MARIA RÍMOLI ESTEVES

Revisão da tradução
Waldéa Barcellos
Preparação do original
Vadim Valentinovitch Nikitin
Revisão gráfica
Maria Cecilia de Moura Madarás
Ana Maria de Oliveira Mendes Barbosa
Produção gráfica
Geraldo Alves
Paginação/Fotolitos
Studio 3 Desenvolvimento Editorial

Capa
Katia Harumi Terasaka

Dados Internacionais de Catalogação na Publicação (CIP)
(Câmara Brasileira do Livro, SP, Brasil)

Richards, I. A.
A prática da crítica literária / I. A. Richards ; tradução Almiro Pisetta, Lenita Maria Rímoli Esteves. – São Paulo : Martins Fontes, 1997. – (Ensino Superior).

Título original: Practical criticism.
ISBN 85-336-0582-X

1. Crítica literária 2. Literatura – História e crítica 3. Poesia – História e crítica I. Título. II. Série.

97-0591 CDD-801.95

Índices para catálogo sistemático:
1. Crítica literária 801.95

A meus colaboradores,
quer seu trabalho apareça nestas páginas, quer não.

Sumário

Prefácio XV

PARTE I

INTRODUÇÃO

As condições do experimento; suas finalidades; trabalho de campo em ideologia comparativa, 6 A teoria da interpretação, 8 Navegação intelectual e emocional, 9 Princípios críticos: a indemonstrabilidade dos valores, 10 As dez dificuldades da crítica, 11-4

PARTE II

DOCUMENTAÇÃO

Poema 1 18

Doutrina em poesia. Sua expressão, 19 Pensamentos nobres, 20 Movimentos da métrica, 21 Pensamentos frouxos, 21 Verdade: percepção temporal, 22 Impertinências mnemônicas: eternidade, socialismo, coração, 24 Linguajar americano: "trechinho inspirado", 26 Sugestão como um apaixonar-se, 26

Poema 2 28

Rimando, 30 Outros testes para a poesia, 31 "Mensagens", 33 Pruridos morais, 33 Interpretações, 34 Correspondências de som e sentido, 35 Jardinagem japonesa, 36

Poema 3 38

Entendimento errado, 39 Reação anti-religiosa, 40 Respostas de estoque e métrica, 41 Objeções morais, 42 Pressupostos técnicos e interpretações arbitrárias, 43 O som isolado: quadros em poesia, 45 Combinação imprópria de metáfora, 46

Poema 4 48

Prismas mentais, 49 Comida de Pedro, veneno de Paulo, 50 A correspondência de forma e conteúdo, 51 Personalidades alternadas, 52 "Diferença de gosto", 53 O ritmo atribuído, 54 Respostas de estoque, 56

Poema 5 58

Obscuridade, 59 Incoerência em poesia, 60 Um pensamento esplêndido impossível de captar, 61 A "atmosfera de abordagem", 62 Timidez, 63 Beleza imortal, 64 O assunto de estoque, 65 Crenças em poesia, 66 Truques de estilo, 68 Forma do soneto, 70 Incapacidade de interpretação, 72 Sinceridade e data, 72 Ressonâncias vazias, 73

Poema 6 76

Divisão mental, 77 Leituras alternativas, 78 Incompreensão absoluta, 81 Desculpas, 82 A "constelação familiar", 83 Análise, 85

Poema 7 88

Preconceitos de mão dupla, 89 Sinceridade, 90 "Antropopatias", 91 O sentimento de catedral, 92 Sentenciosidade,

93 Elevação, 94 Unidade e associações, 96 Poesia sobre a natureza, 97

Poema 8 98

Sentimentalismo e náusea, 99 Música em poesia, 100 Metáfora, 101 Canções populares, 102 Preconceitos, 103 Ritmos de estoque, 104 Forma do verso, 105 Rigor da leitura, 106 "Tremendo risco de sentimentalismo", 107 Desleixo *x* insinceridade, 108 A luta para a aceitação, 108 Poesia particular, 109

Poema 9 112

Poesia de ocasião, 113 Impertinências: realeza, 114 republicanismo, 115 O problema da bebida, 116 Assunto e movimento: eficiência comunicativa, 118 Cor, 119 Jovialidade, 120 Metáfora, 121 Drama, 121 Um problema de respostas de estoque, 123

Poema 10 124

Influências mnemônicas, 127 Visualização, 128 Imagens desagradáveis, 129 Inumanidade, 130 Pressupostos técnicos: palavras feias e delicadas, 130 Cacofonia, 131 Onomatopéia, 132 Movimento representado, 132 Prosaísmos, 133 Romantismo, 134 Absurdo, 135 Mudança de tom, 136 Moralismo superficial, 138

Poema 11 140

Êxtase, 141 Emoção pessoal, 142 Expectativas ilícitas, 142 Lógica, 143 Obscuridade, 143 Dicção poética, 144 Lixo forçado, 145 Nudez e sanidade equilibrada, 146 O tipo intermediário de escrita, 147

Poema 12 148

Nuvens estrondosas, 149 Simbolistas, 149 "Cristalização": apaixonar-se, 150 Antropopatia, 151 Poesia do químico, 152 Regras de versificação, 152 Movimento hipnótico, 154 Leitura em transe, 155

Poema 13 156

Função dupla das respostas de estoque, 157 Morte, a niveladora, 158 "*O que* foi caridade cristã?" 159 O mistério dos escravos, 160 Conjecturas, 161 O problema do monumento, 162 A maleta de Joanna Southcott, 163 Sentimentalismo despudorado, 164 Versificação, 165 Sentido e som, 166 Clichês carolas, 167 "Rude" em que sentido? 167 Solenidade vazia, 168 Urbanismo, 169 Humor, 169

PARTE III

ANÁLISE

Capítulo 1 – **Os quatro tipos de significado** 173

As dez dificuldades da crítica. A dificuldade fundamental: entendimento do significado, 174 Quatro aspectos do significado: sentido, sentimento, tom e intenção, 174 Subordinações relativas dos aspectos: em textos científicos, 176; em textos de divulgação, 177; em discursos políticos, 177; na conversação, 178 Declarações em poesia, 179 Crítica emotiva, 180

Capítulo 2 – **Linguagem figurada** 181

Causa de entendimento errôneo, 181 A confusão da métrica, 182 Leitura intuitiva *versus* leitura demasiado literal, 183 Literalidade e metáfora, 184 Liberdade poética, 185 Combinações de metáforas, 187 Personificação, 188; razões da, 189; vantagens da, 190 perigo da, 191 Comparações críticas, 191 A diversidade de objetivos na poesia, 192

Capítulo 3 – **Sentido e sentimento** 195

Interferências entre tipos de significados, 195 Tom em poesia, 196; como um indício do "sentido de proporção", 197 Sentido e sentimento: três tipos de inter-relação, 199 A influência do contexto, 200; exercida de duas maneiras: diretamente entre sentimentos, indiretamente através do sentido, 201 Apreensão pré-analítica, 202 Métodos para melhorar a apreensão, 204 Meios verbais de análise de sentido e sentimento, 204 O dicionário, 205 Técnica para a definição de sentido, 206 Nossa relativa impotência em relação ao sentimento 207 Adjetivos projetáveis, 207 Metáfora: metáforas do sentido e metáforas emotivas, 208 Possibilidades de treinamento, 209

Capítulo 4 – **Forma poética** 211

Dificuldade de apreensão da forma decorrente em parte de suposições falsas, 211 O mito da regularidade, 212 Variação de uma norma, 213 Mas o ritmo vai mais fundo do que o ouvido, 213 Ritmo inerente e ritmo atribuído, 214 Ritmo inerente como um esqueleto necessário e importante, 214 Mal causado pelo mito da regularidade e pela noção de independência, 215 O perigo de ignorar o som, 217 Leitura em voz alta, 217

Capítulo 5 – **Associações impertinentes e Respostas de Estoque** 219

Imagens extravagantes, 219 Visualizadores, 220 Impertinência em geral, 221 Associações com outros poemas, 221 A situação pessoal do leitor, 222 Respostas de estoque: sua onipresença, 223 Sua utilidade, 223 Demarcação de seu campo apropriado, 224 Como sistemas de energia, 225 Como agentes de distorção, 225 Como razão para queixas contra a variação, 226 A resposta de estoque como o poema em si, 226 Popularidade decorrente, 227 Repostas de estoque boas e ruins: suas origens, 227 Afastamento da experiência por privação, desastre moral, convenção, intelectualismo, 227 Perda na transmissão de idéias, 229 Noções caseiras e gênio, 230 E idiotice, 231 O poeta e idéias de estoque, 233

Capítulo 6 – **Sentimentalismo e inibição** 235

"Sentimental" como gesto ofensivo, 235 Como expressão de pensamento vago, 236 Como expressão de pensamento preciso: facilidade excessiva de emoção, 236; como equivalente de "cru", 237; como derivado de "sentimento", 238 Sentimentos, 239 Sua demasiada insistência e distorção, 240 Definição de "sentimental" no terceiro sentido, 240 Sentimentalismo nos leitores e na poesia, 240 Causas de, 241 Assunto e tratamento, 242 A justificativa da resposta, 242 Metáforas convencionais e sentimentalismo, 243 Emoções autógenas, 244 Inibição como complemento do sentimentalismo, 245 Necessidade de, 246 Causas de, 246 Cura de, 247

Capítulo 7 – **Doutrina em poesia** 249

Oposição entre as crenças dos poetas e dos leitores, 249 Igual dificuldade para saber se uma crença é importante ou não, 250 Insuficiência da solução da "ficção poética", 251 Suposições: intelectuais e emocionais, 252 Distinção entre elas, 252 "Justificativa" para cada tipo, 253 Lógica e escolha, 254 Ajuste de reivindicações emocionais e intelectuais, 254 Aparência de sinceridade, 255 Sinceridade como ausência de auto-ilusão, 256 Como genuinidade, 257 Espontaneidade e sofisticação, 257 Sinceridade como auto-realização, 259 Dependente de uma necessidade fundamental, 260 Sinceridade e intuição, 261 Aperfeiçoamento da sinceridade, 263 Poesia como exercício de sinceridade, 264

Capítulo 8 – **Pressupostos técnicos e preconceitos críticos** ... 265

Nossas expectativas em relação à poesia, 265 Confusões entre meios e fins, 266 Estimuladas pela linguagem da crítica, 266 O erro da somatória dos detalhes, 267 Nenhuma teoria crítica é *imediatamente* útil, 268 Exemplos: os testes do assunto e da mensagem, 269 A busca da "cadência", 269 Dogmas críticos como superstições primitivas, 271 Sua duplicidade, 271 A desqualificação do julgamento, 272 A regra da escolha, 272 Princípios apenas protetores, 273 Infalibilidade crítica, 274

PARTE IV

RESUMO E RECOMENDAÇÕES

I. **Cultura nos protocolos** 280-287

§ 1. Situação dos comentaristas. § 2. Imaturidade. § 3. Falta de leitura. § 4. Interpretação. § 5. Respostas de estoque. § 6. Preconcepções. § 7. Perplexidade. § 8. Autoridade. § 9. Variabilidade. § 10. Valores gerais.

II. **Os serviços da psicologia** 287-295

§ 11. Abuso da psicologia. § 12. Profanação. § 13. Discurso prudente. §14. Entendimento. § 15. Confusões. § 16. Mais dissecação. § 17. Ordem.

III. **Sugestões de remédio** 295-306

§ 18. O ensino do inglês. § 19. Sugestões práticas. § 20. O declínio da fala. § 21. Prosa. § 22. Nevoeiro crítico. § 23. Subjetividade. § 24. Humildade.

Apêndice A 307

1. Notas adicionais sobre o significado. 2. Intenção. 3. Adjetivos estéticos. 4. Ritmos e Estudo da Versificação. 5. Imagens visuais.

Apêndice B 319

A popularidade relativa dos poemas.

Apêndice C 321

A autoria dos poemas.

Recomenda-se ao leitor que não consulte esse Apêndice antes de ter concluído a leitura da Parte II.

Notas 323
Índice onomástico 337

Prefácio

Não foi fácil encontrar uma disposição adequada para as partes deste livro. Creio que um leitor benévolo logo descobrirá a razão. Quem estiver curioso para saber os motivos que me levaram a escrever o livro saciará mais do que depressa a curiosidade se começar por um exame da Parte IV, que na verdade poderia ter sido usada como Introdução.

A extensão da Parte II, e uma certa monotonia inevitável, pode revelar-se um estorvo. Todavia, incluí nela muito pouco que não volte a discutir na Parte III, e não é necessário que seja lida em detalhe e na ordem em que aparece aqui. Um leitor impaciente poderá, sem cometer imprudência, passar logo adiante minhas tentativas de elucidação, voltando para consultar os fatos quando desejar um contato renovado com eles.

Os últimos capítulos da Parte III provarão ter interesse mais geral do que os primeiros.

Sou imensamente grato aos autores vivos de alguns poemas utilizados, por terem permitido que os imprimisse; tal permissão, em vista das condições especiais da experiência, atesta grande generosidade de espírito. Meu objetivo exigiu alguns poemas contemporâneos, para evitar as perplexidades que estilos de épocas definidas causariam neste trabalho. Ao fazer a seleção, porém, não tinha a princípio intenção de publicá-los. O interesse do material fornecido por meus comentaristas e o desejo de que fosse representado o maior número possível de tipos de poemas foram as únicas razões de minha escolha.

Mas, pelos casos em que não consegui formar um alto conceito sobre as obras, devo pedir desculpas aos autores e apresentar como escusa um motivo que nos é comum – o avanço da poesia.

Minha gratidão devo também dirigir aos editores desses poemas. Agradecimentos em detalhe encontram-se no Apêndice C, onde, na medida do possível, procurei particularidades sobre os autores e as datas dos poemas. Por razões óbvias, o interesse destas páginas será ampliado se o leitor não tomar conhecimento da autoria dos poemas antes de formular suas próprias opiniões sobre eles e submetê-las ao teste da comparação com as numerosas opiniões aqui transcritas. Por isso, sinceramente aconselho o leitor a não consultar o Apêndice C até um estágio adiantado da leitura.

I. A. R.

Cambridge,
Abril de 1929.

PARTE I

Introdução

Introdução

Estabeleci três objetivos ao elaborar este livro. Primeiro, apresentar um novo tipo de documentação aos interessados na situação atual da cultura, quer como críticos, filósofos, professores, psicólogos, quer simplesmente como curiosos. Segundo, oferecer uma nova técnica aos que desejam descobrir por si próprios o que pensam e sentem a respeito da poesia (e assuntos correlatos) e por que deveriam gostar ou desgostar dela. Terceiro, preparar o caminho para métodos educacionais mais eficientes do que os que atualmente utilizamos para desenvolver a discriminação e a capacidade de compreender o que ouvimos ou lemos.

Para o primeiro objetivo usei inúmeras citações extraídas do material que pude recolher como Professor-Adjunto em Cambridge e em outros lugares. Durante alguns anos tive a experiência de distribuir poemas impressos em folhas avulsas – de natureza que variava desde um poema de Shakespeare até outro de Ella Wheeler Wilcox – para turmas às quais solicitava que os comentassem livremente por escrito. A autoria dos poemas não era revelada e, com raras exceções, não era reconhecida.

Depois de um intervalo de uma semana, eu recolhia os comentários, tomando certas precauções óbvias para preservar o anonimato dos seus autores, já que apenas através do anonimato seria possível garantir aos comentaristas completa liberdade para a expressão de suas opiniões genuínas. Tomava cuidado especial para evitar influenciá-los a favor ou contra qualquer um dos poemas. Quatro poemas eram distribuídos de cada vez em grupos que são mostrados no Apêndice, onde se encontram os poemas que aqui estou utilizando. Por via de regra, sugeria que eles talvez formassem um conjunto heterogêneo, mas minha interferência não ia além disso. Na semana seguinte, lecionava baseando-me em parte nos poemas, mas muito mais nos comentários, ou protocolos, como costumo chamá-los.

Muito espanto, tanto para os autores dos protocolos, quanto para o Professor, resultou desse procedimento. As opiniões manifestadas não foram formuladas de modo leviano ou como resultado de uma única leitura dos poemas. Como medida de sugestão indireta, pedi a cada um dos comentaristas que anotasse em seu protocolo o número de "leituras" de cada poema. As várias leituras atentas de uma sessão deviam contar como uma só "leitura", contanto que suscitassem e sustentassem o desenvolvimento de uma única reação ao poema ou então não conduzissem a reação alguma, deixando o leitor sem nada, a não ser as palavras nuas no papel diante de si. Essa descrição de uma "leitura" foi, acredito, bem compreendida. Donde se conclui que leitores que registraram dez ou doze leituras dedicaram uma quantidade considerável de tempo e energia à sua empreitada crítica. Poucos comentaristas atacaram qualquer dos poemas menos de quatro vezes. No geral, podemos afirmar com muita segurança que os poemas foram objeto de estudo mais minucioso do que, digamos, qualquer texto poético de antologia durante um curso comum. E é desse estudo minucioso, motivado pelo desejo de se chegar a alguma opinião definida, e do tempo de uma semana inteira concedido para o trabalho, que esses protocolos derivam sua importância.

A situação dos comentaristas deve ficar clara. Eram na maioria alunos de graduação que estudavam literatura de língua inglesa com o intuito de se graduarem no Quadro de Honra. Um bom número deles cursava outras matérias, mas não há razão para supor que se diferenciassem por esse motivo em qualquer aspecto essencial. Havia um número pequeno de graduados e alguns não-acadêmicos. Homens e mulheres estavam provavelmente representados em números quase iguais, e no que se segue, portanto, deve-se ler "ele" como equivalente a "ele ou ela". Não era obrigatório entregar os protocolos. Aqueles que se deram o trabalho de escrevê-los – cerca de sessenta por cento – foram presumivelmente impelidos por um interesse acima do normal por poesia. A partir de comparações que pude fazer com protocolos fornecidos por turmas de outros tipos, não vejo razão nenhuma para pensar que um padrão mais alto de discernimento crítico possa ser facilmente encontrado nas condições culturais da atualidade. Sem dúvida, se se pudesse isolar a Sociedade Real de Literatura ou a Comissão Acadêmica da Associação de Inglês, só para se fazer uma experiência, seria possível esperar maior uniformidade nos comentários ou pelo menos em seu estilo, e uma abordagem mais cautelosa no que se refere aos perigos do teste. Mas, a respeito de assuntos igualmente essenciais, ainda poderiam surgir ocasiões para surpresa. As condições precisas desse teste não se repetem em nosso relacionamento com a literatura no dia-a-dia. Até os resenhadores de poesia nova dispõem, por via de regra, de um corpo considerável da produção do autor no qual basear seus julgamentos. E são freqüentes as queixas dos editores sobre a dificuldade de se conseguirem boas resenhas. Os próprios editores não serão os últimos a concordar comigo quanto à dificuldade de se julgar poesia sem uma pista sobre sua proveniência.

Basta, por enquanto, a respeito da documentação deste livro. Meu segundo objetivo é mais ambicioso e requer maior explicação. Ele faz parte de um esforço amplo no sentido de modificar nosso procedimento em certas formas de investigação. Há disciplinas – matemática, física e algumas das ciências descritivas – que podem ser discutidas em termos de fatos verificáveis e hipóteses precisas. Há outras disciplinas – as questões concretas do comércio, do direito, da organização e do trabalho policial – que podem ser abordadas com regras práticas e convenções de aceitação em geral. No espaço intermediário, porém, há um vasto *corpus* de problemas, pressupostos, elucubrações, ficções, preconceitos, dogmas; a esfera de crenças aleatórias e conjecturas almejadas; em suma, tudo o que compõe o mundo de opiniões abstratas e disputas sobre questões de sensibilidade. A esse mundo pertence tudo aquilo com que o homem civilizado mais se preocupa. Para tornar isso patente, basta apenas citar como exemplos a ética, a metafísica, a moral, a religião, a estética e as discussões em torno de temas como liberdade, nacionalidade, justiça, amor, verdade, fé e conhecimento. Como assunto para discussão, a poesia ocupa uma posição central e típica neste nosso mundo. Isso acontece tanto por sua própria natureza quanto pelo tipo de discussão com que tradicionalmente se associa. Ela serve, portanto, como uma *isca* perfeitamente adequada para quem deseja fisgar as opiniões e reações correntes nesse campo intermediário, com o intuito de examiná-las, compará-las e promover o avanço de nosso conhecimento do que se pode chamar de história natural das opiniões e sentimentos humanos.

Em parte, portanto, este livro é o registro de um trabalho de campo em ideologia comparada. Entretanto, espero não apenas apresentar uma coleção instrutiva e atual de opiniões, pressuposições, teorias, crenças, reações e tudo o mais, mas também fazer algumas sugestões para um melhor controle desses esquivos componentes de nossas vidas. O modo pelo qual espero conseguir isso pode ser delineado apenas sucintamente a esta altura.

Há duas maneiras de interpretar quase tudo o que se diz.

Sempre que ouvimos ou lemos qualquer opinião que não seja por demais absurda, uma tendência tão forte e tão automática que deve ter-se formado juntamente com nossos primeiros hábitos de fala nos leva a considerar *o que aparentemente se diz* em vez das *operações mentais* da pessoa que o disse. Se o falante for um mentiroso reconhecido e manifesto, essa tendência é, naturalmente, embargada. Ignoramos então o que ele disse e preferimos voltar nossa atenção para os motivos ou mecanismos que o levaram a dizer aquilo. No entanto, por via de regra, imediatamente tentamos considerar os objetos que suas palavras parecem representar e não os processos mentais que o conduziram a usar as palavras. Dizemos que "seguimos seu raciocínio" e queremos dizer não que acompanhamos o que aconteceu em sua mente, mas apenas que percorremos a linha do pensamento que parece terminar onde terminou. De fato, estamos tão ansiosos por descobrir se concordamos ou não com o que está sendo dito que fazemos vista grossa à mente que o diz, a menos que alguma circunstância muito especial nos faça refletir.

Observe agora o modo de analisar a fala próprio do alienista que tenta "seguir" os delírios maníacos ou as divagações oníricas de um neurótico. Não estou sugerindo que nos deveríamos tratar um ao outro como verdadeiros "casos mentais"[1] mas simplesmente que, para certos assuntos e certos tipos de discussão, a atitude do alienista, o direcionamento de sua atenção, sua organização ou plano de interpretação são muito mais frutíferos e conduziriam a um melhor entendimento dos dois lados da discussão do que nosso método costumeiro imposto pelos hábitos de linguagem. Isso porque as mentes normais podem ser "seguidas" mais facilmente do que as doentias e mais se pode aprender adotando-se a atitude do psicólogo em situações comuns de fala do que no estudo de aberrações.

É muito estranho que não tenhamos meios verbais simples para descrever essas duas espécies diferentes de "significado". Deveríamos ter à disposição algum recurso tão inequívoco como os sinais *up* ou *down* numa ferrovia. Mas não existe nenhum. É necessário que em seu lugar se empreguem perífrases psicológicas pedantes e desajeitadas. Eu, porém, vou tentar usar consistentemente um recurso de linguagem taquigráfica. Ao lidar com as pilhas de material fornecido pelos protocolos, vou utilizar o termo "asserção" para aqueles enunciados cujo "significado", no sentido do que eles *dizem* ou pretendem dizer, é o principal objeto de interesse. Vou reservar o termo "expressão" para aqueles enunciados nos quais são as operações mentais dos comentaristas que devem ser consideradas.

Quando se percebe todo o alcance dessa distinção, o estudo da crítica assume um novo significado. Mas a distinção não é fácil na prática. Até a resolução mais firme sofre constantes derrotas, tal a força de nossos hábitos arraigados de linguagem. Quando nos deparamos com pontos de vista que parecem conflitar com os nossos, o impulso de refutá-los, combatê-los ou reelaborá-los, em vez de investigá-los, é quase irresistível. Assim, a história da crítica[2], como a história de todas as disciplinas intermediárias mencionadas anteriormente, é uma história de dogmatismo e argumentação, em vez de uma história de pesquisa. E, como acontece com todas as histórias semelhantes, a lição principal que nos é ensinada é a da futilidade de toda argumentação que precede o entendimento. Não podemos atacar com proveito nenhuma opinião sem ter antes descoberto o que ela expressa e o que ela afirma; e devemos admitir que nossa técnica atual para investigar opiniões, no caso de todas essas disciplinas intermediárias, é lamentavelmente inadequada.

Portanto, o segundo objetivo deste livro é melhorar essa técnica. Teremos a nossa frente algumas centenas de opiniões sobre aspectos específicos da poesia, e os próprios poemas servem de ajuda para examiná-las. Teremos a grande vantagem de poder comparar muitas opiniões extremamente diferentes sobre o mesmo ponto. Poderemos estudar o que se poderia considerar a mesma opinião em diferentes estágios de desenvolvimento, uma vez que originados de mentes diferentes. E mais, poderemos em muitos casos ver o que acontece com certa opinião quando aplicada a um detalhe diferente ou a um outro poema.

O efeito de tudo isso é notável. Quando a primeira sensação de desnorteamento e perplexidade se desfaz, o que logo acontece, é como se estivéssemos passeando por dentro e por fora de uma construção que antes só podíamos ver a partir de um ou dois distantes postos de observação. Chegamos a um entendimento muito mais profundo tanto do poema como das opiniões que ele provoca[3]. Podemos esboçar um certo tipo de esquema das abordagens mais comuns e descobrir o que esperar quando um novo assunto, um novo poema, entra em discussão.

Apreciaria muitíssimo que este livro fosse considerado como um passo na direção de outro tipo de ensino e técnica de discussão. Se quisermos começar a entender metade das opiniões que aparecem nos protocolos, precisaremos de muita flexibilidade mental. E, no decurso de nossas comparações, interpretações e extrapolações, tornar-se-á aparente algo semelhante a um esboço dos modos pelos quais as prováveis ambigüidades de qualquer termo dado ou fórmula de opinião possam se irradiar. A esperança de uma nova técnica para discussão consiste no seguinte: que o estudo das ambigüidades de um termo auxilie na elucidação de outro. Rastrear os significados de "sentimentalismo", "verdade", "sinceridade" ou mesmo de "significado", conforme esses termos são usados na crítica, pode nos auxiliar no caso de outras palavras usadas em outros tópicos. A ambigüidade é de fato sistemática; os sentidos separados que uma palavra possa ter estão relacionados entre si, se não com o mesmo rigor dos vários aspectos de uma construção, pelo menos numa proporção notável. Pode-se elaborar algo comparável a uma "perspectiva" que irá incluir e nos permitirá controlar e "localizar" os significados rivais que nos desnorteiam numa discussão e não permitem que um perceba o que o outro pensa. Talvez todas as inteligências que alguma vez refletiram sobre esse assunto concordem que seja assim mesmo. Todos concordam mas ninguém pesquisa o tema, embora se trate de um caso em que até o menor passo adiante afeta toda a vanguarda humana do pensamento e da reflexão.

O instrumento indispensável para essa investigação é a psicologia. Quero ansiosamente responder, na medida do possível, à objeção que alguns dentre os melhores psicólogos possam levantar, segundo a qual os protocolos não apresentam evidência suficiente para que realmente possamos descobrir os motivos de seus autores e, portanto, toda a investigação é superficial. Mas o *começo* de todas as pesquisas deveria ser superficial, e descobrir algo para investigar que seja acessível e isolável é uma das principais dificuldades da psicologia. Acredito que o principal mérito da experiência aqui realizada está no fato de nos proporcionar isso. Se eu tivesse desejado sondar as profundezas do Inconsciente desses comentaristas, onde – concordo plenamente – seriam detectados os verdadeiros motivos de suas simpatias e antipatias, teria arquitetado algo semelhante a um ramo da técnica psicanalítica com aquele propósito. Estava claro, porém, que pouco progrediríamos se tentássemos afundar demais o arado. Todavia, mesmo procedendo como fizemos, uma quantidade suficiente de material estranho foi revolvida.

Depois de tais explicações, o leitor estará preparado para encontrar nestas páginas pouca argumentação, mas muita análise, muito esforço bastánte intenso no sentido de mudar nossos fundamentos e muita navegação bastante complexa. A navegação – a arte de saber onde estamos não importa para onde possamos estar indo, na qualidade de viajantes da mente – é de fato o assunto principal deste livro. Discutir poesia e as maneiras pelas quais podemos abordá-la, apreciá-la e julgá-la é, naturalmente, seu objetivo principal. Mas a própria poesia é um modo de comunicação. O que ela comunica, como o faz e o valor do que é comunicado constituem o assunto da crítica. Segue-se que a própria crítica é, em grande parte, embora não completamente, um exercício de navegação. Causa então muito mais surpresa que ainda não se tenha escrito nenhum tratado sobre a arte e ciência da navegação emocional e intelectual; pois a lógica, que aparentemente poderia cobrir parte desse campo, na verdade quase não o toca.

Dizer que o único objetivo de todos os esforços críticos, de toda interpretação, apreciação, exortação, louvor ou achincalhamento, é o aperfeiçoamento da comunicação pode parecer um exagero. Mas na prática é isso mesmo. Todo o aparato de regras e princípios críticos é um meio para se conseguir uma comunicação mais refinada, mais precisa e mais discriminatória. Existe, é verdade, o lado da avaliação na crítica. Depois que resolvemos, completamente, o problema da comunicação, depois que apreendemos, perfeitamente, a experiência, a *condição mental* pertinente ao poema, ainda nos resta julgá-lo e decidir sobre seu valor. Mas essa última questão quase sempre se resolve sozinha; ou melhor, nossa própria natureza mais íntima e a natureza do mundo em que vivemos decidem por nós. Nosso principal esforço deve ser o de apreender a condição mental pertinente e depois esperar para ver o que acontece. Se não soubermos então decidir se o poema é bom ou ruim, será duvidoso que quaisquer princípios, por mais refinados e sutis, possam nos ajudar muito. Se não tivermos a capacidade de apreender a experiência, eles não nos poderão auxiliar em nada. Isso fica ainda mais claro se consideramos o uso de máximas críticas no ensino. Não se pode demonstrar o valor a não ser por meio da comunicação daquilo que tem valor.

Os princípios críticos requerem, de fato, tratamento cauteloso. Nunca podem substituir o discernimento, embora possam nos ajudar a evitar tropeços desnecessários. Provavelmente jamais existiu alguma regra, princípio ou máxima crítica que não tenha sido para os sábios um bom guia, sendo para os tolos apenas uma ilusão. Todos os grandes lemas da crítica – desde "A poesia é imitação" de Aristóteles até a doutrina "A poesia é expressão" – são indicadores ambíguos que pessoas diferentes seguem atingindo destinos muito diferentes. Até os princípios críticos mais sagazes podem, como veremos, tornar-se simplesmente um disfarce para a inaptidão crítica; e a mais trivial e gratuita generalização pode realmente mascarar um julgamento sólido e perspicaz. Tudo gira em torno de como os princípios são aplicados. Deve-se reconhecer o perigo de que fórmulas críticas, até mesmo as melhores, sejam responsáveis por mais julgamentos ruins do que bons, porque é muito mais fácil esquecer seu sentido refinado e aplicá-las grosseiramente do que se lembrar dele e aplicá-las com sutileza.

A espantosa variedade de reações humanas torna cansativo qualquer esquema muito sistemático para a organização desses extratos. Desejo apresentar uma seleção capaz de colocar a situação concreta diante do leitor, reservando para os capítulos da Parte III qualquer tentativa séria de esclarecer as várias dificuldades com as quais os autores dos protocolos se debateram. Vou apresentar um poema por vez, deixando que o drama interno latente em todos os choques de opinião, de gosto ou temperamento, sirva de guia para o arranjo. Nem todos os poemas, é desnecessário dizer, levantam os mesmos problemas com a mesma intensidade. Na maioria prevalece alguma dificuldade relevante, alguma ocasião especial para uma divisão de pareceres.

Convém portanto apresentar aqui uma lista mais ou menos arbitrária das principais dificuldades que esse ou aquele leitor poderá encontrar diante de praticamente qualquer poema. A lista é sugerida por um estudo dos próprios protocolos e organizada numa ordem que vai desde o mais simples e infantil dos obstáculos a uma boa leitura até os mais insidiosos, incompreensíveis e desconcertantes problemas da crítica.

Se alguma dessas dificuldades parecer tão simples a ponto de quase não merecer discussão, gostaria de pedir a meu leitor que se sente tentado a desprezá-las que não tome essa decisão levianamente. Parte de meu objetivo é a *documentação*, e estou seguro de que vou mostrar que as dificuldades simples são as que mais requerem atenção, por serem as que de fato menos a recebem.

Logo avançaremos, porém, para pontos onde pode haver mais dúvida – onde a controvérsia, mais ou menos esclarecida, ainda continua – e terminaremos face a face com questões que ninguém irá fingir que já estejam resolvidas, algumas das quais não o serão até o Dia do Juízo Final. Nas memoráveis palavras de Benjamin Paul Blood: "Que coisa está concluída para que possamos concluir o que quer que seja a respeito dela?"

Parece que as principais dificuldades da crítica ou pelo menos aquelas que teremos mais motivo para considerar aqui são as seguintes:

A. Primeiro devemos colocar a dificuldade de *entender o sentido direto* da poesia. O fato mais perturbador e impressionante revelado por esta experiência é que uma grande parte dos leitores de poesia de nível médio para bom (e em alguns casos leitores certamente dedicados) muitas e repetidas vezes *não consegue entender o poema*, nem como uma asserção nem como uma expressão. Não conseguem entender seu sentido prosaico, seu significado direto e explícito, como um conjunto de frases comuns, inteligíveis, escritas em inglês, considerada isoladamente de qualquer maior significância poética. E, de igual maneira, entendem mal o sentimento, o tom e a intenção do poema. Eles o deturpariam numa paráfrase. Não conseguem interpretá-lo como um colegial não consegue interpretar um trecho de César. Teremos de examinar com cuidado o grau de seriedade dos efeitos dessa falha em diferentes ocorrências. Ela não se limita a uma classe de leitores; as vítimas não são apenas aquelas de quem suspeitamos. E também não é somente a poesia mais obscura que nos trai dessa maneira. De fato, para estabelecer, de uma vez por todas, a verdade nua e crua, ninguém possui imunidade para todas as ocasiões, nem mesmo o mais famoso letrado, contra esse ou qualquer outro perigo da crítica.

B. Em paralelo e em conexão com essas dificuldades de interpretação do significado estão as dificuldades da *apreensão sensual*. As palavras em seqüência têm uma forma para o ouvido mental, bem como para a língua e a laringe da mente, mesmo quando lidas em silêncio. Elas têm um movimento e podem ter um ritmo. É enorme o abismo entre um leitor que natural e imediatamente percebe essa forma, esse movimento (por uma combinação de sagacidade sensória, intelectual e emocional), e outro leitor que ou ignora ou tem de construir tudo isso laboriosamente, contando dedos, tamborilando na mesa e assim por diante; e essa diferença tem conseqüências de enorme alcance.

C. A seguir podem vir aquelas dificuldades que estão ligadas ao lugar das *imagens*, principalmente as visuais, na leitura poética. Originam-se em parte do fato irremediável de que nós diferimos imensamente em nossa capacidade de visualizar e produzir imagens dos outros sentidos. Além disso, a importância de nossas imagens como um todo, bem como de algum tipo preferido de imagem particular, varia de maneira surpreendente em nossas vidas mentais. Algumas mentes não sabem fazer nada e não chegam a lugar nenhum sem as imagens; outras parecem capazes de fazer tudo e de chegar a qualquer lugar, atingir todo e qualquer estado de pensamento e sentimento sem fazer uso delas. Pode-se desconfiar de que os poetas em geral (embora não absolutamente todos e sempre) têm uma capacidade de imaginação excepcional, e alguns leitores, por sua constituição, estão inclinados a ressaltar a importância das imagens na leitura, a prestar-lhes grande atenção e até mesmo a julgar o valor do poema pelas imagens que desperta neles. Mas as imagens são aleatórias. Imagens emocionantes suscitadas numa mente não têm necessariamente nenhuma semelhança com imagens igualmente emocionantes despertadas pelo mesmo verso noutro leitor; e os dois conjuntos não precisam ter nada em comum com as imagens que possam ter existido na mente do poeta. Temos aqui uma fonte problemática de aberrações críticas.

D. Em terceiro lugar, de maneira mais óbvia, devemos atentar para a influência poderosa e muito disseminada de *impertinências mnemônicas*. Trata-se de efeitos enganosos sobre o leitor, que é levado a se lembrar de alguma cena ou aventura pessoal, de associações fugazes, com a interferência de ecos emocionais de um passado que pode não ter nada a ver com o poema. A noção de pertinência não é fácil de definir ou aplicar, embora alguns exemplos de intromissões impertinentes estejam entre os mais simples de todos os incidentes a diagnosticar.

E. Mais enigmáticas e mais interessantes são as ciladas da crítica que envolvem o que podemos chamar de *Respostas de Estoque*. Elas se apresentam sempre que um poema parece implicar, ou implica, visões e emoções totalmente predispostas na mente do leitor, de modo que o que acontece parece ser mais coisa do leitor do que do poeta. Aperta-se o botão, e aí a obra do autor some, pois imediatamente o disco começa a tocar em total ou quase total independência em relação ao poema, que é supostamente sua origem ou instrumento.

Sempre que ocorre, ou há perigo de que possa ocorrer, essa lamentável redistribuição do papel do poeta e do leitor no trabalho da poesia, precisamos ter uma cautela especial. Todo tipo de injustiça pode ser cometido tanto por aqueles que escapam por um triz como por aqueles que caem na armadilha.

F. O *Sentimentalismo* é um perigo que aqui requer menos comentário. É uma questão de reação na medida justa. A excessiva facilidade para certas orientações emocionais é o Cila cujo Caríbdis é

G. *A inibição*. Esta, assim como o Sentimentalismo, é um fenômeno positivo, embora menos estudado até poucos anos atrás e de certo modo mascarado sob o título de Dureza de Coração. Mas nenhum dos dois pode ser estudado isoladamente.

H. As *Adesões Doutrinárias* apresentam outro problema difícil. Muita poesia – e a poesia religiosa serve de exemplo – parece conter ou implicar visões e crenças, verdadeiras ou falsas, sobre o mundo. Se assim é, que influência tem o valor de verdade dessas visões sobre o mérito do poema? Mesmo que não seja assim, mesmo que as crenças não estejam realmente mas apenas pareçam implícitas ou explícitas numa leitura não-poética, qual deveria ser, se é que deveria haver, a influência da convicção do leitor sobre sua avaliação do poema? A obra tem alguma coisa a dizer? Se não tem, por que não? E, se tem, como a diz? As dificuldades nesse ponto são uma fonte fértil de confusão e de julgamento falível.

I. Passando agora para uma nova ordem de dificuldades, devemos notar os efeitos de *pressupostos técnicos*. Quando uma coisa foi bem feita uma vez de determinada maneira, costumamos esperar que coisas semelhantes sejam feitas da mesma maneira no futuro e ficamos desiludidos ou não as reconhecemos se forem feitas de outra forma. Inversamente, uma técnica que se tenha mostrado inadequada para um objetivo tende a ser depreciada para todos os outros. São dois casos de confusão de meios e fins. Quando tentamos julgar um poema de fora, por seus detalhes técnicos, estamos pondo os meios à frente dos fins e – tal é nossa ignorância sobre causa e efeito em poesia – teremos sorte se não cometermos atrocidades ainda piores. Devemos procurar não julgar os pianistas por seus cabelos.

J. Finalmente, os *preconceitos críticos em geral* (exigências prévias impostas à poesia como resultado de teorias – conscientes ou inconscientes – sobre sua natureza e valor) se interpõem sem cessar entre o leitor e o poema como a história da crítica mostra à saciedade. Como uma dieta infeliz, eles podem separá-lo daquilo que ele mais quer comer, exatamente quando a comida está junto a sua boca.

Essas dificuldades, como se terá observado, não estão desvinculadas uma da outra e de fato se sobrepõem. Poderiam ter sido coligidas em maior ou em menor número de tópicos. Todavia, se deixarmos de lado certos desvios extremos ou tendências da personalidade (por exemplo, um narcisismo que ofusque a visão ou uma autodepreciação abjeta – casos temporários ou permanentes de aberração do amor-próprio) juntamente com acúmulos ou desperdícios indevidos de energia, creio que a maioria dos principais obstáculos e causas de fracasso na leitura e na avaliação da poesia pode sem muito esforço ser encaixada nos dez grupos apresentados. No entanto, eles foram aqui esboçados muito superficialmente para que se possa opinar sobre isso.

Mais por sorte do que por um planejamento habilidoso, cada poema, em regra, revelou-se um convite à massa dos leitores para que dedicassem seus esforços *uma* das dificuldades que acabam de ser indicadas. Assim, o crítico sagaz poderá sentir um certo interesse esportivo em adivinhar onde, em cada caso, estará a linha divisória de opinião e em torno de quais considerações ela irá girar. Não há nenhuma tentativa, no exame que apresentamos, de fazer algo mais do que agitar e arejar essas opiniões diversificadas. Esclarecimentos tanto dos poemas quanto das opiniões serão na maior parte adiados, assim como qualquer esforço meu para deliberar sobre a qualidade poética dos infelizes objetos de debate.

Uma suspeita muito natural pode aqui ser convenientemente contestada. Ocasionalmente, após alguma aula, foram-me apresentadas certas dúvidas de que nem todos os extratos dos protocolos seriam genuínos. Insinuou-se que eu mesmo poderia ter elaborado alguns dos que se encaixavam perfeitamente para ilustrar algum ponto. No entanto, não houve modificação em nenhum dos protocolos, e nada foi acrescentado. Deixei inalteradas até mesmo a ortografia e a pontuação em todos os lugares significativos.

Talvez, porém, seja possível acusar-me de outra falsificação, a da parcialidade na seleção. A questão do espaço e do respeito para com a impaciência do leitor obviamente me impediu de imprimir todo o material. Só se podiam arriscar extratos selecionados. Com um pouco de astúcia, seria possível fazer seleções que causariam impressões muito diferentes. Só posso dizer que estive atento para não ser injusto. Deveria talvez acrescentar que a parte do material representada menos adequadamente é o papo-furado, sem envolvimento, vago, em-cima-do-muro, da opinião coluna-do-meio. Teria incluído mais disso se não resultasse em leitura tão inútil.

PARTE II

Documentação

Mas basta disso; há tal variedade de caça saltando à minha frente que fico confuso ao escolher e não sei qual perseguir. É suficiente dizer, de acordo com o provérbio, que aqui está a abundância divina.

DRYDEN sobre os *Peregrinos de Cantuária*

Life's more than breath and the quick round of blood.
'Tis a great spirit and a busy heart;
The coward and the small in soul scarce do live.
One generous feeling, one great thought, one deed
Of good, ere night, would make life longer seem
Than if each year might number a thousand days
Spent as is this by nations of mankind.
We live in deeds, not years; in thoughts, not breaths;
In feelings, not in figures in the dial.
We should count time by the heart-throbs. He most lives
Who thinks most, feels the noblest, acts the best.*

---

* A vida é mais que respiro e rápido circular de sangue. / É um espírito grande e um coração cheio. / O covarde e a alma pequena quase não vivem. / Um sentimento generoso, um grande pensamento, um feito / De bondade, antes da noite, fariam a vida mais longa parecer / Do que se cada ano pudesse contar mil dias / Passados como este por nações da humanidade. / Vivemos de feitos, não de anos, de pensamentos, não de respiros; / De sentimentos, não de números no quadrante. / Devíamos contar o tempo por batidas do coração. Mais vive aquele / Que pensa mais, sente com maior nobreza, age da melhor maneira.

Poema 1

Aqui, como exceção, nas opiniões mantidas a respeito do ponto central, a natureza mostra ter inclinação pelo método e nos dá a rara satisfação de ver quase todas as possibilidades lógicas bem representadas de forma viva e nítida. A discussão central tratou do lugar e do valor da doutrina que esses versos propõem e indagou se aquela doutrina está bem ou mal expressa. Respostas diferentes a essas questões foram associadas a altos graus de prazer ou repugnância. Que o pensamento exposto é verdadeiro; que, ao contrário, é falso; que, embora verdadeiro o bastante, é banal; que é original e profundo; que, como lugar-comum ou como paradoxo, está expresso com graça ou sem graça, de maneira clara ou confusa; tais foram as questões suscitadas. As várias respostas possíveis foram tão bem representadas que vale a pena organizá-las em uma tabela:

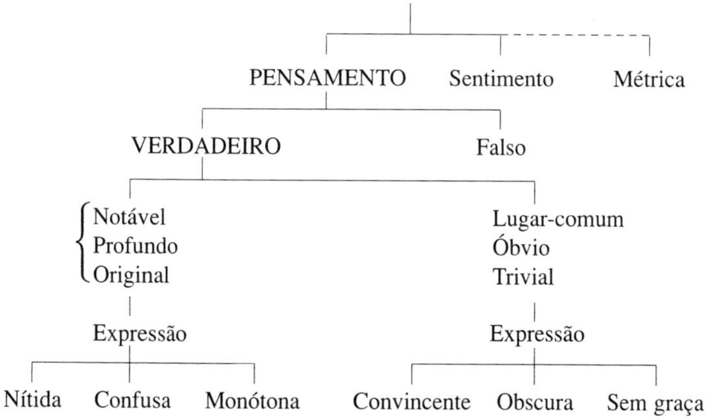

Ouçamos primeiro os defensores da excelência do poema.

1.11.[1] A verdade é a essência da arte, e a característica importante desse texto é a verdade. O poeta expressou em termos nítidos sua concepção de um plano de vida superior, talvez o mais alto, e nós que lemos seu trabalho não podemos deixar de apreciar *sua nobreza de pensamento*[2] e perceber seu desafio para a humanidade. O poema está cheio de sentimento, mas sentimento da melhor qualidade.

Que lástima! Muitas vezes não conseguimos apreciá-lo, como fica lamentavelmente demonstrado no que segue. Deixemos, porém, que os comentaristas de índole mais elevada continuem.

1.12. Aqui está *um pensamento nobre* vestido de maneira adequada e surpreendente em *versos vigorosos*. Os nove primeiros versos têm apelo especial para mim, terminando, como terminam, em eficaz antítese.

1.13. Uma mensagem nobre, bem transmitida pela forma escolhida.

"Nobre" parece de fato a palavra-chave para esse texto.

1.14. Esses versos expressam os pensamentos de uma alma elevada de um modo simples mas impressionante. São versos dignos de serem lembrados tanto por seu pensamento como por sua expressão clara e concisa. A última frase não sai da cabeça, mas além disso *o trecho todo avança com movimento suave* que tende a gravar as palavras na memória.

Pode parecer estranho que a frase "age da melhor maneira" não quisesse sair da cabeça, mas isso não foi provavelmente o que o comentarista quis dizer.

Nem todos os que concordam sobre a elevada nobreza do trecho e admiram ao máximo sua expressão são unânimes quanto ao motivo pelo qual essa expressão deve ser admirada.

1.141. A natureza um tanto irregular da métrica cria o melhor cenário possível para a nobre idéia do poeta. Carrega consigo o leitor, passando a idéia de alguém falando rápido, *suas palavras quase rolando uma por sobre a outra*, no auge da emoção: um exemplo de como *um tema nobre* pode inspirar um poeta a vesti-lo com dicção nobre, sem nenhum dos bordados verbais freqüentemente usados pelos poetas, para tornar agradáveis temas inferiores.

Palavras "quase rolando uma por sobre a outra" que, contudo, "avançam com movimento suave" poderiam parecer impossivelmente versáteis, se não soubéssemos quanto esse tipo de movimento em poesia depende do leitor. Encontram-se mesmo entre os admiradores várias outras opiniões sobre a qualidade dos versos.

1.142. O pensamento é o ponto mais importante nesse poema. A insinuação paradoxal prende a atenção do leitor, e sua verdade passa uma sensação de satisfação. Está expressa em *discurso simples e direto*, que é o melhor veículo para um poema didático.

1.143. Admiro esse poema porque acho que o pensamento expresso é verdadeiro e interessante, original visto que dá a impressão de experiência pessoal intensa, e de interesse geral porque diz respeito a todos. A escolha de palavras comuns do dia-a-dia transmite bem o pensamento, vinculando-o intimamente à vida comum. A passagem *lucra pouco com* a beleza do *ritmo* e perderia pouco ou mesmo nada se tivesse sido escrita em prosa.

1.144. Um pensamento instigante bem expresso. O Autor protesta contra a indiferença. O tema, que trata da verdadeira maneira de viver, é decerto de natureza elevada, e os *versos brancos* ajustam-se ao assunto com rara felicidade.

1.145. As frases curtas no quarto verso e o amplo movimento no quinto e sexto, que vai morrendo no sétimo, são magníficos.
Os quatro últimos versos amarram perfeitamente a argumentação.

Ouçamos agora algo sobre o outro lado do caso antes de nos voltarmos para os entusiastas radicais.

1.15. O poema não tem valor. A idéia básica, de que a vida deve ser medida por sua intensidade bem como por sua duração, é familiar. Conseqüentemente o poema deve ser julgado por sua força e originalidade de expressão. O Autor não traz nenhuma novidade a seu material; *seu pensamento é frouxo e confuso; seu verso é prosaico*. Fora!

O próximo comentarista acrescenta uma queixa que dá a impressão de que se aplicaria a muitos poemas sem rima.

1.16. A lição de moral desse poema é muito forçada para se engolir sem fazer careta. O poeta tinha alguns preceitos banais de que queria se livrar e não conseguiu tornar as pílulas agradáveis com invólucros poéticos. A métrica e a acentuação necessária são canhestras, e *não há nenhum esquema de rimas que possa oferecer algum alívio*.

Ainda mais severo sobre o mesmo ponto é o 1.161. Cabe ao 1.162 restaurar o equilíbrio.

1.161. Excelente prosa mas não boa poesia; *nem sequer a mínima tentativa de métrica ou rima.* Autor provavelmente mais do tipo filósofo do que poeta: muito prático, muito pouca Imaginação ou Fantasia.

1.162. É difícil expressar uma atitude pessoal com relação ao poema. O sentimento é muito adequado mas não consegue despertar o entusiasmo da gente. O que significa a frase vaga "Passados como este por nações da humanidade"? E a construção dos versos 4 a 7 é muito atabalhoada. A coisa poderia ser dita cinco vezes mais depressa – e assim o teria sido em poesia. *Isso é prosa, picada para se encaixar num esquema métrico.* Contrastar suas frases retóricas com a concentração e plenitude do texto nº 3.

Uma abordagem por comparação também aparece em 1.163, que é mais introspectivo e se mostra mais emancipado da tirania da "mensagem".

1.163. Lembra o altissonante movimento ou a forte inflexão artificial dos pós-elisabetanos. Mas aqui falta aquela complexidade de pensamento, especialmente mostrada por metáfora. Imitativo. Aqui o movimento torna-se mais um reflexo e menos uma experiência; uma carga deliberada de ritmo – influência das pretensões didáticas. Wordsworth? Espúrio. Drama poético dos meados da Época Vitoriana? Uma coleção de aforismos comuns sobre pernas-de-pau alheias. Aceito as afirmações com indiferença. Poderia ter sido escrito para um Calendário de Grandes Pensamentos. Lendo em voz alta, fui obrigado a falar com afetação e me senti investido de uma dignidade moral ridícula.

Alguma forma de verdade foi até agora reivindicada ou aceita por todos, mas algumas asserções do poeta provocaram divisão.

1.17. Ao ler isso minha razão se insurge e discorda – *se a vida se mede pela intensidade de sentimento, os covardes vivem tanto quanto os heróis.* Poderíamos parodiar o verso 3 sem falsear a verdade:

> "Um sentimento ferido, um pensamento imundo, um feito
> Criminoso, antes da noite, fariam a vida mais longa parecer."

Fica-se com uma impressão de presunção do autor (não digo "poeta") – uma solteirona dedicada a obras de caridade e inclinada ao sentimentalismo, ou talvez Wordsworth.
Grande indagação até o último verso.

Por que se deveria considerar o nome de Wordsworth um palpite tão revelador não se sabe com certeza.

Ainda mais forte é a discordância sobre a questão temporal.

1.18. Finalmente discordo por completo da idéia de que "grandes pensamentos", "feitos de bondade" ou "sentimentos nobres" façam a vida parecer mais longa, por mim acho que *a fazem parecer mais curta.*

Há alguns, porém, que se recusam a deixar que pequenas diferenças como essa se interponham entre eles e o poeta.

1.181. Para mim esse poema expressa apenas a opinião sobre a diferença entre a existência e a vida que parece mais verdadeira. Jamais posso conceber o tempo como alguma medida mostrada "por números no quadrante". O pensamento é a principal atividade que é considerada bobagem ou é vista com profunda indiferença por *aqueles com quem se entra em contato mais amiúde, isto é, "os pequenos de alma"*. Não falo com amargura nenhuma mas a partir de minha experiência normal. É essa conclusão *a que pareço ser forçado* que faz uma estrofe como essa me parecer adequada para "gritar do alto dos telhados". Por isso é que me atrai.
Não concordo todavia que "um pensamento grande, um feito de bondade... faria minha vida mais longa parecer", do que parece aos homens em cada dia comum, *mas antes penso que "mais curta" expressaria melhor a idéia.* No entanto, posso pensar nisso num sentido especial, que não significaria nada para a maioria das pessoas, que eu acharia quase impossível explicar, e de qualquer maneira a metafísica está excluída. Sinto muito, pois na idéia sempre está para mim o principal prazer da poesia.

Devo ter sido responsável pelo banimento da metafísica mediante alguma sugestão de que os protocolos deveriam tratar da poesia e não do universo. A observação sobre a "estrofe" pode compensar 1.16 e 1.161. A misantropia encontra um ligeiro eco em 1.182, que novamente expressa dúvida baseada nos fatos de percepção temporal; mas um bálsamo para a desilusão foi descoberto por 1.183.

1.182. Bom no seu todo, embora seja duvidoso que a vida realmente pareça mais longa para os bons do que para os maus ou para os meramente passivos.
Esses versos merecem ser lidos duas vezes porque realmente expressam alguma coisa em vez de simplesmente falarem bobagem como os do poema número 2.

1.183. Para mim faz pensar em Browning, e é mais interessante por essa razão. Mas há nessa composição um tratamento mais global da idéia do que

Browning lhe teria dispensado. Parece ser o produto de *um homem de meia-idade, que provou as doçuras da vida e achou que eram meras vaidades, mas que não se tornou cínico.* É ao mesmo tempo *sadio e profundo.*

Browning aparece novamente em 1.19, onde Wordsworth recebe um certo desagravo.

1.19. Um pensamento expresso com clareza e força. Idéia expressa nos dois primeiros versos, ampliada nos sete seguintes e finalmente resumida nos dois últimos. Efeito principal – *um pensamento familiar explicado com nova convicção.* O ritmo dos versos brancos – comedimento combinado com movimento suave – que expressa a qualidade meditativa apesar da verdade óbvia da idéia. O trecho faz lembrar todo o esforço e realização dos maiores poetas e, de modo secundário, trechos de Shakespeare, Shelley, Wordsworth, Browning, etc.

1.191. O pensamento é um pouco óbvio, e *eu não vejo nada na expressão para transmiti-lo com vigor.*

1.192. Não é um pensamento novo, mas *a simetria e a métrica perfeita* tornam o velho pensamento mais impressionante do que se fosse expresso em prosa. A métrica empresta-lhe dignidade e o torna sério e profundo.

Depois dessas vozes dissonantes, um coro mais unânime proporcionará um fechamento suave. Deve-se notar que a questão central, o aspecto doutrinário do trecho, torna-se cada vez menos saliente e que impertinências mnemônicas e possibilidades de sentimentalismo tomam seu lugar.

1.193. Não sei por que mas, assim que li o poema, de certo modo o liguei àquele de Julian Grenfell, "Into the Battle" [À batalha], e especialmente a esta estrofe, que imediatamente me veio à cabeça.

" Canta o melro pra ele, Irmão, mano,
Se este for seu adeus em canção,
Canta bem, sem cometer engano,
– Canta, Irmão."

Creio que isso foi novamente sugerido por "deveremos contar o tempo por batidas do coração". Uma frase de Robert Lynd também me veio à cabeça: "as grandes horas da vida – horas de profunda felicidade e profunda tristeza –". E eu pensei comigo mesmo "*como isso é verdadeiro*". Essas SÃO as únicas horas da vida que significam qualquer coisa. Por algum motivo? Porque elas elevam a gente para o infinito ... *"le silence éternel de ces espaces infinis m'effraie!"*

1.194. Me atrai porque *resume meu credo* de Socialista, *de servir sem servir-se*. Outro motivo de atração está em sua ênfase num fato que estamos muito propensos a esquecer, especificamente, que o verdadeiro teste da vida é a ação e a nobreza de pensamento e sentimento, não a duração dos anos. Isso equivale a um aviso solene, e, como convém à solenidade do tema, o movimento se casa com o pensamento. O verso longo e o movimento lento, que se tornam mais impressionantes pelo número de vogais longas, *martelam o pensamento na cabeça*.

Mas até mesmo o "ideal elevado" do trecho é por sua vez desafiado.

1.195. Esse poema tem atrativos; não como uma paixão, não por interesses afins nem por beleza, mas por sua simples verdade e ensinamento – um ensinamento que *parece vir de um ser humano semelhante* e ao qual todos podemos ter acesso. *Não há nenhum ideal elevado*, constatação que faz com que nos sintamos pobres criaturas e percebamos as impossibilidades de perfeição. É verdade que pode ser considerado sentimental se dissecado com atenção, mas certa dose de sentimento exerce uma atração natural sobre os instintos de cada um: que ensinamento moral obtém êxito sem algum apelo ao sentimento? É um chamado não para a consciência nem para a alma, mas para o coração.

Um toque do outro lado do Atlântico[3] faz-se agora sentir de modo inconfundível e continua ao longo de vários extratos.

1.2. *Excelente* – um apelo grandioso para que tornemos nossas vidas mais largas, maiores, mais sublimes, pondo de lado os mesquinhos interesses materiais que prendem nossas almas e *liberando nossos impulsos grandes e generosos*. É um apelo para que vivamos, e não apenas existamos; e esse apelo culmina num grandioso clímax nos dois últimos versos.

A soberba exuberância do estilo de 1.21 tem um sabor tão característico quanto o linguajar mais solto de 1.22. E seus conteúdos não são menos significativos em sua tradução de uma poderosa tendência daquele mundo ocidental.

1.21. O poema capta com felicidade o ritmo da batida do coração humano – o ritmo fundamental de toda música e de toda poesia. O balanço prende o coração e as emoções, *o pensamento vai conduzindo a mente até a inspiração*. Quanto mais você lê os versos tanto mais o ritmo e o tema, os dois juntos, prendem sua alma e o carregam em perfeita sintonia até o fim; e você queria que houvesse mais.

Até mesmo uma primeira leitura faz com que se entre na sua cadência e no seu espírito. Cai melhor a cada sucessiva leitura em que você realmente tenha se concentrado.
É um *trechinho inspirado*, mas vigoroso e perfeitamente familiarizado com a vida como ela é em seus sofrimentos, desesperos e em suas esperanças realizadas e frustradas. Mais do que muita poesia tem um gosto de vida – vida como Shakespeare a conheceu e Hugo, não como a conheceram Shelley, Keats ou algum superficial romancista moderno. Nela há uma potência, uma energia e *o vigor da virilidade arrojada colorido por um tom forte* de "Deus está no céu, tudo vai bem com o mundo" *se você se empenhar na sua luta* para viver plena e intensamente sua própria vida.

Aqui sem dúvida algo foi inspirado!

1.22. Filosofia e ideais mundanos permeiam o poema. É moderno, falando de auto-expressão. *Recomenda que se auto-expresse uma vida emocionalmente plena e intelectualmente intensa.*
Inicialmente está claro em suas partes. Leituras subseqüentes mostram tanto sutileza quanto clareza.
Não poético em comparação com a época Romântica, sendo *sério demais e por demais ligado ao solo e ao bonde para a média do padrão romântico.*

Voltamos novamente ao ritmo do linguajar inglês, mas o crescendo do elogio não esmorece.

1.3. Depois de reler esse trecho pela primeira vez, tive uma impressão – "Quanto *significa* cada uma daquelas palavras – e são, sem dúvida, palavras comuns, como as que eu mesmo provavelmente uso todos os dias – 'cada fenda cheia de pepitas'". E depois li outra vez. E a impressão se intensificou, e outras surgiram. O vigor do poema! Que mão firme guiou essa pena... que força que tem! E que ascensão gradual até a gloriosa retirada do véu no penúltimo verso "*deveríamos contar o tempo por batidas do coração*". A voz atinge por um instante o arrebatamento. E depois vai morrendo, firme e magistral até o fim.

Desse alto cume de admiração até uma completa união de corações, com a inclusão de todos os adereços típicos de um reboque romântico, basta um escorregão.

1.31. Sim, intensamente. Isso é de primeira. Por quê? [pela ordem].

(1) Maneira curiosa com que sugere imediatamente grande intimidade com o autor. AMIZADE. Uma sala à noite, cortinas fechadas, lenha cre-

pitando no fogo, canto da lareira, autor pensativo, velhas estalagens, você e ele a sós.
Um daqueles momentos raros e inexplicáveis que se destacam como REAIS num mundo de fantasmas. Quando sua mente parece tocar a do autor, e você percebe que, muito mais do que sermos irmãos, somos todos UMA só pessoa.
(2) Mais que adorável nobreza [inconsciente] à qual sou imediatamente sensível.
(3) Razões artísticas
  a. Excelente condensação de linguagem. Sem adjetivos insípidos e ineficazes. Cada palavra contém multidões.
  b. Liberdade e equilíbrio dos versos. Como música maravilhosa.

Poderia a variedade da natureza humana ser mais bem exibida, mesmo à luz do sol, do que neste *pot-pourri* de elucubrações acadêmicas?

Com o *Poema 1* nos ocupamos principalmente do problema da "mensagem", da verdade e valor da doutrina contida no poema. A discussão dessa questão genérica do lugar das "mensagens" e doutrinas em poesia fica adiada até a Parte III, especialmente Capítulo 7. (Pode-se também consultar o Índice.) Com o *Poema 2* passamos para um grupo diferente de dificuldades críticas.

Gone were but the Winter,
   Come were but the Spring,
I would to a covert
   Where the birds sing.

Where in the whitethorn
   Singeth a thrush,
And a robin sings
   In the holly-bush.

Full of fresh scents
   Are the budding boughs
Arching high over
   A cool, green house.

Full of sweet scents
   And whispering air
Which sayeth sotly:
   "We spread no snare.

"Here dwell in safety,
   Here dwell alone,
With a clear stream
   And a mossy stone.

"Here the sun shineth
   Most shadily;
Here is heard an echo
   Of the distant sea,
   Though far off it be."*

---

* O inverno quase já se fora, / Já era quase primavera, / Com pássaros a cantar / Num refúgio estar quisera.

Lá nos ramos do espinheiro / Canta o tordo de mansinho, / Como canta o paparroxo / Nas moitas do azevinho.

Cheios de perfumes doces, / Os galhos vão brotando / Arqueando-se no alto / Casa verde refrescando.

Cheios de perfumes doces / E aragem que bisbilha / E diz suavemente: / – Nós não temos armadilha.

– More aqui em segurança, / More aqui e fique só, / Junto a um riacho claro / E à musguenta mó.

– Aqui o sol rebrilha / Sombras a derramar; / Aqui se ouve um eco / Do distante mar, / Tão longe a ecoar.

Poema 2

Os comentários negativos sobre esse poema mostram algumas uniformidades interessantes. Há uma alegação particular que ocorre repetidas vezes como um refrão. Pode-se suspeitar que por trás dessa concordância geral tão cheia de segurança haja um pressuposto muito difundido e bem arraigado.

> 2.1. O autor *só precisou achar doze palavras rimadas* para expressar pensamentos muito triviais; daí a razão de "thrush", "bush", "boughs", "house".
> O poema todo é bobo.

> 2.11. Tem poucos méritos – algumas partes são lamentáveis.
> As duas primeiras estrofes são bastante atraentes, e a rima de "thrush" com "bush" é *quase suportável*. Porém, quando em seguida aparecem "boughs" e "house", fracassa o esforço de gostar do poema. Ocorre não apenas pobreza de rimas, mas há também grande carência de pensamento e um monte de pura bobagem no poema.

Será que essa certeza de que rimas imperfeitas constituem uma acusação perfeita nasce de algum sofrimento real que elas causam aos ouvidos dos leitores? Ou serão mais sutis as razões para esse desprezo?

> 2.12. Os dois primeiros versos não têm sentido. Ri das rimas de "thrush" e "bush"; e "boughs" e "house". *De modo muito agradável fazem lembrar a "poesia" que a gente escrevia aos dez anos de idade.*

É provável que isso nos aproxime mais da verdadeira explicação. Obras que lembram nossos próprios esforços poéticos, não apenas aos dez anos de idade mas também em anos mais recentes, exercem uma influência inevitável em nosso julgamento, influência útil quando permanece dentro de seus devidos limites, mas perigosa quando interfere em questões que estão fora deles. Quase todos os principiantes na prática do verso consideram que o emprego da rima exerce uma grande pressão sobre sua habilidade e preocupação verbal. Para o neófito, o êxito ou o fracasso é em grande parte uma questão de controle sobre as rimas. Na maioria dos casos, a necessidade de encontrar rimas e combiná-las entre si é tão forte que não se tenta realmente nada além disso. É provavelmente verdade, mesmo entre os melhores escritores, que

> Rimas lemes são de versos
> Com que, quais barcos, eles guiam seus cursos,

mas para muitos as primeiras viagens independentes são feitas em barcos que são só leme, e freqüentemente eles se afastam da atividade antes de superar esse estágio. Em conseqüência disso, há um respeito exagerado pela habilidade no emprego das rimas e uma tendência a avaliar com grande rigor composições em que o poeta, supostamente preocupado apenas em produzir rimas perfeitas, poderia ser acusado de fracasso parcial. Facilmente se ignora o fato de que o poeta poderia estar preocupado com outras tarefas, mais difíceis e mais importantes. E o fato de que talvez ele tivesse *procurado intencionalmente* apenas uma rima parcial, preferindo-a a uma rima completa, é uma idéia por demais desconcertante para merecer consideração.

Outro forte motivo para a avidez com que as pessoas se agarram às rimas imperfeitas é o desejo de encontrar algo concreto com que avaliar o mérito poético. Uma sensibilidade normal pode decidir com razoável certeza se dois sons rimam perfeitamente ou não. A tarefa é tão simples como a de um carpinteiro ao medir tábuas. É um grande alívio passar do mundo nebuloso das harmonias intelectuais e emocionais para questões definidas de fatos sensoriais. Ao partirmos do pressuposto de que o poeta queria rimas perfeitas, temos um teste para avaliar seu êxito ou fracasso de maneira clara e inequívoca. O pressuposto não precisa ser explícito e geralmente não é, mas a tentação de alimentá-lo é muito compreensível.

Detalhes de escansão, oportunidades para objeções gramaticais, para alegações de impropriedades descritivas, para acusações de incoerência lógica, compartilham dessa atração. De uma perspectiva geral, todas aquelas características que se podem julgar sem *entrar* na poesia, todos os detalhes ou aspectos que se podem analisar através da aptidão prática do dia-a-dia da mente não-poética, são meros convites a facilitar o caminho da tarefa da avaliação crítica. Em vez de provar o poema, contentamos-nos com uma observação rápida de seus botões e lapelas. Pois os detalhes são mais fáceis de perceber do que o *conjunto*, e os aspectos técnicos parecem mais salientes do que a idéia do todo.

Podemos examinar os extratos seguintes para ilustrar essas observações:

> 2.2. Acho isso completamente absurdo. O sentimento é puro lixo. O poeta não está apaixonado pela natureza – apenas enfastiado com a vida. A idéia de paz PODE ser apresentada de modo atraente, mas *esse é um desejo de uma vida preguiçosa e "segura"* em vez de um anseio de paz.
> *Quem já viu* uma casa "verde", ou viu o sol derramando sombras?
> Por que *acrescentar um verso no fim*, quebrando o que é no máximo uma métrica banal, quando tudo já foi dito no verso anterior?
> A idéia de morar com uma musguenta mó é particularmente desprovida de atrativos.

O rigor da abertura tem seu complemento em outro extrato (2.8); e algumas explicações – obviamente muito necessárias – sobre "cool green house" aparecem em 2.6.

As objeções capciosas continuam:

> 2.21. Estufas ["Green houses"]* geralmente não são frescas, embora eu imagine que pudessem ser se alguém fosse tolo o suficiente para erguê-las sob os arcos de galhos brotando.
> *O que quer dizer o ar* quando diz suavemente que nós não temos armadilha? O que é nós?

**Green house*, literalmente, significa "casa verde". "Estufa", em inglês, seria *Greenhouse*. Essa distinção importará mais adiante, em 2.6, em que a expressão "green houses" aparecerá corrigida pelo comentador para "greenhouses". (N. do T.)

A acusação de imprecisão descritiva estende-se agora até a canção do melro, embora "most shadily" ["sombras a derramar"] continue sendo um fragmento de assimilação difícil.

2.22. Cheio de erros. Primeiramente é um disparate. Além disso é banal e não "disparate inspirado". *Como pode o sol brilhar "sombras a derramar"?* Concebido para ser natural e refrescante, tornou-se banal e ridículo. *Embora eu não seja ornitólogo, os melros cantam?* A métrica é monótona e as rimas tais como "boughs" e "house" e "shadily" e "the sea" *requerem muita imaginação*. O acréscimo do quinto verso na última estrofe, embora permissível, parece desnecessário.

2.23. A primeira leitura provocou um sentimento de irritação por ter de ler uma coisa tão boba por ser tão sem sentido. Percebe-se que esse poema pretende apresentar simplicidade musical e a paz da natureza. Mas na verdade é bobo por ser muito superficial no pensamento e por seu palavreado ser horroroso. Começar um poema com um verso como esse "Gone were but the Winter" ["O inverno quase já se fora"] já revela tudo. Rimas do tipo "boughs" e "house" arranham o ouvido da gente. Quando você o examina, o poema quase não faz sentido, *como pode o sol brilhar derramando sombras? E quem ia querer morar com uma musguenta mó?*

2.24. Trivial. Lugar-comum. Ambigüidade da idéia de galhos brotando arqueando-se sobre uma *estufa fresca*.
Na última estrofe, a frase "Aqui o sol rebrilha sombras a derramar" tem significado estúpido e também ambíguo. *O sol não pode brilhar derramando sombras, ele pode apenas fazer com que* sombras *sejam projetadas*; além disso, "sombras a derramar" poderia significar que o sol tem vergonha de brilhar quando talvez não tivesse o direito de fazê-lo.

Chega a vez da gramática.

2.25. Um conjunto de versos de muito pouco peso e muito pouco mérito. *O esquema de rimas é pobre* – exemplo, "thrush" e "bush", "boughs" e "house" – e a construção toda é extremamente fraca.
Os verbos são mal empregados – exemplo, "Singeth a thrush", mas "Sings a robin", – e *a gramática da quarta estrofe é muito obscura*. Se, como parece ser o caso, tanto os perfumes quanto o ar dizem: "Nós não temos armadilha" – obviamente "sayeth" está errado. Também como pode o sol brilhar derramando sombras? No todo, um exemplo de poesia muito superficial e fútil.

A questão da "mensagem" (o que o poema *diz*), também uma consideração relativamente externa, recebe a atenção de 2.3, que apresenta uma visão devastadora da história da literatura.

> 2.3. Esse poema pode ter sido agradável para o público leitor de alguns séculos atrás, mas *no dia de hoje eu vejo pouca razão para a leitura disso, exceto pelo interesse histórico.* É simples, quase infantil, mas sem ter encanto. O rimar de "*boughs*" com "*house*" é particularmente irritante, *assim como o acréscimo de um quinto verso* na última estrofe. É dispersivo, discursivo e *não diz nada relevante.* Mas tem melodia e ritmo, o que o salva um pouco.

Pruridos morais semelhantes aos de 2.2 aparecem também em 2.4 e 2.41. Talvez possamos aqui atribuir a aplicação das justas observações sobre o "faz-de-conta" tanto à impertinência mnemônica quanto ao Estoicismo.

> 2.4. Comunicação extraordinariamente eficaz. Experiência muitíssimo agradável, reconfortante *e consoladora: o último aspecto faz a apreciação parecer um tanto infantil e covarde.* O faz-de-conta tem como efeito retardado o aumento em vez da diminuição do descontentamento presente. Fazer dessa experiência um fim em si mesmo é ignorar nossa responsabilidade para com a sociedade, etc. etc. e sacrificar a segunda metade da vida, ao passo que ceder a ela temporariamente é um "ópio" mental. Fico em dúvida se gosto ou não desse poema devido a uma infeliz aversão à frivolidade. O prazer nunca exerce uma influência forte (na literatura).

Parece uma pena que esse crítico severo deva jogar fora opiniões tão valiosas. Que sirvam de ajuda e apoio a algum outro estudante sério, como o comentarista seguinte, por exemplo:

> 2.41. Obviamente a passagem foi concebida para ter simplicidade lírica. *Usa-se a assonância, em vez da métrica rigorosa*, para intensificar o efeito de simplicidade. Talvez eu apreciasse mais o poema num momento mais leve. Um assunto mais sério combina mais com minha disposição para o trabalho sério.

A sugestão da assonância é provavelmente uma tentativa de lidar com aquele rigor na avaliação das rimas que já vimos anteriormente.

Surpreende um pouco, tendo-se em vista o assunto do poema, que a impertinência mnemônica não tenha tido mais vez. Um comentarista estava prevenido.

2.5. Temo não ser um juiz imparcial, pois esses versos inevitavelmente se associam com um cenário e uma experiência que aprecio.

Sua influência noutras partes dos protocolos é tão grande que a simples precaução mal chega a explicar sua ausência aqui. É mais provável que a explicação esteja na extrema dificuldade que muitos comentaristas encontraram para ler (interpretar) o texto de tal forma que lhes desse satisfação. Um relato extremamente revelador dessa dificuldade aparece em 2.6, documento de importância capital para entender a recepção desse poema.

2.6. Um exemplo interessante de como faz diferença ler o mesmo poema de maneiras diferentes. Na leitura dessa composição não se pode permitir que o ritmo se torne muito quadrado. Se isso acontecer, *tudo adquire um aspecto espasmódico e amadorístico.* Acentuam-se falhas de escansão e dá-se ê*nfase às palavras erradas.* Li esse poema três vezes. Nas duas primeiras, atribuí três ou quatro acentos a cada verso:

Fúll of frésh scénts,
  Áre the búdding boúghs.
Árching hígh óv*ér*,
  A coól greén hoúse,

Mas isso certamente está errado: deveria ser

Fúll of fresh scénts
  Are the búdding bóughs,
Árching high óver
  A cóol green hoúse.

Assim é mais rápido e mais leve: tem um balanço. Faz recordar os versos de Morris para suas colgaduras:

Descansa então descansa
  E pensa na bonança,

ou mais ou menos isso. Lido assim, o poema é uma coisinha leve, não tendo de fato muito interesse intelectual, mas que expressa o agradável sentimento de alegria e paz que se tem na primavera. Lido pesadamente, o poema poderia ser a desgraça de algum adolescente de 14 anos: a escansão é falha – alternando sem critério 4 e 3 pés: as rimas (p. ex. "thrush" e "bush") são pavorosas.
O sentido também sofre: p. ex:

"*Wíth* a cléar stream
Áńd a móssy stóne.

(em vez de

"With a cleár stream,"
etc.)

é uma bobagem: sugere o poeta dizendo: "Aqui, é melhor você pegar também um riacho: é sim, e também uma pedra." Outro exemplo, *retirando-se o acento de "green" na terceira estrofe, é menos provável que a gente se preocupe com pensamentos sobre "estufas"* ["greenhouses"], ou então (o que é pior), sobre casas de alvenaria pintadas com aquele verde-metálico que é de doer. *A "casa verde refrescando" é, naturalmente, o lugar debaixo das árvores.* Os pontos importantes são (1) que é fresca e (2) que é semelhante a uma casa. Mas se "green" for acentuado, esses são justamente os pontos que não sobressaem.

A violenta discrepância das diferentes leituras do mesmo poema fica demonstrada em 2.61, onde também se sugere uma resposta ao aluno sério (2.4).

2.61. Ao escrever esses versos o autor se deixou levar por *uma profunda paixão pela vida real, que se distingue da mera existência.* A profundidade de seus sentimentos se expressa na *música sôfrega e tumultuosa do todo.*

Análises muito detalhadas das correspondências entre som e sentido talvez estejam sempre abertas a suspeitas; mas 2.7 é ao mesmo tempo convincente e sutil, e 2.71 parece realmente estar registrando e não inventando.

2.7. Esse poema está cheio das mais delicadas variações métricas. Há dois acentos em cada verso, mas eles variam tanto, e as sílabas átonas mudam tanto em posição e número, que quase não ocorrem dois versos iguais.
As vogais também são bem distribuídas.

"Arching high over
A cool green house."

A transição repentina para o som longo de i confere ao arco uma impressão de altura, enfatizada pelas vogais mais largas de ambos os lados.
O ar sussurrante é perfeitamente representado pelos repetidos esses da quarta estrofe.

> *O eco é maravilhosamente sugerido na última estrofe* pela discreta adição do último verso, e pelo fato de que o terceiro verso é uma repetição métrica exata do primeiro da primeira estrofe. Gosto de *"aqui o sol rebrilha, sombras a derramar". É ao mesmo tempo sugestivo e conciso.*

> 2.71. A sinceridade e espontaneidade desse poema lírico podem ser contrastadas com o confuso sentimentalismo do Poema 4. À sua maneira bastante minúscula, é muito refinado. Dá para se sentir o movimento delicado do ritmo conforme vai mudando do belo tom claro da terceira e quarta estrofes para a gravidade e firmeza das duas últimas. A mudança correspondente nos valores das vogais é perceptível – o efeito de aprofundamento acrescentado pelos longos as e os. A escolha dos adjetivos mostra total consideração por sua força emotiva – especialmente, "musguenta mó" que imediatamente cria a desejada atmosfera de quietude e paz ininterrupta.

Na última observação pode-se admirar uma reminiscência dos princípios japoneses de jardinagem. "À sua maneira bastante minúscula" corrobora a impressão.

Com esse belo equilíbrio e senso de proporção podemos contrastar 2.8.

> 2.8. Nenhum pensamento de espécie alguma me ocorreu antes de eu gravar esses versos na memória. Percebi, então, que as palavras e o assunto eram bastante simples, *mas no fundo* jazia algo que não sei definir. Parece ser uma tristeza indizível, o grito de um coração delicado, traído por alguém em quem confiava. (Talvez Tess tenha se sentido assim.) A bondade e o consolo da natureza aparecem realçados em contraste com a esperteza e a competição dos homens. O som do eco do mar me parece necessário para completar essa cena, pois acrescenta uma sensação confortante da vastidão da natureza que nos rodeia, uma sensação de que *não estamos sós, de que há alguém acima de nós, maior, mais sábio e mais forte do que nós.* Isso me faz lembrar "The Forsaken Merman" [O tritão abandonado].

É possível que de fato algo semelhante tenha passado pela cabeça do poeta; todavia, mesmo sendo assim, nós dificilmente podemos atribuir a adivinhação do leitor a algo além de um acidente.

Recuar afastando-se demais do poema, prestar muito pouca atenção ao detalhe, permitir que pensamentos e sentimentos partam para formulações próprias pode ser um método tão errado quanto a seleção mais capciosa de detalhes. Mas 2.7 e 2.71 mostram, se é que é necessário mostrar, que o exame mais minucioso dos detalhes é compatível com a mais completa e justa avaliação do todo. De fato, os dois aspectos andam inevitavelmente juntos. A fórmula soberana para toda leitura é que devemos passar do julgamento do todo para o julgamento dos detalhes. Inverter esse processo é sempre precipitação e temeridade resultando geralmente em desastre.

Será interessante observar a seguinte descrição do trabalho do poeta feita pelo falecido Sir Walter Raleigh: "Repleto daquela bela redundância e daquela variada repetição que são naturais a todos os sentimentos fortes e a todas as melodias espontâneas [...] a expressão surgindo sem ser buscada, com incessante recurso às palavras e expressões iniciais, com uma delicada noção de padrão que determina as mudanças da cadência."

At the round earth's imagined corners blow
Your trumpets, angels, and arise, arise
From death, you numberless infinities
Of souls, and to your scattered bodies go;
All whom the flood did, and fire shall o'erthrow,
All whom war, dearth, age, agues, tyrannies,
Despair, law, chance hath slain, and you, whose eyes
Shall behold God, and never taste death's woe.
But let them sleep, Lord, and me mourn a space;
For, if above all these my sins abound,
'Tis late to ask abundance of Thy grace,
When we are there. Here on this lowly ground,
Teach me how to repent, for that's as good
As if Thou hadst seal'd my pardon with Thy blood.*

---

* Dos cantos do orbe esférico, soai, / Oh anjos, as trombetas da verdade; / E vós surgi da morte, infinidade / De almas, e a vossos corpos retornai: / Quem se foi no dilúvio e em fogo vai, / Quem fome, peste, guerra, crime, idade, acasos, leis mataram, e quem há de / Sem o amargor da morte ver o Pai. Mas que durmam, Senhor, e eu me lastime; / Porque se excedo no erro a todo o que erra, / Teu excesso de amor não me redime / Depois de morto. Aqui na humilde terra, / Me ensina a penitência; que isso, então, / É selar com teu sangue o meu perdão.

(Tradução de Paulo Vizioli)

Poema 3

Entre a simples compreensão do sentido literal de uma passagem e a compreensão plena de todos os seus significados de todo o tipo, um número de posições intermediárias se apresenta. Determinar, mesmo que só aproximadamente, onde a falha ocorreu, em muitos casos, ultrapassa nossa capacidade. Seriam necessárias inúmeras batalhas do tipo gato e rato entre algum investigador com a sagacidade e pertinácia de Freud e uma fileira de infelizes "pacientes" para explicar sequer as linhas gerais do processo que nós com tanto desembaraço chamamos de "captação ou entendimento de um significado". Quase tudo o que sabemos sobre isso é que os estágios finais acontecem muito de repente e seus efeitos causam muita surpresa.

Os malogros na captação do significado, característica marcante de nosso terceiro conjunto de protocolos, não são, portanto, fáceis de classificar. A incapacidade para interpretrar pode ter inúmeras causas. Distrações, preconceitos, inibições de todo o tipo têm seu papel, e indicar com exatidão o item prejudicial sempre é em grande parte uma questão de adivinhação. A suposição, todavia, de que a estupidez não é uma qualidade simples, tal como outrora se pensava que fossem o peso ou a impenetrabilidade, mas uma conseqüência de inibições complexas é um passo largo numa direção promissora. Portanto, o mais obtuso cabeça-dura torna-se um objeto interessante.

Por mais arriscadas que essas adivinhações possam ser, alguns dos comentaristas apresentam pistas tão tentadoras que é impossível não segui-las.

> 3.1. Confesso de imediato que não consigo entender de que trata essa gritaria toda. O poema só confunde. Os numerosos pronomes e advérbios embaralham o pensamento, se é que de fato há no poema um pensamento definido.
> Por via de regra, *não gosto de sonetos shakespearianos*, refiro-me àquela forma, *de modo que é particularmente irritante fazer "good" rimar com "blood"*. Os dois primeiros versos são vigorosos e imaginativos, mas a lista das *opressões de Deus,* do Homem e da Natureza é um enorme obstáculo mental para a leitura desse soneto. Mas a confusão do pensamento impediu que se estabelecesse, no leitor, a comunicação e até mesmo a compreensão.

O preconceito contra a suposta forma shakespeariana, ou melhor, contra o dístico usado como fecho final, dificilmente pode ser tomado como explicação, embora a vista grossa que o comentarista faz à forma da oitava revele que a explicação tem alguma força. Seu ataque contra as rimas foi no máximo um pequena distração. Pista melhor vem de seu uso da palavra "opressões". O preconceito que isso sugere aparece mais claramente em 3.11 e é bem possível que seja responsável por uma boa parte dos fracassos.

> 3.11. Não consigo ligar essa estrofe a nada que me comova ou me atraia. E onde fica "there"["lá"]? *Não há nem pode haver condição para discutir se algum pecado será mais abundante do que o terrível estrago* que a guerra, a fome, o acaso, a idade e todas as outras tiranias possam ter *infligido à alma.* Um homem que peca se arrepende: mas *que razão tem para se arrepender aquele homem que é vítima dos castigos aqui enumerados?*
> Realmente, suponho que não entendo esses versos, e certamente gostaria de ter algum contexto, algumas "coordenadas" que pudessem me dar uma pista inestimável.

O ressentimento doutrinário aparece aqui de modo claro, por menos sorte que o comentarista possa ter tido ao tentar precisar sua objeção. E provavelmente não estaremos errados ao atribuir sua leitura falha a seu ressentimento, em vez do contrário. Parece que se requer algo mais do que um surpreendente desconhecimento dos elementos da religião cristã para explicar a indagação "Onde fica 'there'?" Apenas como especulação e nada mais, uma influência paralisante proveniente de uma reação anti-religiosa parece ser uma hipótese permissível. Que a vítima não tinha consciência disso parece estar indicado pelo seu desejo de um contexto. A estranha falta de reconhecimento da forma do soneto reaparece em 3.15.

A localização de "there" desnorteia outros comentaristas mais favoráveis.

> 3.12. Os quatro primeiros versos do extrato são impressionantes. Os "cantos do orbe esférico" é um belo conceito e atrai pela aparente contradição, enquanto "numberless infinities" ["infinidade / De almas"] transmite muito bem a idéia da imensidade da história da vida. Os versos 5-8 passam a apresentar um *catálogo, prático e frio*, das várias maneiras possíveis de se incorrer num fim violento. O sexto verso é particularmente pesado. O resto do poema não é muito coerente. A frase "When we are there" é *extremamente desconcertante*, e *"that's as good" ["que isso, então"] quase não se encaixa no solene tom religioso da composição.*

Esse trecho talvez deponha contra nossa hipótese de um preconceito anti-religioso. Mesmo assim, a descrição do "catálogo" como "prático e frio", a incapacidade de entendê-lo, chegando quase a uma rejeição, e a exigência da substituição do íntimo, coloquial "that's as good" por alguma frase menos real e imediata são fatos sugestivos. Entre as idéias das quais a mente talvez não goste de se aproximar muito, a idéia do Juízo Final pode sem dúvida reivindicar um lugar.

Uma leve corroboração talvez possa ser detectada na condescendência fácil de outro comentarista.

> 3.13. A mudança repentina da bela ressonância dos primeiros versos para a simplicidade dos últimos é eficiente, mas as longas fileiras de monossílabos são feias, e o quinto verso é imperdoável enquanto o sentido não é nada claro. É difícil compartilhar da atitude do poeta, porque embora seja ele evidentemente sincero, sua técnica é ruim. *Porém, apesar disso tudo, os versos realmente expressam a fé simples de um homem muito simples.*

O desprezo é uma reação defensiva muito conhecida.

Não se deve, todavia, exagerar essa hipótese do "medo inconsciente". Dois extratos onde se confessa a aversão pela doutrina apresentada mostram isso muito bem. O segundo é mais notável como exemplo surpreendente do poder das respostas de estoque.

> 3.14. Um poema dessa espécie exige perfeição. Caso contrário, enumerações do tipo "guerra, fome, idade ..." só podem aborrecer. Poemas sombrios devem expressar pensamentos profundos ou passar um sentimento

harmonioso de melancolia, não apenas um sentimento de medo e mal-estar para não serem um fracasso.

3.15. Uma profusão de palavras. Sem atração alguma. Podem ser um bom hino religioso – de fato, a métrica aponta para essa direção. Religioso demais para alguém que não acredita nesse tipo de arrependimento.

Que uma resposta de estoque, motivada apenas pelo assunto religioso, seja capaz de fazer um soneto soar como um hino religioso é um fato que certamente amplia nossas noções do poder da mente sobre a matéria.

Um leitor nervoso apresenta uma desculpa simples demais para a sua incapacidade de captar o significado.

3.2. O primeiro efeito desse poema é *confusão mental, por causa do clamoroso vigor da primeira metade*. A segunda metade é calma e eficiente, e esse efeito se obtém em grande parte pelo contraste com o começo. Apesar disso, a primeira parte é um tanto opressiva, sendo que um verso como "Quem se foi no dilúvio e em fogo vai" é supérfluo.

Às objeções morais à atitude do poeta, que aparecem em 3.3, 3.31 e 3.32, talvez se possa atribuir maior poder de encobrimento.

3.3. O primeiro verso é estimulante – "Dos cantos esféricos do orbe" se associa na minha cabeça a algum grande poema – será que a idéia vem de alguma parte do Paraíso Perdido? Mas os oito primeiros versos do soneto parecem não ter relação alguma com os seis últimos – a única conexão se estabelece entre o número de almas que devem ressuscitar e o número de pecados do autor, o que parece descabido. *Irrita pensar na "infinidade de almas" sendo acordadas só para voltarem novamente a dormir enquanto o autor se arrepende* – ele nem sequer nos conta nada sobre seus pecados para tornar a coisa interessante. Notei "quem há de / Sem o amargor da morte ver o Pai" na minha terceira leitura e quando "we are there" ["nós estivermos lá"], em vez de quando "I am there"["eu estiver lá"]. Quanto mais olho para isso mais me irrita.

3.31. Não há nada particularmente poético nessa passagem, não me emociona como poesia deveria emocionar, *jaz inerte como o narrador*.

3.32. Isso deveria provocar um efeito dos mais espetaculares: num único soneto estão comprimidos os dois vastos temas do Dia do Juízo Final e

da Redenção do mundo por Cristo. Mas por algum motivo o poema não desperta toda a emoção que se sente que deveria despertar. Creio que é porque ele parece progredir para baixo, da emoção maior para a menor. Primeiro temos o terror do Dia do Juízo Final; depois temos *o que é realmente um medo egoísta por parte do autor, de que ele pessoalmente possa vir a ser condenado.*
No entanto, simples fato de se tratar desses dois assuntos dentro dos limites apertados do soneto é realmente um feito considerável.
Tendo eu mesmo tentado sem êxito escrever sonetos, sinto uma admiração talvez anormal por sonetistas. Não fosse isso, acho que no fim eu teria dito que esse soneto é ruim.

Pressupostos técnicos, destruindo o movimento do verso e impedindo assim o desenvolvimento de associações emocionais, certamente cooperaram na produção de erros de compreensão e avaliações negativas.

3.4. Difícil "captar" som ou sentido – quase não se distingue de verso branco à primeira leitura – forma de soneto despercebida até a segunda leitura.
Sílabas curtas, fortes, abruptas em
"... fome, peste, guerra, crime, idade,
Acasos, leis ..."
não combinam absolutamente com a forma do soneto ou a majestade que o assunto pede na escolha de um modo de expressão. *Seqüência de pensamento obscura; e a condensação no quinto verso da oitava é feia tanto pelo ritmo como pela harmonia.*

Sua maneira forte e abrupta de ler esses versos provavelmente o impediram de abranger-lhes o sentido. Esse poeta talvez seja o de movimento mais lento na literatura inglesa, e aqui as trombetas ainda continuam soando até atingirem "ver o Pai". A condensação lamentada é, com toda probabilidade, seu nome para ignorância da cosmologia cristã. A mesma ignorância ajuda a frustrar o próximo comentarista.

3.41. Vigoroso porém obscuro, particularmente vigoroso nos cinco primeiros versos e particularmente obscuro em seguida. Quem é ou são "quem há de sem o amargor da morte ver o Pai"? *Os dois últimos versos carecem da força tão desejável no fechamento de um soneto.* A lista nos versos 6 e 7 é tediosa e *as rimas não são perfeitas.*

Em seguida, chama nossa atenção um leitor que desconhece as regras para o comparecimento no Dia do Juízo Final.

3.42. A invocação contida na oitava parece não ter muita relação com o sexteto, que é presumivelmente a parte principal do poema. *Por que invocar todos aqueles espíritos mais que outros?* Simplesmente porque a idéia da morte está diante da mente humana. O sexteto expressa uma idéia que não é incomum, e o faz de um modo bastante insatisfatório e inconvincente. Embora eu creia que não goste do poema, vejo nele algo impressionante e até mesmo intrigante.
Sonoridade na oitava e calma no sexteto são marcas óbvias; e *obviamente o poema diminui a velocidade* e tropeça na parte final.

A mesma espectativa de que um soneto deveria conformar-se com algum movimento predeterminado afetou 3.43.

3.43. A primeira impressão causada pela passagem foi o pensamento "Versos bastante comuns. Ritmo capenga. De alguma forma decepciona". E essa impressão só foi reforçada pelas considerações subseqüentes. *Tive a impressão de que o autor apontara para um alvo alto, mas a seta não chegara a atingi-lo. Ele consegue elevação e dignidade nos primeiros versos, mas não além deles. Porque* depois, pensei comigo, *uma certa monotonia se insinua.* Há uma *abundância de monossílabos e termos triviais,* cuja própria trivialidade se torna evidente pela incapacidade do poeta de elevá-los da mesma forma que o fez nos quatro versos da abertura, ou seja, mediante um ritmo nobre e uma música profunda e calma.

No extrato seguinte essa veleidade é guindada à mania.

3.44. Depois de repetidas leituras, não consigo ter outra reação a não ser repugnância, talvez por estar muito cansado enquanto escrevo. Essa *passagem parece ser um péssimo soneto escrito numa espécie de pentâmetro iâmbico muito temperamental. Nem mesmo forçando até o exagero e batendo com os dedos na mesa consigo descobrir os cinco pés iâmbicos normais;* os pés com freqüência não são iâmbicos, e às vezes há quatro, e até seis sílabas acentuadas num verso. Pela estrutura, a passagem soa como as primeiras tentativas de um colegial. Especialmente desagradáveis são os versos 5, 6 e 7. Contudo a idéia parece ter realmente seu valor.

Esta é a primeira vez que deparamos com o entusiasta da escansão. Teremos mais contatos com seus colegas adiante.

Inexperiência, falta de familiaridade (apesar da referência a Milton) com ritmos poéticos, exceto os mais simples, é o que provavelmente está por trás de 3.5 e 3.51.

> 3.5. Esse trecho tem uma toada miltônica e mostra os recursos miltônicos usuais (cf. vv. 6,7, onde temos um lista dos males da humanidade enfileirados para conferir aos versos um movimento lento e pesado). Uma composição versificada muito comum, que não impressiona nem inspira.

> 3.51. O primeiro ponto a respeito desse soneto, que parece muito óbvio, é que poderia ter sido escrito de modo bastante, se não mais, eficiente em prosa. O ritmo parece não existir.

Contrastando com isso 3.6 nos oferece uma liçãozinha simples e interessante.

> 3.6. Gosto da *grandiosa Reveille* dos primeiros 6 versos e 1/2. Aprecio a delicada tristeza dos últimos 7 e 1/2, e o contraste, mas apesar disso tudo, estou decepcionado. *Prefiro me sentir marcial*. A promessa e o começo malogram.
>
> *Não me importo com o sentido; o som é suficiente para mim.*

Ele vai muito longe, talvez o mais longe possível, por meio da abordagem puramente sensual. A relação da segunda parte com a primeira só pode ser mostrada pelo sentido; e, não conseguindo captá-lo, ele não entende o sentimento da abertura. "Marcial" não é absolutamente uma descrição adequada. Seu descaso pelo sentido talvez esteja ligado a sua preferência imatura.

> 3.7. É impressionante – mas não deixa uma impressão muito clara. Faltam quadros.

O visualizador frustrado não está sendo aqui uma figura muito compreensiva. Os que querem quadros nos seus poemas devem eles mesmos colocá-los lá. Não há nada nesse soneto que impeça Stanley Spencer de fazer com ele o que lhe aprouver.

Depois de tantos resmungos talvez não sejam inoportunos três tributos de leitores que parecem ter entendido o poema. O fato de não serem profundos ou brilhantes, como no caso de alguns outros poemas, não deve ser tomado como desconsideração por esse soneto. Está perfeitamente de acordo com a natureza de algumas composições a capacidade de deixar o espectador sentindo-se um tanto impotente.

3.8. Um fragmento interessante. "Dos cantos do orbe esférico" irrita à primeira leitura – mas se isso for uma citação da Bíblia está tudo bem. Bom contraste entre o todo da primeira parte e o da segunda. Também é boa a mudança de "Quem fome, peste, guerra, crime, idade, etc." e "quem há de sem o amargor da morte ver o Pai". Aqui há uma combinação imprópria de metáforas e ela não faz muita diferença. O tema do trecho eleva a gente acima dessa dificuldade. *Há um certo humor e um interesse muito humano nestes versos.*

O lado poético da mente desse leitor provavelmente tenha acrescentado "who shall" antes de "never", o que desemaranha a metáfora, embora o lado do comentarista tenha entrado em seguida para confundi-lo.

3.81. Tem a força de uma trombeta nos oito primeiros versos. É uma explosão de paixão, e não se pode ler calmamente. Note o crescendo no sexto verso que termina com a estridente palavra "tyrannies". No sexteto, a voz se abranda, o desejo do poeta por uma revelação muda para um sensação de humildade.

3.82. Se o "doce e deslizante" movimento do ritmo para expressar um estado de espírito passageiro é a virtude característica do poema nº 2, a do nº 3 é a condução e o controle de idéias vastas dentro das restrições da forma poética. Os cinco primeiros versos alçam vôo com ímpeto crescente, para culminar na arrasadora lista de calamidades – e depois, feito magistral, vem uma pausa, com o acento na primeira palavra do verso – "But" ["Mas"] e *tudo se acalma até atingir o tom neutro da sanidade e do humor*. Das quatro composições, apenas essa tem a força e segurança do poeta que sabe o que tem a dizer e sabe seu valor.

There was rapture of spring in the morning
When we told our love in the wood.
For you were the spring in my heart, dear lad,
And I vowed that my life was good.

But there's winter now in the evening,
And lowering clouds overhead,
There's wailing of wind in the chimney-nook
And I vow that my life lies dead.

For the sun may shine on the meadow lands
And the dog-rose bloom in the lanes,
But I've only weeds in my garden, lad,
Wild weeds that are rank with the rains.

One solace there is for me, sweet but faint,
As it floats on the wind of the years,
A whisper that the spring is the last true thing
And that triumph is born of tears.*

---

*De primavera e júbilo a manhã, / E no bosque falamos de amor. / Você foi primavera pra mim, meu rapaz, / E eu disse que a vida era boa.

Mas há inverno agora que anoitece, / E há ameaças de nuvens no céu, / Há o gemido do vento na chaminé / E agora digo minha vida morreu.

Pode o sol brilhar pelas pradarias, / Pode a sarça florir pelas sendas, / Mas eu só tenho o mato em meu jardim, rapaz, / Mato bravo que à chuva se adensa.

Um consolo há pra mim, doce mas fraco, / Que flutua sobre o vento dos anos, / E diz que a primavera é a verdade derradeira / E o triunfo quem traz é o sofrimento.

Poema 4

Às vezes convém considerar uma poema como um prisma mental, capaz de separar as misturadas águas do rio de seus leitores num número de tipos distintos. Alguns poemas – o último, por exemplo – simplesmente difundem ou refletem uma grande parte da luz intelectual-moral que lhes foi aplicada. Outros, dos quais o *Poema 4* é um notável exemplo, são transparentes; e, dado que têm um alto índice de refração, desempenham perfeitamente sua função analítica. Dividem as mentes que entram em contato com eles em grupos cujas diferenças são claramente discerníveis. E as razões para essas diferenças podem às vezes ser divisadas com segurança.

Aqui os grupos divergentes que se formam são dois, e, excetuando-se algumas complexidades menores nada difíceis de explicar, o princípio da divisão aparece de modo muito claro.

4.1. Absoluta baboseira.
Tremendamente banal na concepção.
"Bonitinho" se encaixa melhor. No mesmo nível do adjetivo "bonzinho" aplicado como padrão de caráter.
É impostura. Sentimentalismo recordado numa tranqüilidade muito sentimental. *Se a vida da garota de fato estivesse morta* ela *não* escreveria desse jeito. Ora é, *ela está se divertindo à beça – muito mais do que eu.* Nem uma única lágrima em toda a composição. É PSEUDO, FINGE, seus valores não têm valor. Moeda falsa. Coisa inferior, imitativa.

4.11. Um suspiro – um grande suspiro, trêmulo e desesperado. Isso é o que parecem significar esses versos. O suspiro porém está expresso em palavras e estas parecem nos transmitir *uma sensação de alguma mágoa inefável,* profunda demais para palavras. Esperanças frustradas que pareciam na primavera jorrar tão jubilosas afundaram agora na desesperança – *a total desesperança das palavras* "E agora digo minha vida morreu". É exatamente o fato de que *as palavras são tão calmas e contudo desesperançadas* que confere tanto impacto ao poema. Nenhuma expressão comovida mas uma pétrea dor vazia. E mesmo assim na última estrofe uma tênue e trêmula esperança se manifesta *e assim é que deve ser*, pois "a esperança jorra eterna no coração humano".

Acima de tudo isso tem-se nesse poema uma forte sensação, por assim dizer, de *ruínas desertas*, desoladas e nuas, o vento gemendo, o céu ameaçador e *a nítida sensação de esplendor decaído.*

Raras são as vezes em que o adágio é tão maravilhosamente ilustrado. Comida de Pedro *é* veneno de Paulo.

4.12. Um convite para uma orgia cuja recusa não traz mérito a ninguém.

4.13. Esse é um belo poema escrito com sentimento profundo e comovido e com uma seleção de palavras que só é possível para o poeta genuíno. A força melancólica do todo é transformada em algo maior pela *idéia inspiradora* e *corajosa* da última estrofe.

As mesmas características que são o pior pecado para um grupo são a suprema glória para o outro. A máxima crítica "Na dúvida, reflita perguntando-se se a falha mais gritante não é a principal virtude, e *vice-versa*", dificilmente poderia receber na prática melhor recomendação.

A antífona continua. Aqueles para quem a declaração feita anteriormente não é suficiente para garantir a autenticidade dos protocolos irão me acusar de exagero neste ponto. Mas nem uma sílaba foi alterada ou acrescentada.

4.14. É obra tão ruim que mal merece o esforço de uma crítica. *O ritmo é um trotar sem sentido*, que *não* varia nem muda com qualquer mudança de sentimento. As metáforas são tomadas das costumeiras formas banais e mais óbvias da natureza, nem sempre sequer apropriadas, como na estrofe 3. O *sentimentalismo* toma o lugar do sentimento, e *cai até os limites de um anticlímax ridículo* no verso final. Tem o *tom característico das revistas baratas.*

Já o próximo comentarista está tão convencido do contrário que consegue demonstrar os afetos do ser amado ausente.

4.15. Não há nada de sentimentalismo bobo nesses versos mas eles mostram o verdadeiro amor de um coração sincero por outro.

4.16. Só esse poema dentre os quatro do conjunto me comoveu de saída. É de fato muito eficaz – obviamente sincero e agradável de ler. O tema, embora um tanto óbvio, é do tipo que nunca se torna banal, especialmente quando recebe tratamento tão original e agradável como nesse caso. O final é muito bom e forte, o que é sempre importante. Tem *uma cadência* que é *muito agradável na leitura desde que não se exagere.*

Essa correspondência exata de visões opostas é forte prova da eficiência comunicativa deste poema. Ele tem de fato uma eficácia extraordinária em "chegar ao ponto". Às vezes, quando se expressam visões extremamente diferentes, temos a impressão de que, por algum desvio ou acidente na comunicação, poemas diferentes estão sendo julgados. Mas aqui há bastante evidência de que o mesmo poema (a mesma modificação primária da consciência) penetrou nessas mentes diferentes. É num estágio comparativamente tardio da reação que começa a divergência.

Graças a isso, talvez, algumas das máximas críticas mais conhecidas recebam uma corroboração interessante. A identidade, ou melhor, a conexão íntima de conteúdo e forma, por exemplo. Poderia citar Matthew Arnold: "A natureza superior da verdade e seriedade, na matéria e substância da melhor poesia, é inseparável da superioridade da enunciação e do movimento que marcam o estilo e a maneira. As duas superioridades estão intimamente relacionadas e numa proporção fixa de uma para com a outra." Dos dois lados do abismo, essa proporção fixa entre as superioridades (e inferioridades) é apontada com igual confiança.

4.2. De fato *de primeira qualidade.* A técnica é particularmente *muito boa.* Notam-se sobretudo *as aliterações, p. ex.* "Wild weeds that are rank with the rains" ["Mato bravo que à chuva se adensa"]. Também, a dupla rima no penúltimo verso é muito eficaz; de repente confere mais animação ao todo. Nota-se também a maneira pela qual vários *detalhes são simbólicos. As "chuvas" sugerem lágrimas*, para dar apenas um exemplo. No penúltimo verso, o poeta está naturalmente pensando que a morte é afinal apenas o começo de outra vida. Mas *é, naturalmente, pela emoção que contém que devemos julgar um poema.* A emoção nesse poema é forte e sincera.

4.21. Faz-me lembrar as baladas do interior da Austrália. *Tem pouco sentido e nenhum valor musical.* Só uma poesia com rima certinha, na qual as palavras são escolhidas sem cuidado. A "minha vida morreu" é um absurdo. Um número demasiado de palavras curtas e átonas; daí na leitura a necessidade de engolir as sílabas. Espera-se o "tralalá" e a repetição do verso no final de cada estrofe.

Num elogio mais sóbrio e distanciado, a convencional classificação abstrata do conteúdo combina bem com a descrição rotineira da forma.

4.22. Aqui está *um poema lírico agradável, melodioso*, que tem *filosofia e interesse pelo amor.* Os *efeitos antitéticos* funcionam bem; a repetição de "mato" na terceira estrofe é um detalhe excelente, assim como a rima interna no terceiro verso da quarta estrofe. O poema *tem balanço e cadência* que tornam agradável sua leitura. É *no todo muito bem construído e bem realizado.*

Pode-se recomendar o exercício de entender com a imaginação as reações dos dois leitores que vêm em seguida, ponderando-as, juntamente com o poema, até que cada uma pareça ser a única reação possível. Algumas transformações do tipo Jekyll e Hyde ao se passar de uma para outra, e vice-versa, poderão ser consideradas esclarecedoras.

4.23. Poucas coisas são mais repugnantes do que a *emoção barata* expressa em lágrimas fáceis. A poesia nº 4 fala do "triunfo que nasce das lágrimas" e aparentemente quer manifestar uma longa e penosa luta. Se o triunfo, as lágrimas e a passagem dos anos estão ligados entre si apenas porque à primeira vista parecem ter um significado comovente e um efeito vagamente poético e romântico (e certamente "primavera e júbilo", "amor no bosque", confissões, nuvens ameaçadoras, vento gemendo, sarças e mato bravo são *as armadilhas convencionais e palavras-chave do romance*), o nº 4 não merece nada mais do que desprezo. *Se o escritor foi movido por um sentimento intenso*, com certeza foi *lamentavelmente desencaminhado* ao escolher como meio de expressão *uma métrica regular fluente, frases feitas e rimas óbvias*. As rimas parecem ter grande influência sobre o sentido: no verso 15 "thing" não significa exatamente nada, mas rima com "spring" e por isso está ali. Finalmente *as antíteses fáceis* – primavera e inverno, rosas e mato etc. são fatais para qualquer esperança de sentimento verdadeiro por trás desses versos; e sem sinceridade a poesia não é possível.

4.24. A simplicidade desse poema contrasta com a falta de idéias do nº 2. Aqui palavras e imagens comuns estão sendo usadas para celebrar *a paixão mais elementar* – o amor – e expressar *fé na confortante filosofia tão famosa* graças ao último verso da "Ode to the West Wind" [Ode ao vento oeste] de Shelley: "Se vem o inverno, pode estar muito longe a primavera?" As metáforas são adequadas e, embora simples, conduzem tal cortejo de sugestões que devem chamar a atenção da pessoa mais prosaica. A terceira estrofe contém um dilúvio de emoção, enfatizada por *um contraste admirável*, e o verso "flutua sobre o vento dos anos" revela aquele gênio para a expressão que é uma das características mais importantes de um grande poeta (que se distingue de um astuto versificador).

Veremos que o que é normalmente descrito como uma "diferença de gosto" pode ter implicações infinitas; batalhões inteiros de percepções e discriminações morais e intelectuais aparecem num átimo ou se apagam e somem conforme passamos da visão de um comentarista para a de outro. E que cruezas não deve cada comentarista reconhecer no outro! Deveríamos lembrar que esses tipos de diferenças *sempre* constituem o pano de fundo, mesmo, por exemplo, em 4.22.

No entanto, onde nos situamos e onde fica nossa personalidade, em meio a essas estonteantes transformações caleidoscópicas do mundo moral? Talvez nos possamos firmar um pouco com 4.25, que é bastante mais objetivo e tem opiniões sobre fingimento, amor e declarações.

4.25. Passa uma impressão artificial de maneira uniforme – os versos não têm volume de som adequado para transmitir uma emoção forte e nenhuma cadência para expressar uma emoção profunda, *como a que se finge estar transmitindo*. No todo, um efeito de excesso de autocomplacência, com um ritmo regular todo certinho. *Sentimentalismo confundido com a paixão mais profunda do amor – Não se declara*

"agora digo minha vida morreu"

em tom tão indiferente.

Opiniões a respeito da técnica do poema e opiniões a respeito de seu objetivo ou efeito final aqui andam juntas com rara fidelidade; e se quiséssemos provar, por exemplo, que a maneira pela qual se recebe o *ritmo* das palavras não é independente da reação emocional que o sentido delas desperta, exemplos como esse não deveriam ser desprezados. Mas esses desenvolvimentos teóricos podem ser adiados para páginas posteriores (Parte III, Capítulo 4).

Alguém que discorda quanto a esse ponto pede para ser incluído; mas o assunto de que se fala aqui diz respeito a algo muito distante do "conteúdo", "matéria" ou "substância" que estivemos considerando. O "assunto" aqui é o conteúdo considerado de modo abstrato e à distância (Parte III, Capítulo 6, p. 242).

> 4.26. O assunto é sério mas o tratamento é de uma simplicidade infantil e forçada, e as duas coisas não se encaixam uma na outra. Degenerou em mero sentimentalismo, o emprego da palavra "rapaz" em tom sério soa agora despropositado e "mato bravo que à chuva se adensa" fica bem sobre um monturo de lixo mas não num texto escrito.

O aparecimento da palavra "lad" ["rapaz"] teve outras conseqüências.

> 4.27. Adaptação perfeita de ritmo e som ao significado.
> Por que a poesia de depressão é tão atraente? É provável que a resposta esteja em parte nos dois últimos versos e em parte no fato de que se trata de uma experiência fácil de ter e comum a todos. É bastante parecido com A. E. Housman, mas melhor do que a maioria de suas obras porque aqui há menos daquele desespero mórbido da depressão, e nada de macabro. Não deixa uma impressão final de tristeza, mas de grandeza.

A mesma inferência precipitada a partir de "lad" foi responsável por 4.26. Talvez seja natural lamentar um pouco não se ter estado presente a algumas da discussões mencionadas.

> 4.28. Isso deve ter sido tirado de "A Shropshire Lad" [Um rapaz de Shrophshire] ou "Last Poems" [Últimos poemas], *embora eu não consiga localizá-lo com precisão*. Para mim o mais agradável dos quatro. *Excelente forma lírica* – uma única idéia despertando uma única emoção que se eleva rapidamente até o clímax dos dois últimos versos. Ritmo tão agradável que eu li e reli só por isso. *Melancolia agradável porque proporciona o seguro "luxo do sofrimento" indireto.* A qualidade cantante e a inesperada rima interna do penúltimo verso são sem dúvida eficazes. Esse verso é minha razão particular para gostar desse poema lírico. *Expressa com habilidade nunca vista uma idéia que me acompanha há muito tempo e que já discuti com muita gente.*

A atribuição do poema a Housman permitiu que esse leitor também se abandonasse ao luxo "seguro" do elogio "correto".

Para contrabalançar um dos melhores pontos apresentados em 4.1, podemos citar a opinião de 4.3.

4.3. Há *algo muito real* na atmosfera desses versos. Aqui há uma espécie de simplicidade rural inocente, como se os versos realmente *saíssem do coração de uma donzela do campo*. Talvez isso seja sugerido pelo ritmo, que até certo ponto é datílico. É difícil explicar exatamente como os versos conseguem seu efeito, mas esses versos "encontram" seu leitor mais facilmente do que os outros extratos.

A sugestão métrica não esclarece muito o problema. Os dois pontos são levados adiante por 4.31. É desconcertante vê-lo ficar em cima do muro, uma tendência que quase não aparece neste conjunto de protocolos.

4.31. Tum, *túm* ti ti *Túm* titi Túm ti
Ti *túm* ti ti *túm* titi *túm* –

Isso me faz perder a calma – parece tão bobo – pior do que um realejo (que tem uma beleza peculiar).
Certamente *tristeza e solidão não são assim! Tudo está correto* – primavera, amor, bosques, o rapaz, manhã – inverno, solidão, casa, ausência do rapaz, anoitecer – o desolado "jardim de meu coração"– e no fim, o adequado sentimento do bem que vem do mal etc.
As lágrimas conseguem afogar o triunfo. – *É assim que as mulheres se sentem? No meu caso não*. Duvido que até mesmo uma doméstica aprecie essa obra.
Talvez num outro estado de espírito isso me atraísse, tão simples e tão triste, e contudo tão corajoso – mas não sei dizer.

Talvez se pudesse esperar que a associação pessoal, a impertinência mnemônica, pudesse ameaçar esse poema de modo particular. Alguns comentaristas preveniram-se contra isso:

4.4. Faço *uma associação pessoal especial* com essa composição *que poderia me predispor a seu favor*. Minha opinião, porém, é que é totalmente ruim. Parece-me que o autor quis comunicar uma emoção realmente válida, mas fracassou por completo. Conseguiu, todavia, escrever palavras que podemos com justiça descrever como atabalhoadas e sentimentais.
A métrica empregada sugere poesia burlesca e quintilhas humorísticas [*limerick*] da pior espécie. As *palavras* em si são *mal escolhidas* e as *metáforas* são *convencionais e inconvincentes*. Por exemplo, o emprego da palavra "primavera" na primeira estrofe e "mato" na terceira.
A impressão final é de Repugnância.

4.41. Esse poema é na minha opinião *excelente*. Não sei dizer se por causa das *coisas com que o associo* ou se por *sua expressão exata* e sua simplicidade. As estações do ano e o sol me afetam mais do qualquer outra coisa, e *nesse poema posso sentir a primavera, a melhor estação da vida e da natureza*. Tem as imagens perfeitas que são tão essenciais num poema sobre a natureza.

Ainda mais sutil deve ter sido a influência das Respostas de Estoque.

4.5. Obviamente, temos aqui a expressão de algo que o escritor realmente sentiu. A idéia de que "a esperança brota eternamente no coração humano" e é de fato o grande atributo do espírito está muito bem expressa por meio da comparação, ou melhor, nesse caso, da metáfora da primavera. *Os sentimentos do leitor irrompem impetuosos* para endossar os dois últimos versos:

> "... que a primavera é a verdade derradeira
> E o triunfo quem traz é o sofrimento."

A primavera sempre foi o tema preferido pelos poetas cuja perspectiva é o que geralmente denominamos "Romântica". *É*, com todas as suas associações, *o complemento físico da poesia* oferecido à mente humana. Não estou sendo muito claro, suponho, mas *um pequeno poema como esse age sobre meus sentimentos como a primavera age sobre as flores,* pássaros e campos, depois do inverno – sem contar que também atua sobre a inteligência.

"Os sentimentos do leitor irrompem impetuosos." E assim também as comparações, não apenas com *The Shropshire Lad*.

4.51. *A Natureza usada aqui de modo extremamente eficaz* como um "appui", *à maneira de Lamartine e Wordsworth* ("Margaret"?). O amor está pintado *com o frescor de um Burns, sem sua sensualidade*. Contraste comovente entre o mato no jardim (no coração dela) e a floração da natureza. Conclusão epigramática, importante. O conforto nasce da aflição – *mesma lição* em Wordsworth. Belo ritmo musical. Natureza representada com beleza e *fidelidade*.

E os sentimentos que irrompem impetuosos podem percorrer uma rota que é apenas parcialmente dirigida pelo poema.

4.52. "Um consolo há para mim, doce mas fraco."... "Doce mas fraco"– isso me pareceu resumir toda a atmosfera, ao que eu também acrescentaria "delicado". É uma mistura de alegria e tristeza, e disso nasce uma emoção, ao mesmo tempo mais aguda, mais intensa, mas ainda assim *doce e fraca como os guizos da caravana em Hassan*. A música parece aumentar e diminuir como o soprar do vento. Ora forte e flamante, com a memória do amor presente, ora triste e suave com a memória do amor que passou. E no fim parece elevar-se até o triunfo, exatamente o triunfo em que o autor estava pensando – "nascido das lágrimas".

Não ficou claro se o comentarista seguinte está se referindo à heroína do poema ou ao autor.

4.6. O "consolo doce mas fraco" que flutua com tolo otimismo sobre ventos metafóricos me enche de uma sensação de superioridade e desprezo. Não posso e não vou dar mais nenhuma atenção a esse *fracote efeminado.*

Finalmente, sua arrogância pode contrastar com a humildade de 4.61.

4.61. Como

(1) tenho apenas dezenove anos;
(2) nunca estive apaixonado;
(3) não sei o que é sarça;
(4) acho que a primavera não tem júbilo algum;
(5) —— a aliteração é ruim e desnecessária;
(6) —— esse simbolismo não tem valor algum;

declaro que esse poema é puro lixo sentimental. Crítica mais detalhada seria tolice e futilidade. Uma única leitura bastou para me convencer. Espero nunca ler isso outra vez.

Aqui também devemos adiar os comentários até a Parte III, onde os problemas aliados do Sentimentalismo e das Respostas de Estoque poderão ser discutidos exaustivamente.

What's this of death, from you who never will die?
Think you the wrist that fashioned you in clay,
The thumb that set the hollow just that way
In your full throat and lidded the long eye
So roundly from the forehead, will let lie
Broken, forgotten, under foot some day
Your unimpeachable body, and so slay
The work he most had been remembered by?

I tell you this: whatever of dust to dust
Goes down, whatever of ashes may return
To its essential self in its own season,
Loveliness such as yours will not be lost,
But, cast in bronze upon his very urn,
Make known him Master, and for what good reason.*

---

* Morte, que morte? Tu não vais morrer! / Pensa: a mão que o barro soube construir / E na garganta funda fez fluir / A abertura, e tão bem soube fazer / A cortina dos olhos, vai perder, / Roto, esquecido, pisado, sem porvir, / Teu impecável corpo e destruir / A obra que o fez mais aparecer?

Uma coisa te digo: o pó voltará / Ao pó e a cinza à cinza há de voltar, / Quando a hora ecoar sobre o ser vivo, / Mas beleza como a tua não morrerá, / Em bronze a tumba dele vai ornar, / Celebrando-o Mestre, e com que motivo.

Poema 5

O mero significado desse poema intrigou um número extraordinário grande de leitores. Dos 62 que entregaram os protocolos, 17 declararam-se confusos; 14 parecem ter vislumbrado o sentido – o que significa dizer que acompanharam o pensamento, entenderam o que ele diz; 7 são casos duvidosos; e nada menos que 24 dão a impressão de não terem entendido sem sequer se darem conta da situação.

Esses números estariam sugerindo que o poema é extraordinariamente obscuro. Todavia, ninguém que tenha entendido o significado irá facilmente se convencer de que isso seja verdade. Considerando-se porém que, na melhor das hipóteses, somente vinte leitores entenderam, e os dois terços restantes consciente ou inconscientemente fracassaram, parece imperioso começar apresentando uma paráfrase em prosa, que no mínimo colocará a questão central no seu devido enfoque. Aqui está:

"Tu não deverias pensar na morte, pois não vais morrer. É inconcebível que Deus, que te fez tão perfeito, te deixe perecer, pois tu és sua obra-prima. Não importa o que quer venha a morrer, tua beleza é grande demais para se perder; pois, quando Deus morrer, tua imagem será para sempre conservada como um memorial de sua habilidade de criador." ("Tu", pode-se acrescentar, refere-se a um ser humano.)

A dificuldade de acreditar que esse seja realmente o sentido de uma composição escrita com tanta desenvoltura explica a perplexidade e a incapacidade para interpretar que marcam um número tão elevado de protocolos. O significado que vemos nela, porém, não é o ponto importante aqui; o importante é a questão em geral do lugar do simples sentido prosaico, ou idéia, em poesia.

Não se pode, obviamente, estabelecer nenhuma regra geral. Cada caso deve ser julgado pelos seus próprios méritos, e a estrutura específica do poema em questão deve ser considerada em sua plenitude. Há tipos de poesia ("Before the Mirror" [Diante do espelho] de Swinburne, por exemplo) em que a argumentação, a concatenação de pensamento, está muito pouco relacionada com o efeito em si do poema, em que o pensamento pode ser incoerente sem prejuízo, pela simples razão de que o poeta não está fazendo uso da argumentação como tal, e assim a incoerência poder ser negligenciada. Há outros tipos em que o efeito do poema pode girar em torno da irracionalidade, em que os sentimentos especiais que surgem a partir do reconhecimento de incompatibilidade e contradição são partes essenciais do poema. (Não são sempre sentimentos alegres; podem ser desesperados ou sublimes. Compare-se o fecho de "The Definition of Love" [A definição do amor] de Marvell.) Esse poema, porém, não pertence a nenhum desses dois tipos. Já que a hipérbole de que essa beleza específica sirva como monumento à memória como memorial de Deus é apresentada duas vezes nos dois pontos de maior ênfase, não pode haver muita dúvida de que uma plena compreensão desse aspecto é necessária para a leitura do poema. Esse pensamento é realmente parte essencial da estrutura, e o poema tem de aceitar todos os riscos que o fato implica. O cerne, o momento crítico do poema está nos efeitos emocionais da *percepção* desse pensamento culminante.

Se assim é, os diversos embates dos autores dos comentários com o pensamento são esclarecedores. Primeiro, que sejam representados aqueles que sabiam que não tinham entendido o poema.

> 5.1. Nenhum atrativo para mim. Comunicação falha, pois após a vigésima leitura *a natureza do interlocutor* era ainda desconhecida.

> 5.12. Não entendo se o poeta está falando com uma *mulher* ou uma *estátua*.

Pode-se observar de passagem a suposição interessante de que o "corpo impecável" deve ser de uma mulher, não de um homem. Ela ressurge com freqüência.

5.13. Considero o poema *ininteligível* do jeito que está. É uma mulher viva ou uma estátua? *Não consigo uma explicação para os dois últimos versos.* Um título talvez salvasse a situação. A expressão sob outros aspectos é curiosamente excelente. O assunto é visualizado à maneira de um pintor ou escultor. *O pensamento compacto e poderoso* de certa forma sugere Browning.

Como pode o pensamento, embora ininteligível, ser reconhecido como compacto e poderoso é um grande mistério. Provavelmente o comentarista quis dizer que a expressão causa essa impressão, o que é uma observação verdadeira e importante indicando que aqui o sentido não é secundário para a leitura plena do poema. Na realidade, como alguns comentaristas irão sublinhar, "compacto" não é exatamente um adjetivo que se possa atribuir ao soneto.

A mesma disposição para aceitar o envelope no lugar do conteúdo reaparece muitas outras vezes.

5.14. *Achei a idéia do poeta difícil – até mesmo impossível – de captar.* De quem era "a mão que o barro soube construir" – de Deus, ou simplesmente de um escultor humano? É *difícil reconciliar* o "barro" e "na garganta funda fez fluir a abertura", dos primeiros versos, com "Em bronze a tumba dele vai ornar", dos versos finais. O soneto, contudo, está muito bem construído. Durante a leitura, a voz gradativamente vai crescendo na oitava, e diminuindo perto do final. *Evidentemente é uma idéia esplêndida*, mas está *expressa de modo obscuro*, e o soneto fracassa no seu objetivo.

Evidentemente o pensamento tinha de ser esplêndido, para estar em harmonia com a maneira do soneto; esse é o raciocínio que dominou muitas avaliações. A patética desconfiança dos leitores quanto à sua capacidade de interpretar, de penetrar até o conteúdo, sua incapacidade de imaginar e captar o esplêndido pensamento, é um ponto que os educadores irão reconhecer como sendo crucial.

No entanto, nem todos os que aprovaram o pensamento sem dominá-lo foram levados a essa atitude pelo fascínio da expressão.

5.15. Que significa "Em bronze a tumba dele vai ornar"? A frase me parece infeliz, fazendo com que se pare de repente, à procura do *significado. Um bom ponto (para a imortalidade), bem elaborado e bem colocado*: mas será que a expressão é muito elevada? "Morte, que morte?" não é muito feliz, embora talvez seja uma abertura de impacto. "Uma coisa te digo" causa uma impressão muito "prosaica". Por outro lado *a idéia*

> *como um todo está bem transmitida* pelo poema, o que produz uma sensação de satisfação e plenitude, talvez sobretudo devido aos dois últimos versos, *por mais enigmática que seja a frase da "tumba"* mencionada acima. A poesia religiosa *sempre* me atrai e quero muito extrair dela o melhor.

A busca do significado não foi muito longe. Seria interessante saber o que era exatamente para esse leitor "a idéia como um todo", e como se desenvolve a argumentação a favor da imortalidade, e de que tipo de imortalidade. Outros comentaristas irão mais adiante lançar um pouco mais de luz sobre tudo isso. O que quer que fosse, provavelmente teve muito a ver com a popularidade do poema.

Mas o ar confiante do soneto, criando uma "atmosfera de abordagem" muito favorável, como dizem os manuais de vendas, também teve sua influência.

> 5.16. *Tenho certeza de que esse é um bom soneto*, mas exige muito esforço. *Gosto do ritmo, e as palavras me agradam muitíssimo*; mas, apesar de tantas leituras, ainda não cheguei ao seu significado preciso. É óbvio que a senhora morrerá, fisicamente, mas foge à minha compreensão saber se sua beleza deverá ser preservada nas mentes de outros ou concretizada no bronze. A oitava aponta para a segunda hipótese, mas parece que o sexteto confunde a questão.

Os dois atrativos, o ritmo superficial e a "idéia" podem ser vistos juntos.

> 5.17. *Não tenho muita certeza* de que a pessoa interpelada seja a estátua mais famosa de um grande escultor ou um belo ser humano. *A comunicação não está* muito *clara.*
> Mas gosto muito desse poema. *Ele expressa de um modo muito satisfatório uma idéia com a qual concordo sinceramente,* mas que, *talvez,* não seja nova. Ela tem alguma substância.
> *Também gosto da forma. As palavras e o ritmo são muito bons.* Não sei dizer *exatamente* como se deveria ler isso.

Essa hesitação à beira do entendimento, essa esquiva relutância a mergulhar nas profundezas das idéias que, se causaram tanto prazer, deveriam com certeza mostrar-se mais atraentes, é tudo muito suspeito. Em alguns desses observadores de superfície, a trivialidade geral ou constitucional e a falta de iniciativa podem ser uma boa explicação. No entanto, o narcisismo e a timidez ou inibição intelectual baseada na sensação de que "as coisas não suportam uma investigação e é melhor não mexer com elas" são freqüentemente fatores que colaboram para isso.

Alguns dos confusos levantaram objeções a certas partes do sentido. O comentarista seguinte deve achar *Gênesis* ii. 21 muito risível, mas identifica uma dificuldade do poema que poucos comentaram, a mudança da imortalidade do indivíduo sugerida pela abertura para a mera eternidade da beleza mais adiante.

> 5.18. Não gosto da atmosfera geral do poema. Realmente não o entendo. O "Mestre" é Deus?
> Sendo assim, *é ridículo imaginá-lo formando uma abertura na garganta de alguém.* Se o "Mestre" é um escultor, algum dia ele terá de "perder, roto, esquecido, pisado" o impecável corpo, *mesmo que* a beleza continue viva. O poema – presumivelmente um extrato – parece contraditório e é irritante.

A incapacidade de reconhecer um soneto nós já vimos e veremos outras vezes.

Mais curiosos são os muitos casos em que o leitor não tem consciência de que sua interpretação não esgota as possibilidades.

> 5.2. *Uma maneira muito engenhosa de dizer que o artista fez um molde de uma linda mulher.* A abertura é boa – como também a elaboração até o clímax, sustentada pelas perguntas.
> A frase "Uma coisa te digo" é quase necessária para recuperar o fôlego – mas completamente desnecessária sob outros aspectos. O final é muito fraco.
> Gosto da maneira pela qual ele expressa a moldagem – "e soube tão bem fazer a cortina dos olhos". Mas a idéia da mão e polegar é abandonada sem o devido cuidado, *embora o sentido* nunca *seja* obscuro.
> Palavras bem escolhidas, e o ritmo carrega consigo o sentido.

> 5.21. Não gosto desse soneto; não contém *um pensamento profundo*, pois o *bom senso nos diz que uma estátua nunca morre.*

Visto com esse sentido, o poema não contou com grande simpatia, embora algumas objeções que lhe foram feitas mal pareçam menos arbitrárias do que a interpretação.

> 5.22. Dá a impressão de ter sido escrito como exercício e não sugere emoção genuína ou profunda. O sentimento não é suficientemente forte para enlevar o leitor e assim *ele percebe que o "corpo" está sendo exibi-*

> *do e que "ele" foi criado a partir de uma mão e um polegar.* Tudo parece *um certo desperdício de elogios corteses e artificiais* tais como "impecável" e "beleza como a tua" *distribuídos a torto e a direito*, enquanto a segunda metade do último verso quase consegue estragar a peça inteira.

Mas a maioria dos leitores não procurou um controle tão firme sobre o significado do poema, contentando-se com uma reação mais genérica a um tema tradicional.

> 5.3. A idéia nesse soneto é nobre e está bem expressa, *sendo seu tema que a beleza nunca morrerá*. Do começo ao fim, o *pensamento* é claro e a forma impecável.

Esse foi o tema mais popular, mas às vezes outros também serviram.

> 5.31. Gosto muito desse soneto. Seu significado depende do vínculo estreito que ele pressupõe entre a beleza física e a espiritual, e esse vínculo é um dos fatores que me levam a pensar que é de Rossetti, pois *no seu mundo ideal da arte, esse vínculo sempre valeu*. Gosto da nota triunfal da segunda parte do poema.

Esses comentários parecem expressar partes da "idéia como um todo" mencionada anteriormente (5.15). Como poderíamos esperar, outros tratamentos do tema mais popular são evocados.

> 5.32. Lembra-me a gloriosa "Ode to the Nightingale" [Ode ao rouxinol] de Keats, especialmente da estrofe que começa "Tu não nasceste para a morte". Expressa *um pensamento que a maioria de nós tem a certa altura da vida*. Banqueteamos (nossos olhos) nalgum objeto de beleza, não necessariamente animado, e gememos ante a idéia do caminho empoeirado até a morte, que engole tanta beleza, para no fim explodirmos em protestos, e, se tivermos algum tempo à nossa disposição, ou nos resignamos ao inevitável ou nos consolamos com a filosofia de John Keats. Esse poema expressa, ao mesmo tempo, uma queixa ardente e uma esperança inspiradora, em versos que, se não são polidos, são pelos menos eficazes.

Comparações dessa natureza podem ter um efeito positivo ou negativo. Às vezes o outro poema evocado ajuda o leitor a tirar o melhor que lhe é possível do poema que tem a sua frente. Mas com igual freqüência essas evocações, racional ou irracionalmente, são obstáculos. A dupla possibilidade ocorre todas as vezes que um poema parece tratar (ou realmente trata) de um tema comum ou sugere uma resposta de estoque. Pelo menos dois leitores, que parecem ter-se dedicado mais seriamente a esse soneto, foram tão prejudicados pelas lembranças de Keats quanto o último comentarista foi beneficiado.

> 5.33. Keats expressou a mensagem desse poema em *linguagem mais simples e, contudo, conseguiu o mesmo efeito* quando escreveu "O objeto de beleza é um prazer eterno. Sua graça aumenta sempre e não cairá no nada..." Esse poema me parece *grandiloqüente em vez de grandioso. A verdade óbvia do sentimento expresso* parece revestida em dificuldades desnecessárias e *o significado dos dois últimos versos,* supondo-se que tenham um significado, *na minha opinião se perde completamente.*

> 5.34. A oposição das idéias de beleza e morte não é incomum, mas a expressão na oitava é admirável. Não consigo entender os dois últimos versos do sexteto e o terceiro verso me parece atabalhoado. A idéia subjacente é válida mas não está tão bem expressa quanto em "O objeto de beleza é um prazer eterno", etc.

O mesmo acontece com a reação emocional que segue a apresentação do tema. Sentimentos muito diferentes foram registrados.

> 5.35. Esse poema é bom porque é uma expressão sincera do sentimento do escritor, e esse *sentimento é de elevada adoração.* Independentemente da verdade ou falsidade da crença, *nós nos elevamos a um nível grandioso.*

> 5.36. Não consigo me decidir a respeito desse poema. Sua expressão é simplesmente maravilhosa, mas o que se expressa é na minha opinião um *consolo falso que de nada me serve.* Reconheço o poema como uma expressão refinada de uma certa maneira de ver as coisas, mas ela *é na minha opinião uma maneira inadequada.* Portanto, não hesito em deixar o poema de lado. Talvez seja porque sinto que o poeta está tentando defender seu ponto de vista.

Encontramos, porém, outros leitores, menos exigentes em termos intelectuais, que se mostram mais receptivos:

> 5.37. Gosto tanto da idéia quanto da maneira com que se expressa. *Para um cético* – como eu – trata-se de *uma das poucas linhas de pensamento que conduz na direção da crença na imortalidade.* Expressa grande convicção.

Vale perguntar a que tipo de imortalidade a persuasão conduziu esse cético, ou precisamente que tipo de conforto deseja o leitor que vem em seguida. Poemas particulares que se devem atribuir a Respostas de Estoque são quase com certeza a explicação para os dois casos.

> 5.38. Alguém, temendo a morte, expressou suas dúvidas ao poeta e em, conseqüência disso, o poeta escreveu um consolo. *Esta mensagem de conforto descarta qualquer crença cínica em "longe dos olhos, longe do coração"* e declara que a "beleza não se perderá", mas será moldada em bronze sobre uma tumba no Céu e será eternamente lembrada. Não é comum a pergunta se "será possível que Deus teria feito você tão gracioso e belo apenas para destruí-lo". Ela proporciona conforto àqueles que têm suas dúvidas sobre o outro mundo – a morte não parece tão assustadora. Os seis últimos versos, que constituem o consolo do poema, são proferidos *com uma segurança tão calma que a mente atribulada vê seus temores apaziguados* e, sendo que os versos parecem fluir de modo mais suave e confortante na parte final, eles proporcionam uma placidez de espírito.

Está claro que o problema doutrinário, o lugar e a importância das crenças na poesia, precisa ser discutido. De fato vários comentaristas, de maneira clara ou implícita, expressam uma opinião a respeito desse dificílimo problema geral.

> 5.4. Um soneto que expressa uma noção da permanência da beleza. Vinculada a uma noção da imortalidade por trás das coisas mesmo humanas e materiais, e *a uma noção de uma força irrefutável que cria a beleza com um propósito determinado – um "bom motivo"*. O poema, desse ponto de vista, é interessante, embora não se trate de uma idéia inédita. É de fato um pensamento *comum a todos os poetas* e expresso por todos eles de um modo ou de outro. É *tanto a explicação quanto a justificação da própria poesia* bem como de todas as formas de arte.

A interpretação feita pelo comentarista das últimas palavras do soneto – "and for what good reason" – é um tanto arrojada demais, mas sua opinião sobre as crenças que supostamente originam a poesia é muito comum. Essa visão é elaborada, com o acréscimo de um tom de asceticismo nervoso, em 5.41, onde também aparecem alguns receios de que a doutrina pudesse interferir demais.

> 5.41. Essa convicção estética da imortalidade foi provavelmente escrita por algum escultor ou artista poeta que sabia apreciar plenamente o pra-

zer da criação. O prazer do poeta ante a beleza física é muito sincero. *A nota de sensualidade que se poderia esperar em tal admirador* está inteiramente ausente porque o poeta está pensando mais na satisfação do criador ao contemplar o objeto criado do que *no efeito emocional que a beleza tem sobre as pessoas*. O poeta se colocou no lugar de Deus, ou melhor ele O considera como um escultor cujo nome só pode se perpetuar pelas criações de Suas mãos. *O poeta tem a religião do artista que vê a beleza e a glória de Deus na Natureza* e nesse poema quaisquer *idéias religiosas presentes são subjugadas ao serviço da* glorificação da pessoa a quem o poema se dirige.

Perturbados pelas mesmas dúvidas sobre até onde a doutrina é admissível em poesia, dois comentaristas propõem o "estado mental" ou "disposição de ânimo" como solução da dificuldade. Sugere-se que, se a poesia expressa apenas um "estado mental" ou uma "disposição de ânimo", os pensamentos apresentados não precisam ser examinados isoladamente. Essa sugestão talvez se encarregue daqueles que hesitam quanto à verdade do pensamento, mas não daqueles cuja objeção se refere à sua incoerência intelectual ou emocional.

5.42. Aqui está um *esperançoso estado mental* expresso em verso. É um poema atraente. Parece um pouco lamentável dissociar as opiniões nele expressas da impressão produzida pelos próprios versos. *As opiniões são um pouco religiosas* – a religião segundo a qual a beleza não pode morrer. Se é para discutir a questão, eu acredito que os corpos físicos devem morrer, por mais perfeitos que sejam, embora a beleza de uma forma ou de outra sempre permaneça no mundo. Por outro lado, a beleza mental permanece como a coisa real. É preciso que se aceite a verdade da mudança em seu corpo.
A forma do poema é muito boa. *Esse não é um poema didático* – por essa razão não tem tanta importância a discussão das opiniões nele contidas. Não creio que tenha sido concebido exatamente para ensinar – mas *apenas para expressar um estado mental.*

Provavelmente qualquer menção a qualquer ponto relacionado à religião tornaria religioso qualquer texto para esse leitor.

5.43. O que me atrai nesse poema é sua extrema definição e convicção. Pode ser *a expressão de uma disposição de ânimo e nada mais.* Acredito que provavelmente seja, porque *um homem capaz de escrever isso, por mais ardorosa que fosse sua crença de que "beleza como a tua não morrerá", mesmo assim dificilmente defenderia como seu credo verdadeiro* que qualquer "corpo" por mais impecável seria "A obra que O fez mais aparecer". No entanto, sendo *apenas a expressão de uma disposição de ânimo*, isso não tem importância porque no momento a disposição de ânimo tem domínio absoluto: *Não consigo encontrar nenhum sinal de pose assumida para a composição desse soneto.* A forma do soneto é peculiarmente feliz porque uma forma muito bem definida está sendo usada para uma idéia muito bem definida. Acho que a impressão que tive de um ligeiro desleixo técnico é intencional; assim o leitor pode visualizar um homem demasiadamente ansioso por expressar seus pensamentos e emoções para que possa ponderar calmamente as palavras que usa.

Surge a tentação de indagar o que foi que fez esse comentarista procurar vestígios de pose. Uma negação um tanto suspeita.

O problema geral da doutrina em poesia será discutido mais adiante; aqui é suficiente ter observado a influência das dificuldades que a acompanham na avaliação de um poema. Como transição para opiniões sobre detalhes da linguagem e tratamento, podemos mostrar 5.5.

5.5. Sinto o *esforço meio desesperado* do poeta no *sentido de forçar o leitor a uma atitude de crença.* Crer na beleza e imortalidade dela é indispensável para a percepção da experiência. Eu não sou mais que um espectador.

Genericamente, consigo crer em

beleza como a tua não morrerá

mas especificamente, a beleza perece:

pensa: a mão
que na garganta funda *fez fluir* / A abertura

estes são *truques de um estilo não genuíno:* "impecável" também é artificial. O dedo não é evidente demais? – *Uma coisa te digo – pesado demais* – o fato de que o estilo não é completamente genuíno eu o sinto *na contínua mudança.* Ora o peso da assertiva muito ao gosto de Milton – Celebrando-o Mestre e com que motivo. Ora *derramando-se sem muita necessidade*

quando a hora ecoar

Mas o que realmente impede minha crença na imortalidade é o quadro acanhado, específico, muito miniaturizado da imortalidade –

em bronze a tumba dele vai ornar.

Certo, a tumba de Deus, mas concreta, e a figura é meramente decorativa.

Esse leitor obviamente seguiu o pensamento do poema até o fim. Os dois exemplos que seguem não deixam isso tão claro; limitam-se a questões de "tratamento".

5.51. Gosto desse poema: o inglês não é muito bom, e o soneto não é de alta qualidade, mas *há nele uma franqueza juvenil, uma incisividade clara* que o torna atraente. Por razões bastante óbvias, suponho que seja de Rupert Brooke: tem seu toque, ou o toque de sua escola. É totalmente desprovido de emoção, parecendo mais a descrição de um quadro, ou um busto sendo trabalhado pelo deus escultor, do que um soneto para a garota que ele ama. Tem a irregularidade comum a todos os sonetos de Brooke, quer seja de sua autoria quer não. Gosto dele porque *não contém nenhum disparate velado ou obscuro*: é direto e tem impacto, mas também como é frio!

5.52. Uma veia forte, browninguiana, tanto na substância quanto no ritmo. Gosto de "teu impecável corpo". O poema certamente "comunica bem". No entanto, o último verso é extremamente perturbador. Feio, chato e banal. Mas, creio eu, foi de propósito. Isso me faz lembrar

"Hobbes imprime azul, tartaruga come mal.
Quem pescou o múrice:
Keats comeu que mingau?"

O poema deixa na gente uma sensação de força, que quase chega a ser *força física bruta; algo duro, algo honesto. "Da terra, terroso – "*.

Esses estudos da maneira dissociada do assunto raramente ultrapassam aqueles que mostram a predileção oposta na escolha da abordagem. Considerar exclusivamente o tratamento ou o conteúdo é um jeito de ficar à distância do poema em si. Dois que, no todo, gostaram do poema tentaram chegar mais perto, e ambos notam na obscuridade da composição um prazer adicional, embora em outros pontos eles se contradigam.

5.53. À primeira leitura, sem encaixar todas as partes gramaticalmente, captam-se o significado e o espírito. Começo arrojado: ritmo irregular, vigoroso; imagens (humanas, íntimas, embora muito rápidas): ausência de cor; predomínio de palavras saxônicas, com interpolações latinas arrojadas, irrestritas: – tudo passa *claridade, vigor, limpeza, virilidade, etc.*

Ausência de qualquer artifício, excetuando-se a *sugestão natural* de sons – "na garganta funda fez fluir". *Convicção firme, perfeita.* Assim o assunto e o efeito geral são basicamente bons. Mas será que o todo é melhorado ou piorado pela qualidade irregular do (a) ritmo, (b) sentido?

(a) Os versos 1, 7, 9, 10, 14 – todos de escansão dificílima. Mas, embora prejudicado *como verso*, esse poema consegue um forte tom íntimo, de conversa.

(b) *Sentido obscuro à primeira leitura* (8, 9-11, 14). *Mas se não tem limpidez, adquire, ao tornar-se um osso duro de roer, um "gosto forte" – um fascínio.*

Mas será que artisticamente é melhor ou pior? *Pior* – mais fácil de apreciar, mas é mais uma charada do que um poema.

5.54. Na primeira parte do poema *não considero a descrição da beleza da mulher forte e viva o suficiente* para que se perceba a terrível tragédia da beleza "rota e esquecida" que se transmite com tanta simplicidade e maestria nos versos seguintes. Se não fosse pelos dois últimos versos, a tendência seria a de tomar o poema literalmente, e seu pensamento degeneraria num patético desafio às leis da natureza, transmitindo nada mais do que uma sensação de inquietude. Na minha opinião os dois últimos versos mostram que o poeta está pensando na beleza como um ideal elevado que nunca se perde e que é *em si mesmo uma revelação do pensamento Divino.*
O poema é simples na linguagem, e *essa simplicidade tende a encobrir completamente o pensamento na primeira leitura mas intensifica o efeito quando o poema é estudado mais detalhadamente.*

Até onde esse estudo detalhado realmente levou o comentarista na direção da compreensão dos dois últimos versos é um ponto que podemos, penso eu, imaginar com bastante clareza. Outro, que encontra nos detalhes muito a admirar, também nos mostra a dificuldade que essa característica original do poema lhe causou.

5.55. Há *um crescendo nesse soneto que ganha eficácia graças à contenção da linguagem.* Os primeiros versos com suas vogais longas apresentam movimento lento e melodioso. Nos quatro primeiros versos do sexteto, o movimento se acelera e a intensidade da paixão é admiravelmente traduzida pelas sílabas adicionais; e o predomínio dos sons de "S" culmina nos rápidos monossílabos "will not be lost". Seguem-se depois os dois últimos versos, mais lentos, mais impressionantes, que marcam o fechamento.

O pensamento é bastante claro com exceção dos dois últimos versos – em que *o sentido de "a tumba dele" presumivelmente significa "aquela que contém as cinzas do morto" – e "com que motivo" que a princípio* não *fica* muito *claro.* O defeito desses versos fica ainda mais aparente num poema que pretende comunicar uma linha de ação.

Durante todo o tempo a imagem moldada e o corpo humano estão presentes no pensamento, e *a palavra "slay" ["abater"] apenas indica o direcionamento para os seres vivos.*

Mais hostil, embora igualmente equivocado quanto ao significado, é 5.56. A virtude de uma "divisão definida" num soneto é uma crença que muitos abraçam firmemente. Sua popularidade deve sem dúvida ser creditada ao ensino. Juntamente com mil outros fragmentos de dogma igualmente arbitrários e desorientadores, ela poderia muito bem ser trocada por um pouco mais de treinamento em análise lógica da língua inglesa comum. Que a frase "com que motivo" seja quase tão problemática quanto a "tumba" é um fato que deveria ser motivo de ponderação por parte de todos os profissionais do ensino.

5.56. Isso não é absolutamente banal, embora *o conceito tenha sido um dos preferidos durante milênios.* A expressão é browninguiana, com palavras forçadas para garantir a rima, *p. ex., slay [abater], palavra extremamente inadequada.* A metáfora à primeira vista sugere um oleiro (no 2º e 3º versos), e a abrupta introdução de "na garganta funda" é desconcertante. "Impecável" é sofrível, mas sugere aquele esforço por um efeito que caracteriza *certo tipo* de poesia moderna.

A construção do soneto é excelente, porque apresenta uma divisão definida. O sexteto não é tão bom quanto a oitava, porque o penúltimo verso é obscuro – "Em bronze a tumba dele há de ornar". A quem se refere "dele"? Presumivelmente ao Mestre, mas não fica claro.

"E com que motivo" é um fecho surpreendentemente prosaico. Suspeita-se da influência de "vivo" mais acima.

Igualmente arbitrário na sua concepção da forma do soneto é outro comentarista cuja capacidade de análise lógica está exatamente no mesmo nível.

5.57. O autor parece estar tentando escrever um soneto em torno de algum tema elevado sobre o qual, não resta dúvida, ele medita profundamente. Mas com certeza o resultado de seu esforço não é muito agradável. Parece que ele não consegue expressar seus pensamentos com clareza. À primeira leitura, as várias frases parecem soltas e (no começo) é bastante difícil

perceber onde está a conexão das várias frases; *mas depois de outra leitura* consegue-se extrair *o significado dos* oito *primeiros* versos. Considero que um período de sete linhas, aliviado apenas por vírgulas, fica um tanto desajeitado e atabalhoado num soneto, e a impressão geral dos oito primeiros versos é de inabilidade e falta de unidade. O sexteto é bastante pior. *Mesmo que se acrescente um ponto de interrogação depois da frase "e com que motivo", o significado da frase ainda exige uma explicação.* Parece não ter ligação com o resto do soneto.
Considerando "his very urn" ["sua própria tumba"] um erro de impressão de "this very urn" ["esta mesma tumba"], *ainda não consigo ver para que serve essa tumba.*

Ilustrei com certa insistência essas falhas de análise lógica devido à sua enorme importância prática. Quando uma parte tão humilde e contudo indispensável do equipamento do leitor é deficiente, não deveríamos estranhar muito se empreendimentos críticos mais exigentes esbarram com o fracasso. Medidas curativas práticas não são impossíveis, desde que se reconheça abertamente a necessidade delas. E para tornar essa necessidade evidente incorri no risco de alguma monotonia. Por mais que se possa supor que nesse soneto não havia nada para analisar logicamente, nenhum significado para descobrir – e eu admiti a tensão que nos é imposta pelo contraste entre sua aparência e sua realidade – mesmo assim, um leitor deveria ser capaz de lidar com ele. Deveria estar munido de melhor técnica para defender-se contra as múltiplas mistificações do mundo. Não deveria estar tão indefeso como aparece nestes extratos. Não cheguei, porém, nem perto de esgotar o material que tenho diante de mim. Mas podemos passar para outras questões.

A sinceridade do poema – assunto sempre problemático, ver Parte III, Capítulo 7 – ocasionou vários pronunciamentos. Alguns tentaram julgar pelo ritmo.

5.6. Marcado pela sinceridade. *A expressão* contida *mas apaixonada de um amante.* Estilo cheio de vigor: linguagem simples mas convincente, exatamente o oposto da falsa "dicção poética". A irregularidade da métrica realça a sinceridade e a paixão, *dando a idéia de emoção que tenta romper* o controle imposto pelo verso. Ela acentua com maior peso algumas palavras, como no primeiro verso, e assim dá mais força e realidade ao todo.

No entanto, o ritmo do verso em geral depende tão intimamente dos outros aspectos da reação que esse excelente teste pode induzir em erro. Outro leitor que obteve os mesmos resultados (e novamente ilustra o dogma da forma do soneto observado anteriormente) propõe por sinal uma questão interessante e enigmática.

5.61. Esse soneto é muito bom. A divisão entre a oitava e o sexteto é muito acentuada. O ritmo da oitava é mais rápido do que o do sexteto e *denota a impetuosidade do narrador* e sua grande admiração pelo assunto do poema. As hipérboles distribuídas generosamente são, porém, muito convencionais; e *o valor do soneto e sua autenticidade dependem muito da época em que foi escrito*. Pelo ritmo, *porém, não* parece falso.

A simples data de um poema não pode por si só estabelecer sua autenticidade, em termos de sua sinceridade. Tudo o que pode fazer é oferecer evidência presumível contra ou a favor. Um poeta pode muito bem escrever um poema completamente sincero na maneira de outra época, mas geralmente há forte probabilidade de que isso não ocorra. Trata-se apenas de uma probabilidade, embora seja suficiente para tornar a data de um poema um subsídio muito útil para sua avaliação. A decisão final só se pode tomar através de um contato mais íntimo e mais completo com o próprio poema. E apenas nesse contato mais completo pode-se aplicar o teste do ritmo. Os dois últimos comentaristas, é bom notar, descartam essa idéia, prestando atenção apenas à impetuosa expressão do poeta entrecortada de paixão. Mas estas marcas são imitadas com muito maior facilidade do que os profundos movimentos do pensamento e do sentimento. Comparada com a coerência, a incoerência é um "truque". Conseguir ordem e controle é a dificuldade do poeta; não expressar agitação; e o que eles elogiam pode não ser um mérito.

5.7. O todo em si parece um pouco forçado. Parece haver *um esforço consciente pelo efeito*, pela palavra e frase *de impacto*. "Impecável corpo" é um pouco artificial demais. Há algo *pretensamente apaixonado* nisso tudo; não soa completamente sincero.

5.71. Não considero esse um bom trabalho porque o escritor não está ele mesmo convencido do que está dizendo: ele *brinca com uma idéia em vez de expressar uma convicção*.
É a maneira improvisada do poema que me leva a fazer esta crítica: a ausência de assombro e reverência que deveriam acompanhar o senti-

mento religioso. Nota-se isso sobretudo nos dois primeiros versos do sexteto, e na palavra "unimpeachable" ["impecável"], que usada assim sugere um sorriso de escárnio.

Essas suspeitas de que nem tudo era como deveria ser, de que uma vistosa fachada em vez de um sólido edifício estava se erguendo diante deles, de que um pensamento brilhante estava sendo ventilado mais por sua suposta originalidade e ousadia do que por seu valor, perturbaram vários leitores. Apenas dois, porém, atrelaram essas suspeitas à observação detalhada do assunto e da maneira do poema, e são essas observações que procuramos na crítica.

5.8. Tenho a impressão de que esses quatro poemas foram escolhidos porque todos apostam em emoções facilmente provocadas e infladas, e assim correm o risco do sentimentalismo e falhas afins. Esse aqui *oferece uma confiança barata num assunto que para a maioria dos homens é objeto de profunda e íntima precocupação.* Abre com uma franqueza animada do tipo pra-mim-tudo-faz-sentido típica de Browning e prossegue com *um movimento seguro e entusiáticas aliterações. Contém* (juntamente com o apropriado "pó ao pó") *ecos de todos os melhores autores.* Está *cheio de ressonâncias vazias* ("its essential self in its own season" ["seu eu essencial em sua devida estação"]) *e melosidade poética.*

5.81. Esse é um elaborado orgasmo, fruto de um complexo de "Shakespeare-R. Brooke", assim como a composição nº 7 é fruto de um complexo de "simplicidade-máxima tipo Marvell-Wordsworth-Drinkwater etc". Vazio na primeira leitura e retumbantemente vazio na segunda. Uma espécie de garrafa térmica, "a melhor coisa" para um dignificado piquenique nessa espécie de soneto Para-Dois. *A voz de Heitor "heróica" e intimidante* do 1º verso, a cordial quase estóica invasão dos ouvidos da bem-amada de corpo impecável, *o professoral dedo em riste* de "Uma coisa te digo"!! Por meio de semelhantes artifícios a magnanimidade pode logo impor-se como utensílio moderno indispensável, se não obrigatório.

Margaret, are you grieving
Over Goldengrove unleafing?
Ah! as the heart grows older
It will come to such sights colder
By and by, nor spare a sigh
Tho' world of wanwood leafmeal lie;
And yet you will weep and know why.
Now no matter, child, the name.
Sorrow's springs are the same.
Nor mouth had, no, nor mind express'd,
What heart heard of, ghost guess'd:
It is the blight man was born for,
It is Margaret you mourn for.*

---

* Você, Margaret, se estristece / Se Bosque-d'Ór não enfolhece? / Ah! Depois os anos passarão; / Ante esta cena teu coração / Vai em frente, indiferente / Pelo esfoliado bosquedoente; / Então você chora consciente. / Não importa o nome, não, menina. / É a mesma dor, a mesma mina. / E boca nenhuma, ou mente mostrou / A dor que se ouviu, ou se adivinhou: / É pela praga que a vida enfrenta, / É por Margaret que você lamenta.

Poema 6

A reação e a opinião aqui se dividem com agradável nitidez. Mais ainda, todos os estágios da separação ficam bem claros. Se alguns dos outros conjuntos de protocolos têm um toque da rebeldia e imprevisibilidade, da deselegância e absurdo, de uma paisagem de morros industrializados, ou a variedade de um exuberante jardim mal cuidado, esse conjunto, pelo contrário, oferece a confortante simplicidade de uma demonstração em geologia elementar.

A rachadura incipiente – para continuarmos um pouco mais com a metáfora – e as forças que a provocam aparecem em 6.1. Esse comentarista poderia, mais tarde, ser encontrado num ou noutro lado do abismo. Ele é tão suscetível e impaciente que poderia ter aterrizado em qualquer lugar.

> 6.1. Tem para mim um *fascínio* muito claro, mas é *um fascínio mais irritante do que satisfatório.* Não consigo ter absoluta certeza de que captei o significado. Numa leitura sinto que realmente entendi, mas na próxima não tenho certeza de no fim das contas não estar totalmente na direção errada. Parte do fascínio está no equilíbrio do ritmo aliterativo e no esquema de rimas, mas ao mesmo tempo esses aspectos causam parte de minha irritação porque me surpreendo prestando atenção exclusivamente ao som e à sensação geral dos arranjos de palavras sem levar em conta o sentido. Enfim, *não sei decidir se estou entendendo ou não, se gosto ou não do poema.*

Um pouco mais de pertinácia, e talvez de inteligência, conduz 6.12 para o lado positivo. Ele mostra prudente consciência de alguns dos perigos desse tema poético e uma noção exata do que significa evitá-los.

6.12. Não tive tempo para "atacar" esse poema como gostaria. Pouco me disse na primeira leitura, mas agora gosto dele, e acho que o sentimento é bom e genuíno na mesma medida em que o do nº 8 é falso e espúrio. É para mim uma bela expressão de um estado de espírito que freqüentemente aparece em poesia – o de um poeta observando uma criança, e pensando no futuro dela, e eu acho que, sendo *um estado de espírito que facilmente se presta a um falso sentimento*, é um triunfo para o poeta nos dar uma versão nova e impressionante.

Já que tantos leitores não conseguiram fazer uso da própria inteligência, uma paráfrase gentilmente oferecida por um comentarista pode ter seu lugar aqui. Ela vai também ajudar a mostrar uma interessante ambigüidade a que se presta o sétimo verso do poema.

6.13. É difícil entender esse poema de saída. Depois de refletir bastante, cheguei à conclusão de que esse é o seu significado – um homem mais velho, com experiência nesses assuntos, encontra uma menina sofrendo por causa das folhas que caem no outono.
Ele mostra que ela não terá a mesma sensibilidade quando for adulta – já não será capaz de sofrer por coisas assim (Cf. versos 2-4). Então irá chorar, mas não mais por coisas como as folhas que caem no outono, mas porque já não poderá ter tais sentimentos – os sentimentos da junventude. (Cf. "Então você chora consciente"). Mesmo agora, chorando ante a transitoriedade outonal das coisas que ama, ela está realmente chorando pela transitoriedade de tudo. E, entre outras coisas, ela se entristece pela fugacidade de sua juventude.

Outra leitura do sétimo verso, a preferível, está indicada em 6.2, que exibe um admirável poder de análise detalhada.

6.2. Esse poema revela grande habilidade, e acho que é de longe o mais difícil dos quatro. Quanto mais o leio, mais descubro nele; não captei realmente todo seu significado antes de atacá-lo três vezes, e mesmo agora não tenho certeza de que o entendo completamente. *Não creio que isso se deva ao fato de ele ser obscuro, mas ao fato de exigir uma leitura especial.* A acentuação do sétimo verso é particularmente importante – o acento recai sobre "will weep" e "know why".

Admiro muito a maneira na qual o poema está escrito. Gosto da simplicidade dos dísticos de abertura e fechamento, *um respondendo ao outro*. Os seis primeiros versos começam num tom baixo e depois sobem

em "Ah! depois os anos passarão", caindo outra vez no sexto verso. Gosto da acentuação regular do sexto verso. Há também um grande controle da música das vogais, com vogais mais abertas onde a voz sobe no terceiro e quarto versos; a vogal "i" introduzida em "sighs" adquire grande importância no verso seguinte, e uma tríplice rima se baseia nela. Há *um suspiro de respiração* em "Vai em frente, indiferente".
Gosto da concepção toda desse poema, e acho que o último dístico é excelente, pois dá ao poema uma aplicação universal enquanto faz com que se refira especialmente a Margaret.

Que o autor do poema tinha consciência das possíveis leituras alternativas do sétimo verso está demonstrado pelo acento agudo que ele originalmente colocou sobre "will".

And yet you wíll weep and know why.

Esse acento eu omiti, em parte para ver o que aconteceria, e em parte para evitar a provável tentação de discussões inócuas. Sem ele, "will" pode ser lido como indicador de tempo futuro, como na leitura de 6.13. Nesse caso os acentos podem recair sobre "weep" e "and"; significando que no futuro ela saberá a razão de uma mágoa que agora é apenas sofrimento cego. Quando "will" recebe o acento deixa de ser um verbo auxiliar e se torna o tempo presente do verbo "to will". Ela continua chorando e indagando a razão para a queda das folhas e talvez também para sua dor. A diferença rítmica causada pela mudança de significado é imensa. Todavia, o sentido e o movimento rejeitados pelo poeta são ambos muito bons, e sem dúvida alguns leitores irão retê-los para si. No entanto, como a versão autêntica talvez seja ainda melhor, a pista do acento agudo deveria ser mantida. A passagem de uma leitura à outra (talvez sem a devida apreciação da primeira) recebe os comentários de 6.21.

6.21. Gosto mais desse poema. *O que parece preciosismo* – "Bosque-d'Ór não enfolhece" e "Pelo esfoliado bosquedoente"– é *de fato um meio de compressão*. Fiquei intrigado na primeira leitura porque interpretei "will" em "yet you will weep and know why" como futuro. Melancolia sem sentimentalismo: boa expressão da dor profunda da transitoriedade.

O quanto o poema comunicou àqueles que admitiram esse fato aparece nos dois protocolos seguintes. Note-se que poucos dentre os poemas escolhidos evocaram elogios desse teor mesmo quando muitíssimo admirados.

6.22. Excelente, as emoções de tristeza e abandono nada perdem na comunicação; eu nunca as provara de forma mais tocante do que na leitura desse poema e não podia imaginar que isso fosse me acontecer. As palavras das rimas são (intelectual e emocionalmente) as que têm maior importância em separado ou com seus pares.

Entristece
Não enfolhece } associações muito fortes.

mente mostrou
se adivinhou }

Ritmo e "sentido" (científico) inseparáveis. Cadência contrastante de

"Vai em frente, indiferente"

com

"Por esfoliado bosquedoente."

Os dois últimos versos ficam presos na garganta como tristeza genuína.

O elogio das rimas é aqui digno de nota, já que nossos rimadores, como de fato sempre acontece quando se oferece a menor oportunidade, não demoraram a atacar a abertura e o fechamento, embora eu não queira, desta vez, ilustrar essas bobagens.

6.23. *Se não fosse realmente absorvido, passaria sem ser notado*. Seu *som toca* fundo. "Margaret" sugere tom, cor e tristeza. "Bosque-d'Ór não enfolhece" pleno, suave. "Pelo esfoliado bosquedoente" – esplêndida melancolia (digna de "La Belle Dame sans Merci" de Keats). Os dois últimos versos rimam de modo especial. Métrica: 7, 9, 11, destoam se não forem lidos *com muitíssima boa vontade*: podem ser forçados a soar em perfeita harmonia com o resto. Som, sentido, ritmo e rimas perfeitamente entretecidos. A liberdade das palavras (bosquedoente, esfoliado, enfolhece) e a novidade do todo: com sua estranha simplicidade, emprestam distinção, intimidade, espontaneidade. Nenhum mínimo detalhe particularizante, por isso seu apelo é universal: todavia toques sutis como "Bosque-d'Ór", "Margaret", afastam qualquer sugestão de um "etéreo nada". Perfeita melancolia, perfeito talento. Comunicou-me um sentimento de um modo tão pleno como pouquíssimos poemas já o fizeram antes.

Engana-se esse leitor em sua observação inicial. Muitos que absolutamente não "absorveram" o poema ainda assim fizeram abundantes comentários.

Outra paráfrase pode a esta altura fazer o poema parecer mais confuso e assim nos ajudar.

6.3. Levei muito tempo para descobrir o que se estava dizendo, *e mesmo agora não tenho certeza de que minha solução esteja correta.* O poema me faz lembrar uma observação de Browning sobre uma de suas composições, "Quando a escrevi, Deus e eu sabíamos o que ela queria dizer, agora, só Deus sabe."
Margaret está sofrendo por causa das folhas caindo, e alguém lhe diz que *há outras cenas mais frias do que esta, significando a morte, pelas quais,* quando ela for mais velha, *ela nem sequer irá suspirar;* todavia ela irá chorar quando se der conta de que todos nós como folhas devemos morrer. Sua boca e sua mente não haviam expressado essa idéia da morte que ela sentia vagamente em seu coração. O homem nasceu para morrer, e ela está chorando por si própria. O poema poderia ter sido expresso de modo muito mais inteligível sem perder nada do encanto ou do impacto. *Um grande contraste com o nº 5, no qual a morte não é levada a sério – aqui ela é vista lugubremente.*

6.31. Li dez vezes sem encontrar nenhum significado e muito poucos atrativos. Um de nós dois, o autor ou eu, é mais idiota do que o normal, mas realmente não consigo digerir esse bocado pastoso, pesado, obscuro, indigesto e sem substância do que quer que pretenda ser.

Devemos nos lembrar aqui que essas são opiniões de sérios e professos estudantes universitários da cadeira de inglês.

6.32. O pensamento é desprezível e irremediavelmente confuso. *Um amontoado absurdo de palavras.* Expresso em frases desconexas, espasmódicas, *sem ritmo.*

Absoluta perplexidade e irremediável incapacidade para captar o sentido ou a forma do poema causam naturalmente irritação.

6.33. É difícil de ler e difícil de entender e não vale o esforço de entender. Acho impossível recriar a experiência do poeta: o poema simplesmente me irrita quando tento.
Não parece haver o mínimo vestígio de um esquema métrico. Extremamente difícil de ler ou escandir. Versos como

"Nor mouth had, no, nor mind express'd
["E boca nenhuma, ou mente mostrou]
What heart heard of, ghost guess'd"
[A dor que se ouviu, ou se adivinhou"]

são suficientes para fazer qualquer um desistir de uma segunda leitura. Eu certamente não a teria feito se não fosse para esse teste.

Sugeriram-se desculpas:

6.34. *Se isso for um extrato, deveríamos ter um texto mais extenso* para podermos julgar. Se não for, é provável que haja *alguma informação biográfica indispensável*. Francamente não consigo entendê-lo.

E muitas explicações foram dadas:

6.35. Na minha opinião, trata-se de uma confusão de idéias, pessimamente expressas. O poeta aparentemente está fazendo um sermão, *para que o leitor possa exercitar sua engenhosidade*. O todo está apinhado de pensamento e expressão. Não causa surpresa que um poeta como esse se considere nascido para uma "praga". É muito irritante ficar sabendo que "o nome" no oitavo verso não tem importância. Seria tão bom conhecê-lo. *Poderia fazer parte de um diálogo, no qual um louco conversa com outro*. Suponho que seja tipicamente moderno pela filosofiazinha que consigo captar. E pelo estilo, cujo único objetivo parece ser o de confundir o leitor.

6.36. Que significa tudo isso? *Parece* que Margaret *foi passada para trás* e está, muito compreensivelmente, *buscando consolo* nas cores outonais de Bosque-d'Ór. Momento em que o poeta lhe diz à guisa de consolo que, conforme ela for envelhecendo, irá se acostumando com o sofrimento, "indo em frente, indiferente". "Isso foi apenas um sonho. Mas naturalmente você está sofrendo um pouco. Não se preocupe, querida. Você vai superar. É o que acontece com todo mundo".
Mas eu *gostaria* de saber exatamente *qual* é a "praga que a vida enfrenta".

O carinho por Margaret motivou outras queixas:

6.37. Esse é o pior poema que já li. É vago, incoerente e não toca nenhum dos meus sentidos, à exceção de meu senso de humor. O pai, a mãe ou quem quer que esteja orientando Margaret *é um indivíduo amargo, duro,* que parece estar querendo tirar toda a esperança e alegria da criança. Não acredito que *qualquer pessoa realmente bondosa* sentisse tão pouca compaixão pelo sofrimento banal de uma criança e fosse fazê-la infeliz contando-lhe que o pior ainda está por vir. No que se refere ao verso

"Tho' world of wanwood leafmeal lie"

procurei tanto "wanwood" cono "leafmeal" em quatro dicionários, e não consigo descobrir-lhes o significado. Não vejo razão para se criar um poema tão nebuloso.

A "constelação familiar" pode ter aqui sua influência assim como outra situação pessoal pode ter tido em 6.36. Outra intromissão de alguma coisa que não se vai facilmente encontrar no poema aparece em 6.38 e também dá a impressão de verbalizar alguma reverberação pessoal.

> 6.38. *Um leitor médio* provavelmente não vai tirar nada desse poema – é muito complicado e simbólico. *A voz melancólica, cheia de censura de uma vida desperdiçada.* É verdadeiro – com exceção do penúltimo verso – mas não tem profundidade.

A nota de superioridade consciente soa clara em muitos protocolos de acordo com o aumento da indignação.

> 6.4. Parece-me ser uma tentativa extremamente ruim de transformar em poesia *uma idéia que talvez o autor tenha considerado* original. Ou seja, que Margaret, embora pense estar sofrendo por Rio-d'Ór, está realmente sofrendo por si própria. O poema me parece desconexo e bastante sem sentido; *as poucas observações sensatas são banais.* Um verso suplementar parece ter caído no meio do poema como se fosse por engano; criando assim três versos rimados ao invés de dois como no resto da poesia. Não sei o que o verso
>
> "Então você chora consciente"
>
> está fazendo aí.
> Pensamento banal, expresso de um modo bastante incoerente e falho.

Os infelizes leitores zurram, bufam e berram, tão subjugados que estão por seu desprezo.

> 6.41. Isso é poesia extraordinariamente ruim, incorporando a surrada filosofia de que o mundo é "um vale de lágrimas". O inverno, como tão freqüentemente acontece, lembra ao narrador a desolação e as tristezas da vida. Ao compor essas rimas bobas, *o poeta mistura seus verbos e suas metáforas de modo lamentável. O ar grave da coisa aumenta-lhe a risibilidade.*

> 6.42. Bela bosta!

> 6.43. Sentemental. Lembra muito Hardy pela linguagem e pela forma, mas Hardy não era nem um pouco sentemental, ele mergulhava nas profundezas em busca da verdade e sentia que ela era triste. Considero esse poema *totalmente ininteligível e inútil.*

"Sentementalismo" foi com certeza sugerido pelo poema, e a sugestão não foi rejeitada. Como freqüentemente acontece, a revolta do leitor ante suas próprias extravagâncias desonestas pesa contra o poeta.

6.5. O Poeta usou sua perfeição técnica para expressar em linguagem velada *um fracasso humano comum* ao qual ele está sujeito; *sente-se envergonhado* e apenas deseja a compreensão de seus colegas sofredores (ou covardes). É aquela forma de egoísmo que permite a alguém identificar-se com as mudanças das estações e viver e ver o outono – ler Sir Thomas Browne, Ibsen e os mais profundos pessimistas russos e *imaginar-se deprimido*. Geralmente essa pessoa percebe que se trata de uma forma de auto-satisfação antes de cometer suicídio, pois casualmente ela pode topar com Aldous Huxley:

> "Caso, ó minha Lésbia, eu venha a cometer
> Não fornicação, querida, mas suicídio,"
>
> K. T. L.

A associação "Obscuridade – Ah! – Browning" deve estar estabelecida em termos muito amplos e firmes. Não causa surpresa que aqui venha acompanhada da incapacidade de apreender a forma.

6.6. A comunicação desse poema é ruim. Os pensamentos estão amontoados, parcialmente desenvolvidos, e conseqüentemente as frases estão impiedosamente picadas. *É uma espécie de combinação* de A. S. M. Hutchinson *e* Browning. É muito difícil desemaranhar os argumentos verdadeiros. Não creio que o texto perderia tanto quanto ganharia se fosse substituído por uma paráfrase em prosa.
Gosto das idéias implícitas, exceto a do útimo dístico, que *nega a existência do desprendimento*. As outras idéias merecem uma expressão melhor do que essa aqui.

6.61. Trata-se de uma imitação de Browning, ou então Browning num de seus piores momentos. O pensamento expresso é bastante simples, e não parece haver razão para ser expresso de maneira tão complicada. Adivinhamos o significado do sexto verso. Os outros versos são desarmoniosos, e bastante superficiais. *O poeta prefere adotar uma atitude paternalista em relação a Margaret,* para explicar uma verdade bastante elementar, isto é, a de que quando choramos pelo passado estamos apenas chorando pela morte de nós mesmos. Ele fala sério e *evidentemente gosta da idéia. Mostra até alguma emoção* ao expressá-la.

Em 6.7 podemos ver o quanto um leitor pode se aproximar de uma compreensão dos dois aspectos de um poema, só para se ver privado dela em decorrência de uma falsa expectativa a respeito do que o poeta deveria fazer com determinado assunto.

> 6.7. É sem dúvida uma experimentação com sons e, na luta pelo efeito, o sentido sofre consideravelmente. O estilo é espasmódico, *como um soluçar convulsivo, do começo ao fim*: e padece de falta de clareza. Na verdade a segunda parte da composição é tão apinhada que se leva muito tempo para entender-lhe o sentido, embora o significado esteja lá mesmo. O engenhoso arranjo de *l*s e *w*s, *m*s e *s*s parece mais um mau direcionamento de energia, embora o resultado se esforce para justificar a tentativa. *Não se trata de nenhuma nênia pesarosa e majestosa*; mas de uma sofrível lamúria.

Finalmente, uma análise longa e muito sutil do ritmo (fazendo talvez uma terceira leitura do sétimo verso, pois 6.21 pode ter acentuado "and" vai completar a discussão, como requer a justiça num caso como este.

> 6.8. Amor à primeira vista. *Perfeito em sua estrutura bivalve típica do soneto; no ritmo do seu "todo" e de cada "parte"*; no seu conteúdo emocional (a comoção com que esclarece a "Tragédia" subjetiva a partir da "Antropopatia" objetiva); e *na articulação intelectual que contrasta com sua economia formal*. Uma fusão, na culminância dos dois últimos versos, da revelação trágica com uma Catarse que une o indivíduo ao destino universal.
>
> A simetria de ambos os lados do importantíssimo verso central, que é ritmicamente irregular, foi admiravelmente trabalhada. Menos óbvia, *qua* simetria, é a cadência rítmica, e sua mudança sutilmente contrastante, como acontece entre os grupos de seis versos de cada um dos lados do divisor de cadência (v.7). Esse verso, na minha opinião, deveria ser lido em duas porções:
>
> And yet you will weep (pausa) and know why
>
> as palavras enfatizadas "know why" recebendo acentos fortes mas prolongados, o que recai sobre "know" sendo ligeiramente mais forte numa ascendente com inspiração, ocorrendo "why" numa descendente, igualmente ligeira, com expiração. *Em parte alguma, penso eu, deveria o movimento ser tão lento como aqui*. Com essa leitura, o elemento de perturbação ligeiramente mais argumentativa que diferencia a segunda parte da primeira é identificado com maior facilidade e a representação

rítmica é *investida de certa distração*, que ao expressar-se nos versos 11 e 12 (especialmente 11) perturba a continuidade do suspirar rítmico que caracteriza todos os versos, exceto o central, e com mais refinamento do que nunca os versos 4, 5 e 6 da composição.

Particularmente admirável é a relação entre o primeiro e o último dístico e sua maneira de emoldurar funcionalmente a argumentação intermediária que retira o véu da ilusão da inelutável desilusão. Eles emolduram a revelação sem remorso mas cheia de remorso entre duas solicitudes – uma solicitude pressagiando a revelação que deverá dissolver a premissa encantadora da ingenuidade, e uma solicitude que deverá compensar no que for possível *esse requintado vandalismo*, por meio da fusão consoladora do destino individual no destino comum.

(Naturalmente não confundo isso com diálogo explícito. Não é mais – nem menos – do que *diálogo meditado*, uma conversa imaginária entre a mente jovem e a adulta, entre o "Ego" velho e o jovem.)

Between the erect and solemn trees
I will go down upon my knees;
    I shall not find this day
    So meet a place to pray.

Haply the beauty of this place
May work in me an answering grace,
    The stillness of the air
    Be echoed in my prayer.

The worshipping trees arise and run,
With never a swerve, towards the sun;
    So may my soul's desire
    Turn to its central fire.

With single aim they seek the light,
And scarce a twig in all their height
    Breaks out until the head
    In glory is outspread.

How strong each pillared trunk; the bark
That covers them, how smooth; and hark,
    The sweet and gentle voice
    With which the leaves rejoice!

May a like strength and sweetness fill
Desire and thought and steadfast will,
    When I remember these
    Fair sacramental trees!*

---

* No bosque ereto tão solenemente / De joelhos cairei humildemente; / Ali será meu lugar / Mais próprio para rezar.

Talvez ali a beleza até se faça / Em mim correspondência duma graça, / E a calma do ar então / Soará em minha oração.

As árvores levantam-se correndo, / Sem desvio para o sol vão se erguendo; / Que assim o anseio aqui dentro / Busque o fogo de seu centro.

Seu único objetivo é a luz da vida, / E é raro que algum galho na subida / Se solte até que a cabeça / Gloriosa no alto apareça.

Forte, cada tronco um pilar; tão lisa / É a casca que os recobre; e ouça a brisa! / Como a voz doce e tranqüila / Nas folhas se rejubila!

Possa encher igual força e suavidade / Desejo e idéia e firme boa vontade, / Quando eu me lembrar de tais / Belas árvores sacramentais!

Poema 7

Aqui, como no *Poema 5*, antes que se possam considerar questões mais essenciais, uma complicação precisa ser resolvida e afastada. Não se trata, desta vez, de uma falha na compreensão do sentido. Por estranho que pareça, aqui quase nenhum leitor se queixou da obscuridade ou sequer interpretou mal o sentido, embora alguns tenham sido enganados por uma aberração especial, o tipo de árvores descritas. O alívio que essa clareza proporcionou foi várias vezes comentado, e pode-se pensar que o agrupamento desse conjunto de quatro poemas (5-8) tenha funcionado de uma forma um tanto injusta como uma armadilha. Mas essa influência mútua entre os poemas apresentados juntos é tão difícil de calcular quanto de evitar.

> 7.1. Esse poema é certamente melhor que o 5 ou o 6 porque *é possível entender o que o autor quer dizer* e, vindo depois daqueles dois, foi muito do meu agrado. É certamente mais claro e mais fácil de entender. A métrica é regular, e o todo transmite uma impressão geral de ordem tranqüila que sem dúvida combina com o tema. A "atmosfera" do poema é a da oração, mas *parece ser um tipo de oração bastante prosaica.* Depois de várias leituras ainda não sei por que motivo devo evitar a crítica favorável, mas embora o considere muito melhor do que os dois anteriores, parece que está faltando alguma coisa.

Primeiro, porém, devemos tratar da complicação especial. Antes de podermos julgar o poema, devemos nos livrar de um conjunto especial de preconceitos de duplo efeito. Há um zumbido doutrinário que devemos afastar de nossos ouvidos, e é bom saber que nossa opinião sobre esse poema não precisa nem deveria ter nada a ver com esse zumbido ou de forma alguma derivar dele ou ser afetado por ele. Quer ele esteja à direita, o lado tradicional, de nossos ouvidos críticos, ou à esquerda, o lado avançado, não deveríamos, sob qualquer pretexto, permitir que influencie nossa decisão.

Aqui está o zumbindo à direita.

> 7.2. O poema todo mostra um homem que com "desejo e idéia e firme boa vontade" procura a luz; conscientemente e sem alarde. *Não ajuda a ninguém que esteja lutando contra a incredulidade. Não dá resposta a nenhum como, ou por quê* – e nisso está seu ponto fraco. – *A forma combina perfeitamente com o conteúdo.*

Não era função do poeta ajudar essa gente nesse caso, ou responder a essas perguntas. Portanto, essa acusação pode com justiça ser posta de lado. No que se refere à observação final, podem concordar com ela pessoas que têm visões muito diferentes sobre a natureza e o valor tanto da forma quanto do conteúdo.

Aqui está o mesmo zumbido à esquerda.

> 7.21. Não gosto de ouvir ninguém vangloriando-se de rezar. Alfred de Vigny acreditava que *rezar é covardia; e, embora eu não vá tão longe assim*, acho que é grosseria empurrar goela abaixo êxtases religiosos numa época de ceticismo.

Note-se a violência que esses preconceitos podem dispensar à poesia. Escrever uma despretensiosa composição em verso dificilmente significa nos empurrar goela abaixo êxtases religiosos. Observaremos em seguida algumas influências menos perturbadoras do zumbido doutrinário, manifestando-se em posições mais intermediárias.

A avaliação pertinente ao poema girou em torno de dois pontos: sua sinceridade, saber se o principal motivo que molda o poema é o que professa ser; e sua expressão, saber se a terceira estrofe, por exemplo, sugere ou não uma nota artificial que lança dúvida sobre sua autenticidade. As duas questões são sutis e difíceis de resolver. Quanto à primeira: a insinceridade, no sentido grosseiro e flagrante segundo o qual alguém é insincero quando escreve fazendo troça, quando de modo consciente e deliberado tenta produzir nos leitores efeitos que ele mesmo não sente, é uma acusação que mal se pode fazer com base num único poema. Um volume inteiro de versos pode às vezes justificar isso, embora seja difícil conseguir evidência conclusiva. Aqui só poderíamos nos ocupar com um tipo de insinceridade muito menos perniciosa, embora mais importante, do ponto de vista literário. A falha que se insinua quando o próprio escritor não consegue distinguir seus próprios motivos genuínos daqueles que ele simplesmente gostaria de ter, ou daqueles que ele espera possam resultar num bom poema. Essas incapacidades de sua parte para conseguir completa integridade imaginativa podem aparecer no exagero, na expressão forçada, na falsa simplicidade ou talvez na forma de seus empréstimos tomados de outros poetas. Podemos restringir nossa atenção a esse segundo ponto, no nível da expressão, pois trata da evidência, se evidência houver, relacionada à integridade fundamental do impulso que moldou o poema. Os problemas mais profundos da sinceridade são discutidos na Parte III, Capítulo 7.

A continuação de 7.21, testemunho claramente preconceituoso, nos apresenta a queixa principal.

> 7.3. Certamente um desejo muito louvável, esse que fala de "lembrar árvores sacramentais", mas é quase desnecessário *quando as árvores fazem coisas tão extraordinárias.*
> Isso é misticismo, farsa ou o simples delírio de um fanático? Para ser justo com o autor, seu verso é suave e engenhoso, e a expressão da quinta estrofe, admirável.

A mesma objeção é formulada de maneira mais parcimoniosa por 7.31 que também não está só, em sua outra queixa.

> 7.31. Não gosto do poema. O efeito geral de doçura e calma é na minha opinião totalmente desequilibrado por duas imperfeições internas porém salientes. *A primeira é o predomínio das antropopatias. Árvores não adoram, levantam, ou correm.* Sei que isso soa como crítica johnsoniana mas sinto que esse ponto é *por demais insistente e espalhafatoso.* A outra é minha objeção a pessoas que caem de joelhos entre algumas árvores. Curiosa seria a oração feita em tais circunstâncias. Na minha opinião acho que nenhuma palavra seria proferida; e então para que ajoelhar-se?

O problema da "antropopatia" vamos encontrá-lo novamente (cf. 10.6 e 12.4). Esse comentarista mostra uma clara consciência da verdadeira dificuldade em torno dele, a questão de saber se a atribuição de sentimentos está sendo usada *como um argumento* e se é exagerada, questão essa que obviamente não se pode divorciar do objetivo do poema.

Algumas das outras objeções apresentadas têm um ar mais volúvel. A intrusa e fortuita imagem visual, por exemplo, criou problemas.

7.32. Quando li pela primeira vez a terceira estrofe, *me veio à cabeça a imagem nítida* de um atacante fugindo com a bola, do meio de um bolo de jogadores e "sem desvio" correndo firme para a meta. Não procurei considerar a estrofe sob uma perspectiva ridícula, mas a idéia me ocorreu espontaneamente. O senhor acha que isso pode ser visto como uma falha do poema?

A imagem precisa que foi despertada não pode naturalmente depor contra o poeta; a tendência para o exagero e o ridículo poderia.

7.33. Não pude deixar de pensar que falta senso de humor ao poeta que foi capaz de deixar a terceira estrofe do jeito que está.

Apesar disso outros comentaristas encontraram, nessa mesma expressão, um dos *ápices* da perfeição do poema – fato que agora já não nos surpreenderá.

7.34. "Se isso não for poesia, o que é?" *Os pensamentos por trás do poema beiram a perfeição*; a expressão do sentimento é refinada como o são os próprios sentimentos. O "bosque ereto tão solenemente" – "As árvores levantam-se correndo sem desvio para o sol", ou ainda, "Belas árvores sacramentais"... Que belo uso do epíteto e que quadro nítido! *Uma alameda ensolarada sempre me inspira, como poucas outras coisas*, com uma sensação do Todo-poderoso, um sentimento de pequenez e insignificância. Há algo sagrado relacionado às árvores, certo sentimento de superioridade, *que somente algumas catedrais ou a Abadia de Westminster conseguem transmitir. Nesse poema vejo a expressão de meus pensamentos.*

7.35. Trata-se de um poema bem-sucedido; a fusão da experiência religiosa com a natureza é vigorosa e sincera. As imagens de alguns versos como "As árvores levantam-se correndo, sem desvio para o sol estão se erguendo" são *profundas, apaixonadas e eficazes.*

7.36. Para mim, esse é realmente um belo poema. Gosto da métrica e gosto da atmosfera do todo. Mostra ao mesmo tempo um quadro grandioso da floresta e o sentimento piedoso do qual o autor foi imbuído ao observar a cena descrita. É uma bela comunicação de um belo sentimento. *Os dois primeiros versos* da terceira estrofe expressam perfeitamente o significado através da súbita mudança de ritmo.

7.37. Creio que a nota dominante nesse poema é a *harmonia* de pensamento, som e expressão – bem como de atmosfera e aspirações. Isso aparece na terceira estrofe onde o ritmo parece avançar aos saltos para acompanhar o passo de

"levantam-se correndo, sem desvio para o sol estão se erguendo".

Consegue passar *uma impressão de dignidade e quietude*, além de sinceridade. Descreve não apenas os pensamentos provocados pelas árvores mas também as próprias árvores.
O ritmo parece marcar perfeitamente a marcha do pensamento.

O que dizer, porém, do pensamento que é marcado com tanta perfeição? Outro comentarista não está tão disposto a aceitar "levantam-se correndo", embora não demonstre ter considerado com muita atenção o que o poeta poderia estar tentando descrever.

7.38. Se a quarta estrofe não for literalmente verdadeira, a metáfora não tem valor. Se for verdadeira, as árvores não deveriam estar num hino religioso mas, sim, num Jardim Botânico.

Uma Coleção de seres exóticos talvez fosse uma sugestão ainda mais adequada.

Um número muito reduzido de leitores tentou ligar a dificuldade sentida neste verso com outros pontos da dicção e da maneira do poema. Uma única falha, isolada, pode sempre ser apenas deselegância. Para decidir se é mais do que isso, deveríamos considerar também exemplos como "meu lugar próprio para rezar", "Talvez... se faça em mim correspondência", "fogo de seu centro" e as palavras "encher" e "sacramentais" na última estrofe. O que, tomado isoladamente, pode ser apenas uma falha, evidencia uma tendência quando encontra ecos. A direção dessa tendência é delineada por vários leitores que reagem a ela com maior ou menor hostilidade.

7.4. Esse poema me parece decepcionante; teria mais impacto se fosse expresso de maneira diferente. Praticamente em qualquer parte dele há uma *certa presunção* que o torna bastante repulsivo. Para mim, a razão disso está na escolha das palavras – "meu lugar mais *próprio* para rezar"; o segundo verso do poema também é desagradável, e particularmente a última estrofe com suas esperanças morais, e o último verso onde a palavra "sacramentais" é especialmente ofensiva.

7.41. Ele está numa floresta majestosa, está de joelhos e presumivelmente escondido entre as árvores eretas e solenes. No entanto, apesar disso, *ele aparece muito mais do que as árvores.*
O desejo expresso na última estrofe é louvável. Mas é deliberado *e afetado* demais para me convencer de que é boa poesia.

7.42. *Elevação.*

Aqui está alguém que torna suas razões para a mesma avaliação excessivamente claras.

7.43. *Altamente suspeito* à primeira rápida leitura, depois de um momento de maravilha-ado entusiasmo, por causa da forma do verso, e sob o incômodo constrangimento de um *Je ne sais quoi* de egoísmo *sentencioso* combinado com a suspeita de que uma Maneira Grandiosa bastante acintosa tenha sido *ao mesmo tempo pouco elaborada e elaborada demais.*
A segunda leitura revelou-o como totalmente desprezível – um pecado contra o Espírito Santo.
Temos aqui o estóico sublime *sob medida como se saísse do departamento apropriado de uma loja literária* – como dizem, Harrods superando a própria Harrods – ou Transacionando seu pesar em meio ao luxo.
No entanto, apesar de sua horrenda "competência", essa composição mercenária expressa a imagem da terceira estrofe (1º e 2º versos) de forma tão ridícula que, na confusão do riso, quase me reconcilia com sua inerente artificialidade.
A quarta estrofe também exibe seu fabrico. Sem querer, exibe sua arte de modo explícito – percebe-se que é desagradavelmente forçada, depois que uma análise cuidadosa revela (como um general faria ao descerrar um Monumento aos Mortos na Guerra) a presunçosa grandiloqüência de sua parábola.
Na 5ª estrofe, a Parábola é servida fria, como no Jantar do Domingo – a dose é homilética a um ponto quase doméstico

> ["tronco forte = pai"
> "casca lisa = mãe"
> e "folhas" os pequenos uniformizados –

uma percepção perfeita do *simples banal.*]
O crítico com mentalidade clínica deve reconhecer esse tipo de coisa pelo que ela é – *um infalível sintoma do anestesiamento da espontaneidade e do impulso provocado pelo gás que emana do estagnado e contido espírito de promoção de uma Democracia cuja literatura se tornou comercial.*

Aqui, por exemplo, temos a comercialização da Ode ao Dever de Wordsworth, etc. etc. – e de coisas simples e fundamentais como pedra e pão. Nesse "poema" ou... composição – Wordsworth é apunhalado no *coração* por um Brutus suburbano no Senado, por assim dizer, da Literatura.
"Sem a menor dúvida", o Contratado para redigir esse Tratado de Paz não encontrou naquele dia *um assunto mais próprio para explorar*. Não foi, porém, sobre seus joelhos que ele caiu, mas sobre suas PATAS!

Um motivo que contribuiu para essas explosões aparece em 7.44.

7.44. Esse poeta é tão certinho que somos levados a rir dele, mesmo sabendo que ele ficaria profundamente sentido se nos ouvisse.

Não faltaram opiniões favoráveis. Na verdade foram maioria. A questão fundamental, como quase sempre acontece, é saber se essas reações refletem o poema em si, ou algum poema particular sugerido pelo material colocado diante do leitor e por suas reminiscências.

7.5. Uma atmosfera de paz, e profunda reverência, que transporta o leitor para *um outro mundo, mais puro e branco do que este*. Com que magia se usa o ritmo para ressaltar primeiro a majestade e a reverência que está no íntimo da alma do narrador e depois o sentimento de paz e consolo cada vez mais profundo que o envolve, como se fosse irradiado do alto pelas figuras verdes e desoladas das árvores, subindo imóveis para o céu, cheias de adoração. Finalmente, depois da paz, um desejo forte e fervoroso penetra na alma, de tal forma que o poema caracteriza o progresso da emoção, cuja conseqüência é a ação harmonizada com a reação natural àquela emoção, seja ela qual for. Embora aqui o poema pare antes da ação; mas nós sentimos que ela está lá, mesmo que só no coração.

A maioria dos admiradores ocupou-se mais com os efeitos do poema em seus sentimentos do que com o detalhe do poema em si.

7.51. Gosto desse poema porque expressa *meus sentimentos em ocasiões em que estou ao ar livre sozinho*. Deus parece muito mais próximo, e me sinto inclinado a rezar. Gosto da idéia de que as árvores estão adorando a Deus. De fato o poema nos mostra que *podemos* descobrir uma religião na natureza.

Que boa parte do interesse do poema veio de fontes externas a ele está demonstrado pela freqüência com que a admiração se desgarra para ir prender-se a outros pensamentos.

7.52. Uma simplicidade não forçada, mas natural e espontânea. As árvores da floresta são descritas com muita beleza mostrando que o poeta sem dúvida provou a sensação de estabilidade e imponência com que elas impressionam as pessoas. Ele comunicou bem *a quietude e o senso de objetividade das árvores, que contrasta com o sentimento de que está meio solto e sem objetivo* e de que se deve prestar homenagem a alguma coisa *que dura mais do que cada um de nós.*

Outro admirador (7.56) menciona explicitamente a "eternidade" dessas árvores, de modo que o elogio de 7.53, infeliz no uso que faz de "mútuo", requer observação cuidadosa.

7.53. Simplicidade e unidade me parecem ser as qualidades salientes desse poema. Há apenas uma idéia central: *o vínculo entre o homem e a natureza em mútua adoração*: o poeta identifica seu próprio objetivo, a oração, com o das árvores; e as qualidades naturais das árvores, beleza na forma e força, com traços de sua própria mente. Cada verso está reduzido a essa única idéia; *nada entra para sugerir ao leitor qualquer outra linha de pensamento*; e isso me parece um feito considerável.

A imagem da Catedral foi, porém, o motivo dominante.

7.54. O poeta conseguiu universalizar seu desejo de adoração. As "árvores eretas e solenes" que se apressam subindo para o sol *sugerem a longa nave de uma grande catedral*, sua quietude e santidade, e as folhas rejubilando-se com "voz doce e tranqüila" enchem-na de alegria e deleite de modo a triplicar a força evocativa de sua solenidade. Um poema lindíssimo.

7.55. *Sem importância, uma vez que a experiência pode ser provocada à vontade por pessoas normais, e por isso não é provavelmente de embasamento profundo*: cf. a freqüente referência a "abóbadas de árvores" em livrinhos de Arquitetura.

O próximo comentarista parece estar identificando um dos mais interessantes problemas das Respostas de Estoque. (Ver Parte III, Capítulo 5.)

7.56. Simplicidade de pura descrição que se nota sobretudo após os dois poemas anteriores, que têm a forma de apóstrofes diretas. Comunicação perfeita, mas o significado não é absolutamente exaurido na primeira leitura. Descreve um sentimento que está insoluvelmente entretecido com a simplicidade da verdadeira forma do poema. A solenidade, grandiosidade, beleza – *eternidade* das árvores só podem ser expressas na linguagem mais simples. O valor das árvores para o escritor não reside no fato de proporcionarem um lugar próprio para rezar, embora *a sugestão da majestade de uma catedral pelos pilares dos troncos – "vazios coros em ruína" – envolva o poema.* O pensamento central está nas "belas árvores sacramentais". O valor e significado espirituais dos diferentes aspectos das árvores é o tema principal, e por essa razão o poema tem um impacto direto sobre *aqueles que na Natureza encontram o sacramento que é para eles mais significativo.* A linguagem não pode sofrer críticas porque está em harmonia com o poema, numa expressão perfeita.

A reativação de um conjunto de sentimentos muito propensos a serem reativados, e a estreita conformidade do poema com o que muita gente aprendeu a esperar da "poesia da natureza", sem dúvida explicam grande parte de sua popularidade. Que ele pode criar entusiasmo sem ser lido fica provado pelo extrato seguinte.

7.57. Essa é *a pérola das quatro composições. Cria* em nós *a atmosfera solene, pacífica, reverente de um bosque de pinheiros.* Lembramos *quantas vezes pensamentos semelhantes, ocasionados pela calma reverente das árvores, surgem em nós,* enquanto ficamos parados estupefatos ante a sua grandeza e majestade. Seu som é calmo e *cheio de beleza eufônica.*

Esses pinheiros "tão lisos" (com folhas) devem ser colocados ao lado da visão de outro comentarista que, com a mesma arbitrariedade, detestou o poema. Disparou também contra ele com intenções mais definidas.

7.58. Um senso de humor estraga o último verso da terceira estrofe – faz lembrar (especialmente hoje) a "*chauffage centrale*".
Suponho que as árvores sejam *Pinheiros ou Ciprestes.*

Finalmente, para não deixar sub-representada a visão de uma importante minoria, podemos terminar como começamos.

7.6. Há alguma coisa *superficial e convencional* no ritmo e no pensamento. É tudo bastante óbvio – e a reação é "*Sim, claro, concordo*". Mas...

Softly, in the dusk, a woman is singing to me;
Taking me back down the vista of years, till I see
A child sitting under the piano, in the boom of the tingling strings
And pressing the small, poised feet of a mother who smiles as she sings.

In spite of myself the insidious mastery of song
Betrays me back, till the heart of me weeps to belong
To the old Sunday evenings at home, with winter outside
And hymns in the cosy parlour, the tinkling piano our guide.

So now it is vain for the singer to burst into clamour
With the great black piano appassionato. The glamour
Of childish days is upon me, my manhood is cast
Down in the flood of remembrance, I weep like a child for the past.*

---

* Baixinho, no escuro, uma mulher pra mim está cantando; / Levando-me de volta ao panorama dos anos, até quando / Vejo uma criança sob o piano; o retumbar dos zunidos se levanta / E ela aperta os pezinhos em pose de sua mãe que sorri enquanto canta.

Mesmo que eu não queira, o domínio insidioso da canção / Me trai para o passado e ali saudoso chora meu coração / Por aquelas noites de domingo lá em casa; lá fora fria luz / E os hinos na sala aconchegante, o tinir do piano nos conduz.

Então não adianta essa mulher explodir em gritaria / Com o grande piano negro appassionato. A magia / Dos dias da infância me domina, e meu adulto é atirado / Na enxurrada das memórias, e eu choro qual criança querendo o passado.

Poema 8

Poucos leitores acharão difícil adivinhar onde incide a divisão de opinião neste caso. No assunto, na métrica, no tratamento, na dicção, em cada aspecto *isolável*, o poema quase força pedidos de condenação por causa de seu sentimentalismo explícito. E os pedidos foram aceitos. Alguns leitores, porém, de todos os lados da turba central da oposição, chegaram a uma conclusão diferente. Vamos começar nosso levantamento bem no meio do entrevero e considerar depois os outros casos.

8.1. Se uma investigação mais profunda vier a provar que isso não é *conversa boba, piegas e sentimental*, então não captei a idéia. É certamente isso o que me parece, e eu o detesto. *É uma farra de emoção pela emoção, que chega a dar nojo*. Mais ainda, é mal feita. Não concordo com as palavras "aconchegante" e *"tinido" referindo-se a um piano que noutra parte "retumba" ou é "appasionato"* [*sic*]; é um absurdo. Se isso for poesia, quero prosa.

8.11. O efeito geral desse poema é para mim suave. Trata-se de versos sentimentais em vez de poesia mas *não me dá impressão de ser realmente do tipo repugnante*. A emoção descrita pode muito bem ser sincera até onde chega, mas, para me entusiasmar com esse poema, eu precisaria me convencer de que as aflições do poeta mereciam-lhe as lágrimas ou o abandono de sua virilidade, e certamente não estou convencido. Parece-me cheia de "apelos baratos", p. ex., "pezinhos em pose" – seja como for eles certamente não merecem lágrimas, como não as merece um hino numa sala aconchegante, e *para muita gente o tinir de um piano é execrável*. Pensando melhor, creio que o poema não chega ao estágio da repugnância, não graças a qualquer sinceridade salvadora, mas porque é *simplesmente fraco demais para merecer um adjetivo tão definido quanto "repugnante"*.

8.12. Considero esse poema perfeitamente *repugnante*. A banalidade do sentimento só se equipara à absoluta puerilidade da versificação – como no terceiro verso da primeira estrofe. *A atitude do poeta em relação à música é revoltante*, e se pode perfeitamente resumir na sua frase sobre o "domínio insidioso da canção". *Ele a considera não como música, mas como um estímulo emocional de natureza muito baixa,* e as melodias dos hinos que ele evoca eram provavelmente aquelas do Duo Rabugento e Casmurro assim com os exemplos mais sentimentais do Hinário Antigo e Moderno. Sir H. Hadow certa ocasião dividiu o grupo principal dos freqüentadores de concerto em duas categorias. Aqueles que consideravam a música como uma espécie de confeitaria para os ouvidos, e aqueles que deixavam sua inteligência na chapelaria e entravam na sala de concerto para um xampu espiritual. Esse homem não se contenta com o xampu; ele positivamente rola num banho morno de espuma sentimental.

Os comentaristas seguintes vão nos apresentar algumas das questões menores.

Primeiro, no que se refere aos sons emitidos por um piano, um fato que se mostrou tão desastroso para muitos leitores como a descrição da posição da criança.

8.13. Depois de ter formado minha opinião sobre esse poema, fiz uma experiência com um ou dois amigos, e cada um deles começou a rir quando chegamos à frase "uma criança *sob* o piano, o *retumbar* dos *zunidos* se levanta". Admitindo-se que provavelmente o instrumento sob o qual a criança estava fosse um piano de cauda e não um piano vertical, *ainda precisamos nos reconciliar com a idéia de que cordas que "tinem" podem retumbar.* Outra expressão bastante infeliz é a que se refere aos pés da mãe – em pose. É uma expressão incomum em poesia e naturalmente, como não se encaixa bem, nos afasta da idéia central do poema. Todos esses pontos, embora pequenos isoladamente, não nos permitem ter uma boa visão da poesia como um todo.

É sempre revelador, na análise desses protocolos, comparar o tipo de comentário com o rigor da leitura evidenciado. Assim, pede atenção especial neste ponto o fato de que 8.13 não notou nenhuma diferença entre "tingling" ["zunido"] e "tinkling" ["tinido"]; ele sequer observou quando se usa uma palavra e quando a outra. Seria supérfluo esperar que ele se perguntasse se a proximidade do ouvido da criança junto às cordas poderia ter alguma relação com a natureza dos sons, ou se, quando as crianças se levantam para cantar, um "tinir" não substitui "o retumbar dos zunidos"[1]. Ele também não iria perceber o contraste deliberado entre "o grande piano negro" do presente, obviamente um piano de cauda, e as notas mais leves do instrumento na "sala de estar". O comentarista 8.1 fica igualmente distante do poema: os dois pianos são para ele um só piano, qualquer piano. Vamos freqüentemente observar esse tipo de leitura sumária, "de jornal", mais adiante.

A geometria de "sob o piano" é quase tão angustiante quanto o problema dos sons para estes leitores, que se revelam tão escrupulosos no que se refere à precisão.

> 8.14. São tantas as imperfeições que não se pode julgar o poema como um todo. Depois dos dois primeiros versos, *a visão de uma criança sentada sob o piano* só pode provocar o riso. É estranho também que cordas que zunem retumbem.

> 8.15. Não consigo imaginar como uma criança possa sentar-se sob o piano. *Poderia sentar-se sob o teclado mas não sob ["under"] o piano.*

Mesmo tendo respondido sua pergunta com muita perspicácia, ele não está satisfeito. Será que ele hesita ao entrar no "metrô" ["Underground"] em Kensington, ou será que nunca se abrigou "sob ['under'] uma árvore"? Parece que afinal haveria algum tipo de utilidade para uma instrução técnica nas modalidades da linguagem figurada.

Já encontramos um amante da música censurando o poeta por seu uso incorreto daquela arte. Mas 8.12 não é o único comentarista com padrões rigorosos. Um admirador vai nos demonstrar como certas impertinências podem deturpar nossa leitura.

> 8.2. Esse é o melhor. Sua excelente qualidade está na sua obtenção de um sentimento de êxtase *a partir de um incidente sórdido* porque aconteceu no passado. O tempo lança uma agradável luz suave *até mesmo* sobre acontecimentos *desagradáveis*, e é essa luz que o poema expressa.
> Poderia acrescentar que o emprego de palavras "não poéticas" combina muito bem com a natureza "não poética" do incidente.
> P.S. Por favor não pense que eu, por achar que hinos são sórdidos, sinta qualquer inibição: *simplesmente detesto música ruim.* Entendo que o

poeta realmente não sentiu prazer na experiência – caso contrário não teria dito "tinido" e palavras desse tipo. Mas ele sentiu prazer na evocação da experiência.

Tem-se a impressão de que se uma criança gostasse de cantar hinos deveria ser condenada. Infelizmente, há bons motivos no poema para achar que ela gostava.

Outro comentarista tem mais consciência desse perigo, talvez porque suas associações sejam mais estranhas.

8.21. Esse poema infelizmente se associa ao jazz, e "mães pretas como carvão" socando um velho piano lá em Dixie. *Essa associação de certa forma o condena prematuramente.* Depois de cuidadoso estudo, porém, parece não ter valor algum. Seu apelo é completamente sentimental, e o assunto é um dos mais comuns. *Quase toda canção popular trata do mesmo tópico*, e ele não está bem elaborado. "Piano" como dissílabo tem um som desagradável. "The heart of me" ["o coração de mim"] também é horroroso.

Da atitude adequada em relação à música (8.12) para o comportamento correto em relação aos músicos vai apenas um passo.

8.22. A segunda estrofe, que é a que deveria tocar mais fundo, é particularmente desestimulante. E *não acho que a cantora sentada ao piano teria ficado muito satisfeita ao ouvir seus esforços descritos como "explodir em gritaria"*.

Esse leitor também está longe de perceber do que trata o poema.

Com a observação sobre canções populares (8.21.) nos aproximamos da dificuldade das Respostas de Estoque, que mais do que qualquer outra coisa impediram a leitura desse poema.

8.3. *Não se pode deixar de detestar* o emprego evocativo de frases como "aquelas noites de domingo", "sala aconchegante", "panorama dos anos", etc., que nada mais são do que repetidos apelos para que a emoção descompromissada se prenda a elas.

Muitos não conseguiram se conter.

8.31. Esse poema sugere que algum "Milton frustrado e inglório" fora infelizmente tocado por *aquele sentimento enjoativo com o qual tantas vezes pensamos na infância,* transformando em versos pensamentos rasos demais para palavras. Esses pensamentos ele expressa em frases tiradas de *The News of the World* [As notícias do mundo] ou de outros dentre seus etéreos vínculos com a literatura.

Que o poeta pudesse ter outro motivo para tais expressões, além daquele interpretado pelos seus leitores, é um fato que eles, constrangidos na sua pressa de retirar-se, não conseguiram perceber. Uma pressa que outros pontos nos protocolos (notavelmente em conexão com o *Poema 4*) me fazem considerar suspeita.

Numa aliança natural com esse nervosismo estão algumas exigências prévias, preconceitos com relação ao que é adequado e inadequado em poesia, além de alguns outros acidentes e propensões pessoais.

8.32. Sentemental. O autor associou uma emoção ligada à sua mãe *com uma música que deveria despertar emoções diferentes.* Além disso, *quem ia querer ser outra vez uma infeliz criança dependente, quando se pode ser uma pessoa livre?* Determinada melodia poderia ser associada a determinada pessoa, especialmente se se tratasse de algum amor, mas isso é diferente. Não acho esse poema nem um pouco proveitoso, e ele não expressa quaisquer sentimentos que eu já tenha tido ou queira ter.

Aquela "constelação familiar" outra vez!

8.33. Um bom exemplo de sentimento sem habilidade artística. O homem evidentemente quer dizer tudo o que diz, mas não sabe como dizer, e *não faz idéia de que hinos numa sala aconchegante estão de certa forma errados em poesia.* A descrição do tempo pelo qual o poeta está sofrendo é nítida e até desperta uma reação de tristeza, mas a expressão está toda errada; *irrita o encadeamento constante dos versos*, e a estrofe central parece muito aquele tipo de coisa que se publica no "Concurso Anual do Sabonete Pears".

Neste ponto, apresenta-se em primeiro plano a questão da métrica – aqui um teste realmente útil para saber se o leitor de fato entendeu o que o poeta está, no mínimo, tentando fazer. Pois, de fato, se o leitor não conseguir dominar o movimento do poema dificilmente irá descobrir qual é o seu significado. Um preconceito genérico de que as linhas dos versos não deveriam encadear-se seria um obstáculo sério nesta tarefa.

Embora não seja necessário acusar disso o último comentarista, eis alguém que não deixa dúvidas quanto a suas opiniões sobre a métrica.

8.4. Uma composição muito intensa de poesia prosaica – se é que se pode chamar de poesia essa seqüência de quadros. Vejo algum encanto nos pensamentos *mas nenhum ou muito pouco nos versos. Contraste o último verso de cada estrofe com o verso de Swinburne: "Thou has conquered, oh pale Galilean; the world grows grey at they breath" [Conquistaste, ó pálido Galileu; ao teu hálito o mundo se acinzenta]. A mesma métrica*, mas que diferença de sentimento. Realmente não consigo gostar disto.

Que ele citasse erroneamente seu Swinburne alterando-lhe o ritmo lento e fatigado (leia-se "has grown grey from" ["tomou a cor cinza de"]) é simplesmente o que deveríamos esperar!

Todas as dificuldades das respostas emocionais de estoque (ver Parte III, Capítulo 6) têm correspondência na leitura de estoque da métrica. É tão fácil introduzir um movimento convencional no ritmo como é fácil forçar a presença de sentimentos convencionais. E é igualmente fácil revoltar-se contra nossos próprios acréscimos em ambos os casos. De fato, os que forçam a introdução de um geralmente acrescentam o outro.

8.41. Depois de umas três leituras, concluo que *não gosto disso*. Me deixa com raiva... Surpreendo-me reagindo positivamente e não gosto de reagir assim. Acho que *me sinto hipnotizado pelos longos versos retumbantes*. Mas, quando me livro do hipnotismo, o ruído parece ser desproporcional para o que se está dizendo. *Despertam-se muitas emoções* a respeito de quase nada. *Parece que o autor gosta de se sentir emocionado com relação a sua pura infância imaculada* e de se ver a si mesmo como *uma vítima exaurida pelo mundo*. Para o meu gosto há exagero em "insidiosidade" e "appassionato". Toda a comparação entre a infância das noites de domingo e *a apaixonada idade adulta* etc. é coisa barata e com isso quero dizer (1) É fácil; (2) É injusta tanto para com a infância quanto para com a maturidade. Acho que estou irritado demais para que minha crítica tenha algum valor.

Poema relido.
Se não estivesse com tanta preguiça, jogaria o livro para longe de mim.

Aqui "os longos versos retumbantes" vão elegantemente de mãos dadas com a "infância pura e imaculada" do poeta. Tanto o movimento como o material são acrescentados pelo leitor; não estão no poema e simplesmente refletem a tentativa particular do leitor de ler um poema análogo imaginado com base numa consciência remota e superficial do assunto aparente desse poema. Descarta-se sem consideração "insidioso" e "appassionato", os mais evidentes indícios de que o poeta não está fazendo, ou tentando fazer, o que o leitor está esperando. Em vez disso, a atenção do leitor se ocupa do poeta "como vítima exaurida pelo mundo" e de sua "apaixonada idade adulta" da qual não há, no poema, insinuação alguma, muito pelo contrário.

Os acréscimos são tão freqüentes e têm tanta influência no que se professa ser um "julgamento"' crítico que merecem atenção muito cuidadosa. Tem-se a impressão de que uma densa camada composta pelo produto poético do próprio leitor – "em parte embrionário, em parte abortado"– o envolve e muitas vezes interfere impedindo a comunicação com o poeta.

O comentário de 8.42 ilustra novamente como pode ser intrincada a cooperação entre o que podemos chamar de inteligência "detectora" ou "imaginativa" e a suscetibilidade às sugestões dos ritmos do discurso (em parte ocultas, naturalmente, na impressão).

> 8.42. Uma métrica de uso muito perigoso a não ser que o pensamento poético seja realmente muito bom, uma vez que *é fácil passar batido na leitura* sem se dar ao trabalho de ver se há alguma coisa bonita no texto. Nesse caso creio que falha porque, embora "domingos à noite em casa" e "pianos tinindo" não tenham em si nada de errado, eles não funcionam com o ritmo escolhido. Tornam-se vulgares ao extremo. Não aprecio o valor pictórico como também não aprecio o pensamento, a dicção ou a métrica. Não gosto do "retumbar dos zunidos", não está certo; e não gosto de um "grande piano negro appassionato". O poema começa bem e eleva as esperanças do leitor só para atirá-las debaixo do piano.

O comentarista sente o perigo de ler incorretamente a forma do verso, mas, por não se aproximar imaginativamente o bastante do "retumbar dos zunidos" e por não elaborar os contrastes do poema, no fim acaba sendo vítima do ritmo que lhe emprestou. Já que o poema não se revela ser o que ele esperava, ele não se dá ao trabalho de descobrir o que é.

A mesma incapacidade de apreender a forma poética frustra 8.43. Ele descreve com certo êxito algumas das particularidades do movimento, mas uma aplicação de cânones externos (normalmente fatais) a "cast down" ["é atirado"] e a falha na interpretação da pista mais notável – no movimento de "o domínio insidioso"– impedem-no de se beneficiar de sua observação. Talvez se alguém lhe houvesse lido o poema, salientando convenientemente o ritmo natural da fala, ele se teria convertido.

8.43. O assunto é atraente; o quadro apresentado na primeira estrofe, nítido e original. *A métrica, porém, subtrai muito do* poema e tanto destrói o *encanto* do pensamento que o leitor dificilmente concede uma segunda leitura ao poema.
Na primeira estrofe é o terceiro verso que estraga a estrofe, que é ao mesmo tempo harmoniosa *e encantadora* quando considerada sem aquele verso. Mas "uma criança sob o piano" *destrói todo o equilíbrio da métrica* e atribui um sentimento de banalidade ao que sob outros aspectos é uma estrofe original e atraente. A métrica da segunda estrofe é menos desagradável mas *"o domínio insidioso" torna a leitura difícil e põe o ritmo a perder.* Na terceira estrofe *as pausas nos versos causam a impressão de solavancos.* A redução do número de tônicas no segundo verso não é compensada, enquanto *a separação de "cast down" em dois versos é imperdoável.*

Essa insistência na palavra "encanto" é, porém, um sinal desalentador, e a observação final implica preconceitos sobre métrica que não se superam facilmente.

É significativo no caso desse poema o fato de que quanto mais distante uma leitura parece estar da verdadeira percepção imaginativa de seu conteúdo, tanto maior é a segurança com que o poema é rejeitado. Outro perito musical que também tem preconceitos a favor da "regularidade" métrica vai reforçar a evidência desse ponto.

8.44. O sentimentalismo desse poema talvez seja o que de melhor se possa dizer a favor dele. Porque sob todos os outros aspectos seus valores são ainda mais negativos. A dicção é tão forçada que não parece nada menos do que ridícula, e *a métrica rivaliza em elasticidade com um gafanhoto.*
Quer me parecer que "Mesmo que eu não queira, o domínio insidioso da canção" constitui-se numa boa tentativa de se conseguir *um dos piores versos jamais escritos. O poeta está o tempo todo tentando obter efeitos.* Isso fica tão lamentavelmente óbvio. Dizer algo fora do comum. Bem, meu prezado senhor, se "retumbar de zunidos" é o melhor que sabe fazer, *eu preferiria a coisa verdadeira na vida real, muito melhor expressa por um saxofonista de segunda categoria.*

É uma pena que ele não tenha tentado descobrir que efeitos o poeta estava querendo obter.

Enquanto a música do poema está sob exame, mais uma estranha interpretação merece inclusão.

8.45. Obviamente um poema de saudade – mas o homem que o escreveu *foi ao concerto* sentindo-se saudoso – "o grande piano negro appassionato", como ele o chama, provavelmente não foi o que de fato despertou sentimentos de saudade em sua mente. Ele simplesmente lhe proporcionou uma desculpa e um modo para transportar seus sentimentos para o papel. Mas, mesmo assim, o poema não expressa um estado de espírito particularmente bom. Escrito no auge da emoção, é apenas sentimento aguado. O estilo também parece um tanto exagerado.

Um leitor que consegue achar que a mulher está cantando – "baixinho, no escuro" – sobre o palco de uma sala de concertos não conseguiu se aproximar muito do poema e, por essa razão, suas críticas são menos sérias.

Era inevitável que a maioria dos que aprovaram o poema tecessem comentários sobre os perigos de que ele se livrou.

8.5. Não consegui achar para esse poema um tempinho em que não estivesse cansado demais para confiar no meu julgamento. *Ele corre um tremendo risco de sentimentalismo* e contudo parece ter-se livrado de todos os aspetos desagradáveis: um feito considerável. É tocante, mas não tem, acho eu, um valor muito grande. A cadência é familiar. D. H. L.?

8.51. ... Toma-se profunda consciência da estranha relação da experiência passada e presente – sente-se a emoção que o poeta experimentou através de sua identidade com seu eu passado e de sua separação dele. Ele consegue comunicar a forte emoção que experimentou e consegue lidar com uma situação repleta dos perigos da sentimentalidade, sem sentimentalismo. As idéias da Maternidade – o passado – noites de domingo etc. tudo se presta à falsa emoção. Na segunda estrofe, ao que me parece, *o poeta reconhece e afasta o perigo*. Reconhece ali a diferença entre a visão de um homem e sua visão infantil e *nós participamos da sua experiência de ser "traído para o passado" pelo "domínio insidioso"*. Não tenho certeza de que isso explique como se evitou o sentimentalismo. Estou convencido de que foi pelo fato de que o poema me comove mais quanto mais o leio. Uma emoção falsa, na minha opinião, trai a si mesma pela expressão desleixada quando é alvo de exame cuidadoso.

A última observação é mais uma esperança conscienciosa do que uma opinião bem fundada. O desleixo pode acompanhar os sentimentos mais sinceros. Talvez o tipo de desleixo seja diferente, mas qualquer dogmatismo seria perigoso. Habilidade e perícia podem com facilidade ludibriar esse teste conveniente demais.

> 8.52. O autor que apresenta "aquelas noites de domingo lá em casa" e "hinos na sala aconchegante" deve estar muito seguro da sinceridade de seus sentimentos e de sua capacidade de expressá-los se quiser evitar o sentimentalismo barato. Aqui o autor os evitou e se saiu bem na expressão do efeito da música que evoca lembranças. *A força da música é até suficiente – embora dizer isso seja muito arrojado – para provocar o choro.* Há depois o costumeiro cenário do canto sentimental, suave, no escuro, uma criancinha. Hesita-se. Creio que é o "grande piano negro" que resolve o caso.

Esse comentarista parece menos rigoroso em sua leitura do que o anterior, mas ilustra a luta que o poema quase sempre causou, uma luta que nem sempre terminou em derrota.

Muito poucos livraram-se desse conflito e assim fica difícil avaliar a aceitação por parte deles.

> 8.6. Sentimental – terrivelmente sentimental – mas, se o sentimento deve ser expresso, então aqui está ele no seu contexto adequado e muito bem apresentado.
> Francamente gostaria que mais gente abandonasse sua sofisticação e cinismo e fosse honesta consigo mesma como o sujeito nesse poema!

Seria preciso reconhecer que "sentimental" tem vários significados (ver Parte III, Capítulo 6) e nem sempre significa valor negativo. O quanto esse leitor se aproximou do verdadeiro poema, porém, deverá ser para sempre uma indefinição. Por causa de "honesta consigo mesma como o sujeito nesse poema", que corresponde às análises de 8.51, estou inclinado a conceder-lhe o pleno benefício da dúvida.

Mais detalhes da luta para a aceitação aparecem em 8.61.

> 8.61. *Embora eu quase sinta vergonha de dizer isso,* esse poema é o que tem para mim maior apelo entre os quatro selecionados (até esse momento em que estou escrevendo). Ele parece tão eminentemente sentimental (não vejo razão para que eu, um homem maduro, devesse permitir-me o luxo das lágrimas) e, contudo, a felicidade da infância volta às vezes dessa maneira por influência da música. *Parece haver uma fraqueza na métrica do terceiro verso na primeira estrofe.* Não consigo escandi-lo. E na segunda estrofe, "o tinir do piano nos conduz", "guide" ["conduz"] não me parece uma boa palavra. É óbvio demais que foi usada por causa da rima.

Esse leitor teria achado uma justificativa para "guide" ["guia"] se tivesse sido capaz de lembrar, ou imaginar, o cantar dos hinos descrito – as vozes incertas das crianças um tanto hesitantes acompanhando o "tinido" das notas do piano. No terceiro verso, primeira estrofe, uma pausa depois de "piano" para a percepção do trepidante trovão das notas graves teria resolvido sua dificuldade com a escansão.

As acusações (cf. 8.31, 8.21, 8.33) de ingenuidade ou de exploração das reações convencionais, juntamente com as objeções com base na imprecisão, são bem refutadas em 8.7.

> 8.7. É difícil julgar esse poema. A comunicação é excelente; e a experiência, uma das mais conhecidas para a maioria. Suponho que essa volta emocional ao estado primitivo da infância e o prazer de chorar por ele só porque é passado, é realmente sentimental. *O que surpreende é que o poeta* [D. H. Lawrence? Americano?] *sabe muito bem que é isso mesmo, e não tenta tirar proveito do sentimento.* A simplicidade e precisão com que registra seus sentimentos – e *a justeza da expressão, sem nenhum esforço para elevar o nível* – de certo modo altera o enfoque; o que poderia ter sido simplesmente sentimental torna-se precioso – a força do sentimento subjacente transparecendo apenas através da sinceridade e honestidade da expressão.

Em 8.71 aparece outra nota útil de análise.

> 8.71. As associações tornam difícil o julgamento imparcial desse poema. A primeira estrofe é sentimental, mas agradável; *é curioso notar que também o poeta percebe o sentimentalismo tomando conta dele – "Mesmo que eu não queira" – e a ele se entrega inteiramente.* Particularmente os dois últimos versos da segunda estrofe mostram sentimentalismo – um sentimento raso e lânguido – mas mesmo assim eles comunicam adequadamente as qualidades das noites que descrevem. Fica, assim, difícil acusar o poeta de sentimentalismo.
> *O poema é extremamente simples,* e seja ele fraco ou não, descreve bem certo estado psicológico da mente. O poeta consegue comunicar imagens. O poema, na minha opinião, consegue realizar aquilo a que se propõe.

Pode-se muito bem duvidar de que o poema seja tão simples dadas as evidências que temos diante de nós.

Em que medida esses leitores se aproximam mais do poema do que aqueles que o insultaram pode-se avaliar pela colocação de 8.72, na qual o comentarista está descrevendo algum outro poema que flutua em seu limbo particular em vez de tentar descobrir o que o poeta está fazendo.

> 8.72. Esse poema é falso. *Adora-se o passado no presente, pelo que ele é, não pelo que foi*. Querer a renovação do passado é querer sua destruição. *O poeta está pedindo a destruição do que lhe é mais caro*.

Finalmente, 8.8 pode acrescentar uma observação que ninguém fez sobre a qualidade peculiar da emoção no poema.

> 8.8. Não consigo me decidir a respeito desse poema – ele retrata alguma coisa pela qual os pós-vitorianos sentem pouca simpatia, e contudo há uma sensação de anseio infinito, e o homem que chora é a *alma desreprimida satisfazendo um choro que só provamos em sonhos*.
> O ritmo enfatiza a tensão da reflexão – as palavras são sofisticadas – o resultado é intrigante.

Isso nos faz chegar ao fim dos dois primeiros grupos de poemas. Os comentaristas que fornecem os comentários sobre os cinco poemas seguintes faziam parte de uma platéia do mesmo tipo da anterior, reunida dois anos mais tarde. Só alguns membros do grupo inicial permaneciam. A mudança reforça muito a natureza representativa dos extratos.

A Health, a ringing heatlth, unto the king
Of all our hearts to-day! But what proud song
Should follow on the thought, nor do him wrong?
Unless the sea were harp, each mirthful string
Woven of the lightning of the nights of Spring
And Dawn the lonely listener, glad and grave
With colours of the sea-shell and the wave
In brightening eye and cheek, there is none to sing!

Drink to him, as men upon an Alpine peak
Brim one immortal cup of crimson wine,
And into it drop one pure cold crust of snow,
Then hold it up, too rapturously to speak
And drink – to the mountains, line on glittering line,
Surging away into the sunset-glow.*

---

* Um brinde retumbante ao soberano / De nossos corações! Mas que canção / Cantaremos à altura da ocasião? / A menos que a harpa seja o oceano, / Cada corda um relâmpago do arcano, / A Aurora sua platéia alegre e grave / Refletindo das conchas a suave / Cor na face, quem canta ao soberano!

Bebam a ele como os alpinistas / Que uma taça imortal enchem de vinho / E uma raspa de neve nela deitam, / Depois a erguem mudos sobre as cristas / E bebem – às montanhas já a caminho / Do ondulante poente onde se deitam.

Poema 9

Tenho o privilégio de publicar a seguinte Nota do autor do *Poema 9*, escrita depois que ele havia lido alguns dos protocolos.

"A versão original foi escrita para uma ocasião especial, que permitiu ao autor pouco tempo para revisão. A edição final do poema é a seguinte:

PARA O OCTOGÉSIMO ANIVERSÁRIO
DE GEORGE MEREDITH

Um brinde retumbante ao soberano
De nossos corações! Mas que canção
Cantaríamos à altura da ocasião?
A menos que qual ave ao seu arcano
Bosque retorne Sandra, na flor do ano,
E rouxinol e cotovia então
Recém-casados juntos soltarão
A doce voz, quem canta ao soberano?

Brindem a ele como os alpinistas
Que uma taça imortal enchem de vinho
E uma raspa de neve nela deitam,
Depois a erguem mudos sobre as cristas
E bebem – às montanhas já a caminho
Do ondulante poente onde se deitam.

Os leitores da primeira versão demonstraram simultaneamente sua incapacidade de entender o fato de que no primeiro período não se falava de um soberano, mas do soberano dos corações dos ouvintes naquela oca-

> são. A ausência de título privou os leitores de uma pista; mas não absolutamente de todas as pistas se eles tivessem exercitado um pouco seu raciocínio. A sugestão de que 'cada corda' da harpa mencionada fosse feita de um relâmpago primaveril [lightning ... of Spring] era, naturalmente, uma alusão à natureza peculiar, vibrante e deslumbrante do humor de Meredith, e não tinha nenhuma relação com as idéias banais dos próprios leitores. Infelizmente, ao lerem poesia muitos 'projetam suas próprias personalidades' naquilo que lêem, e com freqüência atacam as falhas de sua própria comédia musical naqueles que não conseguem entender. Trata-se de um problema para a psicanálise, não para a crítica. Espero que não seja necessário dizer que 'Sandra' na segunda versão não significa uma das mulheres de Botticelli."

Dois caminhos secundários, infelizmente ambos fadados ao fracasso, complicam esse grupo de protocolos. O primeiro nos apresenta o Imbróglio da Realeza.

> 9.1. Preconceito contra o primeiro verso. Ninguém adora o soberano, e a poesia patriótica tende a ser falsa.

A única outra objeção que esse comentarista levantou foi à deselegância da palavra "unto" ["ao"]. O resto foi só elogio.

> 9.11. Esse poema parece escrito no estilo grandiloqüente. Parece-me teatral, cheio de som e quase mais nada. *Já não se pensa mais em Soberanos dessa maneira,* e portanto o poema é desprovido de vitalidade.

> 9.111. O poema sugere *um esforço de um dos últimos poetas que apoiavam Carlos I* – fui levado a pensar assim pela *associação de "o Soberano" com um "brinde retumbante" feito pelos seus simpatizantes derrotados, mas não desanimados.* Impossível fazer uma crítica abrangente pois *nenhum leitor moderno sentado em seu quarto pode ter o mesmo sentimento experimentado pelo autor* – provavelmente meio bêbado, extremamente exultante pelo fato de ser um fanfarrão despreocupado e não um Puritano.

As suposições subjacentes a essas opiniões a respeito da obsolescências de determinados poemas merecem e devem receber uma análise exaustiva mais adiante.

Um número extraordinário de comentaristas foi traído pelo primeiro verso e não fez nenhum esforço para ler com mais cuidado.

9.12. As comparações são inadequadas. *Por que, quando se bebe à saúde do soberano, presumivelmente numa sala apinhada,* seria de se esperar que se pensasse em picos e raspas de neve? Por essas razões considero o poema ruim.

A especulação despertou, porém, em alguns, e eles voaram alto.

9.13. Depois de ler o soneto não sei quem é "o soberano". O poeta se refere a Deus, ou a algum monarca desta terra?

9.131. Esse êxtase violento na presença de objetos naturais é uma das formas mais óbvias de presunção. *Talvez o autor tenha outro Soberano em sua "mente"* ; mas o fato de ele se contentar em encontrá-lo em *situações que têm o sabor de comédia musical romântica* – harpas e montanhas cintilantes que talvez sugiram mais a volta ao Gótico *mostra um homem que* – talvez por protesto inconsciente, provavelmente por mera cegueira natural – *ignora tudo o que é interessante e vital na vida em sua adoração a Deus. A expressão tem todo o vigor dos salmos* e é uma tradução adequada da fria e dura emoção de cores primárias.

As Respostas de Estoque mais populares, como sói acontecer nesses casos, tiveram conseqüências diversas.

9.14. Sendo *monarquista incondicional* e alguém que adora cantar com toda sua força e fibra a grandiosa canção "A Sua Majestade um Brinde Ergamos" acreditei, após a leitura do primeiro verso, que iria me deliciar com esse pequeno poema. *Mas que decepção!* Suponho que seria possível atribuir algum sentido às imagens dos versos 4-8, mas o resultado seria em vão, pelo menos no que se refere à idéia principal do poema.

Depois do Monarquista, o Republicano:

9.15. Senti um efeito totalmente desagradável: não pude me convencer de que não estava lendo um poema no "Observer". *"Soberano" está associado na minha cabeça a Tirania, tema que em poesia é impossível.*

Que lástima, pobre Shelley!
Uma confusão naturalmente gera outra.

9.16. Começa *com um brinde ao Soberano, que é bebido depois* num pico dos Alpes.

Muitos que não foram tão longe assim manifestaram uma preocupação que se *pode* ver como uma crítica mais apropriada ao poema.

9.17. Será que o assunto, o "Soberano", justifica a linguagem tão bombástica? Quero saber mais sobre esse personagem antes de aceitar o poema.

Até agora nossos comentaristas foram um tanto irritadiços. Aqui, a menos que o comentarista estivesse rindo de mim, está o verdadeiro adorador de Heróis.

9.18. O efeito principal é a sensação do *tamanho, poder e grandeza do soberano.* Um soberano comparável a uma cadeia de montanhas, comparável ao que uma cadeia de montanhas representa para os alpinistas, um soberano digno de ser saudado pela eterna canção do mar, acompanhada de uma "alegre e grave" aurora refletindo na face as cores das conchas do mar. Esse soberano, a quem se brinda numa taça mais preciosa que o ouro, quase atinge a estatura dos deuses. *E contudo ele é essencialmente frio e reservado, sendo mais notado por sua capacidade do que por sua humanidade,* mais respeitado que amado, mais parecido com uma montanha austera e "cintilante" ["glittering"] do que com uma colina coberta de relva e cheia de sol. Gosto desse poema, e o efeito de versos como

"Que uma taça imortal enchem de vinho
E uma raspa de neve nela deitam"

é maravilhoso demais para que se possa descrevê-lo.

Um belo exemplo, na parte final, de uma "leitura acrescentada ao poema". Aqueles que formam uma opinião negativa quanto aos méritos do trabalho talvez venham a reconhecer no elogio um resumo fiel daqueles mesmos pontos que eles próprios denunciaram como defeitos.

É digno de nota o fato de que tantos leitores (de modo algum esvaziei o cesto) se deixassem enganar por uma figura de linguagem tão simples como "o soberano de nossos corações", e não menos estranho é o fato de que considerassem a verdadeira identidade da pessoa celebrada no soneto tão vinculada à questão do mérito do poema. Isso, porém, é uma questão que será discutida mais adiante. (Ver Apêndice A, p. 310.)

Depois do Imbróglio da Realeza o Problema da Bebida!

9.2. Esse poema poderia perfeitamente ter sido escrito por um beberrão devoto do Sr. Rudyard Kipling. *É incorreto dizer* que se bebe vinho sobre os picos dos Alpes, mesmo que seja em taças imortais. Ninguém seria tolo a ponto de adicionar neve ao seu vinho.

Lamento o fato de que eu, na qualidade de sócio do Clube Alpino, seja obrigado a declarar que esse crítico exagera na positividade de suas asserções. A conclusão apropriada, se é que devemos discutir essas questões, aparentemente seria a de que esse pico oferece uma descida extraordinariamente fácil e rápida, ou então que os alpinistas, levando-se em conta a época, eram os Signori Gugliermina.

> 9.21. O quadro dos alpinistas em êxtase erguendo vinho gelado me parece bobo, e eu reajo com irritação. *Por que deveriam deitar neve no seu vinho?* Já deviam estar passando frio suficiente, no alto de um pico dos Alpes.

> 9.21. A que bebem esses bíbulos senhores? Primeiramente, ao soberano; depois às montanhas, silhueta sobre cintilante silhueta. Mais do que qualquer outra coisa, irrita ler que um poeta não saiba sequer como beber vinho tinto; uma raspa de neve jamais seria adicionada a vinho tinto por um *connoisseur.*

Os comentaristas evidentemente sentiram alguma dificuldade em resistir à tentação da irreverência que esse tópico propicia. Seguem-se, porém, duas objeções completamente diferentes.

> 9.22. Palavras tais como "imortal", "pura", "extaticamente" ["rapturously"], parecem ocupar o verso inteiro colocando a bebida no futuro distante. Um outro ponto – *se a taça estivesse cheia, a "raspa de neve" certamente faria transbordar o "vinho tinto", o que seria uma lástima e uma sujeira!*

Para ser completo, vale a pena acrescentar que um comentário registra uma "associação pessoal íntima que afeta minha opinião sobre o poema – sou abstêmio".

Passando agora para questões mais intimamente ligadas à avaliação crítica do poema, dois protocolos completos podem ser cotejados para demonstrar ainda mais uma vez como é freqüente que o que mais perturba um leitor seja exatamente o que mais agrada a outro.

> 9.3. Esse poema é uma fraude. O que parece entusiasmo nos primeiros versos é na verdade *apenas uma forma espúria de "camaradagem". A rebuscada comparação oceano-harpa não faz sentido: a música, de melodia tão contagiante, é a de um realejo sublimado.* O ritmo não é orgânico mas imposto de fora. Trata-se, porém, de uma fraude inteligente. É óbvio que o autor exercitou-se muito na versificação. Ele tem uma capacidade considerável para juntar palavras e formar um arranjo boni-

to. Consegue uma sensação de completude e finalidade no sexteto *por meio de uma aliteração que é "suave" a ponto de causar inveja*. Se ele tivesse alguma coisa a dizer, é provável que a comunicaria de modo eficaz: infelizmente não tem quase nada. *Seu poema é uma forma de flatulência verbal* e pertence a uma classe de verso que aparece com triste regularidade nas páginas de periódicos tais como *The Spectator* e *The London Mercury*.

9.31. *Gosto desse poema – é tão exuberante e cheio de júbilo* – li três ou quatro vezes na primeira sessão, não por não conseguir entendê-lo bem, como aconteceu com o terceiro poema (Nº 11), mas porque *o humor do poeta era tão contagiante e me fez ficar tão entusiasmado quanto ele deve ter se sentido ao escrever o poema.* – Ele me parece ter conseguido uma tacada de gênio com "A Aurora sua platéia alegre e grave" – e ele consegue nos impressionar com humor por meio de palavras como "mirthful" ["hílare"], e "rapturously" ["extaticamente"]. *A métrica também combina com o estado de espírito, até se poderia dizer que o verso avança com balanço.*

Aqui assunto, humor e movimento são evocados tanto para o elogio como para a condenação, forte evidência de que o poeta fez o que se propôs fazer e adequou bem seus meios a seu fim. Somente aqueles que protestaram contra o objetivo procuraram briga com os meios.

9.32. O poema inteiro *procura dar-lhe tapinhas nas costas com sua falsa joie-de-vivre* e lamentavelmente falha.

Muitos comentaristas aplaudiram essa exuberância. Foi certamente uma das duas principais razões da popularidade do poema. Está admiravelmente descrita no extrato seguinte em que também se aponta outra razão para a popularidade.

9.4. Um poema *cheio de entusiasmo e portanto repleto daquele tipo de expressão* que parece dizer "É pegar ou largar". Pessoalmente, eu me deliciei. Na primeira metade, o poeta passa suas idéias com a ajuda da aliteração e de algumas expressões reveladoras, especialmente seu "relâmpago do arcano". Na segunda parte *ele pinta um quadro realmente grandioso. Cores, picos dos Alpes, rubro vinho,* raspa de neve, e montanhas ao fundo. *Uma admirável tela poética.*

Cores e quadros, o apelo aos olhos da mente, ao visualizador, tudo é uma fonte de atração que os publicitários competentes conhecem e vêm usando há muitos anos.

9.41. Gosto do poema por causa de *suas cores e imagens*. Versos como "Que uma taça imortal enchem de rubro vinho" *sempre fascinam meu senso de cor. É por isso que gosto de Keats.*

9.42. O poeta *tem a idéia certa* e escolhe suas palavras com cuidado respeitando-lhes o efeito; desse modo *nos oferece um quadro mental da frieza da neve e da clareza cristalina do rubro vinho que é naturalmente imortal.*

Uma questão que foi problemática, embora eu não a tenha mostrado, tem assim sua resposta. Por que imortal? Porque é naturalmente assim. Em que sentido? Esse comentarista não se aventura a ir tão longe, e nenhum dos outros comentaristas que admiram esse verso tão elogiado alongou-se sobre o epíteto. O partido da oposição, porém, não apenas brigou muito por causa de "imortal" mas também chicaneou a respeito de "rubro" ["crimson"]. É claro que há vários sentidos para o nosso "senso de cor". E esse não foi o único ponto em que houve objeções à questão da cor.

9.421. Há falácias gritantes nos detalhes: a Aurora tem aqui olhos róseos e faces verdes.

Mas a maioria se contentou com um exame menos meticuloso.

9.43. Gostei do frescor romântico moderno do calor e da cor.

9.44. Gostei nesse soneto de seus *dois quadros nitidamente traçados*, o primeiro me faz lembrar por seu toque delicado uma pintura de Botticelli, e o segundo brilha com sua cor quente e triunfo humano.

9.45. Esse poema é bom. Os versos têm balanço. O fraseado é musical e *as imagens são muito originais e surpreendentes.*

Outros se preocuparam mais com a sua adequação.

9.46. *A princípio* fui *parcialmente enlevado pela sucessão de imagens emocionantes expressas com sonoridade e eficácia*, mas não consegui reagir plenamente à exigência do poeta sobre minhas emoções. *A vista das montanhas me comove profundamente, mas tenho bastante certeza de que elas de forma alguma despertam sentimentos comparáveis a quaisquer sentimentos de entusiasmo que eu possa ter pelo ser humano.* É uma diferença de natureza, não de grau.

Uma vez que imagens visuais estavam em jogo, não causa surpresa que comentaristas diferentes tivessem imaginado visões diferentes. Já lemos duas descrições (9.4, 9.44). Seguem-se outras.

9.47. A segunda estrofe sugere um cartaz de uma Agência de Turismo da Suíça.

9.48. Quanto à comparação alpina, *depois que a gente se livra da forte emoção naturalmente despertada quando se estimulam tais associações,* sente-se repugnância pela banalidade da dicção e pela *natureza de propaganda ferroviária do estilo do poeta.*

O efeito estimulante do soneto é objeto de muitas observações.

9.5. *O tom de jovialidade é contagiante,* de modo que, sem apreciar a razão do sentimento do poeta, compartilho dessa jovialidade e assim *neste ponto o poema satisfaz minha exigência com relação à poesia.* Colocar-me em contato com um espírito que meditou para que seu trabalho pudesse abrir uma janela do meu espírito para o seu próprio universo *que é mais puro e mais amplo.*

9.51. A "crista alpina" e "a raspa de neve" transmitem exatamente *o senso de jovialidade* produzido pelo *intenso e entusiasmado idealismo do poeta.*

9.52. Isso me estimula pela série de imagens intensas. O adjetivo que me ocorre em relação a essas imagens é "castas".

Tal comentário, talvez via associação por contraste, traz à lembrança o editor americano que se queixava da palavra "casto" como sendo "sempre lamentavelmente sugestiva". Com certeza, porém, uma busca excessivamente consciente de um universo mais puro, mais amplo, de intenso e entusiasmado idealismo, abre caminho para suspeitas.

Keats, que já apareceu num protocolo anterior (9.41), reaparece várias vezes:

9.6. A comparação que forma os seis últimos versos do soneto é muito boa; *pode ser equiparada* com uma de Keats no final de seu soneto "Chapman's Homer" [O Homero de Chapman].

9.61. A última estrofe é ação muito mais clara, e *há algo na* métrica *que parece sugerir montanhas*, pois traz imediatamente à lembrança o intrépido Cortés e um pico, em Darien.

Uma explicação muito mais simples parece suficiente. A palavra "pico" por si só já seria bastante.

Imagens não-visuais desempenharam seu papel. O ouvido da mente foi convidado a comparecer.

9.7. "Já a caminho do ondulante poente." *Um adequado diminuendo depois do rugir da canção do mar e dos relâmpagos.*

Leitores com interesses musicais foram mais críticos:

9.71. A única símile concreta na oitava é a comparação da harpa com o mar – com certeza um pouco extravagante.

9.72. As imagens são ruins. *O mar pode soar como um órgão, mas nunca teve o som de uma harpa.*

9.73. É de se perguntar se o poeta captou corretamente a idéia transmitida na descrição da harpa,

"cada corda um relâmpago do arcano".

9.74. Uma metáfora forçada, na qual o mar é representado como uma harpa e *cada corda*, além de ser hílare ["mirthfull"], *é feita dos relâmpagos do arcano*. Por alguma razão desconhecida, a Aurora escuta a música desse incrível instrumento.

9.75. *O primeiro indício claro sobre a verdadeira natureza do poema é a palavra "woven" ["urdida"]* (5º verso). *Sendo que cordas são trançadas ou fiadas, a palavra "woven" deve ter sido introduzida por seu maior potencial de liberação de emoção vaga.* Daquele ponto em diante o poeta foi obviamente subjugado por frases evocadas e epítetos surrupiados.

Os fatos implícitos nessa metáfora também foram questionados por outro motivo:

9.76. O bom senso sugere que, se a Aurora estivesse presente, o relâmpago das *noites* de primavera estaria inevitavelmente ausente.

9.77. Já que a Aurora não passa a existir até o fim da noite, as cordas e a platéia não poderiam existir ao mesmo tempo.

Está claro que o espírito crítico do Dr. Johnson felizmente não desapareceu de todo da crítica literária.

A falta de reconhecimento da forma do soneto apareceu outra vez.

9.8. Parece parte de uma peça dramática.

9.81. Isso é essencialmente um trecho de poesia dramática, que só pode ser devidamente apreciado quando for ouvido declamado no contexto da peça.

A essas queixas pode-se opor outra mais comum, que por sinal ilustra bem alguns dos perigos dos pressupostos técnicos.

9.82. Estou diante de um soneto – um fato objetivo reconhecido antes de eu ler uma só palavra. *Tenho idéias bem definidas sobre o que deveria ser o conteúdo genérico de um soneto,* e de todas elas um brinde está excluído. Um brinde retumbante requer um ritmo mais rápido, mais vivaz, uma seqüência de rimas mais veloz do que a oferecida por um soneto.

Deve-se ter notado que, pelo menos para alguns de seus leitores (9.31, 9.45), o poeta superou perfeitamente estas objeções. Note-se também:

9.83. O assunto escolhido é muito adequado à forma do soneto; ambos são elevados.

O veredicto favorável da maioria foi até aqui representado de forma insuficiente.

9.9. Gosto desse poema acima de tudo *porque é uma canção que vem de meu íntimo.* As palavras são simples, por isso o sentido de imediato toca minha mente. "Relâmpago das noites de primavera" ["Lightning of the night of spring"], "uma raspa de neve" *evocam êxtases meus pessoais.* O modo imperativo me atinge diretamente. A regularidade do pensamento com seu amplo balanço percorrendo ininterrupto muitos versos cria uma emoção unificada, não uma série de tentativas metafóricas. *O poeta concentrou as mais emocionantes manifestações da natureza, personificou-as, brindou à mais austera delas num êxtase e me comoveu além do explicável.*

A verdade é que esse comentarista oferece ele mesmo, nos trechos em itálico, uma explicação bastante satisfatória.

9.91. Agrada-me a atenção por causa da sinceridade e nobreza de sentimento. O calor da emoção justifica a hipérbole que poderia facilmente soar vazia, mas que aqui parece a justa expressão de uma emoção inexprimível em palavras. O apelo à imaginação é tão forte como o apelo ao coração, pois *alude-se à natureza em seus aspectos mais belos e grandiosos.* O poema deve ter valor duradouro devido à liberdade que permite ao senso estético nas imagens evocadas – "o relâmpago das noites de primavera", as cores das conchas e das ondas.

Estas, juntamente com as explosões contrárias em 9.22 e 9.93 servem para indicar sobre qual ponto a opinião geralmente se concentrou – a pergunta se o poema faz jus à exploração das associações que evoca. Em outras palavras, um problema de Respostas de Estoque.

9.92. Esse poema contém *todo o costumeiro aparato da produção poética comercial*, as comparações e personificações convencionais – Aurora, mar, pôr-do-sol, picos dos Alpes – tudo isso em catorze versos!

9.93. *A principal experiência nada tem a ver com o primeiro verso.* Talvez o brinde tenha originado a convicção de que se deveria escrever uma canção – até mesmo um soneto, embora seja essa uma forma muitíssimo improvável para expressar a disposição de entusiasmo de um aniversário – *mas essa não é a experiência descrita.* Qual é? Quase com certeza, uma reação adolescente ao vocabulário dos românticos.

Somente um comentarista aludiu ao que se poderia considerar uma influência marcante no soneto.

9.94. O estilo é Swinburne com água.

Os comentários sobre esse poema talvez mostrem, com maior clareza do que todos os outros, como muitos leitores ficam perdidos quando solicitados a interpretar e julgar uma linguagem figurada. Surgem e pedem atenção várias questões importantes quanto à abordagem adequada da hipérbole e à compreensão de comparações de caráter *emotivo* em vez de elucidativo. Essas questões são examinadas na Parte III, Capítulo 2.

Climb, cloud, and pencil all the blue
    With your miraculous stockade;
The earth will have her joy of you
    And limn your beauty till it fade.

Puzzle the cattle at the grass
    And paint your pleasure on their flanks;
Shoot, as the ripe cornfield you pass,
    A shudder down those golden ranks.

On wall and window slant your hand
    And sidle up the garden stair;
Cherish each flower in all the land
    With soft encroachments of cool air.

Lay your long fingers on the sea
    And shake your shadow at the sun,
Darkly reminding him that he
    Relieve you when your work is done.*

---

* Sobe, nuvem, e marca todo o céu / Com tua milagrosa paliçada; / Prazer terá a terra sob teu véu, / Tua beleza aqui será copiada.

Intriga o gado ao longe na pastagem / E pinta com prazer seus flancos lisos, / Manda, ao trigal maduro, de passagem, / Tremor ao longo dos dourados frisos.

Toca muro e janela obliquamente / E pela escada do jardim desliza. / Envia a cada flor o teu presente / Com o frescor de alguma intrusa brisa.

Teus longos dedos deita sobre o mar / E agita tua sombra ao sol que passa / Escura pra fazê-lo se lembrar / Que tua missão finda te desfaça.

Rally your wizardries, and wake
A noonday panic cold and rude,
Till 'neath the ferns the drowsy snake
Is conscious of his solitude.

Then as your sorcery declines
Elaborate your pomp the more,
So shall your gorgeous new designs
Crown your beneficence before.

Your silver hinges now revolve,
Your snowy citadels unfold,
And, lest their pride too soon dissolve,
Buckle them with a belt of gold.

O sprawling domes, O tottering towers,
O frail steel tissues of the sun –
What! Have ye numbered all your hours
And is your empire all fordone?*

---

*Reúne tuas mágicas, fomenta / Um susto meridiano rude e frio, / Lá no mato a serpente sonolenta / Conheça a solidão e seu vazio.

Depois ao declinar tua magia / Tua pompa elabora muito mais, / Então teus grandes planos desse dia / Coroam benefícios lá de trás.

Em teus gonzos de prata agora gira, / Teus bastiões de neve revelando, / E, pra que seu orgulho não se fira, / Prende-os com um cinto de ouro brando.

Ó cúpulas molengas, torres tontas, / Ó tecidos do sol de frágil aço – / Quê! Fecham as horas vossas contas? / Vosso império acaba num colapso?

Poema 10

Impertinências mnemônicas ou de outra espécie, alguns problemas de imagens e uma enxurrada de pressupostos técnicos, sobretudo em relação a movimento e dicção, marcam também este conjunto de protocolos, e não falta a Resposta de Estoque. Mas alguns problemas mais profundos e perturbadores, relacionados nem tanto com a natureza do poema quanto com o tipo de valor que ele possa ter, serão percebidos com freqüência movendo-se furtivamente sob a superfície e às vezes explicitando-se em palavras.

Primeiramente, vamos levantar as particularidades de opinião mais acessíveis.

> 10.1. A graça desse poema é dupla: *primeiro, a gente pode aquecer-se ao sol quente de um dia perfeito de setembro* (o que não provei na Inglaterra em 1927), *e dar-se conta de que a América também é um bom país – a Inglaterra não tem "dourados frisos" de plantações de milho*[1]; segundo, o ritmo, rima e aliteração fazem que a gente queira ler uma segunda vez e depois tentar cantá-la. Foi Bryant que escreveu isso? Não sei.

Com menos justificativa e numa direção totalmente diferente, a influência mnemônica também domina 10.11. O alegado fundamento do tom do poema não é fácil de imaginar.

> 10.11. A autora (receio que seja o caso) deveria ser proibida por lei de jamais se aproximar de qualquer criança cujo bom senso e imaginação não tenham certificado de normalidade e sanidade. O poema *é do tipo dos que invadem as antologias escolares,* embora seja um desonroso rebento de Shelley (mal-entendido) e de uma confusa mente sentimental.

> *Esforça-se por trazer a jovem mente para perto da "Natureza" adotando um tom de paternalismo irresponsável.* São pessoas assim e não os Godos nem os clássicos que devastam a Europa.

Com 10.2 passamos para o problema das imagens.

> 10.2. *Gosto desse poema porque as nuvens me fascinam.* Além disso, a passagem da sombra da nuvem por sobre os campos, casas, jardins e mar é narrada de modo inteligente. *Se o teste do quadro mental que se forma na cabeça do leitor a partir das palavras do poeta é realmente um teste, o poema é bom.* Nem mesmo a necessidade de verificar no dicionário a palavra "Limn" do quarto verso subtraiu o prazer da leitura. As palavras não são tão felizes quanto o quadro formado: a gente se cansaria de ficar provocando a formação do quadro mental pela repetição das palavras. Musicalmente não satisfazem. Sim, quanto mais leio, menos gosto.

Quanto à questão da métrica ouviremos outras opiniões. O problema das imagens, como aprendemos a esperar, provocou as mais extremas divergências de opinião.

> 10.21. Esse é um poema muito agradável. *Cria na mente um monte de imagens – algumas novas, outras que evocam coisas já vistas antes.* A terceira estrofe para mim vinculou-se imediatamente a um certo lance de escada de pedra. A quinta estrofe é a melhor de todas. *Sente-se* perfeitamente o resfriamento quando o sol de repente "se recolhe".

> 10.22. Esse poema é um fracasso total na minha opinião. *As palavras não evocam as imagens do que o poeta está tentando representar.* A nuvem sacudindo sua sombra ao sol, ou deslizando degraus acima parece simplesmente ridículo. *Detesto toda a idéia de uma nuvem com um lápis entre os dedos.* O poeta não me dá a impressão de que uma nuvenzinha no céu lhe tenha realmente dado a inspiração para escrever; *tudo é artificial e sentimental.*

Se imagens adequadas são para um leitor um complemento de valor inestimável para a leitura, imagens extravagantes podem ser para outro uma barreira fatal. Em geral, o efeito da interferência das imagens consiste em tornar o bom melhor e o ruim pior. Na leitura talvez seja melhor considerar as imagens como um *sinal* de como o leitor está lidando com o poema; elas quase nunca são um meio de que o poeta se utiliza, pois a distância entre a imagem verbal (a figura de linguagem, a descrição, comparação, metáfora) e a imagem visual é grande demais; e as idiossincrasias dos leitores, excessivamente surpreendentes. A pequenez da nuvem em 10.22, e o lápis entre os dedos dela são contribuições da descontrolada faculdade de visualização desse leitor; e esses exercícios, assim como a recusa em enxergar o que o poeta *de fato* tentou sugerir, são motivados por uma aversão prévia pelo poema cuja origem talvez esteja indicada na observação final do comentarista. Essa parece ser a situação típica quando imagens extravagantes interferem. Nem sempre invariavelmente, como 10.23 irá mostrar. Algumas vítimas de imagens extremamente reais e intensas de fato se aproximam da poesia (e da vida) através de suas imaginações visuais, mas com freqüência suas outras operações mentais conseguem corrigir e compensar a volubilidade caprichosa que essa abordagem acarreta.

> 10.23. Consegui entender pouco desse poema. *Ele insiste na sugestão de uma cena de pesadelo numa floresta,* com samambaias gigantes caindo, serpentes se contorcendo e clarões de relâmpagos vermelhos numa névoa azul. *A isso se sobrepõe um quadro ainda mais esquisito de uma Babilônia desmoronando.* Parece haver uma pressa de tirar o fôlego nas palavras quando lidas mentalmente, mas não quando lidas em voz alta. Há também um salto rápido e caótico de uma idéia para outra, o que é estranho e desconcertante. Mas mesmo assim o poema é até fascinante.

Esse leitor me escreve, "Eu visualizo tudo de outra maneira, as coisas pouco significam para mim", desenvolvendo por um acidente de pontuação uma crítica que eu por delicadeza não faria.

Outra peculiaridade das imagens levanta uma objeção diferente:

> 10.24. Esse poema me parece verdadeiramente ruim. Alguns versos são decididamente bobos, como: "lá no mato a serpente sonolenta conhece a solidão de seu vazio". *A imagem é tão desagradável.* Parece que o poeta tinha algumas idéias vulgares e pensou que poderia escrever um poema sobre elas.

O leitor deve censurar-se a si mesmo se a imagem foi realmente desagradável. Se todas as alusões a serpentes devem ser evitadas, como Milton deve parecer desprovido de bom gosto. E mais ainda, a suposição de que somente imagens agradáveis têm lugar na poesia deve ser identificada e questionada sempre que surgir.

Passando agora para outra fonte de impertinência totalmente diferente; os preconceitos críticos, quando interferem como obstáculos à leitura, costumam ser doutrinas respeitáveis aplicadas sem sutileza; exemplo disso parece ser o que segue:

> 10.3. O poema *está morto porque carece de interesse humano.* O poeta foge do mundo dos homens. Sua maior aproximação da humanidade é a "escada do jardim". O interesse do poema reside em sua cinematográfica reprodução em palavras de um fenômeno que todos os mortais têm o prazer de testemunhar com seus próprios olhos. O sucesso está na magia das palavras, que, em simples preto e branco, são capazes de estimular os sentidos para uma apreciação intensa de uma série de eventos que o próprio poeta observou minuciosamente. Turner faz o mesmo usando um meio diferente.

Pode ser que "O estudo próprio da humanidade é o homem". Mas, se assim for, em poesia tudo o que possa interessar ao homem é parte dele. Cada poema é um tecido de impulsos humanos e não requer a menção do homem e seus afazeres para nos interessar. Fica um pouco difícil entender se no fim esse leitor superou ou não seu preconceito.

Alguns outros pressupostos, mas de ordem técnica, merecem mais atenção. São muitos e variados. Primeiro pode-se ilustrar a suposição de que as palavras *por si sós* tenham qualidades – sejam feias, bonitas, delicadas, leves, pesadas ou desajeitadas – independentemente do modo como são usadas. Aliada a ela aparece a suposição paralela de que o "assunto" de um determine automaticamente uma certa seleção de vocabulário.

> 10.4. A aliteração no poema é muito eficaz e passa a idéia da nuvem deslizando lentamente por sobre a terra e o mar. *Na minha opinião, o autor estragou um pouco o efeito em certas passagens fazendo uso de palavras compridas e feias, tais como "beneficence"* ["benefícios"], *"encroachments"* ["intrusa"] *e "elaborate"* ["elabora"].

> 10.41. O poeta se esforçou por pintar um quadro de uma nuvem. *Para fazer isso um poeta deve escolher palavras de acordo com seu quadro. Se o quadro vai ser delicado, então as palavras devem ser leves. Se o quadro vai ser pesado, então as palavras devem ser pesadas.* Esse poeta quis pintar um quadro delicado, mas misturou palavras delicadas e palavras desajeitadas. Palavras como "miraculous" ["milagrosa"], "encroachments" ["intrusa"], "elaborate" ["elabora"] e "benificence" ["benefícios"] tendem a ofuscar o quadro. Tendo pintado seu quadro, é uma pena que o quebre com uma pergunta ríspida
>
> Quê! Fecham as horas vossas contas?
> Vosso império acaba num colapso?

O poeta deveria se contentar com o fato de que alguma coisa bonita lhe foi mostrada.

Tudo naturalmente gira em torno da maneira pela qual as palavras são reunidas, e é o desenvolvimento detalhado, momento a momento, do poema, não o assunto isolável considerado em abstrato, que controla a dicção. A censura final ao poeta será considerada mais adiante.

Levantaram-se objeções aliadas a essa, com base na cacofonia.

10.42. Muito feia a primeira estrofe. "Climb, cloud" – *duas palavras duras, encontro de consoantes.*

*Cl*imb, *cl*oud and pen*cil* all the blue
With your mira*cu*lous sto*ck*ade.

Palavras difíceis como "limn" impróprias para a beleza do cenário de nuvens. Segunda estrofe – pensamento bobo, ritmo desajeitado no segundo verso.
"Cherish each" – mistura horrível de *ch* e *sh*. Não sei bem o que significam as duas últimas estrofes – o que são os tecidos do sol de frágil aço, mas parece que não faz diferença.

10.43. O poema todo é um discurso rude e bastante sem graça endereçado à nuvem. Dá a impressão de ser obra de um amador ou principiante. *No todo é feio, principalmente por causa do emprego e má colocação de certas palavras.* Ex. "Climb, cloud," repete o som cl. "Miraculous stockade" "his solitude" são difíceis de pronunciar de forma fluente e correta e são feias quando pronunciadas corretamente devido à repetição do som de s.

Sem ir tão longe como um dos leitores, que ouviu nestas últimas sibilantes o silvo de uma serpente, podemos todavia estabelecer como princípio geral que nenhum som em poesia pode ser julgado fora de seu lugar e função no poema. Aplicar regras externas de eufonia e excluir certas combinações de consoantes como feias, sem considerar seu efeito particular exato precisamente no contexto em que ocorrem, é tão insensato como condenar uma linha num quadro sem observar as outras linhas que podem estar cooperando no desenho. Tais regras arbitrárias são populares porque são simples e porque podem ser aplicadas (como o teste das rimas imperfeitas, cf. 2.12) sem se penetrar no poema. Seria possível elaborar justificativas detalhadas bastante plausíveis para todos os sons aqui atacados, mas a justificativa seria quase tão arbitrária quanto a acusação. As relações dos efeitos sonoros com o resto dos acontecimentos no poema são demasiado sutis e entrelaçadas para que qualquer análise tenha muita força convincente. É triste ter de desencorajar um passatempo tão inofensivo, mas estes são os fatos. A maioria dos alegados casos de onomatopéias, por exemplo, é imaginária; são casos de sugestão muito mais do que de verdadeira imitação de sons, e uma sugestão igualmente forte pode ser feita por outros meios. Mais ainda, a onomatopéia por si só jamais conferiu mérito poético a qualquer verso. Todas essas são questões de meios e, para decidir a respeito da maioria delas, precisamos considerar o fim.

Reflexões paralelas se aplicam a outro pressuposto técnico que ocupou muitos leitores.

> 10.44. O verso é gritante e convulsivo e não é o que se associaria com o fluir constante de uma nuvem fofa.

A "fofura" dessa nuvem talvez seja um acidente de imaginação visual. O poeta não disse nada a esse respeito. A exigência de uma correspondência entre assunto e movimento é um exemplo típico de expectativas técnicas ilegítimas. O poeta tem em vista certos efeitos. Se ele optar por certos meios, muito bem. Mas prescrevê-los é confundir poesia com jogos de salão. Isso vale pelo menos para a poesia da Inglaterra e da maior parte da Europa. A questão parece ter sido diferente na poesia chinesa, mas o mesmo acontecia na China com as batalhas. Uma vitória não era vitória se não fosse obtida num lindo dia.

O poeta pode imitar o movimento de seu assunto com o movimento de seu verso. Às vezes quando ele faz isso há grande mérito, *se o objetivo exigir que ele o faça*. Nunca é um defeito se ele não o fizer, a menos que fique claro que tentou, e que era necessário para o seu objetivo. Além disso, a questão de saber se determinado movimento de verso corresponde ou não a qualquer outro movimento, de coisas visíveis, pensamentos ou paixões, é excessivamente delicada. Gira em grande parte em torno de se saber se o leitor está disposto a lhe conferir essa correspondência com base nos incentivos que o poeta lhe oferece para descobri-la. Pois o ritmo das palavras não é independente do modo escolhido pelo leitor para encará-las.

> 10.45. *Movimento flutuante, dançante do poema, sua característica de maior impacto.* A segunda estrofe é a mais bem-sucedida no poema todo – sente-se que o autor realmente observou uma nuvem de verão. Note-se a eficácia das palavras "shudder" ["tremor"] e "sidle" ["anda de lado"].

Compare-se com o seguinte:

10.46. O esquema desse poema é pouco adequado ao assunto leve e etéreo que é cheio de movimento, ao passo que *as estrofes curtas e monótonas são essencialmente estáticas.*

O mesmo comentarista nos apresenta outra expectativa ilegítima que preocupou a muitos.

10.47. Infelizmente esse poema pede de imediato uma comparação com "The Cloud" [A nuvem] de Shelley e naturalmente sofre com isso. Não podemos imaginar que *esta* nuvem fosse capaz de

"...prender o trono do Sol numa borda em chamas".

10.48. Uma comparação com o poema de Shelley à nuvem coloca esse poema numa luz bastante desfavorável. O tratamento até que é semelhante mas, enquanto Shelly se sai bem, esse autor fracassa redondamen" wordsworthiano, um trabalho frio, sem vida, sem atração para o leitor. Se desperta qualquer interesse que seja, desperta antagonismo. Ficamos inclinados a perguntar se nuvens pintam desenhos nos flancos de vacas, por exemplo. As duas últimas estrofes parecem túrgidas e sobrecarregadas de deslumbramento. (Cf., porém, 12.7).

Há ainda uns pontos sobre dicção que devem ser considerados.

10.5. Considero falho esse poema. Há *uma tendência a introduzir prosaísmos* (intriga, desliza, intrusa, elabora) que, apesar de indubitavelmente deliberada, não obtém muito êxito.

10.51. Fico com uma impressão muito forte de artificialidade para gostar desse poema. As palavras são bastante pitorescas, mas a maneira de encandeá-las me parece forçada e falsa. "Intriga", "intrusa", "manda tremor", "agita tua sombra", "tecidos de frágil aço"... são todos termos que me parecem *ou deslocados ou prosaicos demais*. O poema está por demais recheado de idéias afetadas para soar sincero.

10.53. Fica-se constantemente desapontado com palavras como copiar, intrusa e benefício.

10.54. Usam-se palavras com associações pobres, comuns e prosaicas, p. ex., paliçada, gonzos, molengas, elabora.

10.55. Embora eventualmente o poema se eleve ao tom poético mais alto, mesmo assim ele *contém muitas palavras e expressões inadequa-*

das à poesia. Chamar a nuvem de paliçada acrescenta uma natureza prosaica à nuvem; ou dizer que sobe de lado ["sidles"] subindo a escada do jardim. Mais do que "andar de lado" ["sidle"], a nuvem pareceria escorregar veloz ["glide swiftly"] pelos degraus. Um final anticlimático do poema é descrever as nuvens como "cúpulas molengas" e "torres tontas". É descrição realista, sem dúvida, mas não poesia. *Um bêbado anda molenga e tonto*.

Na ausência de qualquer teoria precisa a respeito da natureza da dicção prosaica e da exata demarcação da dicção poética, o termo "prosaico" deve ser visto como equivalente de "insatisfatório". Costuma ser apenas um termo de insulto. Todas as palavras e frases aqui censuradas são especialmente felizes na opinião de outros leitores. O sabor prosaico atribuído a "stockade" ["paliçada"], seja por associação com "stock and stones" ["paus e pedras"] , com "stocks and shares" ["ações e dividendos"], ou com "bully beef" ["carne enlatada"], talvez esteja indicando que *Masterman Ready* [Mestre disposto] e *Treasure Island* [A Ilha do Tesouro] não são mais tão populares como no passado.

O estranho sabor que palavras isoladas podem adquirir para certos leitores aparece em 10.57, talvez outro exemplo de uma imagem visual acidental.

10.57. "Molengas", que é *de qualquer forma uma palavra feia* para introduzir no clímax, não corresponde a qualquer tipo de nuvem que tenha bastiões e um cinto de ouro, mas à variedade de nuvens diáfanas e rosadas.

Talvez o tipo corista-dançarina!

Outro preconceito relacionado com a dicção já vimos antes.

10.58. A mistura de palavras latinas e anglo-saxônicas é pouco feliz em muitas passagens.

Quem é responsável por disseminar essa bobagem tão difundida sobre a incompatibilidade de palavras inglesas de diferentes origens é uma questão que merece ser investigada. Ela ocorre com demasiada freqüência para não ter alguma fonte contemporânea ativa.

Depois da acusação de "prosaísmo" a questão do "romantismo" só para variar.

10.6. Presume-se que a nuvem fez o favor de subir e marcar o céu, etc. Todo o "poema" *um belo exemplo de feiúra do animismo romântico* (cf.

"Ondula mais, ó profundo e tormentoso oceano!"). Se o vento tivesse mudado, teria o poeta ficado com raiva? Intriga o gado – alguém já viu gado intrigado com uma nuvem? Isso foi escrito num escritório por alguém que teria feito melhor se tivesse saído para o campo *para aprender que nuvens são levadas pelo vento, não sobem e intrigam o gado, não mandam tremores, nem deitam longos dedos nem executam tais ações humanas sob as ordens de pedantes.*

"Ó cúpulas molengas, torres tontas" –
Ó Deus! Ó Montreal!

É possível que o vocativo e os imperativos sejam responsáveis por essa explosão. O poema conseguiu provocar muitos insultos vigorosos.

10.61. Esse poeta tropeça em suas metáforas. Confessamos nunca ter visto uma nuvem "marcando" o céu com sua milagrosa paliçada, e nunca veremos. Tudo está confuso também na penúltima estrofe. *Não há imagem clara, nada que mostre que o escritor captou o significado do que está tentando descrever. Ele c*ertamente não oferece uma visão clara; temos a impressão de já ter ouvido falar dos "dourados frisos" dos trigais. No fim ele desiste da tentativa de descrever até mesmo o que viu, e *sustenta seu verso em abstrações* – "mágicas", "magia", "pompa", "benefícios" – *termos que o resto do poema não justifica.* Não há ritmo. A estrutura métrica é simplesmente preenchida de acordo com o padrão estabelecido. As rimas são insípidas e sem significado. O poeta poderia ter continuado rimando por uma centena de estrofes semelhantes. A última estrofe é ridícula, com seu "Quê!" e sua débil pergunta. A coisa toda desmorona. "Ó conclusão mais impotente e manca!"

Alguns consideraram o poema ininteligível.

10.62. Os dois primeiros versos do poema constituem um bom indício da característica do todo. A confusão das metáforas é significativa. – Shelley, ao escrever a "Ode to the West Wind" [Ode ao vento oeste], concebeu o vento como uma pessoa com características definidas – "o incontrolável" "destruidor e preservador". *Nosso poeta não tem essa concepção clara;* e o resultado é que sua nuvem é uma pessoa sem caráter, fazendo todo tipo de coisas, executando todo o tipo de macaquices. Há o toque que faz lembrar Lewis Carroll nos versos:

"E agita tua sombra ao sol que passa,
Escura pra fazê-lo se lembrar
Que tua missão finda te desfaça."

Numa única estrofe, fica-se sabendo como a nuvem intriga o gado, pinta com prazer seus flancos lisos e manda um tremor ao logo dos dourados frisos do trigal. Não é preciso multiplicar os exemplos. – A dicção é desprovida de força como todo o poema, *e muitas vezes deixa a gente se perguntando o que significa tudo isso.*

10.63. Essa composição me aborrece e irrita. É *uma simples fileira de palavras que nada significam – exceto que parecem vagamente falar de nuvens.* As expressões ridículas são inúmeras – "milagrosa paliçada", "tua beleza ... será copiada (!?!?)", "manda ... tremor", "agita tua sombra ao sol" etc., etc., etc. Deve ter sido escrita por um candidato a Colney Hatch, imagino eu.

10.64. Não consigo entender o que levou esse poeta a desejar essas coisas estranhas. *Se o poeta quer chuva, por que desafia o sol na última estrofe? É tudo muito obscuro.*

Uma obscuridade especial talvez seja inerente à quarta estrofe.

10.65. "Agita tua sombra ao sol que passa", não gostei. Não consigo imaginar uma nuvem agitando sua sombra ao que quer que seja, e a palavra destrói o progresso contínuo da nuvem ao longo do resto do poema.

A geometria nessa estrofe foi difícil demais para muitos.

10.66. A nuvem não pode sacudir sua sombra ao sol, já que está entre eles, e para ele a nuvem não aparece escura.

Outros supuseram que a própria nuvem se sacudiu e sugeriram que apenas as nuvens de trovão se sacodem. No entanto, se for a sombra da nuvem, não a própria nuvem, que sacode, e se ela sacode apenas pelo movimento do mar, parece não haver nada mais que pura física no pensamento da estrofe.

O mesmo acontece, se se preferir uma outra interpretação.

10.67. Uma nuvem que, movendo-se através dos céus, projeta uma sombra sobre a terra, causando, por assim dizer, um tremor nas áreas atingidas.

Note-se uma certa mudança de tom no poema na altura da sexta estrofe. Ela causou muita perturbação e profundo exame de consciência.

10.7. Esse poema, depois de me elevar *ao mais intenso prazer* durante cinco estrofes, *de repente cedeu e me deixou cair estrondosamente.* A primeira parte obteve rápida reação. Exatamente porque gosto dos poetas metafísicos, alegrei-me aqui com as novas imagens, palavras conhecidas com novas conotações – a aliteração adicionada à sonoridade dos versos. Gosto de "intriga o gado..." e da nuvem mandando "um tremor ao longo dos dourados frisos" do trigal; gosto dela estendendo obliquamente sua mão e deslizando; seu "frescor de alguma intrusa brisa"; gosto de seus longos dedos sobre o mar e do "susto meridiano duro e frio". As palavras parecem simples e precisas – o poema tem vida e abre novos panoramas para mim. Depois, ah depois! A sexta estrofe é respeitável, mas "pompa", "belos planos", e "benefícios" se insinuam como hóspedes indesejados. O espírito mudou, agora fala Polonius onde antes falava o Professor Housman. *É tão raro o êxito no arremedo do estilo grandioso* que eu estranho que poetas talentosos ainda tentem e fracassem.

10.71. Esse poema me agradou à primeira vista pela qualidade fácil da métrica que de fato me pareceu mais adequada para dirigir-se a uma nuvem do que aquela mais vigorosa de Shelley. Além disso, as imagens eram tão precisas – expressões como "pinta com prazer seus flancos lisos" e acima de tudo "pela escada do jardim desliza", que descreveu exatamente um dos aspectos mais fascinantes da natureza, na minha opinião pessoal, que é essa constante perseguição da luz pela escuridão, especialmente quando observada em andamento num campo aberto lá do alto de uma montanha. Depois na quinta estrofe comecei a perder o ritmo. *Algo novo entrara no poema. Lutei ao longo dos dois primeiros versos da sexta estrofe e caí estatelado nos dois seguintes.* Talvez isso se deva a estupidez natural, mas senti que tinha direito a estar ressentido com o poema por me induzir ao erro com relação ao estilo no início.

A possibilidade de que essa mudança resultasse da intenção deliberada do poeta não foi ponderada por esses dois leitores. Se a tivessem considerado, creio ser improvável que não tivessem mudado seu sentimento. A maneira com a qual descrevem sua percepção da mudança confere-lhes o ar de alguém puxando uma porta que se abre para dentro.

10.72. *Superficial talvez, mas encantador.* Uma idéia original trabalhada com o auxílio de metáforas originais. Um fluir fácil de linguagem e uma construção sólida. O "Depois" da estrofe 6 é perfeitamente sincronizado para evitar monotonia e ao mesmo tempo preservar o movimento sem pressa. É uma pena que *os dois últimos versos se escoem num anticlímax* que deixa a suspeita de um tapa-buraco.

Esses dois últimos versos afligiram muitos leitores. Todos os tipos de conjecturas foram feitos sobre seu tom emocional, embora não fosse apresentada nenhuma descrição satisfatória.

10.73. Os dois últimos versos são *declamatórios* e estragam o efeito de delicadeza da parte anterior do poema.

10.74. A pergunta dos dois últimos versos expressa *um lamento um tanto rotineiro e não realmente muito sério* – mal chega a ser um suspiro.

10.75. O sentimento *de certo* pesar da última estrofe *é importante* porque eleva o poema acima da categoria de agradável descrição. Levanta uma questão que o poeta não responde diretamente, exceto talvez no verso "Ó tecidos do sol de frágil aço" que mostra que ele está consciente de *ambas as idéias, de que tudo é ilusório ou de que tudo tem valor.* É porque ele contrasta esses dois aspectos e apresenta essa idéia que o poema me parece bom.

Ecos de *A tempestade* talvez estejam influenciando esse leitor; e Shelley, assim como Wordsworth, inspira e põe em perigo o seguinte:

10.76. Sente-se uma nuvem viajando rápida nas cinco primeiras estrofes; declinando na seguinte, e finalmente desaparecendo num glorioso ocaso; *deixando o mundo frio e desolado atrás de si. O breve prazer e alegria de viver é seguido por escuridão e morte.*
Mas embora o mundo tonteie, sente-se a nuvem ainda singrando inevitavelmente em frente. *A glória sobrevive, a obra mortal do homem morre.* Você respira "a música triste e silenciosa da humanidade".

10.77. Esse poema é *a expressão de um sentimento bastante comum – a transitoriedade.* O conjunto das cinco primeiras estrofes tem movimento rápido – a repentina mudança da sombra para a luz, do frio para o calor, o contraste entre "frágil" e "aço" sugeridos em todo o poema por esse tom fugaz. Fica a dúvida se o poeta percebeu plenamente a emoção de prazer – de uma euforia acrescentada à vida pelo conhecimento de sua transitoriedade, que deveria ser a seqüência natural do poema. Ele realmente não expressa isso na última estrofe, que *em seu moralismo superficial* prejudica o resultado mais sutil do resto do poema.

A principal dificuldade parece ser admitir que o poeta possa ter pretendido uma verdadeira transição no sentimento; que ele possa ter ultrapassado o ponto em que 10.77 preferia que ele parasse e tenha seguido em frente para outras realizações.

10.78. Começa como uma das etéreas composições de Robert Louis Stevenson para jovens e velhos, *termina com o tom de "Recessional" de Kipling.* Por isso parece não ter unidade e expressar um espírito mal aplicado e inoportuno. Se pretendia ser *apenas engraçado,* os versos claramente sérios sobre "benefícios" e "orgulho" estão fora de lugar.

Justamente com que grau de seriedade se deve encarar a grandiloqüência das três estrofes finais é que é o problema. Não se notou que um tom ligeiramente gozador se insinua com "reúne tuas mágicas", continua com "magia", "pompa" e "grandes planos" e culmina na tão detestada palavra "molengas". O humor talvez seja a última coisa que se espera na poesia lírica, sobretudo quando o tema é a natureza. Se o poeta vai sorrir, exige-se dele que dê um aviso claro e inequívoco de sua intenção.

Forty years back, when much had place
That since has perished out of mind,
I heard that voice and saw that face.

He spoke as one afoot will wind
A morning horne ere men awake;
His note was trenchant, turning kind.

He was of those whose wit can shake
And riddle to the very core
The counterfeits that Time will break...

Of late, when we two met once more,
The luminous countenance and rare
Shone just as forty years before.

So that, when now all tongues declare
His shape unseen by his green hill,
I scarce believe he sits not there.

No matter. Further and further still
Through the world's vaporous vitiate air
His words wing on – as live words will.*

---

* Quarenta anos atrás quando ocorria / Tanta coisa que a mente foi deixando, / Ouvi-lhe a voz e vi a fisionomia.

Falava como alguém que vai tocando / Corneta matinal para o dormente; / Seu timbre era cortante e meio brando.

Seu humor ia sacudindo a mente / Peneirando a mais tênue insensatez / Que enfim o tempo tornará patente...

Faz dias, ao rever-nos outra vez, / Sua face tão luminosa e rara / Brilhou como há quarenta anos fez.

Assim, ouvindo agora quem declara / Estar lá na colina sua alma esquiva / Mal creio não estar também sua cara.

Sem pesar. Cada vez mais persuasiva / No vaporoso ar viciado do mundo paira / Em vôo sua palavra – sempre viva.

Poema 11

Entre as conseqüências de ter impresso os *Poemas 10* e *11* em páginas *opostas* da apostila que foi distribuída contendo quatro poemas revelou-se o seguinte

> 11.1. Levei um tempo considerável para gostar desse poema. Nas duas primeiras leituras pouco entendi – a transição da 8ª para a 9ª estrofe me chocou um pouco. Parece-me um tanto brusca. O poema me dá a impressão de representar uma imaginação descontrolada. A primeira parte é uma série de pequenos quadros, muito bonitos e não extravagantes – pois o poeta captou as palavras certas – "tremor", "desliza". Depois aparece uma passagem bastante extravagante sobre "gonzos de prata", "bastiões de neve", "cúpulas molengas", etc. *Depois o poeta dá a impressão de voltar-se, de repente, para antigas reminiscências* – e um determinado amigo perdido parece ocupar com exclusividade seu pensamento, esquecendo-se das etéreas imaginações das estrofes anteriores do poema. *Essa mudança está adequadamente assinalada por uma mudança na forma da estrofe* – de quatro versos para três – oitava rima, a forma de estrofe, com uma variação, que Shelley usa na ode do "Vento Ocidental".

Quem depois disso irá dizer que nossos leitores não saem ao encontro de nossos poetas?

Esse poema provocou comparativamente poucos arroubos de entusiasmo. Uma boa razão disso está declarada num dos protocolos, 11.2, para o qual se pode chamar especial atenção. A exigência aí expressa não é admitida com freqüência mas muitas vezes está presente e sem dúvida tanto explica a leitura de poesia quanto a ida a concertos.

11.2. Sua maneira reflexiva, coloquial, *desperta um estado de espírito calmo, em vez de um êxtase e, como o êxtase é o que eu quero da poesia, para mim é deficiente.* Sua alusão a "tanta coisa que a mente foi deixando", reveste seu assunto de misteriosa importância. "Vaporous vitiate air" ["vaporoso ar viciado"] me desagradou. Deixando de lado o estado de espírito, *não senti nenhuma ligação pessoal, nenhuma emoção pessoal.* Tivessem sido minhas as palavras em vôo, ou as de meu melhor amigo – tivesse ele aludido à minha morte, ou me permitido aplicar a morte dessa forma – eu a teria sentido mais profundamente.

É fácil obter-se consenso quanto ao fato de o comentarista estar fazendo uma exigência ilegítima ao pedir emoção pessoal dessa forma. Contudo, a poesia que se recusa a ser tão mal empregada raramente é muito popular. Seu desejo pelo "êxtase" pode encontrar mais compreensão. Mas existe alguma boa razão para se exigir isso de toda poesia? A confusão entre qualidade e intensidade de experiência nós já encontramos antes.

A queixa de que o poeta aqui evitou qualquer violenta provocação de emoção aparece com freqüência:

11.21. *Não me desperta emoções.* Entendo o que diz, mas não sinto nenhum interesse por isso.

Esse é um exemplo típico. Está aliado a outras duas expectativas que o poeta também deixou de satisfazer.

11.22. O leitor tem a sensação de conhecer o homem descrito apenas indiretamente. *Não somos levados a vê-lo.*

11.24. Sinto que há algo errado nesse poema. Talvez seja o fato de que o poeta mergulha rápido demais em seu assunto; não pára *a fim de criar uma atmosfera.*

Apresentação intensa, com ou sem apelo visual, e "atmosfera" são, naturalmente, exigidas com justiça de alguns tipos de poesia. É uma conseqüência natural que alguns leitores esperem esses traços de toda poesia. Muitas vezes, porém, evitá-los é precisamente o que o poeta quer. Ordenar o que ele deve fazer é menos razoável do que esperar que faça algo que não teríamos pensado em sugerir.

A prescrição de que o morto deveria ser descrito levou não apenas à decepção. Levou alguns a verem mais descrição do que talvez estivessem autorizados a ver.

11.25. Deu ao leitor, como era seu intento, *uma compreensão completa* do homem que ele desejou descrever.

11.26. Podemos reconhecer a personagem desse poema como *um homem de profundidade de caráter, poder de inspiração e liderança, um amigo de coração grande e generoso.*

Para compensar esses excessos:

11.27. Retratos de estranhos raramente me interessam, embora esse aparente ser bom.

Um entusiasta com uma lógica curiosa se apresentou.

11.28. Evidentemente escrito por um admirador sincero – *isto é*, um idealista, pois um admirador reverencia o homem que está pondo em prática seus ideais. Sendo que somos todos idealistas, devemos aprovar esse poema: a extrema amizade entre os homens (*isto é*, admiração) sempre nos emociona, porque imaginamos o estado de nossa vida se encontrássemos alguém que demostrasse ser uma parte inseparável do todo. Tem a marca da sinceridade – não é vã idolatria verbal: a sinceridade nunca pode ser desprezada – outra razão para aprovação.

É uma pena que sentimentos tão admiráveis gerem premissas tão insubstanciais; mas a conclusão de que todos os idealistas deveriam aprovar tudo aquilo que outros idealistas fazem é mais fácil de rejeitar do que de refutar.

As queixas de obscuridade não foram, em geral, mais freqüentes do que se poderia esperar.

11.3. Acho que um estudo prolongado e cuidadoso poderia revelar-lhe o significado. No momento só tenho uma idéia de que *existe* um.

11.31. Comparação ruim, vaga "como alguém que vai, etc." – "Seu timbre era cortante e meio brando"? – *Linguagem novamente vaga e pensamento obscuro:* "sacudindo a mente peneirando etc."– Última estrofe particulamente ridícula: como todo o poema é incoerente, trivial na concepção e palavras, a última estrofe se afunda num anticlímax ridículo. Com sua linguagem digna da intensidade de sentimento de um Patmore ou de uma Christina Rossetti, a incoerência, trivialidade e crença entusiasmada de um amador de que no fim das contas o poema possa ser poesia de verdade, caracterizam-no como sendo de quarta ou quinta categoria.

11.32. O poema parece uma mistura incoerente de fragmentos desconexos. Deixa o leitor sem impressão alguma da verdadeira natureza ou aparência da sua personagem. *Sabe-se que o velho tem uma voz volumosa e forte.*

Outros descobriram, ou deixaram de descobrir, aspectos ainda mais estranhos.

11.33. Tem-se *a sensação do homem grande, forte, silencioso, que não significa absolutamente nada.* O poema se resume às últimas palavras: – "como palavras vivas significam" ["as live words mean"]. Sinto aqui que o poeta está tentando causar uma grande impressão e fracassa miseravelmente. Que são palavras vivas? E sejam o que forem, *por que deveriam viciar pelo ar vaporoso?*

Não obteve êxito muito maior o comentário seguinte, de tom mais apreciativo.

11.34. Alguns hábeis golpes de um vigoroso pincel *pintando um retrato de uma personagem poderosa numa "insensatez que o Tempo tornará patente" caso o poema venha a se perder.* Gosto do poema por causa de (1) sua força vital, (2) sua apreciação da verdade das "palavras vivas".

Pontos de dicção provocaram muito debate, sendo que até mesmo um admirador ficou chocado com a última estrofe.

11.4. Méritos pela sinceridade, simplicidade e probabilidade. Proporciona um quadro claro de uma personagem. O verso "Mal creio não estar também sua cara" *aproxima-se de outro de Browning* "Isto é Ancona, doutro lado está o mar", *mas na realidade atinge o ápice de Wordsworth* em "Milton! devias estar vivo nesta hora. A Inglaterra precisa de ti". Teria feito bem parando nesse ponto. Última estrofe fraca: embora isso mais por causa do vocabulário e construção. "Vaporous vitiate air" ["Vaporoso ar viciado"] condenável. "As live words will" ["Como fazem palavras vivas"], para concluir um tributo como esse, muito fraco: deveria ter terminado no tom das palavras em vôo.
No geral bom, embora aparentemente imaturo.

As comparações aduzidas provavelmente explicam por que o final frustrou tanto a expectativa deste leitor, embora o movimento do último verso tenha causado vários tipos de problemas.

11.41. A última estrofe não é convincente. "Vaporous vitiate air" ["Vaporoso ar viciado"] não é feliz. – *É razoável esperar-se que o ar seja qualquer outra coisa a não ser vaporoso?* A esperteza, quase volubilidade, do último verso é para mim intolerável.

A resposta à pergunta parece ser "Em alguns climas, sim". Não se deve supor que climas intelectuais-morais sejam mais uniformes do que seus análogos físicos. Poderíamos, porém, concordar sobre o efeito da alegada volubilidade se ela existisse. O ritmo do poema parece ter sido difícil de captar.

11.141. Não parece excelente, mas há nele algo que atrai. Devo dizer que é a *atração de uma melodia de jazz* que se tolera algumas vezes. O poema parece corresponder a uma emoção verdadeira, mas o mesmo acontece com alguns dizeres horríveis em túmulos.

11.42. Isso é lixo. Não há *tema convincente, de fato não há tema algum.* A construção é forçada e às vezes as metáforas são absurdas. A segunda estrofe é besteira. O segundo verso da quarta estrofe é especialmente pobre, *talvez apenas superado pelo* segundo verso da última estrofe. *Quem já viu alguma coisa tão forçada, tão artificial quanto* "O vaporoso ar viciado do mundo". O efeito não valeu a tinta usada.

Ainda mais uma vez é possível observar a correlação fatal:

11.421. Sinto-me como se eu fosse complacente e um pouquinho sentimental ao dizer que satisfaz meus padrões *com exceção desta única frase* "vaporoso ar viciado".

Para completar a condenação:

11.43. "Ele era daqueles... que o Tempo derrubará" ["Time will break"], *é um jeito prolixo de dizer* "Ele detestava todas as fraudes". A 5ª estrofe, também, é muito difícil de ler corretamente. O poema *não tem a majestade que se requer* de um epitáfio em homenagem a um amigo.

A exigência prévia expressa na última frase parece ter tão pouca justificativa quanto a paráfrase apresentada na primeira. Segue-se outra paráfrase que se deve juntar às de 11.32 e 11.34.

11.44. "All tongues declare" ["Todas as línguas declaram"] é uma forma pomposa de dizer "dizem" simplesmente por causa da forma do poema. "Vaporoso ar viciado" é ridículo em vez de impressionante.

Pode-se sugerir o exercício de se imaginar uma razão melhor para a "linguagem empolada".

11.45. Isso pode muito bem ter sido escrito por um membro comum do clero sobre outro membro comum do clero. Não se salva nem pelas agradáveis metáforas nem pelo pensamento profundo, *uma vez que a paixão está totalmente ausente*. Não conseguiu me causar absolutamente nenhuma impressão após várias leituras. Apenas um ponto é impressionante e significativo no poema – o fato de que a pessoa elogiada nunca "desse asas" a "palavras vivas".

E para provar como podem ser precipitadas algumas tentativas de inferir o caráter de um autor a partir de sua poesia,

11.46. É o trabalho de alguém que, embora conhecendo muitas coisas indiretamente por experiência alheia, não se deu ao trabalho de adquirir seu próprio corpo de experiências como base para valores e julgamentos.

Algumas opiniões mais favoráveis vão restabelecer o equilíbrio:

11.5. O ritmo imediatamente sugere emoção verdadeira tratada com êxito pela técnica ("Ouvi-lhe a voz e vi a fisionomia" – simples mas não afetadamente simples). *As comparações são usadas não como decoração adicional, mas para tornar mais claras as nuances da experiência* (p. ex. 2ª estrofe). Assim também "cortante e meio brando" mostra *um esforço para se obter precisão que um poeta menor teria abandonado* em virtude da ligeira deselegância envolvida.

Parte dos elogios tem, à primeira vista, um ar de paradoxo.

11.51. *Elevado mas sem nada da dicção poética comum. Nudez que se alterna com uma eventual expressão realmente feia.* Experiência nua como as palavras, nada mais do que declaração factual. A nudez dá impressão de intensidade. O poeta não tem tempo ou vontade de brincar com imagens bonitas. O alvo da descrição é imponente demais para somar-se a uma fórmula poética ou vestir-se com ela.

11.52. Notamos primeiro a perfeita adequação da métrica e da linguagem. Há uma tranqüilidade e uma suave melancolia que podemos sentir lendo o poema sem prestar muita atenção ao assunto. Quando este último elemento é levado em consideração, descobre-se que o poema é um todo harmonioso. Há nele *algo muito equilibrado e sadio*. Parece dizer apenas o que é necessário da melhor maneira possível. Cada frase parece encaixar-se – *não há nenhuma expressão que deveríamos contestar.*

11.53. Isso é poesia de verdade. Em contraste com o *Poema 9*, o ritmo está *no* poema. Além disso há um senso de *universalidade* nessa composição que a caracteriza como poesia de ordem superior. O poeta não está preocupado com trivialidades mas com fatos básicos da existência. Seu poema é no melhor sentido "crítica da vida". É positivo, criativo, dinâmico. Além disso, sua técnica está à altura da tarefa de conferir plena-

> mente expressão eficaz a sua experiência. *Há uma economia, uma ausência de verbosidade ou de qualquer espécie de ornamentanção, que é perfeitamente apropriada ao assunto.* A métrica também é adequada, e o esquema de rimas tem uma sutileza admirável. O poema todo deixa uma sensação de *satisfação completa.*

> 11.54. Essa é uma composição franca "daquele tipo de escrita intermediária que ... nem se eleva aos céus nem se arrasta pelo chão" (Vida de Dryden, de Johnson). É um gracioso tributo, nascido mais de *um sentimento genérico que aos poucos encontra sua voz* do que de uma experiência emocional definida. O estilo, que *sempre depende da seqüência de idéias*, é apropriado (e este é o maior elogio) a uma elegia sobre um amigo morto: contido mas dignificado, genuíno sem falsa ênfase, sincero sem exagero de emoção.

Finalmente, para que não se pense que essa opinião foi conseguida com demasiada facilidade:

> 11.56. Não gosto disso por causa de seu estilo empolado e afetado, *e sinto que o autor poderia ter abandonado por um momento sua atitude superior* ao falar de seu amigo que partiu.

Quanto mais se estendem essas pesquisas, mais enganador parece o famoso paradoxo do Bispo Butler. "Cada coisa é o que é e não é outra coisa" pode ser um princípio conveniente para aplicarmos às coisas depois que as entendemos, mas antes disso é um guia ineficaz para o investigador.

Solemn and gray, the immense clouds of even
Pass on their towering unperturbéd way
Through the vast whiteness of the rain-swept heaven,
The moving pageants of the waning day;
Heavy with dreams, desires, prognostications,
Brooding with sullen and Titanic crests,
They surge, whose mantles' wise imaginations
Trail where the Earth's mute and langorous body rests:
While below the hawthorns smile like milk splashed down
From Noon's blue pitcher over mead and hill;
The arrased distance is so dim with flowers
It seems itself some coloured cloud made still;
O how the clouds this dying daylight crown
With the tremendous triumph of tall towers!*

---

* Solenes, cinza, imensas nuvens vão / Altaneiras na impertubada via / Por vasto alvor da chuva da estação, / Cortejos móveis do final do dia; / Vão com sonhos, desejos, previsões, / Prenhes de tristes, titânicas cristas, / Singram, seus mantos com sábias visões / Do corpo exausto da terra às suas vistas: / Lá espinheiros riem, leite derramado, / Da jarra meridiana em monte e prado; / A distância escura pelas flores / É ela mesma uma nuvem reprimida; / Nuvens coroam a luz desfalecida / Num tremendo triunfo de altas torres!

Poema 12

Aqui novamente algumas impertinências devem ser notadas mas, nesse caso, como exerceram mais influência no aumento da popularidade do poema também se pode pensar que tenham mais importância crítica.

12.1. À primeira vista o poema revela sua grandiosidade e poder. A descrição poderosa e além disso o próprio desenrolar dos versos parece *o estrondo de pesadas nuvens*. Nesses versos sonoros, cujo som tão bem se adapta ao sentido, há *algo que faz a gente sonhar.*

12.11. O majestoso desfile das nuvens *é sempre um tópico predileto* entre os poetas. No outro poema sobre nuvens, a atmosfera era leve; aqui o céu é negro devido às nuvens de chuva de *mau agouro*. O poeta transmite a atmosfera certa. Quando olho para o céu ao anoitecer numa atmosfera de inverno e vento, *sempre gosto de pensar que estou vendo um desfile de almas* a caminho do trono do Altíssimo, para serem julgadas e expiarem erros cometidos – "Cortejos móveis do final do dia".

Será injusto relembrar a explicação do freqüentador de concertos: "Sempre gosto de ir ouvir *Tristão e Isolda*. Torno a reviver todos os meus casos de amor"?

Vários comentaristas contrastaram este poema com o de nº 10.

12.2. Oferece um grande contraste com o poema oposto. Aqui uma certa grandiosidade *e reverência no poeta* para com seu assunto se reflete no verso.

Um poeta que se permite demonstrar qualquer coisa que não seja muito respeito para com a Natureza expõe-se ao perigo.

12.21. Quando esse poeta cisma com os desenhos das nuvens, ele vê não exatamente os longos dedos sobre o mar e o tremor no trigal (*embora tenha consciência deles e de sua beleza*) mas *sim os elementos espirituais* que essas coisas simbolizam para ele.

Aqui o leitor dá a impressão de saber demais. Outro simbolista, porém, explica em parte essas certezas.

12.22. Não simplesmente um quadro da natureza, mas um quadro sugestivo. As nuvens *simbolizam algum espírito meditativo:* despertam sonhos, desejos, previsões em quem as contempla. A atmosfera é a da mente do poeta: *enquanto lemos o poema somos hipnotizados e entramos no mesmo estado de espírito.* Tornamo-nos lânguidos e absortos no "arrás da distância" ["the arrased distance"].

A persistência com que tantos leitores carregaram o poema com interpretações adicionais desse tipo, com "cristalizações" stendhalianas, provavelmente tem duas explicações. Talvez 12.23 nos ponha na pista de ambas.

12.23. Esse poema me dá mais prazer a cada leitura, *em parte por causa da sonoridade e ritmo caudaloso*, e em parte porque posso *sentir* alguma coisa que não consigo entender, e quero continuar tentando entender até entrar dentro da cabeça do poeta. *Como se apaixonar.*

Isso parece uma pista preciosa. O processo é *muito* semelhante a apaixonar-se, sob condições um tanto distantes e formais e sem muita intimidade.

Outros foram afetados de maneira semelhante com resultado diferente.

12.24. Esse poema é *de difícil compreensão* à primeira leitura. A *indefinição genérica do início leva o leitor a atribuir-lhe qualidades poéticas que lhe faltam.* De fato não há muito a dizer a seu favor; ele arremeda, bastante abertamente, a maneira de Shelley, com êxito insignificante. Quase todas as palavras são tão gastas que já se tornaram lugares-comuns, a menos que sejam usadas com habilidade. Quando o autor tenta ser original torna-se quase ininteligível. O que é, por exemplo, a sábia imaginação do "aparador" ["mantel"]* de uma nuvem, ou o "sorriso" ["smile"] do leite derramado?

---

* Mais de um comentarista confundiu o termo "*mantle*" ["manto"] com "mantel" ["aparador"]. (N. do T.)

12.25. Sinto que alguém está tentando brincar com minhas emoções e detesto isso assim como detesto o sentimentalismo piegas num filme.

Aqueles que gostaram do poema apresentaram como justificativa, com extraordinária unanimidade, o movimento do ritmo.

12.3. Considero-o muito bom. Seu poder de emocionar está em seu *ritmo que se avoluma tão grande e solene* na primeira parte. Não oferece muitos quadros ou imagens visuais e o sentido não me parece ter muito a ver com o efeito. Acontece apenas que, de algum modo, o leitor entra em contato com a grandiosidade das nuvens, que se percebe como uma coisa permanente – não um prazer transitório – como aquele que as nuvens proporcionam no segundo poema.

12.31. O poema começa com grandiosidade: sua majestosa cadência se aproxima do êxtase.

12.32. Temos aqui versos que de longe fazem lembrar Shakespeare e a "coragem honesta" dos elisabetanos. Especialmente na manipulação das palavras longas, que ajudam a "transmitir" o efeito de vastidão da cena descrita, somos levados a pensar nos grandes poetas de nossa língua. A vastidão do quadro e as idéias do poeta são transmitidas em *versos magníficos que tensionam* a imaginação *quase provocando-lhe um colapso.*

Antes de examinarmos essas *declarações* mais de perto, consideremos algumas objeções que não parecem invalidá-las.

A "antropopatia" é novamente tomada como motivo para ofensas. (Cf. 7.31 e 10.6.)

12.4. O resto do poema parece lixo porque:
(a) Uma nuvem não pode ter "desejos".
(b) Um aparador ["mantel"] não pode ter "imaginações".
(c) "Imaginações" não podem "arrastar-se"["trail"].
(d) "Leite" não "ri".
(e) "Escura pelas flores" é muito fraco. Sempre achei que as flores deixassem as coisas mais brilhantes.
(f) "Altas torres" não "triunfam" pelo que eu saiba. Seja como for nunca vi nenhuma fazendo isso! Até que poderia ser um espetáculo interessante!

Essas queixas [exceto (e)] baseiam-se numa suposição sobre a linguagem que seria fatal para a poesia. Tudo isso pode acontecer num poema – se há alguma boa razão para que aconteça ou se resultar em alguma vantagem. Pode-se, porém, mostrar alguma compreensão no caso presente, no que se refere às queixas (b), (c) e (d). Objeções com fundamentos piores partindo do mesmo pressuposto tornado explícito aparecem em 12.41 combinadas com outros mal-entendidos.

12.41. Uma terrível enxurrada de palavras *sem qualquer musicalidade rítmica swinburniana*. Depois de meia dúzia de leituras tem-se um vago sinal de significado, só para se descobrir que não valeu a pena. Não há nada na loja, Mas meu Deus do Céu! Com que orgulho ele abre as portas. *Diz que as nuvens descem no decorrer do dia, produzindo o pôr-do-sol. Novamente a cilada animística:* vão com sonhos, desejos, previsões, Prenhes de tristes titânicas cristas, singram. *É, mas não é verdade. Elas podem estar prenhes de vapor de H_2O mas é só isso.* Os sonhos etc. estão na cabeça. Deveria fazer um curso de psicologia elementar. Contradição entre o arrás da distância (um arrás sempre mostra figuras *bem* delineadas) e escura pelas flores. O último verso é todo dentes.

Há aqui muita coisa que será discutida na Parte III.

A suposição de que o "assunto" automaticamente define o "tratamento" é persistente. Vários se queixaram de que o poema não era exatamente aquilo que eles próprios teriam escrito.

12.5. *Sumiu da face da terra a poesia fundamental* e tudo o que o autor nos proporciona em seu lugar é um "corpo langoroso e mudo" ["mute and langorous body"] – que visão infeliz. Pode alguém imaginar Wordsworth recebendo inspiração de um pôr-do-sol tão frio e lúgubre, devidamente enfatizado por nuvens convencionais, com seu "tremendo triunfo de altas torres"? – Não. *Em vez da beleza calma de um anoitecer inglês cheio do frescor e perfume da recém-regada folhagem, quando o crepúsculo se insinua sonolento deixando as moitas dos espinheiros e atravessando a poeirenta estrada branca, e o caminheiro pára para a refeição do fim do dia, encontramos* um panorama retratado de modo extravagante mostrando um mundo totalmente artificial e distante. Se poesia são as melhores palavras na melhor ordem – palavras tais como previsão ["prognostication"] parecem um tanto fora de lugar.

Os defensores das regras da versificação se comprazem com seus trejeitos de sempre.

12.51. Esse soneto foi estragado pela irregularidade de seu arranjo, e por alguma escansão forçada. *É só através de muito esforço que se pode sequer ler o primeiro verso como um pentâmetro iâmbico.* O acento sobre "the" nesse verso é muito feio. Novamente no verso 9. Há três sílabas no primeiro pé, e duas são longas plenas, de forma que "below" torna-se algo parecido com "blow".

A comparação nos versos 9 e 10 deve ser peculiar ao autor. Como quer que seja, por que deveria o meio-dia ["noon"], e não qualquer outra hora, derramar leite?

No verso 11 temos uma palavra que três dicionários de inglês deixam de reconhecer. Será que "arrased" ["de arrás"] significa o mesmo que "apagado" ["erased'], ou "levantado" ["raised"], ou será algo relacionado com "juntado" ["scraped up"] ou com arrás significando tapeçaria?

"O tremendo triunfo de altas torres" a rigor não se aplica a nuvens que são os "cortejos móveis" que "singram", ainda que arrastando um "manto sobre a terra". Tais torres seriam bastante instáveis.

> 12.52. O poema é deprimente, o emprego de certas palavras e frases como "pesadas quais sonhos" ["heavy as dreams"], "sumindo" ["waning"], "previsões" ["prognostications"], etc. cria uma melancolia que para mim é quase "macabra". *A linguagem é pesada, e prosaica;* de fato parece quase um trecho de prosa, transformado em *versos brancos* para a ocasião.

A queixa de que a linguagem é prosaica é o que menos se poderia esperar, e as rimas também não parecem tão discretas.

Não faltam injúrias que evidenciam uma leitura mais cuidadosa.

> 12.6. Esse soneto está rebocado com palavras fortemente coloridas cujo emprego não se justifica plenamente. O quinto verso, por exemplo, embora ligeiramente agradável, é vago. "Titânicas" é mero artifício. "Seus mantos com sábias visões" *é absurdo.* A comparação dos espinheiros é de longe a melhor no poema; mas há alguma confusão quando se faz o leite sair da jarra azul do *meio-dia* – por que *meio-dia*? Além disso, a simples menção do meio-dia perturba o quadro do anoitecer. "Distância de arrás" *é uma frase afetada,* e "escuras pelas flores" *é uma imprecisão.*

> 12.61. De uma verbosidade licenciosa. Palavras usadas às cegas mais *por sua impalpável aura de sugestão* do que por seu significado.

A comparação com o *Poema 10* exerceu uma influência, positiva ou negativa, que talvez tenha sido infeliz. Concluímos com dois protocolos que mostram claramente em torno do que se estabeleceu a principal divisão de opiniões e a preferência por um dos dois poemas.

> 12.7. Esse poema oferece aquilo que o outro sobre nuvens não oferece: a impressão de que o autor está *profundamente comovido* com seus pró-

prios pensamentos. Esse homem pode nos levar *a ver e sentir o quadro que ele mostra* – as pesadas nuvens ameaçadoras, as cores fortes e violentas, a majestosa grandiosidade de céu e terra. As nuvens adquirem vida, "prenhes de tristes titânicas cristas", "triunfais", "solenes". Com palavras longas e pesadas "imperturbada", "imaginações", "Previsões", "langoroso", "tremendo"; com o emprego econômico de sílabas sem importância o autor consegue a desejada impressão de peso. É um poema que se pode repetir muitas e muitas vezes *pelo simples prazer da riqueza da linguagem.* É um poema excepcionalmente forte e colorido, não simplesmente descritivo mas que revela em pequena proporção a atitude do autor perante a vida.

Com esse trecho pode-se comparar 10.48, do mesmo comentarista. É interessante notar que nem ele nem qualquer outro admirador do *Poema 12* tentou explicar os versos 9 e 10, embora não poucos se sentissem inclinados a questioná-los.

12.71. Esse poema provocou um largo sorriso e várias releituras. Irritou-me e acho que sei o motivo. Imediatamente pede uma comparação com o segundo poema – Natureza, "nuvens", "altaneiras", "declínio", "final do dia", "jardim", "flores", "campos de trigo", "monte e prado", "coroam" e "torres". *Esse poema parece ter uma concepção elevada. Deveria ser agradável e contudo tive muita dificuldade em captar-lhe o tom. Quando estava convencido de tê-lo descoberto, percebi que me sentia muito artificial e nada natural.* Acho que se esforça muito para ser poético – *o autor conhece sua "dicção poética"* (o que para mim depõe contra ele).

Os assuntos dos dois poemas convidam o leitor a criar, em sua alma, um poema seu particular. Ambos fornecem o material. Qualquer descrição de cenas como essas facilmente aciona a função poética no leitor médio. Quando, como no *Poema 12*, o convite se associa com uma dicção altissonante e grandiloqüente e uma marcha de versos habilmente manipulada, quando, acima de tudo, o movimento é familiar e "hipnótico", quando não há nada que force o leitor a trabalhar com o poema, nós nos sentimos seguros para avançar, a função poética flui solta e surgem poemas pessoais. Foi por poemas assim que tantos leitores se apaixonaram. Tenho a confirmação dessa opinião ao observar que ninguém, nem mesmo os mais ardorosos admiradores do *Poema 12*, tentou qualquer análise detalhada dele, do tipo que admiradores do *Poema 10* fielmente produziram. Ninguém tentou elucidar a sério "as sábias visões de seus mantos arrastam" ["whose mantles imaginations trail"], explicar a força de "mudo e langoroso" ["mute and langorous"] ou "escura pelas flores" ["dim with flowers"]; apontar alguma propriedade em "*cortejos* móveis do final do dia" ["the moving *pageant* of the waning day"] ou avaliar *móveis* nesse verso. O emprego dessas palavras no poema foi pouco ponderado. Elas foram saboreadas por assim dizer *in vacuo*, por leitores satisfeitos por se deitarem indolentes e balançar de mansinho na rede do ritmo, satisfeitos por encontrarem finalmente alguma coisa que *soava* como poesia, e recusando-se ao esforço de verificar se também se lia como poesia.

Sobra, obviamente, para discussões ulteriores, a questão do valor desse tipo de leitura-em-transe – em contraste por exemplo com a lamentação de 12.41.

In the village churchyard she lies,
Dust in her beautiful eyes,
    No more she breathes, nor feels, nor stirs,
At her feet and at her head
Lies a slave to attend the dead,
    But their dust is white as hers.

Was she a lady of high degree,
So much in love with the vanity
    And foolish pomp of this world of ours;
Or was it Christian charity,
And lowliness and humility,
    The richest and rarest of all dowers?

Who shall tell us? No one speaks;
No colour shoots into those cheeks,
    Either or anger or of pride,
At the rude question we have asked;
Nor will the mystery be unmasked
    By those who are sleeping at her side.

Hereafter? – And do you think to look
On the terrible pages of that Book
    To find her failings, faults, and errors?
Ah, you will then have other cares,
In your own shortcomings and despairs,
    In your own secret sins and terrors!*

---

* No cemitério da aldeia ela está, / Em seus lindos olhos pó é o que há; / Respirar, sentir, mexer nunca mais, / A seus pés e à cabeceira compostos / Dois escravos que servem os mortos, / Mas seus pós ora são brancos iguais.

Era uma dama da alta sociedade, / Das que tanto apreciam a vaidade / E a tola pompa deste nosso mundo; / Ou caridade cristã foi talvez, / humildade com sua pequenez, / Dos dotes o mais raro e mais fecundo?

Quem irá dizer? Aqui ninguém fala; / Cor nenhuma nestes rostos se instala, / Seja de orgulho, seja de rancor, / Ante a pergunta rude que foi feita; / E a misteriosa máscara desfeita / Não será por quem partilha o torpor.

O Além? – Queres tu as páginas terríveis / Desse Livro tornar a ti visíveis / Para ver seus erros, faltas, desgraças? / Ah, terás então mais preocupações / Com teus próprios defeitos e tensões, / E pecados secretos e ameaças!

Poema 13

A indignação ganhou as alturas no caso desse poema e correu solta. Um rápida consulta ao Apêndice B mostrará que foi de longe o mais detestado de todos os poemas. Alguma explicação especial parece necessária para um ataque em massa tão variado em temperamento, motivação e direção, e contudo tão unificado na intenção hostil.

Como se observou antes, requer-se muita cautela com qualquer poesia que tenha propensão a mexer com nossas Respostas de Estoque. E isso por duas razões contrárias. Se o caminho mais fácil para a popularidade é explorar alguma Resposta de Estoque, algum poema já existente, totalmente pronto, na mente do leitor, uma aparência de apelo a tais respostas, na hipótese de o leitor já tê-las descartado, é um meio muito garantido de cortejar o fracasso. De modo que um poeta que escreve sobre o que parece ser um tema familiar, numa forma que à primeira vista é apenas ligeiramente incomum, corre um risco duplo. Por um lado, muitíssimos leitores de fato não irão lê-lo em absoluto. Responderão com o poema que eles supõem tenha sido escrito pelo poeta e depois, quando liberados, recuarão cheios de horror cobrindo-lhe a cabeça com insultos. Por outro lado, os leitores menos emancipados, ansiosos por liberarem suas próprias Respostas de Estoque, podem ser detidos por alguma coisa no poema que os impeça. O resultado será mais insultos para o infeliz autor.

Agora passemos a ilustrar e justificar estas reflexões. Segue-se um comentarista que só encontra uma experiência de estoque no poema. Todavia, ele está apenas levemente desapontado:

13.1. Isso me parece uma comunicação bem-sucedida de uma experiência cujo valor é duvidoso, ou que no máximo é valioso apenas numa escala menor. A meu ver, a comunicação tem êxito nitidamente graças a seu veículo; linguagem simples, direta, quase arrojada, não impondo nenhuma exigência com base em qualquer característica individual que possa ser um empecilho para a apreciação comum, como no caso de Blake, por exemplo. As razões para o meu julgamento do valor da experiência são mais difíceis de formular. Creio que uma pode ser o fato de que *a experiência não vai muito além do que iria no caso de um "homem comum" que não fosse um poeta*, de modo que sua própria *raison d'être* é uma quantidade questionável. De fato, me parece um pouco banal.

Aqui está outro na mesma situação e apenas um pouco menos tolerante.

13.11. O tema é corriqueiro e o poeta não conseguiu lhe dar uma importância nova por meio do tratamento. A simplicidade do poema é a do sentimentalismo em vez daquela da emoção profunda.

Um terceiro novamente só encontra material e tratamento de estoque. Sua descrição do que encontra, "apenas alguns lugares-comuns sobre a Morte, a Niveladora", pode nos fazer duvidar do rigor de sua leitura.

13.12. O poeta tentou *descrever* um estado de espírito calmo e contemplativo. Ele não o sentiu. Trata-se *apenas de alguns lugares-comuns sobre a Morte, a Niveladora*, proferidos com uma ingenuidade mal simulada que não pode passar por sinceridade. O poema é como o sermão muitas vezes repetido de um pregador que sabe o que *deve* dizer. Daí todos os seus truques convencionais – "uma dama da alta sociedade", "a vaidade e a tola pompa", "caridade cristã", – ele poderia ter acrescentando "pecados"– e *sobretudo "o cemitério da aldeia", o cenário tradicional* para ruminações sobre a morte.

A mesma interpretação aparece em outros protocolos:

13.13. As três primeiras estrofes preocupam-se com a impotência dos seres humanos nas garras da morte.

O poder das Respostas de Estoque de ocultar o que de fato está no poema é aqui impressionante, pois ele acrescenta:

13.131. Tudo está no mesmo nível da morte. Cada estrofe está dividida em duas partes que se equilibram mutuamente. *Mas as duas partes man-*

têm precisamente a mesma relação entre si em cada estrofe; e todas as seis metades incorporam precisamente a mesma idéia.

O perigo oposto que pode surgir da interferência das Respostas de Estoque está bem ilustrado em 13.2. Em vez de condenar o poema por ir além daquilo que esperava, ele o condena por ficar aquém, mas no fim combina as duas objeções.

13.2. Esse poema é lixo. O primeiro dístico *pede uma comparação com*

"Quisera estar onde Helena está agora;
Dia e noite em mim Helena chora",

o que revela sua crueza. O pó nos olhos dela causa confusão e o pó adicional no sexto verso levanta uma nuvem tão grande que fica impossível enxergar através dela.

As perguntas quase nunca funcionam em poesia e a segunda estrofe é fraca das pernas. *Se pelo menos ele tivesse substituído as perguntas por algo semelhante a*

"Era ela um fantasma de prazer
A vez primeira que seu brilho pude ver".

Não é poético referir-se ao sensível ruborizar-se da face de uma donzela como cor que se instala.

A profecia na última estrofe é *um exemplo grosseiro de um chavão carola* e um insulto para qualquer leitor consciente. Se o autor tivesse sido o primeiro a nos mandar tirar a "trave" de nossos próprios olhos antes de procurar um "argueiro" nos olhos dos outros, o poema poderia ter sido estimulante. Mas esse pensamento foi muitas vezes vestido com roupas melhores.

Se há ou não qualquer ênfase em "you" ["tu"] no primeiro verso da última estrofe do poema, e, se houver, de que natureza, são pontos discutidos mais adiante. Mas, para que não se pense que exagerei na avaliação do papel desempenhado pelas Respostas de Estoque nessas leituras do poema, permitam-me citar outro exemplo que não deixará a menor dúvida.

13.3. Or was it Christian charity, [Ou caridade cristã foi talvez,]
And lowliness and humility? [A humildade com sua pequenez?]

Poderia perguntar a que se refere "it"? O que foi caridade cristã? E também "Dos dotes todos o mais raro e fecundo" refere-se a caridade cristã, humildade ou pequenez? Ou a todos os três? *Se este for o caso, devo levantar objeção porque a caridade cristã é muito feia e não é nem rara nem rica* (v. *The Way of All Flesh* [O caminho de toda carne], Samuel Butler, *passim*).

O comentarista evidentemente se equipou com uma reação de segunda mão numa das lojas mais atualizadas. E prossegue com notável confiança em seus poderes divinatórios.

13.31. Não pense que a obscuridade me incomoda, porque *não é verdade; mas gosto de descobrir algum significado mais cedo ou mais tarde, e esse poema parece muito atrapalhado e confuso.* Em todo caso, ele não merece o esforço do leitor porque a emoção em que se assenta não tem valor suficiente. E o poeta também não tem nenhum valor a nos transmitir, escrevendo apenas para ouvir a própria voz, e qualquer outro assunto lhe teria servido igualmente bem.

É provável que o poema não tenha sido alvo de muito esforço nesse caso, mas muitos outros leitores, talvez mais pertinazes, não obtiveram êxito muito maior.

13.4. Os sentimentos expressos nesse poema não são absolutamente incomuns. Ele deixa o leitor como o encontrou.
A primeira estrofe mostra a condição atual da dama. Os dois primeiros versos da segunda estrofe refletem sobre a questão que indaga se ela era uma dama da alta sociedade, e depois prossegue perguntando

"Ou caridade cristã foi talvez."

O que foi caridade cristã? Talvez os escravos deitados à sua cabeceira e a seus pés. Nesse caso, havia necessidade de fazer a pergunta? A caridade dos cristãos dificilmente toma uma forma tão peculiar.

Esses escravos revelaram-se uma grande dificuldade.

13.41. Não sei o que sugeriu os escravos a serviço dos mortos; se eram sepulturas de aldeões, a idéia é forçada; se eram estátuas sobre um monumento à dama, não temos nenhuma outra pista desse monumento – *seja como for, a metáfora é exótica* e deslocada.

13.42. Não sei o que simbolizam os dois escravos – gostaria de saber.

13.43. Esse jorro de sentimentalismo e piedade evangélica é uma das piores coisas que vi no estilo de Longfellow e Mrs Hemans. Não tem sequer o mérito da lucidez. *Não é normal enterrar escravos junto ao corpo de sua dama num cemitério de aldeia.* Marca típica de escritores de versos sem inspiração é sua tendência a fixar-se no tema da brevidade da vida humana. Esse poema é uma vaga reflexão sobre esse assunto, quase totalmente destituído de emoção genuína, bom ritmo, ou fraseado eficaz.

Esse leitor era muito delicado pois acrescenta:

13.431. O número de pontos de interrogação na composição é suficiente para me deixar com náusea.

Aparentemente, em que pese tudo isso, não foram suficientes para fazê-lo indagar a que se referia a coisa toda. Se tais sepultamentos fossem costumeiros, o poema, que gira todo em torno da estranha presença dos escravos, provavelmente jamais teria sido escrito.

Algumas das conjecturas feitas por aqueles que prestaram atenção a esse ponto não pecaram por falta de ousadia.

13.45. É um poema satírico. As palavras que o prejudicam enquanto poema sobre a beleza ajudam-no como sátira. Essas palavras convencem o leitor de que o poema não deve ser levado a sério e *não ficamos excessivamente chocados pela primeira estrofe na qual, creio eu, devemos perceber que dois escravos foram enterrados vivos com sua senhora morta*; e na última estrofe o poeta consegue desferir contra nós seu ataque porque disfarçou sua seriedade por meio de um estilo leve e artificial.

Por que o pó deles deveria ser tão "branco quanto o dela" ["white as hers"], e se "os que estão dormindo a seu lado" são os mesmos que estão deitados "aos seus pés e à cabeceira", são perguntas adicionais, e até mesmo alguns leitores muito cuidadosos e perspicazes ficaram na dúvida sobre a presença ou não de um monumento.

13.46. Se a senhora não era conhecida do poeta antes de seu passamento como *sabe ele que seus olhos eram lindos*? E por que apresentar armas tão pesadas para defender uma curiosidade certamente bastante inofensiva – desnecessariamente rigoroso consigo mesmo por fazer uma pergunta muito inocente se bem que um pouco boba –, pois se a caridade cristã houvesse motivado a disposição dos corpos, os escravos dificilmente estariam a seus pés e à cabeceira, mas a seu lado? Sua *extrema seriedade e estranha ingenuidade* indicam, a meu ver, uma origem americana.

13.461. Por que não deveriam os escravos ter pó branco? E é o *quê* caridade cristã? A tímida surpresa na terceira estrofe diante da ausência de resposta parece descabida.

13.462. Uma leitura cuidadosa mostra confusão mental e dificulta a resposta ao poema.

"Pó." Pensamos no pó dela na terra.

"Lindos olhos." Isto nos faz pensar nela viva. Mas não sabemos nada sobre ela, nem se ela é "da alta sociedade" ou não. Mas aqui somos solicitados a presumir que seus olhos eram "lindos", provavelmente porque era uma mulher.

"Mas seus pós ora são brancos iguais." Isso confunde a gente. Qual é o sentido? *Por que brancos?* A não ser que isso simbolize alguma coisa, sugere que ele de fato havia visto os pós. Mas não havia, aparentemente, a julgar pelo resto da 1ª estrofe.

Depois "nestas faces". Mas ela é pó, e aqui somos solicitados a pensar na sua carne.

Em vista disso tudo, há razão para pensar ou que havia, sim, algum tipo de monumento, ou que ela é vista ora como um monte de pó em volta de um esqueleto, ora como um lindo cadáver. Isso torna sem valor as estrofes 1 e 3, porque se constroem sobre uma imagem visual que não tem realidade alguma.

13.47. Se, porém, forem introduzidas imagens visuais, precisamos, estou convencido, de pelo menos dois conjuntos. Desse eu gosto mas acho imperfeito. Pó nos olhos tem naturalmente a autoridade de Nashe[2], mas não considero que fique muito bem nesse trabalho mais concreto. Também não sei exatamente como explicar uma dama num cemitério de aldeia com uma dupla de escravos egípcios (?). E "seu pó" parece indicar que os corpos estão há muito tempo pulverizados, o que não tem problema mas se choca com a imagem de pó-nos-olhos. Além disso, se a dama for pó é pouco provável que se espere encontrar cor "se instalando" em suas faces. "Pergunta rude" parece meio cômico. *Mas o ritmo me parece bom, e a última estrofe é muito boa*. Se isso for Longfellow, mostra traços de sua confusão dos temas góticos com a experiência na casa de culto da Nova Inglaterra. Todavia, não é totalmente vazio, absolutamente. Apenas um tanto desajeitado.

Talvez seja bom inserir aqui minha própria interpretação desses pontos.

O fato de os escravos serem servos negros parece justificativa suficiente para o último verso da primeira estrofe. Os que dormem ao seu lado são os outros reclusos do cemitério. Entendo que os versos:

Em seus lindos olhos pó é o que há

e

Cor nenhuma nestas faces se instala

se referem à sua efígie esculpida, e não encontro dificuldade em passar da idéia do monumento à idéia dos restos mortais no final da primeira estrofe. Parece-me que essa leitura remove as dissonâncias percebidas pelos dois últimos comentaristas. Se existe ou não tal monumento em qualquer parte é, naturalmente, uma questão de todo irrelevante, embora não desprovida de interesse.

Podemos agora voltar para algumas objeções levantadas não contra a lógica ou clareza do poema mas contra seu tom e sentimento. Seguem-se algumas ds acusações mais fervorosas. A influência do perigo das Respostas de Estoque não deve ser menosprezada.

13.5. Esse poema é *um filho bastardo da retidão espúria com a falsa simplicidade* – ou, se você preferir, foi gerado por um cavalheirozinho em uma pateta evangélica e cretina. (Mal posso dizer que eu gostei de me aproximar disso mas devo confessar ser um pouco fascinado por esse tipo de emanação saído da maleta de Joanna Southcott.)

13.51. Esse poema é piegas. Artisticamente encontra-se abaixo do desprezo. A métrica é *totalmente inadequada ao assunto* – assim como é irregular variando de uma estrofe para outra. *A trôpega métrica do verso*

And foolish pomp of this world of ours
[E a tola pompa deste nosso mundo]

é terrivelmente dissonante. O pensamento *ou é amargo e matizado com a idéia de justiça punitiva* – como na última estrofe cujo tom é extremamente desagradável; *ou é absolutamente comum,* com sentimentalismo barato. Foi certamente *escrito por um neurótico ou fanático de mente doentia.*

Protestos contra o ritmo trôpego foram, de fato, freqüentes, e vieram associados a provas de choque moral.

13.52. Artisticamente insincero. Contrasta a solenidade do tema *com o ritmo frívolo.*
("Nas páginas terríveis desse Livro –
Yo ho ho e uma garrafa de rum
Um brinde e um gole, outro brinde e mais um")

A incerteza quanto ao fato de os escravos na primeira estrofe terem realmente sido enterrados com sua senhora ou apenas mostrados no túmulo provoca irritação logo no início. Há uma fingida simplicidade à moda pré-rafaelita na segunda estrofe ("dama da alta sociedade" – "caridade cristã"): "neste nosso mundo" *é um exemplo de sentimentalismo despudorado*. A estrofe seguinte *é um estardalhaço por nada, e* "rude" *uma séria falta de bom gosto*. É intolerável que *esse didatismo de escola dominical* (vide especialmente estrofes 2 e 4) venha associado à idéia de morte e deterioração.

13.53. Do ritmo desse poema deduzo que foi escrito num estado de sonolência parcial por um homem com a dança-de-são-vito. Não conseguiu manter-se acordado depois do final da quarta estrofe, e agora quer que suponhamos que o poema termina nesse ponto. Ousaria dizer que o autor escreve composições como essa fluentemente, quase sem esforço; Deus nos proteja desse tipo de espontaneidade! *O autor não tem nenhuma noção concreta do que deseja comunicar*, ou por que motivo, e assume um tipo ilusório, falso de ingenuidade para levar o leitor a pensar que está sendo apaixonadamente sincero.
Uma frase como "tola pompa deste nosso mundo" é ao mesmo tempo tola e pomposa. "Dos dotes o mais raro e mais fecundo" é mero sentimentalismo exacerbado.

13.54. Isso está além da minha capacidade de descrição. Se a última estrofe representar o objetivo e o espírito da composição – um sermão em quatro estrofes – só se pode agradecer por ele não se ter alongado mais. Também os "erros, faltas e desgraças" da boa senhora são muitíssimo "comuns, típicos, triviais". Houvesse o "poeta" aludido a uma vingança de um marido ciumento decorrente de uma sórdida intriga doméstica entre a mulher poeirenta e seus sombrios escravos, a última estrofe poderia ter assumido certa realidade.

Esse perito em realidade acrescenta:

13.6. Não sou nenhum entendido em versificação, mas os que são sem dúvida terão alguns bons comentários a fazer.

E tinham. Seguem-se alguns deles:

13.61. A versificação merece um exame. *A primeira estrofe é presumivelmente o critério. Consiste em* três versos de oito sílabas seguidos por um de sete sílabas, um de oito sílabas e um de sete sílabas. A estrofe seguinte consiste em três versos de nove sílabas seguidos por um de oito e dois de nove. A terceira e quarta estrofes parecem não ter absolutamente nenhum plano. A terceira estrofe compreende um verso de sete sílabas, três de oito, um de dez (não introduzido até esse ponto) e um de nove. A quarta estrofe compõe-se de um verso de nove sílabas, seguido por um de dez, nove, oito e dois de nove. *As irregularidades da métrica causam muita confusão e desagrado ao ouvido.*

13.62. O ritmo é *muito pobre*. Embora o arranjo dos metros escolhidos tenha uma cadência agradável, *o poeta não consegue manter nenhuma regularidade rítmica*. Na primeira estrofe, o primeiro verso e o quinto, o último verso na segunda, o último na terceira e o primeiro na quarta só se lêem de modo satisfatório através de uma difícil elisão ou de um acento na sílaba errada. *Por exemplo, "to attend" tem de ser lido "t' attend"*. As perguntas retóricas são infelizes nessa composição leve. O peso do último verso, sombrio e fatalista, faz lembrar um homem de compleição leve com um pé torto.

Aqui está, porém, uma queixa diferente:

13.63. A versificação é correta e flui com cadência suave, os acentos do sentido coincidindo com os da métrica – *não precisamente dentro do mesmo padrão em cada estrofe mas aproximando-se bastante disso para ficar enfadonha*. A última estrofe, também (*se contada nos dedos*), *revela* uma alteração na métrica.

Podemos associar essas opiniões ao pressuposto que já vimos em ação antes. Aquele mal-entendido da métrica, que deriva da aplicação de medidas externas. No entanto, outro grupo de queixas contra o movimento do poema deve ser observado. Elas mostram uma compreensão decididamente superior do ritmo e uma sensibilidade muito mais bem aplicada. Mas talvez sejam de um modo muito evidente motivadas por uma violenta reação negativa a uma suposta carolice preconcebida do poema.

13.64. (continuando 13.5). Chegara a esperar durante os três primeiros espasmos progressivos que o inútil ziguezague de seus cambaleios fosse afastá-lo *de* mim, quando nos cruzamos, durante uma mudança de rota para deixar o porto; mas a monstruosa guinada de aproximação *na minha direção* da quarta estrofe completou, como se diz, meu desbarato, e meu primeiro instinto foi fugir correndo.
Porém, essa aproximação "em close" projetou diante de meus olhos não apenas a ridícula pomposidade do portento, mas também *o fato de que*

esta pomposa determinação moral estava esparavonada por uma peculiar desconjuntura estrutural, *bem como por uma tendência,* por assim dizer, *a marcar uma espécie de tempo confuso*, fosse *numa redundância atolada e modorrenta* (como nos terceiros versos das estrofes 1 e 4), fosse *numa espécie de estupefata lealdade aos clichês carolas* nos versos 3 e 6 da segunda estrofe. Essas e outras coisas, tais como o cambalear estranhamente desesperado até o ponto de apoio na segunda metade das rimas da quarta estrofe, *aqui montadas às pressas como sanitários de acampamentos, em cima da hora, para receberem sua carga vacilante* – esse fenômenos me tentaram, devo confessar, apesar do meu desagrado, a deter-me sobre "o caso". Assim pude observar que havia outro espasmo, mais típico, quase linear; nesse caso o paciente acompanharia a consecução mais normal de uma conveniente estase por meio de uma espécie de "crocito" repetitivo que eu novamente tomei como pretensa rima. Não pude, porém, ter certeza de que essa expressão vocal aparentemente nuclear fosse a causa de um processo ou a justificação para ele.

A justiça dessas críticas depende inteiramente, creio eu, do *sentido* dos versos escolhidos para sua reprovação, e nossa visão disso é, naturalmente, inseparável de nossa interpretação do poema inteiro. Dada a leitura do *sentido* do poema feita pelo último comentarista, e dada sua reação emocional ao sentido, como ele o interpreta, sua leitura do *som* procede. É tão sutil na observação quanto surpreendente na expressão. A questão da interconexão de forma e conteúdo em poesia aqui está delicamente iluminada; e não se poderia imaginar ocasião melhor para insistir mais uma vez na apropriada subordinação dos meios aos fins.

Descendo aos detalhes. Primeiro quanto à "redundância atolada e modorrenta" de:

Respirar, sentir, mexer, nunca mais.

Outro leitor concorda.

13.65. Fomos informados de que "Ela já não respira", e ficamos na realidade *extremamente* surpresos ao ouvir que "também não sente e não se mexe"!

Mas a poesia não visa à concisão quando há algo a se ganhar pela expansão. O poeta poderia responder que não visava à surpresa, mas ao seu oposto, querendo tornar o óbvio mais óbvio. De modo ainda mais notável em:

Para ver suas falhas, faltas e erros

O efeito da alegada redundância é transformar esses itens numa lista, num catálogo – efeito que, tendo em vista os versos anteriores, não pode ser um bom motivo para uma queixa contra o poeta.

Quanto aos "clichês carolas" da estrofe 2, se não houver aqui tais coisas e portanto nenhuma "lealdade estupetafa" com relação a elas, a queixa contra as estrofes, por "marcarem uma espécie de tempo confuso", cai por terra, com a suposição de que haja alguma outra justificativa para a lentidão do movimento. E talvez haja mesmo. A segunda estrofe está discutindo o motivo que levou à estranha acomodação dos corpos dos escravos. Foi um ignóbil impulso mundano ou um motivo mais extraordinário? Assim longe de ser "um exemplo de sentimentalismo despudorado", a expressão "este nosso mundo" faz uma observação necessária; e, se o grande mistério "*O que* foi caridade cristã?" for resolvido, a própria natureza estranha dessa possibilidade justifica os epítetos do último verso dessa estrofe.

Todavia, outras queixas referiram-se à palavra "rude" que é, na verdade, a chave do tom do poema.

13.7. Sem dúvida uma *palavra terrivelmente frívola e afetada* na presença da morte. Parece usada no sentido de "Que homem rude!" e não no sentido muito menos ofensivo de tosco ou violento.

13.71. Como um polemista vulgar, o escritor arbitrariamente atribui ao seu interlocutor imaginário uma intenção indigna e *depois o repreende* por isso. Pode-se ver, sem consultar o Livro a que se refere o escritor, que ele é um pedante convencido e desprezível.

13.72. Às vezes, também, a banalidade do palavreado é ridícula, fazendo lembrar uma solteirona velha *agitando a mão enluvada em sinal de protesto* – "A pergunta rude que foi feita".

13.73. Os *encantadores toques pessoais* (p. ex., "a pergunta rude que foi feita") dão fortes indícios de Ella Wheeler Wilcox.

Podemos com segurança pôr de lado algumas das associações como a simples infelicidade pessoal dos indivíduos atormentados por elas. Temos de perguntar a esta altura qual é o *tom* do poema e como a palavra "rude" o afeta. Em geral se presumiu que, sendo o assunto do poema solene, o tratamento também devia ser assim, e muitos leitores tornaram-no o mais sério possível. Naturalmente os resultados muitas vezes lhes desagradaram.

13.8. *Se o poema tende a impedir que o leitor faça especulações sobre a vida de outras pessoas, ele tem algum valor.* Porém não parece fazer isso, e mais *estimula do que acalma o interesse humano pelos atos particulares de outras pessoas.* A razão disso é que o poeta enfatiza muito pouco os resultados da indagação. Essa forma de estimulação da mente *não pode ser boa para a poesia mas pode prejudicá-la.* Portanto, o poema é ruim.

Isso parece expressar com perfeição um modo possível de ler o poema. Uma leitura cuja solenidade merece plenamente os adjetivos que outros leitores encontraram para arremessar contra ele. Carola, didático, pomposo, portentoso, puritano, mal chegam a parecer fortes demais se o poema for visto desse ângulo. Apenas um leitor tentou colocar a questão entre essa visão do poema e uma outra visão pela qual ele se livraria dessas acusações. E ele exagera tanto sua posição que a põe em descrédito.

13.9. Estou dividido no que se refere à intenção desse poema. Se o estado de espírito no qual está escrito for sério, *se devemos tomar a situação em profunda meditação fechando-nos num remorso humilhante*, a coisa toda é claramente mórbida e ridícula. A idéia de uma eternidade passada revirando os arquivos dos pecados de outras pessoas ou curvando-nos para chorar *peccavi* pelo que fizemos é *risível, revoltante ou as duas coisas.* No entanto, se os três últimos versos forem uma súbita reviravolta maliciosa com relação à complacente especulação moral das três primeiras estrofes, o todo é *um pequeno capricho muito delicioso.* Esse deve ser o caso – "a pergunta rude" – de fato muito impertinente. E se for esse o caso, a maneira é perfeita com sua paródia ecoando poemas parecidos mas sérios.

Contudo, no ponto crítico da palavra "rude" ele dá a impressão de estar certo. Pois se o poeta, para colocar a visão intermediária mais claramente, não estiver procurando impressionar o leitor e insuflar nele sentimentos presunçosos e uma "moral" elevada, mas tentando manter o poema calmo e sóbrio, ele o faz evocando o tom de conversa social; e a palavra "rude" estaria iniciando esse processo. Se essa interpretação do poema estiver correta, "rude" é simplesmente um reconhecimento da convenção social, e não absolutamente uma censura. Fosse a dama sepultada orgulhosa ou humilde, esse questionamento de seus motivos na sua presença em vida teria tido o mesmo efeito. Suas faces teriam enrubescido – por ressentimento ou por modéstia. E em ambos os casos o questionamento teria sido uma impertinência, uma grosseria, no mais simples sentido social. A palavra pertence à textura da meditação do poeta e não é endereçada a ninguém, nem mesmo ao próprio poeta. É a admissão de um fato, não um ataque contra quem ou o que quer que seja.

Com base nessa teoria da estrutura do poema, a última estrofe estaria no mesmo tom. Não um aviso sinistro, ou uma exortação, mas uma percepção bem-humorada da situação, nem um pouco evangélica, nada parecida com um sermão convencional, mas pelo contrário extremamente civilizada, um tanto espirituosa, com um *ligeiro* tom de brincadeira. Se se dissesse que é mais um risinho contido do que um gemido ou uma ameaça, poderia ser um exagero desse ponto de vista, mas, mesmo assim, seria uma distorção menor do que a evocada pelo seguinte:

> 13.91. (continuação de 13.5, 13.64). Para terminar, como comecei, *numa sugestão de uma invectiva.* Esse "poema" é uma tempestade engendrada em meio a folhas encharcadas de Typhoo no fundo de uma xícara de chá rachada da Woolworth, por um charlatão, simplório *ou* chato incorrigivelmente moralista – que se tornou imune à autocrítica através da aceitação pública, *nem con.*, de uma prolixidade respeitosamente banal que bajula e engana com facilidade a moral ingenuamente egocêntrica de uma sociedade em parte simples demais, em parte intoleravelmente presunçosa.

Podemos admitir que, se as exigências de 13.8 representarem seu objetivo, o poema pode ser tudo isso. Mas outra leitura é possível, por meio da qual o poema se torna algo muito raro que seria uma pena perder. Não causa surpresa que tão poucos o tenham lido desse modo, pois se há uma característica em poesia que os leitores modernos – que derivam suas idéias a respeito de poesia sobretudo dos poemas mais conhecidos de Wordsworth, Shelley e Keats ou de nossos contemporâneos, em vez dos de Dryden, Pope ou Cowper – não estão preparados a enfrentar, ela consiste nesse tipo de humor social, civilizado, extremamente culto, confiante, moderado e descontraído.

PARTE III

Análise

"Vamos chegar mais perto do fogo para ver o que estamos dizendo."

(Os Bubes de Fernando Po.)

Capítulo 1

Os quatro tipos de significado

Por causa disso acontece que aqueles que confiam nos livros agem como os que totalizam muitas pequenas somas numa soma maior sem se perguntar se aquelas pequenas somas foram adicionadas corretamente; e no fim, ao encontrarem um erro óbvio, e não desconfiando de suas bases, não sabem de que modo explicar-se; mas gastam seu tempo adejando sobre seus livros; como pássaros que, entrando pela chaminé e encontrando-se reclusos num aposento, adejam à falsa luz de uma janela, por não terem a inteligência de considerar por qual caminho entraram.

Leviatã

Depois de tanta documentação, o leitor deve estar disposto a acolher com alegria uma tentativa de indicar algumas lições práticas, de estabelecer fios condutores com os quais se possa tornar menos desnorteante o labirinto por onde estivemos perambulando. Caso contrário, poderíamos ficar com a simples aquiescência derrotista ao provérbio *quot homines tot sententiae* como sendo o princípio crítico soberano, tendo como único fruto de nossos esforços uma centena de veredictos de uma centena de leitores – um resultado que se opõe diametralmente à minha esperança e intenção. No entanto, antes que possamos mostrá-la, a lição prática precisa ser desembaraçada, e os fios condutores não se podem instalar sem algum trabalho preliminar de engenharia. As análises e distinções que seguem são apenas as indispensáveis se se quiser que as conclusões às quais conduzem sejam entendidas com razoável precisão ou recomendadas com confiança.

O procedimento adequado será investigar com maior rigor – agora que o material já passou diante de nossos olhos – as dez dificuldades catalogadas no final da Parte I, tomando-as uma por uma na ordem que lá foi adotada. As razões dessa ordem se tornarão evidentes conforme avançarmos, pois essas dificuldades dependem uma da outra como as malhas de uma rede. Todavia, apesar dessa complicada interdependência, não é muito difícil ver onde devemos começar. A dificuldade *original* de toda leitura, o problema *de entender o significado*, é nosso ponto de partida óbvio. As respostas às perguntas aparentemente simples – "O que é um significado?" "O que fazemos quando nos esforçamos por entendê-lo?" "*O que* é que estamos entendendo?" – são as chaves mestras de todos os problemas da crítica. Se conseguirmos usá-las, os corredores e aposentos trancados da teoria poética se abrirão diante de nós, e uma ordem nova e impressionante aparecerá até mesmo nas mais caprichosas distorções dos protocolos. Sem dúvida há alguns que, por um dom natural, conseguem o "Abre-te, Sésamo"! da poesia sem fadiga, mas, para o resto de nós, certas reflexões gerais que poucas vezes somos encorajados a fazer podem poupar-nos tempo e trabalho inútil.

O fato mais importante para o estudo da literatura – ou qualquer outra modalidade de comunicação – é que há várias espécies de significado. Quer saibamos e queiramos, quer não, somos todos malabaristas quando conversamos, mantendo no ar as bolas de bilhar enquanto equilibramos o taco na ponta do nariz. Quer sejamos ativos, como quando falamos ou escrevemos, quer passivos[1], como leitores ou ouvintes, o Significado Total com que estamos envolvidos é, quase sempre, uma mistura, uma combinação da contribuição de vários significados de tipos diferentes. A linguagem – e acima de tudo linguagem como é usada em poesia – não tem uma só mas várias tarefas a executar simultaneamente, e estaremos interpretando de forma errônea a maioria das dificuldades da crítica se deixarmos de entender esse ponto e de notar as diferenças entre essas funções. Para nossos objetivos, aqui será suficiente uma divisão em quatro tipos de função, quatro tipos de significado.

Está claro que a maioria das elocuções humanas e quase toda a fala articulada podem ser proveitosamente observadas a partir desses quatro pontos de vista. Quatro aspectos podem ser facilmente identificados. Vamos chamá-los *Sentido*, *Sentimento*, *Tom* e *Intenção.*

1. Sentido

Falamos *para dizer alguma coisa* e, quando escutamos, esperamos que alguma coisa seja dita. Usamos palavras para direcionar a atenção de nossos ouvintes enfocando algum estado de coisas, para apresentar alguns itens à sua consideração e para provocar neles alguns pensamentos acerca desses itens.

2. Sentimento[2]

Entretanto, temos também, em regra, alguns sentimentos *a respeito desses itens*, a respeito do estado de coisas a que nos referimos. Temos uma atitude em relação a ele, algum direcionamento especial, preferência ou interesse acentuado, algum sabor ou coloração pessoal de sentimento; e usamos a linguagem para *expressar* esses sentimentos, essas nuances de interesse. Da mesma forma, quando ouvimos, captamos isso, correta ou equivocadamente. Parece parte inseparável do que recebemos; e isso acontece esteja o falante consciente ou não de seus sentimentos em relação àquilo de que está falando. Estou, naturalmente, descrevendo aqui a situação normal, e meu leitor poderá sem maiores dificuldades imaginar casos excepcionais (a matemática, por exemplo) em que não entra sentimento algum.

3. Tom

Mais ainda, o falante tem geralmente *uma atitude para com seu ouvinte*. Ele escolhe ou ordena suas palavras diversamente de acordo com as variações de sua platéia, num *reconhecimento automático ou deliberado de sua relação com ela*. O tom da fala reflete sua consciência dessa relação, sua noção de como ele se situa perante aqueles a quem se dirige. Mais uma vez, virá à mente o caso excepcional da dissimulação, ou exemplos em que o falante sem querer revela uma atitude que ele conscientemente não deseja expressar.

4. Intenção[3]

Finalmente, além do que ele diz (Sentido), de sua atitude em relação àquilo de que está falando (Sentimento) e de sua atitude para com o ouvinte (Tom), existe a intenção do falante, seu objetivo, *consciente ou inconsciente*, o efeito que ele procura promover. Geralmente ele fala com um propósito, e seu propósito modifica sua fala. A compreensão do propósito faz parte da tarefa total de apreensão do seu significado. A menos que saibamos o que ele está pretendendo, dificilmente poderemos avaliar a medida de seu sucesso. No entanto, o número de leitores que omitem essas considerações pode desesperar um escritor pouco corajoso. Às vezes, naturalmente, ele quer apenas manifestar seus pensamentos (1), expressar seus sentimentos sobre aquilo que está pensando, p. ex. Viva! Droga! (2) ou expressar sua atitude para com o leitor (3). Neste último caso, passamos para o domínio das expressões carinhosas e dos insultos.

Freqüentemente sua intenção atua através de uma combinação das outras funções, e assim se satisfaz. Ela tem, porém, efeitos que não são redutíveis ao efeito delas. Ela pode controlar a ênfase dada a certos pontos na argumentação, por exemplo, determinar a organização e até mesmo chamar atenção sobre si por meio de frases como "só para contrastar" ou "para que não se imagine". Ela controla a "trama" no sentido mais amplo da palavra e entra em atividade sempre que o autor estiver "escondendo o jogo". Tem ainda importância especial na literatura dramática e semidramática. Assim a influência dessa intenção sobre a linguagem que ele usa soma-se às outras três influências, sendo delas distinta, e seus efeitos podem proveitosamente ser considerados isoladamente.

Vamos encontrar nos protocolos exemplos, em abundância, do fracasso de uma ou outra dessas funções. Às vezes as quatro fracassam em conjunto; um leitor deturpa o sentido, distorce o sentimento, interpreta mal o tom e ignora a intenção; e muitas vezes o colapso parcial de uma função acarreta aberrações nas outras. As possibilidades de equívocos entre os homens constituem de fato um formidável tema de estudo, mas para elucidá-lo pode-se fazer algo mais do que já se tentou. O que quer que se possa fazer à luz da natureza, seria loucura afirmar que é à luz dela que deveríamos ler. Antes de voltarmos ao escrutínio de nossos protocolos, porém, cabem aqui mais algumas explicações dessas funções.

Se fizermos um levantamento do usos da linguagem como um todo, fica claro que, ocasionalmente, ora uma ora outra dessas funções pode tornar-se predominante. As situações possíveis ficarão mais claras se revisarmos sucintamente certas formas típicas de composição. Alguém que esteja escrevendo um tratado científico, por exemplo, colocará em primeiro lugar o *Sentido* do que quer dizer, subordinando seus *Sentimentos* acerca do assunto ou de outras opiniões sobre ele e terá cuidado para não deixar que eles interfiram distorcendo a argumentação ou sugerindo alguma parcialidade. Seu *Tom* será determinado pela convenção acadêmica; se for sensato, mostrará respeito para com seus leitores e uma moderada preocupação em ser entendido corretamente e conquistar aceitação para suas observações.

Estará bem se sua *Intenção*, conforme aparecer no trabalho, se restringir no todo à exposição mais clara e mais adequada daquilo que ele tem a dizer (Função 1, Sentido). No entanto, se as circunstâncias permitirem, outros objetivos pertinentes – uma intenção de reorientar a opinião, de direcionar a atenção para novos aspectos, ou de encorajar ou desencorajar certos métodos de trabalho ou maneiras de abordagem – serão naturalmente adequados. Objetivos não pertinentes – a aceitação do trabalho como tese de doutorado, por exemplo – aparecem numa categoria diferente.

Considere-se agora um escritor que trabalha para a divulgação de alguns resultados e hipóteses científicas. Os princípios que regem sua linguagem não são assim tão simples, pois a promoção de sua intenção irá apropriada e inevitavelmente interferir nas outras funções.

Em primeiro lugar, uma apresentação precisa e adequada do sentido talvez deva ser sacrificada, até certo ponto, para proporcionar uma clareza geral. Simplificações e distorções talvez se façam necessárias, se se quiser que o leitor "acompanhe". Em segundo lugar, uma exposição bem mais vigorosa de sentimentos por parte do autor em relação ao seu assunto é geralmente apropriada e desejável, a fim de despertar e estimular o interesse do leitor. Em terceiro lugar, será necessária maior variedade de tom; piadas e ilustrações humorísticas, por exemplo, serão admissíveis, e talvez até uma certa dose de adulação. Com essa liberdade ampliada, haverá necessidade urgente de tato, que é o equivalente subjetivo do tom. Um relacionamento humano entre o estudioso e sua platéia leiga deve ser estabelecido, e essa tarefa, como muitos especialistas descobriram, não é fácil. Essas outras funções irão interferir ainda mais na rigorosa precisão da apresentação; e se o assunto for "tendencioso", se de algum modo implicações políticas, éticas ou teológicas forem salientes, a intenção do trabalho terá mais oportunidades de interferir.

Isso nos conduz ao caso óbvio dos discursos políticos. Que posição e precedência devemos atribuir às quatro funções da linguagem quando analisamos pronunciamentos feitos em meio a uma Eleição Geral? A Função 4, a promoção de intenções (dos mais variados graus de mérito) é a que inequivocamente predomina. Seus instrumentos são a Função 2, a expressão de sentimentos relativos a causas, programas políticos, líderes e opositores, e a Função 3, o estabelecimento de relações favoráveis com a platéia ("o grande coração do povo").

Reconhecendo isso, deveríamos ficar magoados ou surpresos pelo fato de que a Função 1, a apresentação de fatos (ou de objetos de consideração que se devem considerar como fatos), seja igualmente subordinada?[4] Contudo, maiores considerações sobre essa situação nos conduziriam a um tópico que deverá ser examinado mais adiante, o da Sinceridade, palavra com vários significados importantes. (Ver Capítulo 7.)

Na conversação temos, talvez, os exemplos mais claros dessas mudanças de função, quando o aparato verbal normal de uma função é assumido por outra. A Intenção, como já vimos, pode subjugar completamente as outras. Da mesma forma, em certas ocasiões, o Sentimento e o Tom podem se expressar através do Sentido, traduzindo-se em declarações explícitas acerca de sentimentos e atitudes em relação a coisas e pessoas – declarações que às vezes são desmentidas pela sua própria forma e maneira. Fórmulas diplomáticas são freqüentemente bons exemplos, juntamente com grande parte da linguagem social ("função fática" de Malinowski)[5], os "Muito obrigado" e os "Prazer em conhecer" que nos ajudam a conviver amistosamente. (Mas veja Apêndice A, Nota 1.)

Sob essa rubrica podemos também colocar as análises psicológicas, as divagações introspectivas que recentemente floresceram tanto na ficção quanto em conversas sofisticadas. Será que o fato de estarmos hoje em dia sempre prontos a fazer afirmações sobre nossos sentimentos, a traduzi-los em dissertações, em vez de expressá-los de maneiras mais naturais e diretas, não é uma indicação de alguma confusão e debilidade desses nossos sentimentos? Ou será que esse fenômeno é simplesmente outra conseqüência do avanço no estudo da psicologia? Seria precipitado decidir por enquanto. Certamente alguns psicólogos se expõem a acusações de vacuidade, de terem tratado de si mesmos de tal maneira que pouco lhes resta no seu interior sobre o que falar. "Colocar em palavras", se as palavras forem as de um manual de psicologia, é um processo que realmente pode ser nocivo aos sentimentos. Terei sorte se a esta altura meu leitor não resmungar *de te fabula*.

Mas o Sentimento (e às vezes o Tom) pode dominar o Significado e operar através dele de uma outra maneira, que costuma se aplicar mais à poesia. (Se é que de fato a mudança de que acabamos de falar não for melhor descrita como Sentido interferindo no Sentimento e no Tom e dominando-os.)

Quando isso ocorre, as declarações que aparecem no poema lá estão por causa de seus efeitos sobre os sentimentos, não simplesmente como declarações. Conseqüentemente, desafiar-lhes a verdade ou questionar se merecem atenção séria *como declarações que se pretendem verdadeiras* significa confundir-lhes a função. O ponto é que muitas, talvez a maior parte, das declarações em poesia lá estão *como um meio* de manipulação[6] e expressão de sentimentos e atitudes, não como contribuições para qualquer corpo doutrinário de qualquer tipo. No caso da poesia narrativa, é pequeno o perigo de que surja algum erro, mas no caso da "filosófica" ou meditativa é grande o perigo de uma confusão que pode ter duas formas de conseqüências.

Por um lado, há muita gente que, se é que se dá o trabalho de ler poesia, procura levar a sério todas as suas declarações – e as acha tolas. "Minha alma é barco de vela panda", por exemplo, parece-lhe um tipo de contribuição muito inútil para a psicologia. Pode parecer um erro absurdo mas, infelizmente, é mesmo assim comum. Por outro lado, há aqueles que têm excesso de facilidade, que engolem "A beleza é a verdade; a verdade a beleza...", como a quinta-essência de uma filosofia estética, não como a expressão de uma certa combinação de sentimentos, e se metem num completo impasse de confusão mental em conseqüência de sua ingenuidade lingüística. É fácil ver o que perdem os do primeiro grupo; as perdas do segundo grupo, embora a contabilidade seja mais complicada, são igualmente lamentáveis.

Deve-se aqui resistir a uma tentação de discutir outras complicações dessa mudança de função. Um adendo no Apêndice A, que pode servir como uma espécie de oficina para aqueles que concordam comigo que a questão é importante o suficiente para ser examinada *com esmero*, será a melhor solução. Estou ansioso para ilustrar essas distinções a partir dos protocolos antes que o tédio invista muito pesadamente contra nós. Aqui bastará notar que essa subordinação da declaração aos propósitos emocionais tem inúmeras formas. O poeta pode distorcer suas declarações; pode fazer declarações que do ponto de vista lógico nada tenham a ver com o assunto em discussão; pode, por metáfora ou por outros meios, apresentar para consideração objetos que, logicamente, são de todo descabidos; pode cometer disparates lógicos, ser tão trivial e tolo, do ponto de vista lógico, quanto for possível; tudo no interesse de outras funções de sua linguagem – para expressar sentimento, ajustar o tom ou promover outras intenções suas. Se seu êxito nesses outros objetivos o justificar, nenhum leitor (pelo menos do tipo que toma seu significado como se deve) pode legitimamente dizer coisa alguma contra ele.

No entanto, esses recursos indiretos para expressar sentimentos por meio de impertinência lógica e disparate, por meio de declarações que não se devem tomar de modo estrito, literal ou sério, embora apareçam em destaque em poesia, não lhe são peculiares. Grande parte do que passa por crítica se encaixa nesta categoria. É muito mais difícil conseguir declarações sobre poesia do que expressões de sentimentos que ela ou seu autor despertam. Um número muito grande de declarações aparentes, quando examinadas, revela ser apenas essas formas disfarçadas, expressões indiretas de Sentimento, Tom e Intenção. A observação do Dr. Bradley de que *A poesia é um espírito*, e a do Dr. Mackail de que é *uma substância ou energia contínua cujo progresso é imortal* são exemplos eminentes que já utilizei noutras ocasiões e que são tão curiosos que não preciso de nenhuma desculpa para me referir a eles outra vez. Tendo-os em mente, podemos estar mais preparados para aplicar a nossos protocolos todos os intrumentos de interpretação que possuímos. Evitemos, se possível, em nossas leituras dos protocolos aqueles erros e mal-entendidos que estamos prestes a observar sendo cometidos contra os poemas.

Capítulo 2

Linguagem figurada

Que fait-il ici? s'y plairait-il? penserait-il y plaire?

RONSARD

Sendo quádruplas as possibilidades de mal-entendidos, devemos estar atentos a quatro desvios principais da interpretação correta. Precisamos também manter um olhar atento para aquelas interconexões subterrâneas ou aéreas em que um erro numa função pode conduzir a um comportamento equivocado em outra.

Não podemos razoavelmente esperar que o diagnóstico seja aqui mais simples do que ocorre com um aparelho de rádio com defeito ou, para fazer um paralelo ainda mais próximo, do que ocorre numa clínica psicológica. Há casos simples, mas são raros. Tomando primeiro as aberrações na apreensão do Sentido: aqueles que leram como "estufa" "uma casa verde e fresca" ["a cool, green house"] no *Poema 2*, as vítimas de "o Soberano de nossos corações" no *Poema 9*, o fazedor de chuva (10.64) e o comentarista (5.2) que tomou o *Poema 5* como sendo "uma maneira muito engenhosa de dizer que o artista fez um molde de uma linda mulher" (se interpretarmos "cast" [molde] caridosamente), são na verdade os exemplos mais simples que vamos encontrar de absoluta e imediata falta de compreensão do sentido. Mesmo esses casos, porém, não são perfeitamente simples. Ressentimentos contra o poema causados por outros motivos, má interpretação de seu sentimento e tom, certamente induziram 2.2 e 2.21 em seus erros, da mesma forma que a força emotiva de estoque de "Rei" foi um fator que contribuiu fortemente, sobrepujando para 9.111 todas as probabilidades históricas e cada indicação fornecida pelo estilo.

A mera desatenção, ou a pura negligência, pode às vezes ser a fonte de uma leitura incorreta; mas a negligência na leitura é o resultado de distração, e dificilmente exageraríamos ao afirmar que para muitos leitores a métrica e a versificação da poesia são em si mesmas poderosas distrações. Assim 9.16, que entende que é o Soberano que está sendo brindado *no topo da montanha*, bem como 5.3 e seus colegas, tanto quanto 5.2, podem ser encarados com a mesma comiseração que sentimos por aqueles que tentam fazer contas tendo por perto um realejo ou uma banda de metais.

Há, porém, uma diferença. Todos devem concordar que, enquanto delicadas operações intelectuais estiverem em andamento, as bandas de metais deveriam ficar em silêncio. Mas a banda, com enorme freqüência, é uma parte essencial da poesia. Ela pode, porém, ser silenciada, se quisermos, enquanto deslindamos e dominamos o sentido, e em seguida sua cooperação já não irá nos confundir. Uma "lição" prática que emerge disso merece mais destaque do que geralmente recebe. É que a maioria dos poemas requer várias leituras – durante as quais seus fatores variados possam se encaixar num conjunto – antes que se possam captá-los. Os leitores que afirmam dispensar esse estudo preliminar, que acham que todo bom poema deveria ser compreendido por eles por inteiro na primeira leitura, mal se dão conta de como devem ser inteligentes.

Há, porém, um ponto mais sutil e uma distinção precisa que se deve notar. Concordamos anteriormente que um bom poeta – para expressar sentimento, ajustar o tom e promover seus outros objetivos[1] – pode usar todo tipo de artifício com seu sentido. Ele pode dissolver totalmente sua coerência, se achar conveniente. É claro que se expõe a riscos ao agir assim; seus outros objetivos devem realmente valer a pena, e ele precisa conseguir uma certa renúncia do leitor; mas a liberdade sem dúvida lhe pertence, e nenhum leitor cuidadoso questionará ou negará tal fato. Essa liberdade é a desculpa do leitor negligente e a oportunidade do mau poeta. Cria-se no leitor uma idéia obscura de que a sintaxe é de certa forma menos importante na poesia do que na prosa e de que uma espécie de adivinhação – que muito provavelmente receberá o nome de "intuição" – é o modo apropriado de se apreender o que poeta possa ter a dizer. O pouco de verdade que essa idéia contém torna esse perigo muito difícil de tratar. Na maior parte da poesia, o sentido é tão importante quanto qualquer outro aspecto;

ele é tão sutil e depende tanto da sintaxe quanto na prosa; é o principal instrumento do poeta para atingir outros objetivos quando não é ele mesmo o objetivo. O controle do poeta sobre nossos pensamentos é geralmente seu meio principal para o controle sobre nossos sentimentos, e na imensa maioria das vezes perdemos quase tudo o que tem valor se interpretamos mal seu sentido.

No entanto, dizer isso – e aqui está uma distinção que devemos salientar – não significa dizer que podemos arrancar o significado, separando-o do poema, prendê-lo a uma paráfrase em prosa, e depois tomar a doutrina de nosso trecho em prosa, com os sentimentos que ela estimula, como o tema principal do poema. (Ver p. 204.) Esses perigos gêmeos – leitura descuidada, "intuitiva" e leitura prosaica, "excessivamente literal" – são as Simplégades, as "rochas flutuantes", entre as quais um número elevadíssimo de aventuras em poesia se destroçam.

Ocorrências desses dois desastres são muito freqüentes nos protocolos, embora o *Poema 1*, por exemplo, tenha permitido poucas oportunidades aos "intuitivos", pois nesse caso a diferença entre uma leitura "poética" e uma "prosaica" é muito pouco acentuada para aparecer. O *Poema 5*, por outro lado, só permitiu leituras intuitivas. Em 2.22, 10.22 e 10.48, porém, o efeito de uma leitura prosaica é claro; em 6.3, a intuição voa solta, e o efeito de suas incursões em 11.32 e 11.33 é tão surpreendente quanto o triunfo da tendência oposta em 12.41[2].

Ainda restringindo-nos a uma interação do leitor com o sentido tão descomplicada quanto possa ser com os outros significados, talvez se espere que se mencione a *ignorância*, a falta de conhecimento do sentido de palavras estranhas, a ausência dos contextos intelectuais necessários, a cultura deficiente, em suma, como fonte de erro. Possivelmente, através de minha escolha dos poemas (o *Poema 3*, todavia, produziu alguns exemplos estranhos) e talvez em virtude do nível de instrução superior dos autores dos protocolos, esse obstáculo à compreensão não apareceu com freqüência. Muito mais sérios se mostraram certos conceitos equivocados sobre como se deve tomar o sentido das palavras em poesia. (É possível que 12.41, por exemplo, tenha impressionado o leitor.) Obstáculos à compreensão, esses são muito menos combatidos pelos professores e muito mais problemáticos do que qualquer simples deficiência na informação. Pois, no fim das contas, os dicionários e as enciclopédias estão aí prontos a preencher a maioria das lacunas em nossos conhecimentos, mas uma incapacidade para captar o sentido poético das palavras não se pode remediar facilmente.

Alguns exemplos adicionais dessas concepções equivocadas mostrarão sua natureza com maior nitidez. Compare-se a química de 12.41 com a "literalidade" de 12.4, 10.6, 8.15 e 7.38. Poucas metáforas sobreviverão para leitores que, como esses, fazem uma exigência tão fatal de precisão científica. Manifestações menos agudas da mesma atitude para com a linguagem aparecem freqüentemente noutras partes, e o predomínio dessa literalidade, nas condições educacionais de hoje em dia, é maior do que o leitor culto possa imaginar. Como vamos explicar – àqueles que nada vêem na linguagem poética além de um emaranhado de exageros ridículos, "fantasias" infantis, conceitos ignorantes e simbolizações absurdas – de que maneira se deve ler seu sentido?

Seria fácil expor uma teoria gramatical sobre metáfora, hipérbole e linguagem figurada, mostrando as supressões de "como se", "é como" e das demais locuções que se podem introduzir para transformar poesia em prosa respeitável do ponto de vista lógico. Mas (como os manuais já nos mostraram muitas vezes) avançaríamos muito pouco no sentido de persuadirmos algum desses sujeitos de cabeça dura de que os poetas merecem ser lidos. Um plano melhor, talvez, será contrastar esses exemplos de literalidade com alguns espécimes da falha oposta – 5.3 e 5.32 servem tão bem quanto quaisquer outros – e depois considerar, dentro do quadro criado pelo contraste, alguns exemplos de uma espécie intermediária onde se combinam tanto uma legítima exigência de esmero e precisão e um reconhecimento das corretas liberdades e forças da linguagem figurada. Talvez então seja possível esclarecer quais são os problemas realmente interessantes e difíceis da linguagem figurada.

Vamos, portanto, examinar a hipérbole do mar-harpa no *Poema 9* à luz dos comentários de 9.71 a 9.77. Estamos de acordo, espero, quanto ao fato de que esses comentários apontam corretamente um número de irremediáveis incoerências no pensamento do trecho. O sentido apresentará pelo menos quatro falhas gritantes, se o submetermos a uma análise lógica. Além disso, essas falhas ou incoerências internas não têm conexão entre si; não derivam de alguma liberdade central tomada pelo poeta, mas cada uma representa uma rachadura na construção do sentido. Pondo de lado, por enquanto, a questão da adequação e da propriedade da figura como um todo, vamos examinar sua estrutura interna, num esforço para descobrir todas as justificativas possíveis.

Tomando as objeções na ordem em que aparecem nos protocolos, temos a primeira dificuldade no fato de que "o mar pode soar como um órgão, mas nunca teve o som de uma harpa". Creio que somos forçados a admitir que, quanto maior o cuidado com que compararmos esses sons, menos justificativa encontraremos em sua assimilação. Mas isso, por si só, não é uma objeção muito forte. Uma leve semelhança poderia bastar como meio de transição para algo de valor. Não deveríamos nunca esquecer, embora isso sempre aconteça, que em poesia os meios *são* justificados pelo fim. É quando o fim nos decepciona que podemos proveitosamente passar para a análise dos meios e ver se *o tipo de uso* que o poeta faz deles ajuda ou não a explicar por que motivo seu fim é insatisfatório.

Em seguida vem a objeção de que cada corda desta harpa "é feita do relâmpago das noites de primavera". Aqui o poeta sem dúvida aboliu tanto o fato quanto a possibilidade. Quebrou a coerência de seu sentido. Mas, naturalmente, dizer isso não define nada sobre o valor do trecho. Insisti anteriormente que o absurdo é admissível em poesia, se for justificado pelo efeito. Precisamos considerar qual é o efeito. O efeito que o poeta *propôs* está claro – um entusiástico despertar de assombro e uma fusão do mar, do relâmpago e da primavera, essas três "mais comoventes manifestações da Natureza", como alguns dos outros protocolos sublinharam. É, porém, inequívoca uma influência externa tão avassaladora que se pode com justiça imaginar que tenha atropelado tanto o pensamento quanto a intenção no poeta, e não podemos entender plenamente o trecho se não a levarmos em conta. Como 9.94 ressaltou, "o estilo é Swinburne-com-água", uma mistura infelizmente muito acertada. Não apenas a dicção (mar, harpa, jovial, corda, tecida, relâmpago, noites, primavera, aurora, alegre, grave...) e o assunto, mas o peculiar molejo do movimento saltitante e elástico, e o tom exaltado, pertencem a Swinburne em tal medida que equivalem menos a um eco do que a uma obsessão momentânea. Um poeta tão dominado momentaneamente por sua devoção por outro, submetendo-se, por assim dizer, a uma inspiração externa, pode muito bem perder de vista o que está acontencendo com o seu sentido.

Podemos aqui considerar o problema geral de todas as reações a influências indiretas. A simpatia de um leitor por esse trecho pode muitas vezes ser afetada por sua familiaridade com as descrições e metáforas marinhas de Swinburne. "Quem pescou o múrice?" é uma pergunta pertinente. Esse ponto recorre sempre quando estamos avaliando o entusiasmo de leitores cujo conhecimento de poesia não é amplo. Sofreram, ou não sofreram, a influência do original? Seria interessante comparar, utilizando-se uma trecho como esse, um grupo de leitores antes e depois de terem passado uma noite debruçados sobre *Songs of Springtides* [Canções de primavera], ou *Atalanta in Calydon* [Atalanta em Calidão].

Por mais que leiam Swinburne, porém, não acredito que jamais o apanhem transformando o mar em relâmpago – nem mesmo em favor de Victor Hugo ou Shelley. Ele está repleto de leves revogações de sentido. É de fato um poeta apropriado para se estudar a subordinação, distorção e ocultação do sentido através do predomínio da emoção verbal. Mas os lapsos de sentido muito raramente são tão flagrantes, tão patentes, que o leitor, arrastado no veloz e esplêndido carrossel do verso, seja forçado a notá-los. E, na maioria das vezes, quando o leitor acha que detectou algum disparate, ou alguma incoerente distorção de sentido, se examinar o caso, irá descobrir que para seu desconforto é ele que está errado. A famosa abertura do Segundo Coro de *Atalanta in Calydon* [Atalanta em Calidão] é um exemplo bem representativo:

> Antes do começo dos anos
> Veio para a feitura do homem
> O Tempo, com o dom das lágrimas,
> E o Sofrimento, com uma ampulheta escorrendo.

Podemos pensar, a princípio, que as lágrimas deveriam pertencer ao Sofrimento e a ampulheta ao Tempo, e que os emblemas estão trocados apenas por razões formais, ou para evitar uma possível banalidade; mas uma pequena reflexão mostrará que vários aspectos são acrescentados pela transposição. Ao terceiro verso, compare-se a estrofe de *A Forsaken Garden* [Um jardim abandonado] que começa:

Coração agarrado a coração

e ao quarto verso compare-se

Não temos certeza de mágoa

de *The Garden of Proserpine* [O jardim de Prosérpina]. Alguma conexão, embora tênue e extravagante, se pode sempre achar em Swinburne, talvez em virtude de sua predileção pelo abstrato e pelo vago. Pensamentos vagos se articulam entre si mais facilmente do que pensamentos precisos.

Ainda precisamos decidir sobre o efeito da física excessivamente audaciosa do *Poema 9*. Será que ela não destrói a realidade imaginativa – isto é, o apropriado poder sobre nossos sentimentos – tanto do mar quanto do relâmpago, para não falar da harpa e (presumivelmente) do harpista[3] que estão no fundo de nossas consciências? Talvez possamos aqui extrair outra lição prática para nossa orientação crítica geral. Ela pode tomar a seguinte forma. Combinações em metáforas (e em outras figuras) podem funcionar bastante bem quando os ingredientes misturados preservam sua eficácia, mas não quando se provoca uma fusão tal que as diversas partes se cancelam mutuamente. Que uma metáfora seja combinada não depõe em nada contra ela; a mente é suficientemente ambidestra para manipular as mais extraordinárias combinações se a persuasão for suficiente. Mas a mistura não deve ser do tipo fogo e água – o que infelizmente é bem o que temos aqui.

A objeção número três, apresentada em 9.75, de que cordas não são tecidas, vai ilustrar esta lição prática. O "potencial maior de liberar uma vaga emoção", que *tecida* num contexto apropriado certamente possui, fica amortecido e anulado à medida que se funde com os ingredientes do mar e do relâmpago, e não há nada mais no trecho onde ele possa buscar ajuda para preservar uma existência independente.

A quarta objeção, a dificuldade temporal, é menos séria. A personificação, como em breve veremos em conexão com outro trecho, é um recurso que permite ao poeta fazer quase tudo o que quiser com impunidade desde que, naturalmente, como sempre, ele tenha em mãos algo digno de ser feito. Os autores dos protocolos 9.76 e 9.77 se apóiam com excessiva confiança no bom senso, um auxiliar útil do crítico, mas ao qual não se deve confiar muita responsabilidade. Certamente não precisamos voar muito alto na imaginação, não tão alto como podem voar os aviões, para ver a presença muito nítida da noite e da Aurora simultaneamente no cenário cósmico. Ou, com menos esforço imaginativo, podemos razoavelmente insistir que na primavera diminui a separação normal entre o dia e a noite. Mas será que essas justificativas realmente ajudam o poema? Talvez ainda sintamos que a Aurora não tem de fato função suficiente no poema. Lá está como um adjunto pictórico – se merece ou não a opinião de 9.44 ou de 9.421, devo deixar que o leitor decida, pois a falha de sintaxe sobre a qual 9.421 se baseia seria permitida, se o resultado oferecesse uma compensação suficiente. Na sua capacidade de ouvinte, porém, ela nada acrescenta. A Aurora com certeza tem de ouvir uma profusão de ruídos bizarros, e sua presença não glorifica necessariamente a canção que o poeta tem na cabeça.

Isso nos traz à questão maior da adequação da figura toda, em que medida satisfaz a intenção do soneto; e sobre isso bastam algumas observações. A intenção não é nem recôndita nem sutil – sendo a expressão de um entusiasmo bastante vago e genérico, a criação de um sentimento exaltado. Também não se requer nenhuma precisão no sentimento que se evoca. Serve qualquer sentimento elevado, expansivo e "apreciativo". Sendo assim, uma certa negligência relacionada aos meios empregados não é descabida. Poderíamos concluir: "*Qu'importe la boisson pourvu qu'on ait l'ivresse*", ressalvando-se uma observação. O desfrute e a compreensão *da melhor poesia* requerem uma sensibilidade e discriminação das palavras, um refinamento, imaginatividade e destreza em tomar-lhes o sentido que vai impedir que o *Poema 9*, na sua forma original, receba a aprovação dos leitores mais atentos. Deixar de lado essa refinada capacidade com demasiada freqüência pode ser uma tolerância nociva.

Estivemos observando um grupo de leitores que, em conjunto, apresentam uma tendência bem equilibrada à literalidade, mostrando suas posições contrárias a um trecho de linguagem figurada cujas liberdades e inconsistências são de tal natureza que poderiam desculpar a aversão que literalistas menos equilibrados às vezes sentem por toda linguagem figurada em poesia. Voltemo-nos agora para outro grupo de amostras, onde a racionalidade corre um risco um pouco maior de tropeçar e cair. Podem as metáforas dos dois primeiros versos do *Poema 10*, e aquelas das duas últimas estrofes, defender-se dos ataques de 10.61 e 10.62? Sua literalidade será do tipo exemplificado na química de 12.41 (que seria fatal a quase toda a poesia); ou será da variedade legítima, que ataca o abuso, não o uso, da linguagem figurada? E se este for o caso, o ataque é justo, o poema o merece, ou temos aqui apenas exemplos de leituras falhas?

Podemos considerar primeiro 10.6, visando a concordar, se possível, que a objeção ali contida realmente condenaria muita poesia boa, se pudesse ser sustentada. É uma objeção geral à Personificação e, como tal, merece um exame, sem levar em conta os méritos do *Poema 10*. O "animismo", que é como o comentarista a chama, a projeção da atividade humana sobre objetos inanimados do pensamento, tem sido explicitamente apontado por inúmeros críticos como um dos recursos mais freqüentes da poesia. Coleridge, por exemplo, declara que as "imagens" (com o que quer dizer linguagem figurada) '"tornam-se uma prova de gênio original [...] quando uma vida humana e intelectual se transfere para elas partindo do próprio espírito do poeta". E aponta como exemplo "aquela excelência particular [...] pela qual Shakespeare já nos trabalhos iniciais, assim como nos últimos, supera todos os outros poetas. É por meio desse procedimento que ele ainda cria uma dignidade e uma paixão nos objetos que apresenta. Sem apelarem para qualquer excitação prévia, de repente eles explodem diante de nós cheios de vida e força". (*Biographia Literaria*, cap. XV.) Há na verdade razões muito boas para a personificação em poesia. A estrutura da linguagem e os pronomes, verbos e adjetivos que nos ocorrem naturalmente, a todo instante nos convidam a personificar. E, para ir mais fundo, nossas atitudes, sentimentos e maneiras de pensar sobre coisas inanimadas estão calcadas em nossas maneiras de pensar e sentir uns em relação aos outros, e é a partir disso que se originam. Nossas mentes se desenvolveram tendo sempre outros seres humanos no primeiro plano de nossa consciência; somos formados, mentalmente, por nossas atividades com outras pessoas e através dessas atividades. É assim na história da raça e na biografia individual[4]. Não se deve estranhar, portanto, se o que temos a dizer sobre objetos inanimados constantemente se apresenta numa forma que só é apropriada se considerarmos apenas o sentido estrito, a pessoas e relacionamentos humanos.

Naturalmente, muitas vezes não há necessidade de personificação na medida em que nos referimos ao sentido, e só a usamos para expressar sentimentos em relação àquilo de que estamos falando (Função 2). Mas às vezes a personificação nos permite dizer de modo conciso e claro o que seria muitíssimo difícil fazer prescindindo dela. O *Poema 10* na sua terceira estrofe nos fornece um bom exemplo:

> *Toca* muro e janela *obliquamente* [*slant* your hand]
> E pela escada do jardim *desliza* [*sidle*].

Tanto "slant" como "sidle" motivaram opiniões divididas, conforme mostram os protocolos; sendo que os leitores que entenderam seus sentidos corretamente ficaram satisfeitos. Captar esses sentidos numa paráfrase em prosa, eliminando-se a personificação, não é coisa fácil. De fato é tarefa que quase exige diagramas geométricos e croquis ilustrativos. No entanto, a curvatura da sombra da nuvem conforme passa da superfície da terra para o plano vertical de "muro e janela" é transmitida imediatamente por "inclina tua mão" ["slant your hand"]. A mudança do ângulo de incidência assim anotada acrescenta solidez e particularidade ao efeito descrito; e, como a intensidade é grande parte da intenção do poema neste ponto, não se deveriam ignorar os meios empregados. Naturalmente, se "mão" ["hand"] for lida significando uma parte da própria nuvem e não como a extremidade de um membro da sombra da nuvem, a imagem se torna apenas tola, e algumas das condenações nos protocolos se podem explicar se não desculpar.

Assim também com "sidle"; o termo mostra a qualidade acidental, oblíqua do movimento da sombra, e o faz numa única palavra por meio de uma única cena caracterizante. A condensação e a economia são tão freqüentemente necessárias em poesia – *para que os impulsos emocionais não se dissipem* – que todos os meios que levam a isso merecem estudo. A personificação, pelas razões sugeridas acima, talvez seja entre eles o meio mais importante.

Há, porém, graus de personificação; ela pode variar de um simples empréstimo momentâneo de um único atributo ou impulso humano até a projeção de um ser espiritual completo. Nada repercute tanto contra o poeta quanto uma projeção demasiado ampla que não se justifica. Como acontece com alguns outros meios muito fáceis de criação de um efeito imediato, ela destrói a sanção poética e parece esvaziar o poeta na proporção em que o poema fica sobrecarregado. No *Poema 12* os sonhos, os desejos, os prognósticos, as cismas e as sábias imaginações dos mantos das nuvens dão a impressão final de apresentarem exatamente esse defeito. Todavia, decidir se uma personificação é ou não é "exagerada" é um assunto que envolve leitura muito cuidadosa. Em 10.62, porém, temos uma queixa de que a personificação não foi levada até onde poderia chegar, e isso é um bom gancho para algumas outras lições práticas de crítica.

Em primeiro lugar, o que outro poeta (neste caso Shelley) fez noutro poema não é nunca por si só uma boa razão para se decidir que esse poeta cometeu algum erro por agir de outra forma. Essa forma muito ingênua de "crítica comparada" é comum demais; de fato quase nunca vemos outra espécie. O intento de Shelley e o intento deste poeta diferem, os meios usados inevitavelmente também diferem. É quase impossível encontrar exemplos tão rigorosamente paralelos que a simples divergência de *método* demonstre que um poema é melhor ou pior que outro. Precisamos sempre proceder a uma análise mais sutil dos fins visados ou atingidos. Seria excelente se esse tipo de argumento pudesse ser etiquetado e reconhecido como enganador. É na realidade apenas uma das mais pretensiosas formas de caça à receita. Isso não equivale a dizer que comparações não tenham valor na crítica, mas precisamos saber o que é que estamos comparando e como se devem comparar também as condições pertinentes.

Observando este exemplo mais de perto, 10.62 não se perguntou se algo tão mutante e variado como essa nuvem pode ter um caráter definido, se uma natureza travessa e mutante não é toda a personalidade de que ela é capaz. Uma "concepção clara" da personalidade da nuvem teria sobrecarregado irremediavelmente o poema. O poeta realmente prestou muita atenção a esse mesmo perigo. Quando após cinco estrofes de "momices", interessado sobretudo pelas sombras da nuvem, ele se dirige à própria nuvem em sua dissolução vespertina, ele reduz a personificação, combinando as metáforas para refletir sua incoerência, e finalmente, "Ó tecidos do sol de frágil aço", despersonificando-a completamente num arremedo de sua total perda de identidade. Esse reconhecimento de que a personificação foi na sua origem uma extravagância faz da composição definitivamente um poema de Fantasia e não de Imaginação – para usar a distinção wordsworthiana – mas isso aumenta em vez diminuir os efeitos descritivos obtidos pelo recurso. E é digna de observação sua peculiar felicidade em expressar com exatidão um certo matiz de sentimento para com a nuvem.

Provavelmente 10.62 esperava que se expressasse algum sentimento diferente. Mas 10.61, que também briga com a metáfora de abertura, parece perder o sentido descritivo do poema por alguma outra razão. Em vista do efeito de "milagrosa paliçada", bem como de "copiada", "intriga", "pinta", "manda", e "desliza" noutros leitores, surge a tentação de se suspeitar de alguma incapacidade de memória visual![5] Ou talvez ele estivesse entre os que supuseram que uma nuvem, e não sua sombra, estava sendo descrita. "Marca" ["Pencil"], se a palavra for tomada com o significado de "produz os efeitos de marcar a lápis" (como exige a paráfrase) não torna inadequada de modo algum a combinação de metáforas. Sua sugestão tanto do contorno firme e claro da borda da nuvem quanto das variações ensombreadas na iluminação de seus recessos íntimos, não é nem um pouco prejudicada por "sobe" ["climb"] ou pelo levantamento do arranha-céu da "milagrosa paliçada" ["miraculous stockade"]. A propósito, seria leviandade contrapor às numerosas objeções aos sons dessas palavras (10.42 e 10.43) a observação de que elas refletem o assombro que a percepção da altura de algumas nuvens evoca? "Milagrosa paliçada" parece, no mínimo, ter claras vantagens sobre "o tremendo triunfo de altas torres" em termos de economia e nitidez. Contra esses contestadores também "Intriga" tem a precisão do seu lado. Quem observar a inquietação do gado à medida que a sombra vai de repente escurecendo seu mundo endossará a observação do poeta. No entanto, se as vacas nunca notassem qualquer mudança de luz, a palavra ainda se justificaria por seu efeito evocativo sobre os homens. O mesmo acontece com "pinta" e "manda"; elas funcionam como uma notação rápida e original de efeitos não muito desconhecidos, e não há por que supor que aqueles leitores entre os quais esses termos funcionaram estejam de algum modo prejudicando ou relaxando sua sensibilidade.

Com isso voltamos ao ponto onde deixamos o *Poema 9*. Podemos resumir esta discussão de alguns casos de linguagem figurada da seguinte maneira: toda poesia respeitável convida a uma leitura cuidadosa. Ela estimula a atenção ao seu sentido literal até o ponto, a ser descoberto pelo discernimento do leitor, onde a liberdade pode servir melhor ao objetivo do poema do que a fidelidade factual ou a rigorosa coerência ficcional. Ela pede ao leitor que se lembre de que seus objetivos são variados e nem sempre são os que ele irrefletidamente espera. Ele tem de se abster de aplicar seus próprios padrões externos. O químico não deve exigir que o poeta escreva como um químico; nem o moralista, o homem de negócios, o lógico, o professor, que ele escreva como eles escrevem. Todo o problema da literalidade reside no fato de o leitor se esquecer de que o objetivo[6] do poema tem precedência, e é a única justificativa de seus meios. Podemos, e muitas vezes devemos, discordar do objetivo do poema, mas devemos primeiro descobrir qual é. Não podemos julgar legitimamente seus meios por padrões externos[7] (como a exatidão factual ou a coerência lógica) que talvez não estejam relacionados com a consecução daquilo a que ele se propõe ou, se preferirmos, com sua transformação no que acabou se tornando.

Capítulo 3

Sentido e sentimento

Minha convicção é que ali cada um está sob o domínio de preferências profundamente arraigadas no seu interior, fazendo involuntariamente o jogo delas, conforme avança em sua especulação. Quando há razões tão boas para desconfiar, apenas um tépido sentimento de indulgência é possível acerca dos resultados de nossas próprias labutas mentais. Mas me apresso a acrescentar que essa autocrítica não torna obrigatória qualquer tolerância especial de opiniões divergentes. Podemos rejeitar inexoravelmente teorias que são contestadas logo aos primeiros passos na análise da observação, e contudo termos ao mesmo tempo consciência de que aquelas definidas por nós mesmas têm apenas uma validade provisória.

FREUD, *Além do princípio do prazer*

Até agora nos ocupamos com algumas armadilhas que põem em risco a apreensão e o julgamento do *sentido* da poesia, tratado mais ou menos isoladamente, separado das outras formas de significado. Mas as *interferências* mútuas desses vários significados dão origem a dificuldades mais espantosas. Um erro acerca da intenção geral de uma passagem pode obviamente distorcer-lhe a nossos olhos o sentido, o tom e o sentimento, tornando-os quase irreconhecíveis. Se imaginássemos, por exemplo, que o *Poema 1* deveria ser lido, não como uma passagem de uma obra épica, mas como uma peça de poesia dramática posta na boca de um autor enfadonho, ou de um entusiasta juvenil, nossa apreensão de seu tom e sentimento obviamente mudariam, e nosso julgamento do texto, embora talvez ainda negativo, estaria baseado em considerações diferentes. As diferentes intenções atribuídas ao *Poema 2* pelos leitores que o tomam como a expressão, por um lado, de "uma profunda paixão pela vida real" (2.61) e, por outro, de "uma atmosfera de quietude e paz ininterrupta" (2.71) refletem-se nas diferentes descrições de seu tom ("música sôfrega e tumultuosa", "movimento delicado com um belo tom,[1] gravidade e firmeza"). Para ser mais direto, os debates um tanto unilaterais sobre as intenções dos *Poemas 8* e *13* revelam o quanto esse aspecto principal, por assim dizer, influencia os aspectos secundários, através dos quais é de se supor que o aspecto principal deva ser apreendido. A rapidez com que muitos leitores atingem uma convicção acerca da intenção geral do poema, e a facilidade com que essa suposição pode distorcer toda sua leitura, é uma das características mais interessantes dos protocolos. E a lição prática disso talvez seja tão importante quanto qualquer outra que se possa tirar. No caso da maior parte da poesia de boa qualidade requer-se mais do que um olhar antes de se poder ter certeza da intenção, e às vezes, antes disso, é preciso ver com clareza tudo o mais no poema.

O tom, como um aspecto distinto do poema, é menos fácil de discutir do que os outros, e sua importância pode ser facilmente subestimada. Todavia a poesia que não tenha outras virtudes muito notáveis pode às vezes ter alta qualidade simplesmente por ser tão perfeita a atitude do poeta para com seus ouvintes – em vista do que ele tem a dizer. Gray e Dryden são exemplos notáveis. A *Elegia* de Gray poderia, realmente, ser destacada como o melhor exemplo de como pode ser poderoso um tom primorosamente ajustado. Seria difícil provar que o pensamento nesse poema é surpreendente ou original[2], ou que seu sentimento é excepcional. Ele incorpora uma seqüência de reflexões e atitudes que em condições semelhantes surgem facilmente em qualquer mente contemplativa. Sua característica de lugar-comum, nem é preciso dizer, não as torna nem um pouco menos importantes, e a *Elegia* pode proveitosamente nos lembrar que arrojo e originalidade não são necessários para a grande poesia. No entanto, esses pensamentos e sentimentos, em parte devido à sua significância e proximidade em relação a nós, são particularmente difíceis de expressar sem falhas de tom. Se formos forçados a expressá-los, dificilmente conseguiremos evitar entoá-los num diapasão que os "exagera", ou então nos refugiamos numa modalidade de expressão elíptica – insinuando-os em vez de explicitá-los para evitar ofensa a outros ou a nós próprios. Gray, porém, sem enfatizar demais nenhum ponto, compõe seu longo discurso, adaptando perfeitamente seus sentimentos familiares em relação ao assunto e sua consciência da inevitável banalidade das únicas reflexões possíveis, à atenção discriminadora de sua platéia. E aí está a fonte de seu triunfo, que podemos entender mal se a tratarmos como uma simples questão de "estilo". De fato, seria possível mostrar, creio eu, que muitos segredos de "estilo" são questões de tom, do perfeito reconhecimento da relação autor-leitor em vista do que se está dizendo e de seus sentimentos combinados sobre isso.

Muita poesia popular, do tipo ao qual hoje se associa, um pouco injustamente, o nome de Wilcox, é mais deficiente nesse aspecto do que em qualquer outro. "Exagera" o que tenta fazer e assim insulta o leitor. E essa ênfase exagerada é freqüentemente um indicativo muito sutil do nível do autor. Quando um lugar-comum, seja de pensamento seja de sentimento, é transmitido com um ar adequado a uma descoberta nova ou uma revelação, temos motivos para desconfiar. Pois pelo tom no qual um grande escritor trata dessas coisas familiares podemos dizer se elas ocupam seu devido lugar no conjunto da estrutura de seu pensamento e sentimento e se, portanto, ele tem direito a nossa atenção. Boas maneiras são, fundamentalmente, um reflexo de nosso senso de proporção, e equívocos de tom são muito mais do que imperfeições superficiais. Podem estar indicando uma desordem muito profunda.

A importância do tom aparecerá de modo claro se refletirmos sobre como é comparativamente fácil adquirir doutrinas aceitáveis e como é difícil evitar erros de tom.

Devemos, porém, distinguir entre o que se pode chamar de maneiras básicas e o código que rege um determinado período. As boas maneiras do século XVIII podem ser chocantes para os padrões do século XX, ou *vice-versa*, e não apenas em termos literários. Não são poucos os versos de *A violação da madeixa*, por exemplo, que seriam considerados de muito mau gosto se fossem escritos hoje. Mas os códigos que regem a espirituosidade são particularmente variáveis. Dentre todos os produtos literários, os chistes são os mais propensos a se tornarem "chatos" e sem graça com o passar do tempo.

Os versificadores do século XVIII, no seu conjunto, raramente se esquecem do leitor. Tinham por ele, de fato, um respeito um tanto exagerado, em conseqüência da natureza da sociedade do período. Comparativamente, Swinburne e Shelley costumam revelar maneiras chocantes como poetas[3]; agradam a si mesmos e freqüentemente ignoram o leitor. Não que o bom-tom exija que o leitor seja sempre lembrado, muito menos que seja constantemente adulado. Mas as ocasiões em que ele é ignorado devem ser vibrantes o suficiente para desculpar o esquecimento extasiado do poeta. Erros de tom, especialmente o exagero na insistência e na condescendência, podem estragar um poema que sob outros aspectos tenha seu valor, embora geralmente, como sugeri, eles indiquem inépcias fatais do poeta. Podem, todavia, ser devidos apenas à deselegância. O poeta precisa encontrar alguns equivalentes dos gestos e modulações que na fala comum freqüentemente cuidam disso tudo, e essa tradução pode às vezes exigir especial discernimento e tolerância no leitor. Deve-se ter notado que a recepção dos *Poemas 5* e *7* foi em grande parte determinada pela avaliação que os leitores fizeram de seu tom (5.5, 5.8, 5.81, 7.4, 7.43, 7.6). Mas ao julgarmos essas questões devemos lembrar, embora não seja nada fácil, que o tom não é independente das outras espécies de significado. Podemos permitir que um poeta nos dirija a palavra como se fôssemos de certa forma inferiores a ele, se o que ele tem a dizer nos convence de seu direito de agir assim. Contudo, quando o que ele tem a nos oferecer está dentro de nossos limites, estaremos justificados se nos sentirmos ofendidos. É facil imaginar as possíveis sutilezas neste caso; e alguns efeitos que talvez pareçam muito misteriosos, até que os examinemos desse ponto de vista, podem depois ter sua explicação. Problemas de tom surgem, naturalmente, quer o poeta se dirija ao leitor ostensivamente na segunda pessoa, quer não. O leitor pode ser insultado com tanta grosseira numa narrativa na terceira pessoa ou numa elegia, em que sua sensibilidade ou inteligência sejam subestimadas, por exemplo, quanto por meio de qualquer descortesia direta.

No entanto, os casos mais curiosos e intrigantes de dependência mútua entre as diferentes espécies de significado ocorrem com o sentido e o sentimento. Esses estão, em geral, muito intimamente entrelaçados e combinados, e a dissecação exata dos dois é uma operação que às vezes se torna impossível e é sempre extremamente delicada e perigosa. O esforço de separar essas formas de significado é, porém, instrutivo e pode nos ajudar tanto a ver por que os mal-entendidos de toda espécie são tão freqüentes, quanto a elaborar métodos educacionais que os tornem menos comuns.

Vamos de imediato isolar uma complicação. O *som* de uma palavra tem claramente muito a ver com o sentimento que evoca, sobretudo quando ocorre no contexto organizado de um trecho em verso. Adiemos – na medida do possível – qualquer consideração a respeito de todo esse aspecto *sensual* das palavras (incluindo seu caráter de produtos dos órgãos da fala e seu inerente movimento de dança) até o próximo Capítulo, onde devem ser atacadas as dificuldades da apreensão da forma poética. Na prática, é óbvio que o som é muito importante, como uma das causas (juntamente com a história da palavra, sua semântica, suas aplicações e contextos habituais e seu contexto especial no poema) do sentimento que transmite. Limitemos, porém, nossa atenção aqui às relações entre sentido e sentimento e às maneiras pelas quais o sentimento pode, em vários graus, depender do sentido. E tomemos o cuidado de lembrar que nos interessamos, primeiramente, pelo sentimento de fato despertado pela palavra no poema, não pelos sentimentos que a palavra possa ter noutros contextos, ou o sentimento que geralmente tem, ou o sentimento que "deveria ter", embora esses possam ser lembrados com vantagem, pois o sentimento de uma palavra é freqüentemente determinado em parte por seu sentido noutros contextos.[4]

Até mesmo as complexidades evidentes desse assunto são prodigiosas, e deve-se deixar para algum futuro tratado sobre as Funções Emotivas da Linguagem a tarefa de demostrar exaustivamente seu tédio, sua beleza e suprema significância[5]. Aqui apenas três situações mais importantes podem ser discutidas, três tipos de inter-relacionamento de sentido e sentimento.

Tipo 1 – Este é o caso mais óbvio em que o sentimento é gerado e regido pelo sentido. O sentimento evocado é conseqüência da apreensão do sentido. Como exemplos, podem servir "miraculous" ["milagrosa"] e "sorcery" ["magia"] (*Poema 10*). Dada a apreensão do sentido dessas palavras, o sentimento segue, e em geral os dois, sentido e sentimento, parecem formar um todo indissolúvel.

Tipo 2 – Aqui há um vínculo igualmente estreito, mas fixado de maneira inversa. Pois a palavra primeiro expressa um sentimento, e todo o sentido que ela transmite deriva do sentimento. "Gorgeous" ["grandes"] (*Poema 10*) é um exemplo excelente; seu sentido é "ser de uma espécie que desperta tais e tais sentimentos". A descrição dos sentimentos teria de ser extensa e fazer menção a uma tendência ao desprezo, a uma admiração relutante e a uma certa riqueza e plenitude e, talvez, satisfação. "Gorgeous", deve-se notar, é um representante dos adjetivos "estéticos" ou "projetáveis"[6]. Registra a "projeção" de um sentimento, e pode ser considerada em conjunto com "lindo", "agradável" e "bom" nalguns usos dessas palavras.

Tipo 3 – Aqui sentido e sentimento estão menos intimamente vinculados: sua aliança ocorre através do contexto. A palavra "sprawling" ["molengas"] (*Poema 10*) pode ser tomada como exemplo. Seu sentido (no *Poema 10*) pode ser descrito como uma ausência de simetria, regularidade, equilíbrio e coerência e uma disposição esparramada e solta das partes. Tomei aqui o cuidado de usar apenas palavras neutras (ou quase neutras), para não introduzir o sentimento na minha paráfrase do sentido. O sentimento de "sprawling" aqui é uma mistura de arremedo bem-humorado e comiseração afetada. E esse sentimento só nasce do sentido da palavra através da influência do resto do poema. De modo algum deriva inevitavelmente do sentido da palavra tomada em separado. Um teste pelo qual podemos distinguir o Tipo 3 do Tipo 1 consiste em observar que circunstâncias muito especiais seriam necessárias para fazer "miraculous" evocar um conjunto de sentimentos muito diferentes, ao passo que não é preciso imaginar grandes mudanças para que "sprawling" desperte sentimentos de desprezo ou de sossegado relaxamento. Como diz 10.55, "Um bêbado anda molenga [sprawls] e tonto", e 10.57 faz alguma outra associação, embora fique aberto a conjecturas saber do que se trata.

A relação mais solta descrita no Tipo 3 é naturalmente a condição normal da poesia. Sua distinção do Tipo 1[7] é apenas uma questão de grau, pois nenhuma palavra carrega um sentimento fixo totalmente independente de seu contexto. É útil, porém, a distinção entre palavras cujo sentimento tende a dominar seus contextos e palavras de uma natureza mais maleável, porque em torno disso gira a maioria dos erros de apreensão do sentimento. Os dois últimos versos do soneto de Donne (3.12, 3.31, 3.41), a penúltima estrofe do *Poema 7* (7.4, 7.43, 7.53), "boom" ["retumbar"], "poised" ["em pose"] e "tinkling" ["tinido"] no *Poema 8* (8.1, 8.11, 8.13), "immortal" ["imortal"] no *Poema 9* (9.41, 9.42), "vaporous vitiate air" ["vaporoso ar viciado"] no *Poema 11* (11.2, 11.4, 11.421), e "rude" no *Poema 13* (13.7, 13.73), oferecem alguns exemplos para testar esta distinção. Será a influência exercida pelo contexto (e nesses casos todo o resto do poema é o contexto) suficiente para superar o que se pode descrever como o sentido normal estanque da palavra questionável? Pode essa influência introduzi-lo, como um item que está de acordo ou em devido contraste com o resto? Ou será que a palavra resiste, permanece do lado de fora, ou arrasta o resto do poema para uma crueza ou confusão? O triunfo sobre as resistências das palavras pode às vezes ser considerado como a medida do poder do poeta (sendo Shakespeare o exemplo óbvio), mas com maior freqüência é a medida de seu discernimento, e um leitor que tenha consciência da complexidade e delicadeza da reconciliação de sentimentos diversos que a poesia efetua caminhará com o mesmo cuidado.

A influência do resto do poema sobre uma única palavra ou frase se exerce de duas maneiras – diretamente entre os sentimentos e indiretamente através do sentido. Os sentimentos que já ocupam a mente limitam as possibilidades da palavra nova; podem colori-la, podem ressaltar um de seus possíveis sentimentos acrescentando-lhe um sabor forte de contraste. As palavras, como todos reconhecemos, são tão ambíguas em seus sentimentos como em seus sentidos; mas, embora até certo ponto possamos detectar suas equivocações de sentido, ficamos comparativamente impotentes diante das ambigüidades de sentimento. Sabemos apenas que as palavras são como camaleões em seu sentimento, regidas de modo irregular por seus contextos. Nessa "relatividade psíquica" as palavras podem ser comparadas às cores, mas das leis que regem os efeitos de disposição e mistura quase nada se sabe.

Por isso é mais interessante considerar a outra maneira pela qual o sentimento de uma frase ou palavra é controlado pelo contexto – através das transações entre as partes do sentido em todo o trecho. Sobre isso muito mais se pode dizer, pois aqui todo o aparato de nossa inteligência verbal e lógica pode ser usado como apoio. Quando uma expressão nos chama a atenção por ser particularmente feliz, ou particularmente infeliz, podemos em geral conseguir encontrar bases para nossa aprovação ou aversão, mediante o exame da estrutura em que se encaixa. E com freqüência temos a impressão de ver com clareza por que o efeito emocional deve ser exatamente o que é. Há, porém, um fato estranho a salientar que pode nos trazer hesitação. A expressão é geralmente aceita ou rejeitada, e seu sentimento se funde no poema, para melhor ou para pior, muito antes que a inteligência discursiva tenha desempenhado sua tarefa de distinguir as implicações cruzadas, as associações e discrepâncias de sentidos que mais tarde poderão aparentar ser a explicação para seu sucesso ou fracasso.

Três conjecturas podem ser apresentadas para esclarecer uma instantaneidade que levou muitos críticos a subestimar o trabalho da análise intelectual na leitura de poesia. Talvez a apreensão de uma rede de relações lógicas entre idéias seja uma coisa, e sua análise e formulação clara seja completamente outra; e a primeira pode freqüentemente ser fácil e instantânea enquanto a segunda é difícil e laboriosa. Isso parece provável, e podem-se encontrar muitos casos paralelos. Um jogador de críquete, por exemplo, pode avaliar uma bola sem ser minimamente capaz de descrever-lhe a trajetória no ar ou de dizer como e por que vai ao encontro dela do jeito que o faz. Em segundo lugar, se, como parece possível, ocorrer algum grau de "dissociação" na leitura de poesia, podemos realmente, enquanto sob a influência do poema, apreender mais do que conseguimos lembrar quando nos pomos a refletir sobre isso depois, já fora do "transe". Essa conjectura parece, porém, extravagante. Em terceiro lugar, a compressão da linguagem poética apresenta a tendência a obstruir a inteligência discursiva que trabalha pondo as idéias sobre a mesa e separando suas partes. No entanto, essa mesma concentração pode propiciar a apreensão imediata, instantânea. Em parte alguma, a não ser na poesia, com exceção da matemática, encontramos idéias tão densamente compactadas, em tramas tão fechadas. (Sobre isso, ver também Apêndice A, Nota 5.)

Um exemplo pode nos ajudar a manter contato com os fatos observáveis enquanto consideramos este assunto obscuro porém importante. A questão merece algum esforço, pois é fundamental para qualquer explicação de como se lê poesia e dos motivos pelos quais os equívocos de sentido bem como de sentimento são tão comuns e tão difíceis de evitar. O segundo verso da última estrofe do *Poema 10* serve para nosso objetivo:

Ó tecidos do sol de frágil aço —

Deve-se concordar que aqui o sentido é intricado e que, quando analisado minuciosamente, mostra uma correspondência racional com o sentimento supostamente experimentado pelos leitores que tomaram esse verso como um dos pontos felizes do poema. Passemos a uma análise bastante detalhada, primeiro pedindo a qualquer leitor que aprova esse verso que considere quanta estrutura lógica o sentido lhe parece conter *durante a leitura* (não durante a reflexão). Em que medida essa estrutura lógica que surge diante dele durante a leitura parece ser a fonte do sentimento das palavras? Será que ela não permanece mais precisamente num vago plano de fundo, mais como possibilidade do que realidade?

"Tecidos", para começar com um substantivo, tem significado duplo; primeiro, "tecido de aço" como extensão de "tecido de ouro" ou "tecido de prata", sendo talvez importante a qualidade fria, metálica, inorgânica do tecido; segundo, "tênue, macio, semitransparente" como papel de seda. "Aço" também está presente como uma metáfora de sentido do segundo tipo de Aristóteles, quando há transferência da *espécie* para o *gênero*, usando-se o aço, uma espécie particular de material resistente, para representar qualquer material resistente o bastante para manter compactada, pelo que parece, a imensidão da estrutura das nuvens. A sugestão de cor de "aço" também se aplica. "Frágeis" repercute a semitransparência de "papel de seda", o caráter diáfano e também a iminente dissolução. "Do sol", pode-se acrescentar, está em paralelo com "do bicho-da-seda", *i. e.*, produzidas pelo sol. Estou dando uma explicação tão elaborada em parte por causa dos numerosos leitores (10.42) que tiveram dificuldade em entender este verso.

Talvez se possa afirmar sem risco que poucos leitores têm consciência clara de algo além de uma pequena parte dessas articulações e correspondências fribilares antes de questionarem o verso e refletirem sobre ele. Todavia, ele pode ser aceito (e, devo acrescentar, rejeitado) com certeza e convicção por força do que parece o simples vislumbre de seu sentido. Além disso, um sentimento definido e propositado pode despertar imediatamente. De fato, um sentimento bastante pertinente parece com freqüência preceder qualquer captação clara do sentido. E muitíssimos leitores devem admitir que, *em regra*, o sentido pleno, analisado e claramente articulado, nunca lhes atinge a consciência; e contudo eles podem assimilar perfeitamente o sentimento. A recepção dos *Poemas 1* e *5* foi em grande parte determinada pelo fato de terem os leitores respondido antes ou bem ao sentido ou bem ao sentimento. (Comparem-se 1.17 e 1.3, 5.81, 5.38 e 5.53. Também 7.43.) Isso se aplica ainda mais ao *tom*.

Estou longe de querer discordar desse tipo sumário de leitura quando praticado por leitores altamente competentes. Uma simples olhadela, para o tipo certo de olho, pode ser mais do que suficiente, mas os perigos para os que são menos rápidos e sensíveis são óbvios. Perigos tanto de um entendimento falso do sentido quanto de uma distorção de sentimentos. O corretivo, numa situação ideal perfeita, é igualmente óbvio – exercícios de análise e cultivo do hábito de considerar a poesia como passível de explicação. Na prática, porém, o corretivo tem seus riscos próprios. Ainda não se reconheceu devidamente nas escolas que escrever uma paráfrase ou interpretação para qualquer poema digno de ser lido é um exercício delicado. Relembrando algumas atrocidades que às vezes os próprios professores se permitem, fica-se tentado a acreditar que o remédio talvez seja pior que a doença. É enorme o risco de se supor que os sentimentos que a expansão lógica de uma frase poética estimula devem ser aqueles que a frase foi criada para transmitir. Facilmente substituímos o poema por uma peça em prosa de má qualidade – uma forma peculiarmente nociva de ataque contra a poesia. (Ver p. 183.) Mais ainda, devemos reconhecer que uma única paráfrase raramente indicará mais do que um único aspecto parcial do poema. Freqüentemente precisamos de uma forma de paráfrase para elucidar o sentido e de outra muito diferente para sugerir seu sentimento. Já que o único remédio que se pode sugerir para a ininteligibilidade geral da poesia manifestada nos protocolos consiste no uso mais esclarecido de exercícios de interpretação em nossas escolas, vale a pena considerar que meios estão disponíveis para desenvolver este poder de apreensão do sentido bem como do sentimento, tanto nos professores quanto nos alunos. Pode-se notar que essa não é uma questão que diz respeito apenas à poesia, embora a incapacidade, a obtusidade e o fracasso na discriminação apareçam mais através da poesia, a forma mais concentrada e delicada de expressão humana.

Se compararmos nossos poderes de análise de sentido e sentimento, reconheceremos imediatamente que o sentimento, diferentemente do sentido, é um fogo-fátuo. Temos um maravilhoso sistema de símbolos que se encaixam e sobrepõem para manipular e elucidar o sentido, uma máquina lógica de grande sensibilidade e poder, equipada com dispositivos automáticos de segurança e sinais de perigo na forma de contradições. A linguagem da lógica chegou mesmo a atingir um tal estado de desenvolvimento que agora pode ser usada para seu próprio aperfeiçoamento e extensão, e poderá com o tempo tornar-se automatizada e até mesmo perfeitamente segura. Para lidar com o sentimento, não dispomos absolutamente de nada parecido. Precisamos depender da introspecção, de algumas denominações deselegantes para as emoções, de algumas dezenas de adjetivos estéticos e recursos indiretos da poesia, recursos à disposição de apenas alguns homens e, mesmo para eles, apenas em certas horas extraordinárias. A introspecção tornou-se um chavão até mesmo quando se trata de produtos e processos intelectuais e sensoriais, mas é ainda menos confiável quando aplicada aos sentimentos. Pois um sentimento, mais até do que uma idéia ou uma imagem, tende a desaparecer quando enfocamos sobre ele nossa atenção introspectiva. Precisamos pegá-lo pela ponta do rabo enquanto foge. Mais ainda, mesmo quando obtemos êxito parcial na sua captura, ainda não sabemos como analisá-lo. A análise é uma questão de separar-lhe os atributos, e ninguém sabe por enquanto que atributos um sentimento pode ter, qual é o sistema de interconexões deles ou quais são importantes, quais triviais.

Pode-se ter esperança de que isso interesse menos do que se poderia supor. Pois se tivéssemos de aguardar até que a psicologia conquistasse *este* território, poderíamos com razão nos desesperar. Encontraremos estímulo, porém, se investigarmos com maior rigor os métodos pelos quais nós realmente conseguimos discriminar sentimentos – apesar do atraso da psicologia –, e não é impossível que agindo assim possamos estar em condições de oferecer alguma ajuda à psicologia.

Conseguimos de algum modo discutir nossos sentimentos, às vezes com notável facilidade e sucesso. Às vezes o que dizemos a respeito deles parece sutil, obscuro e mesmo assim verdadeiro. Fazemos isso apesar de nossa introspecção fraca e ignorância geral quanto à natureza dos sentimentos. Como conseguimos ser tão sabidos e perspicazes? Os psicólogos, na minha opinião, nunca encararam com firmeza essa questão de como sabemos a respeito de nós mesmos tanta coisa que por enquanto não consegue de modo algum entrar nos seus manuais. Uma resposta concisa parece ser a de que esse conhecimento jaz latente no dicionário. A língua se tornou seu repositório, um registro, uma reflexão, por assim dizer, da natureza humana.

Ninguém que faça uso do dicionário – para outros fins que não sejam os ortográficos – pode ter-se furtado ao choque de descobrir como nossas palavras costumam estar então muito à frente de nós. Com que sutileza já registram distinções que ainda buscamos tateando. E muitos jovens filólogos e gramáticos devem ter alimentado sonhos de trazer um pouco dessa sabedoria para dentro do sistema ordenado da ciência. Se pudéssemos ler corretamente esse reflexo de nossas mentes, talvez aprendêssemos a nosso respeito quase tudo o que eventualmente quiséssemos saber; com certeza aumentaríamos enormemente nosso poder de lidar com nosso conhecimento. Muitas das distinções que as palavras transmitem foram descobertas e registradas por métodos que nenhuma mente isolada poderia aplicar, métodos complexos que, por enquanto, não são bem compreendidos. Mas nossa compreensão deles está melhorando – a psicologia ajudou de modo extraordinário neste caso – e nossa capacidade de interpretar os registros psicológicos incorporados nas palavras está aumentando e pode aumentar imensamente no futuro. Entre os meios para esse fim, uma combinação ou cooperação da psicologia e da análise literária, ou crítica, parece muitíssimo auspiciosa. Nenhuma tem muito poder sozinha; juntas as duas podem ir longe. Há a possibilidade de que se possa conseguir algo paralelo aos recentes avanços na física, se for possível combiná-las. Como a geologia, nos estágios iniciais da investigação da radioatividade, veio trazer provas que os experimentos não podiam conseguir, assim os registros, ocultos não em pedras mas em palavras, e acessíveis apenas à penetração literária, podem juntar-se[8] à tateante análise psicológica para produzir resultados por enquanto ainda imprevisíveis.

Deixando essas altas especulações, voltemos para mais perto do problema do sentido e do sentimento. Como na prática investigamos o sentimento que uma palavra (ou expressão) transmite? Como investigamos seu sentido não é tão difícil imaginar. Dizemos a palavra ou expressão e anotamos os pensamentos que suscita, tomando cuidado para mantê-los dentro do contexto dos outros pensamentos suscitados pelo trecho inteiro. Tentamos em seguida, mediante uma técnica elaborada e muito notória, construir uma definição, escolhendo dentre vários métodos para satisfazer nosso objetivo e situação. Se ainda tivermos alguma dificuldade para distinguir o sentido exato, podemos formular perguntas precisas, podemos por substituição introduzir outras palavras – fornecidas pelo dicionário – que suscitam parcialmente os mesmos pensamentos. Anotamos as igualdades e diferenças e marcamos a posição do pensamento que desejamos definir em relação a esses outros pensamentos.

Por meio dessas e de outras maneiras, exploramos a flexibilidade sintática da língua e seu vocabulário imbricado para deslindar o sentido, mas se considerarmos até que ponto os mesmos recursos estão disponíveis para deslindar o sentimento encontramos uma diferença. Existe, é verdade, um departamento de língua, uma certa seleção do dicionário, que se pode aplicar da mesma maneira. Há os nomes das emoções e das atitudes emocionais – *raiva, medo, gozo, mágoa...; esperança, surpresa, desânimo, pavor...* E os adjetivos, verbos e advérbios derivados[9], *entusiástico, apaixonado, carinhoso...; assustar, deleitar, magoar...; melancolicamente, ansiosamente, alegremente...* Além disso, temos o mecanismo especial dos adjetivos estéticos ou "projetáveis". Expressamos nosso sentimento descrevendo o objeto que o provoca como *esplêndido, magnífico, feio, horrível, gracioso, bonito...* palavras que realmente indicam não tanto a natureza do objeto como a qualidade de nosso sentimento em relação a ele[10]. Conseguimos, assim, uma notação direta para nossos sentimentos ao projetá-los em vez de descrevê-los. Mas usamos essa notação de uma forma muito pouco sistemática, embora às vezes seja possível vislumbrar uma ordem muito curiosa e interessante por trás dela. Algumas dessas palavras, por exemplo, podem ser usadas lado a lado, ao passo que outras são mutuamente exclusivas. Uma coisa pode ser grandiosa e sublime, magnífica e linda ou esplêndida ["gorgeous"] e feia; mas dificilmente pode ser bonita e linda, e com certeza não pode ser bonitinha e sublime. Essas concordâncias e incompatibilidades refletem a organização de nossos sentimentos, as relações que vigoram entre eles. No entanto, nosso poder de tirar vantagem desse reflexo lingüístico de nossa constituição emocional é no momento presente muito limitado – talvez porque nos tenhamos debruçado muito pouco sobre este assunto. E é quando tentamos descrever a diferença entre os sentimentos expressos, por exemplo, por *bonito* e *lindo* que descobrimos como são insatisfatórios os recursos verbais expressamente destinados a esse objetivo.

Existe, é verdade, uma certa sistemática para qualificar palavras e expressões que usamos de um modo um tanto especulativo e incerto para descrever sentimentos. Podemos dizer de um sentimento que é *elevado* ou *grosseiro*, *tênue*, *calmo*, *grave* ou *expansivo*. Em sua maioria, essas expressões são claramente metafóricas, palavras cujo sentido não tem normalmente nada a ver com o sentimento, transferidas e aplicadas ao sentimento porque nele se vislumbra ou supõe alguma qualidade que é análoga a uma qualidade do objeto que a palavra geralmente descreve. Às vezes a analogia é estreita – *passageiro, compacto, intenso, apertado* – e nosso conhecimento superficial da fisiologia das emoções também pode nos ajudar nesse ponto. Muitas vezes, porém, a semelhança ou analogia é remota e não resiste a uma análise intensa. É difícil ter certeza do que está sendo dito quando se descreve um sentimento como *profundo* ou *vital*. Talvez realmente muito pouco esteja sendo dito. E freqüentemente, se observarmos com atenção, a metáfora não se mostrará absolutamente como metáfora de prosa ou de *sentido*, mas como metáfora *emotiva*. A diferença entre elas merece alguma reflexão[11].

Uma metáfora é uma mudança, uma transferência de uma palavra de seu uso normal para um novo uso. Numa metáfora de sentido, a mudança da palavra é ocasionada e justificada por uma similaridade ou analogia *entre o objeto* a que normalmente se refere e o novo objeto. Numa metáfora emotiva, a mudança ocorre através da similaridade *entre os sentimentos* que a situação nova e a situação normal despertam. A mesma palavra pode ser, em contextos diferentes, ou uma metáfora de sentido ou uma metáfora emotiva. Se você chamar alguém de porco, por exemplo, será porque suas feições se parecem com as de um porco, mas também pode ser porque você sente por ele alguns dos sentimentos que convencionalmente sente por porcos, ou ainda porque você se propõe, se isso for possível, estimular tais sentimentos. As duas transferências metafóricas podem combinar-se simultaneamente, e com freqüência é o que acontece. Mas no estudo de nossos métodos de descrever sentimentos, elas precisam ser discriminadas. Considere, por exemplo, *profundo*, um dos termos mais comuns com que tentamos descrever emoções. Quando o usamos podemos estar fazendo uma das duas coisas, ou as duas ao mesmo tempo. Podemos estar simplesmente despertando em nosso leitor os sentimentos de temor respeitoso que ele geralmente sente por outras coisas consideradas profundas – profundos lagos, vastos abismos no relevo, a noite, o erro humano, a sabedoria dos sábios e assim por diante. Com freqüência, podemos conseguir esse respeito por nosso sentimento sem exigir que o leitor considere de qualquer maneira o sentimento em si, e de fato ao mesmo tempo em que desencorajamos a investigação. Esse é o tipo mais simples de metáfora emotiva. Ou então podemos pedir que ele reconheça que nosso sentimento tem de certo modo (indefinido) algo da natureza de outras coisas profundas – que não é fácil de ser explorado, por exemplo, que pode conter todo tipo de coisas ou que é fácil perder-se nele. Essa é a metáfora de sentido. Normalmente as duas estão combinadas, sem análise de nenhuma delas. Não é um sintoma muito animador de nossa inteligência geral, ou de nossa discriminação emocional, o fato de que essa palavra tenha sido considerada inestimável por muitos críticos e pregadores populares. Devo merecer algum crédito pela caridade de não citar uma coleção de exemplos que está sobre minha mesa.

A maioria das descrições de sentimentos, e quase todas as descrições sutis, são metafóricas e do tipo combinado. Geralmente não se possui em alto grau a capacidade de analisar de modo explícito a razão da transferência, e tanto nas escolas quanto nas discussões gerais ela é menos praticada do que se poderia desejar. Um melhor entendimento da metáfora é um dos objetivos que um currículo obrigatório de estudos literários bem poderia se propor. No entanto, um escritor pode usar uma metáfora e um leitor entender corretamente tanto seu sentido como seu sentimento sem que o escritor ou o leitor sejam capazes de explicar como ela funciona. Tais explicações constituem um ramo especial da atividade do crítico. Inversamente, por mais aguda e penetrante que seja a inteligência de um leitor, isso não significa que ele próprio será necessariamente capaz de criar uma boa linguagem metafórica. Uma coisa é ser capaz de analisar semelhanças e analogias quando foram antes captadas e registradas por alguém; outra coisa muito diferente é efetuar pessoalmente a descoberta e integração.

Isso obviamente nos traz de volta ao poeta; um de seus dons, em regra, é justamente esse domínio da metáfora original. De fato, do ponto de vista técnico, a tarefa do poeta é sempre (embora não unicamente) a de encontrar jeitos e maneiras de controlar o sentimento através da metáfora. Ele precisa ser um perito na apresentação de um sentimento, se não o for na sua descrição; e apresentação e descrição aqui andam quase juntas. Mesmo no caso de *profundo*, dissecado acima, havia uma terceira possibilidade. A palavra pode despertar no leitor um eco, uma sombra de semelhança da emoção que descreve. Ele pode descobrir uma pulsação de empatia despertando-lhe no peito e sentir-se sério, consciente e responsável, com o Destino em suas mãos. Nesse caso, a palavra pode em parte ter apresentado o sentimento bem como sua descrição. Qualquer idéia intensa, rigorosa e realista de uma emoção tende tanto a reativá-la que a maioria das descrições que são minimamente concretas ou íntimas, que conseguem "colocar a coisa diante da gente", também a reconstitui.

Das duas formas de paráfrase que, como sugerimos, podem ser mais utilizadas em nossas escolas – uma para mostrar o sentido de um poema, a outra para retratar-lhe o sentimento – a primeira requer apenas um uso inteligente do dicionário, perspicácia lógica, um domínio da sintaxe e pertinácia. A segunda exige qualidades de sensibilidade e imaginação, a capacidade de usar a experiência remota e criar metáforas, dons que parecem pertencer por direito de nascença apenas ao poeta. Poderá parecer estranho sugerir que esses dons podem ser desenvolvidos por treinamento escolar; mas, lembrando os dotes originais de crianças comuns e comparando-os com a obtusidade do adulto médio, a proposta (se pudermos nos proteger de alguns perigos mencionados acima) talvez no fim não se mostre tão indevidamente otimista. Foi em parte para mostrar a necessidade e sugerir a possibilidade de métodos melhorados na educação que minha documentação na Parte II se estendeu tanto.

Capítulo 4

Forma poética

A beleza e a melodia não têm a senha da aritmética, e portanto são barradas. Isso nos ensina que aquilo que a ciência exata procura não são entidades de alguma categoria particular, mas entidades com um aspecto métrico... De nada adiantaria se a beleza, por exemplo, simulasse alguns atributos numéricos esperando com isso conseguir sua admissão nos portais da ciência e desencadear uma cruzada estética lá dentro. Iria descobrir que os aspectos numéricos foram devidamente admitidos, mas sua significância estética foi deixada do lado de fora.

A. S. EDDINGTON, *The Nature of the Physical World* [A natureza do mundo físico]

Que a arte de reagir a uma forma poética não é menos difícil do que a arte de entender-lhe o conteúdo – seu sentido e sentimento – deve ter ficado evidente para quem correu os olhos pela Parte II. E, sendo que talvez metade do sentimento que a poesia contém é transmitida através de sua forma (e através da interação de forma e conteúdo), deve-se admitir, também nesse caso, a necessidade de melhores métodos educacionais. A condição de absoluta incapacidade mostrada em 1.161, 3.15, 3.51, em metade dos comentários sobre o *Poema 6*, em 10.61, 11.41, 12.52 e 13.61, para mencionar apenas alguns exemplos salientes; os esforços desesperados para aplicar os frutos do ensino clássico tradicional clássico mostrados em 3.44, 6.33, 12.51 e 13.62; e a ocorrência de divergências tais como aquelas reveladas entre 1.14 e 1.141, 2.2 e 2.61, 4.27 e 4.31, ou 9.3 e 9.31, tudo ilustra a mesma história. Uma grande parte, até mesmo de um público seleto, não compreende o tipo de importância que se associa ao movimento das palavras no verso, nem tem qualquer noção exata de como captar este movimento ou julgá-lo.

Pode-se objetar que idéias exatas sobre um ponto reconhecidamente tão difícil como a natureza do ritmo não são fáceis de conseguir, que aquilo que conta é a sensibilidade e que isso é um dom especial. Porém, mais uma vez, é muito grande número de crianças que mostra uma aptidão para a leitura de poesia e uma capacidade de captar-lhe o ritmo, para que possamos admitir que tantos adultos precisem ser tão obtusos. Idéias errôneas e pressupostos crus e pouco ponderados certamente têm aqui seu papel. Pode ser que a melhor maneira de aprender como se deve pronunciar um verso seja ouvir um bom locutor; mas algumas idéias sensatas sobre o assunto certamente ajudam, e sem elas ficamos desnecessariamente à mercê de qualquer autoritário mutilador de versos que venhamos a encontrar.

Comecemos com a suposição que os protocolos demonstram ser a mais nociva, a idéia de que a *regularidade* constitui o mérito da poesia. (13.62 e 3.44 nos mostram claramente a força dessa idéia.) Ela deriva em grande parte dos subprodutos menos refinados da Educação Clássica. Se não for muito bem ensinada, a composição do verso latino é um instrumento inadequado para treinar alguém na apreciação do ritmo. Um pequeno número de alunos muito brilhantes ou rebeldes escapa, mas o resto fica com a impressão (muitas vezes indelével) de que versos bons são simplesmente aqueles que se encaixam num certo esquema de regras, e de que esse esquema é a medida de sua virtude rítmica. Aplicada ao verso de língua inglesa, essa idéia chega a um impasse que consiste no fato de que nenhum conjunto de regras foi descoberto (ou, pelo menos, aceito por todos); mas os esforços de escolas rivais de estudiosos da versificação parecem todos concentrados em estabelecer algum conjunto de regras. Estimula-se, com isso, a impressão geral de que a excelência métrica reside na regularidade, e leitores que não ouviram falar de idéias mais sofisticadas naturalmente retêm essa noção simples. "Irregular", como sabemos por outros contextos, é uma palavra que carrega vários matizes de desaprovação.

No entanto, o fato patente de que os melhores versos costumam ser irregulares, de que eles quase nunca se conformam a regras, por mais "licenças", "substituições" e "equivalências" que se introduzam nas regras de escansão para botá-los na linha, forçou muitos estudiosos da versificação a formularem um conceito melhorado de métrica. Em vez da rigorosa conformidade a um padrão, passou-se a considerar que o segredo do ritmo poético consiste num arranjo de afastamentos e retornos ao padrão. Concluiu-se que o ouvido se cansa da regularidade invariável, ao passo que se deleita reconhecendo por trás das variações o padrão que ainda as governa.

Essa concepção, embora seja um avanço, é ainda muito superficial. Eu a expus numa linguagem que revela sua fragilidade, pois a apreensão do ritmo poético é apenas em parte uma tarefa do ouvido.

A deficiência dessa opinião é que ela considera o ritmo poético como uma qualidade do som das palavras, independente de seus efeitos na mente do leitor. Supõe-se que o ritmo lhes pertença e que seja a causa desses efeitos. Mas a diferença entre um bom e um mau ritmo não é simplesmente uma diferença entre certas seqüências de sons; ela vai mais fundo, e para entendê-la precisamos também prestar atenção aos significados das palavras.

Esse ponto, que tem alguma importância prática, aparece claramente se nos imaginarmos recitando versos no ouvido de algum instrumento concebido para registrar (por meio de curvas desenhadas num papel quadriculado) todas as qualidades físicas das seqüências de sons emitidos, sua intensidade, altura, duração e quaisquer outros aspectos que queiramos examinar. (Não se trata de uma sugestão fantástica, uma vez que tais instrumentos se podem conseguir e eles começam a fazer parte do aparelhamento de bons laboratórios de fonética.) O desenho das curvas nos dará a transcrição de todos os ritmos físicos[1] dos versos. Ora, a visão aqui contestada nos levaria a concluir que versos de boa poesia exibiriam *alguma*[2] peculiaridade em suas curvas, que versos de poesia ruim não poderiam exibir. Colocada desta maneira, deve-se concordar, espero, que a conclusão é extremamente inadmissível. Mas se dissermos, como muitos já disseram, que o ritmo poético é uma qualidade do som, da forma sensual das palavras, não há como escapar disso.

Todavia, é um fato perfeitamente verdadeiro que muitos trechos de poesia realmente *parecem possuir*, simplesmente como sons, uma virtude peculiar inegável. E às vezes se sugere que um ouvinte sensível, desconhecedor da língua italiana, que ouvisse Dante, bem lido, seria capaz de distinguir os versos da *Divina Comédia* dos versos de algum habilidoso imitador insignificante. Diz-se que sua superioridade sonora os revelaria. O experimento poderia ser interessante, mas sofre de um falha óbvia que o torna inconclusivo. Deve-se presumir que o leitor entenda o que está lendo, e é provável que o que o ouvinte sensível realmente perceberia seriam os sinais, na voz e na maneira do leitor, das diferenças decorrentes de seu entendimento. Pois descobrir se um falante está realmente interessado ou não no que está dizendo, e de que maneira, é algo que conseguimos fazer rapidamente.

Como, então, vamos explicar essa aparente superioridade no som da boa poesia se admitirmos que no cilindro registrador suas curvas podem confundir-se com as da poesia que é lixo? A resposta é que o ritmo que admiramos, que aparentemente detectamos *nos* sons, e ao qual aparentemente respondemos, é algo que apenas *atribuímos* aos sons e que é, de fato, um ritmo da atividade mental através da qual apreendemos não apenas o som das palavras mas também seu sentido e sentimento.[3] O misterioso esplendor que parece ser inerente ao som de certos versos é uma projeção[4] do pensamento e da emoção que evocam, e a satisfação peculiar que aparentemente transmitem *ao ouvido* é uma resposta reflexa do ajuste *de nossos sentimentos* que foi momentaneamente conseguido. Aqueles que acham isso difícil de engolir estão convidados a reconsiderar a recepção do *Poema 4*, pp. 51-4.

Tal explicação tem a vantagem incidental de dar conta da admiração apaixonada às vezes concedida a versos avulsos aparentemente de elaboração medíocre. O leitor (1.31) que compara as exortações no *Poema 1* a "música maravilhosa" é um excelente exemplo (1.145, 1.21 e 1.3 também podem ser reexaminados). O fenômeno tem paralelos em todas as atividades humanas nas quais entra o sentimento, mas esta não é a ocasião para divagar sobre isso.

Contudo, a teoria do ritmo poético como algo "projetado", *atribuído* aos versos em vez de inerente a eles, não nos deve levar a *sub*estimar o papel desempenhado pelos sons reais. Estes constituem um fator que tem contribuição importante embora não suportem toda a responsabilidade pelo ritmo. São o esqueleto ao qual o leitor acrescenta a carne e a roupa. E se o esqueleto for excessivamente desengonçado, ou se for o esqueleto de um cão de caça, quando o sentido e o sentimento exigem o de um gato, nenhuma boa vontade por parte do leitor e nenhuma profundidade de percepção de sentido e sentimento irão superar essa inépcia. Para ver isso, precisamos apenas mudar o ritmo de qualquer trecho acessível de boa poesia, preservando-lhe ao mesmo tempo o vocabulário e, na medida do possível, a sintaxe.

> Horácio, há mais coisas entre o céu e a terra
> Do que nossa filosofia vã sonha.

O efeito é o de uma fala de ópera cômica. O sentido tenta em vão dominar a forma, e seu fracasso lhe confere um inevitável ar de frivolidade.

A forma métrica, portanto, o que equivale a dizer o ritmo inerente à seqüência dos sons físicos do verso, o ritmo que aparece nos registros do oscilógrafo, é muito importante. Pode facilmente transformar o que poderia ser um bom poema num poema ruim. Mas não se pode julgá-la separada do sentido e sentimento das palavras que a compõem, nem separada da ordem precisa na qual o todo do sentido e sentimento se constrói. O movimento ou trama do poema que se desenvolve palavra por palavra, como uma estrutura do intelecto e das emoções, está sempre, na boa poesia, na relação mais íntima possível com o movimento da métrica, não apenas conferindo-lhe o tempo, mas até mesmo distorcendo-o – às vezes violentamente. Leitores que pegam um poema como se fosse uma bicicleta descobrem sua métrica e saem pedalando sem levar em conta onde ela vai parar vão naturalmente, se o poema for bom, encontrar problemas. Pois somente uma adequada consciência de seu sentido e sentimento conduzirá a um todo coerente e satisfatório seus afastamentos do padrão métrico.

A idéia de que os versos devem conformar-se a padrões métricos foi descrita no início deste capítulo como o inimigo mais perigoso da boa leitura. É uma idéia de dois gumes, cegamente destrutiva de ambos os lados. Conduz, por um lado, a uma leitura mecânica, a uma "forçação exagerada" (3.44) das sílabas dentro de um molde onde nunca houve intenção de que elas coubessem, e a impiedosas mutilações de vocábulos (cf. 8.44, 12.51, 13.62), tratamento que é fatal para o movimento do verso. Por outro lado, ela conduz a queixas amargas contra a irregularidade e a uma recusa a embarcar em poemas que não combinem facilmente com o padrão escolhido (8.43).

Contra esses erros desnecessários, nunca é demais insistir que não existe nenhuma obrigação imposta aos versos de se conformarem a qualquer padrão. O padrão é apenas uma conveniência, embora seja inestimável. Ele indica o movimento *geral* do ritmo; oferece um modelo, uma linha central, a partir da qual variações do movimento tomam seus rumos e adquirem uma importância adicional; ele oferece ao poeta, bem como ao leitor, um apoio firme, um ponto fixo de orientação no universo indefinidamente vasto de ritmos possíveis. Ele tem outras virtudes de ordem psicológica; mas não tem poderes compulsórios, e não há absolutamente nenhum bom motivo para atribuí-los a ele.

Depois da noção de conformidade, sua prima em primeiro grau, a noção de que o ritmo poético não depende do sentido é a mais perigosa. É fácil, porém, mostrar o quanto o ritmo que *atribuímos* às palavras (e até mesmo seu ritmo inerente como sons) é influenciado por nossa apreensão de seus significados. Prepare algumas frases cujos sons e ritmos inerentes sejam semelhantes o máximo possível mas com significados diferentes. Depois compare por exemplo:

No fundo em sua mata fria

com

No mundo sua gata ria.

O ritmo atribuído, o movimento das palavras, por mais trivial que seja em ambos os casos, é diferente, apesar do fato de que praticamente todos os peritos em versificação teriam de escandi-los do mesmo jeito, e o oscilógrafo mostraria, suponho eu, para a maioria dos leitores, poucas diferenças importantes[5].

Avançando mais um passo, se o significado das palavras é indiferente para a forma do verso, e se essa forma independente possui virtude estética, como não poucos afirmaram (3.6 serve como amostra), deveria ser possível tomar alguma reconhecida obra-prima de ritmo poético e compor, com sílabas sem sentido, um dublê ou imitação que no mínimo parecesse reconhecivelmente estar perto de possuir a mesma qualidade.

J. Drootan-Sussting Benn
Mill-down Leduren N.
    Telamba-taras oderwainto weiring
Awersey zet bidreen
Ownd istellester sween
    Lithabian tweet ablissood owdswown stiering
Apleven aswetsen sestinal
Yintomen I adaits afurf I gallas Ball.

Se o leitor tiver alguma dificuldade na escansão desses versos, uma consulta a Milton, *On the Morning of Christ's Nativity* [Sobre a manhã da natividade de Cristo], XV, deverá ajudá-lo, e a tentativa de adivinhar o ritmo antes de consultar o texto original mostrará em que medida o sentido, a sintaxe e o sentimento do verso poderão servir como uma introdução à sua forma. Mas a ilustração também servirá de base a um argumento mais sutil contra quem afirmar que o mero som do verso tenha qualquer considerável virtude estética *independente*. Pois ele terá de afirmar que esse verso é precioso (e neste caso talvez se lhe rogue que lance a mão da pena imediatamente e enriqueça o mundo com muitos versos semelhantes, pois nada seria mais fácil), *ou então* ele terá de dizer que são as diferenças *no som* entre a imitação purificada e o original que privam a imitação do mérito poético. Sendo assim, ele terá de explicar o curioso fato de que exatamente aquelas transformações o salvam como som sejam as mesmas que também lhe conferem o sentido e sentimento que encontramos em Milton. Uma coincidência desconcertante, a menos que o sentido esteja intimamente associado ao efeito da forma.

Tais argumentos (que poderiam ser mais elaborados) não tendem a diminuir o poder do som (o ritmo inerente) *quando funciona em conjunto com o sentido e o sentimento.* A recepção do *Poema 6* (e especialmente 6.32, 6.33) demonstra a sutileza bem como a importância dessa colaboração. O duplo contraste de 4.23, 4.24, 4.25 também ilustram esse ponto de modo admirável. O erro de desprezar completamente o som deve ser colocado logo depois dos mitos da Regularidade e da Independência como causa de má leitura. De fato, a estreita cooperação da forma com o significado – modificando-o e sendo por ele modificado de maneiras que embora sutis são, em geral, perfeitamente inteligíveis – é o principal segredo do Estilo em poesia. Mas tanto mistério e obscuridade foram discutidos em torno da relação por conversas sobre a *identidade* de Forma e Conteúdo, ou sobre a eliminação de Matéria e Forma, que corremos o risco de esquecer quão natural e inevitável deve ser sua colaboração.

Por má leitura, sugiro que deveríamos entender não tanto uma leitura que ofenderia nossa suscetibilidade se estivéssemos ouvindo[6], mas sim uma leitura que impede que o próprio leitor entre no poema. Os sons que a maioria das pessoas produz quando lê em voz alta provavelmente soam muito diferentes para sua platéia e para eles. Os fenômenos da "projeção" aqui são perceptíveis. Investimos nossa interpretação com qualidades que queremos que a obra tenha – a menos que haja sobre nós um olhar observador – e duas leituras do mesmo poema que soem muito diferentes talvez no fim das contas não sejam assim tão diferentes para os próprios leitores. Os ritmos que eles *atribuem* ao poema podem ser mais semelhantes entre si do que os ritmos que de fato conseguem transmitir. Assim, embora a leitura em voz alta deva ser muito recomendada[7] como uma ajuda na decifração da forma do poema, é questionável se deva estimular a leitura em público (na sala de aula por exemplo). Nada destrói mais facilmente todo o objetivo da poesia do que ouvi-la da boca de incompetentes ou então cada um ser forçado a ler um poema em público antes que ele lhe tenha revelado a maior parte de seus segredos. Pois é extremamente difícil ler bem poesia. Talvez se possa dar um conselho de comprovada utilidade: lembrar que estamos mais propensos a ler demasiado depressa do que demasiado devagar. Certamente, se o ritmo de um poema não estiver para nós muito claro, uma leitura particular *bem lenta* oferece melhor oportunidade para que a necessária interação de forma e significado se desenvolva do que qualquer número de compulsações rápidas. Esse simples fato neurológico, se conseguisse o reconhecimento e respeito geral, provavelmente ajudaria mais do que qualquer outra coisa para a compreensão da poesia.

Capítulo 5

Associações impertinentes e Respostas de Estoque

> Oh! Agora que o bardo[1] do Sonho em mim vai amanhecer!
> Abandonando qual cadáver o dormir desordenado do sono da estupidez,
> Que a consciência sem distração seja mantida em seu estado natural;
> Captando a verdadeira natureza dos sonhos, possa eu me treinar na clara
> Luz da Miraculosa Transformação:
> Não agindo como os brutos por preguiça,
> Que a fusão da atividade do estado de sono e da experiência real
> seja por mim altamente apreciada.
>
> *Oração Tibetana*[2]

Deixando as duas primeiras das dez dificuldades da crítica (p. 12), devemos passar para um grupo mais específico, menos genérico, de obstáculos ao justo discernimento. Quanto às imagens extravagantes – quer visuais, quer dos outros sentidos – quando se houver percebido a extrema variedade de seres humanos segundo o tipo de imagens de que gostam e uso que delas fazem, pouco será preciso acrescentar ao que já se disse a propósito do *Poema 10* (10.2-10.24) e alhures. (Cf. 13.462, 12.7, 11.22; 9.4-9.48, 9.91, 7.32, 3.7. Ver também Apêndice A, Nota 5.) Para alguns leitores, imagens de todos os tipos certamente desempenham um papel extremamente importante na leitura. Mas não deveriam se surpreender com o fato de que para leitores tão bons quanto eles – não do tipo visualizador ou criador de imagens – as imagens quase não aparecem e, se aparecem, não têm importância especial. Pode parecer aos visualizadores que o poeta trabalha através das imagens, mas essa impressão é um acidente de sua constituição mental, e quem tem uma constituição diferente tem outras maneiras de atingir os mesmos resultados.

Os visualizadores, porém, estão expostos a um risco especial. As imagens intensas e precisas que se apresentam diante de nós devem muito de sua natureza e detalhes a fontes que estão completamente fora do controle do poeta. Usá-las como um fio importante na textura do significado do poema, ou julgar o poema por elas, é um procedimento de alto risco. Na medida em que o significado do poema se houver realmente incorporado para nós em nossas imagens, e estiver realmente refletido nelas, temos bons motivos, naturalmente. E não quero negar que muitos leitores possam ver suas imagens como um indicador extremamente sensível e valioso do significado. Mas o mérito do poema não está nas imagens. Para colocar o erro na forma mais crua: um poema que evoca um "lindo quadro" não tem garantias de ser por isso um bom poema.

Em especial, os detalhes das imagens da maioria dos leitores costumam ser descabidos, dependendo de circunstâncias apenas acidentalmente ligadas ao significado do poema; o *caráter geral* das imagens e seu sentimento podem ser mais significativos. Deveríamos tomar muito cuidado na discussão deste ponto, pois os fios das conexões pertinentes que o poema pode puxar, conforme entra, ora num, ora noutro dos vastos reservatórios de experiência das mentes de diferentes leitores, são excessivamente variados, complexos e sutis para que qualquer observador externo os identifique. Nesse sentido há em qualquer poema muito mais do que qualquer leitor isolado possa descobrir. Uma qualidade numa imagem, que para um leitor pode parecer totalmente secundária, pode ser um item essencial para outro. Aqueles cuja experiência se lhes apresenta principalmente através dos olhos podem corretamente atribuir extrema importância a detalhes em suas imagens. Apesar disso, nos visualizadores menos sensíveis e mais caóticos, as imagens costumam propiciar uma ocasião para impertinências.

Vamos entender melhor a situação se considerarmos alguns outros exemplos de impertinência, pois o problema da intrusão do que nada tem a ver com o significado é geral. Exemplos em abundância devem ter sido notados nos protocolos, e podemos revisar alguns deles com proveito. O caso mais simples ocorre quando se evoca alguma lembrança particular da biografia do leitor, e sua resposta ao poema torna-se em grande parte uma resposta a essa reminiscência. A associação com o "tinir do piano" de 8.11 pertence a esse caso. É fácil imaginar os sons que o poema evocou na cabeça desse leitor e não é difícil compreendê-lo (se lermos "execrante" ["execrating"] como uma palavra composta de "excruciante" ["excruciating"] e "execrável" ["execrable"]. Mas sua associação não ilumina o poema de modo tão evidente como as associações mais estranhas de 8.21. Mais dúvida talvez se sinta em relação às associações com a trovoada de 12.1.

Deve ser isso, sem dúvida, pois de nenhum outro modo as nuvens, por mais "pesadas" que fossem, seriam ouvidas "estrondeando". Mas há, pode-se pensar, algo opressivo e tonitruante envolvendo o sentimento do *Poema 12*. As associações com uma catedral no *Poema 7*, por outro lado, foram de nítida pertinência (7.54-7.56) e podem oferecer forte contraste com a fantasia do bosque de pinheiros de 7.57.

Um pouco mais complicados são aqueles exemplos em que é uma linha de pensamento, não uma reminiscência, que se intromete. A saudade de 10.1, as opiniões sobre as qualidades musicais dos hinos religiosos (8.2) e sobre o uso apropriado da música (8.12, 8.32), o fundo histórico de 9.111 e a política de 9.15 deixam transparecer que nada têm a ver com o assunto, mas não é tão fácil decidir sobre o Monumento aos Mortos na Guerra (7.43) ou a maleta de Joanna Southcott (13.5). A corrente de associação da de idéias pode ser simplesmente um fogo-fátuo, ou um lampejo de inspiração. Tudo depende de quão essencial possa ser o vínculo de pensamento ou sentimento que a liga ao poema. Precisamos perguntar se ela realmente nasce do significado[3] ou se é um subproduto acidental de uma leitura que não capta o significado; se a linha de associação pelo menos começou direito e tem raízes em algo essencial, e se houve ou não distorções causadas pelo humor, temperamento ou história pessoal do leitor.

Um caso típico que ilustra a situação geral ocorre quando aquilo em que se pensa é algum outro poema. Se for um poema do mesmo autor, a associação tende a ser cabível; mas se o título, o assunto ou a semelhança de uma única frase forem responsáveis pela associação, os perigos de aberração são óbvios. Algo já se disse sobre o assunto em relação à introdução de Keats na discussão do *Poema 5* (5.32, 5.34), e ao efeito de Shelley sobre o *Poema 10* (10.47, 10.48, 10.62, e também Capítulo 2, p. 191). Apenas a mais rigorosa e sensível leitura mostrará se dois poemas realmente têm algo relevante em comum, e essas semelhanças superficiais que se podem captar em leituras rápidas nada provam, a menos que seja possível examiná-las num nível mais profundo. Os grandes serviços que as comparações prestam com tanta freqüência derivam do auxílio que podem oferecer a uma leitura mais rigorosa, e a maior diferença possível pode ser tão útil quanto a mais estreita semelhança para sacudir nossas mentes e tirá-las da expectativa rotineira. Já comparações diretas baseadas na suposição de que se possam classificar poemas – segundo seus temas ou sua métrica, por exemplo – e que poemas da mesma categoria (poemas sobre nuvens, sobre beleza imortal, de cemitério, sonetos, e assim por diante...) devam ser semelhantes, só podem servir para revelar uma leitura obtusa. Como acontece com outras associações, a qualidade do vínculo (a profundidade de suas bases na natureza mais íntima e na estrutura das coisas associadas) é a medida de sua pertinência.

É claro que, com freqüência, uma associação com outro poema não é mais do que um meio pelo qual o leitor define, para si e para outros, o tipo de sentimento que o poema desperta nele. Isso talvez seja o que acontece em 1.193 e 11.4. Tais comparações, mais que influenciar, refletem o julgamento do leitor; mas, na maioria dos casos de que estamos falando aqui, a associação se torna claramente um fator que contribui para a interpretação do poema.

Os casos mais flagrantes de impertinência resultam da intrusão no poema de uma idéia fixa ou obsessão. O amante infeliz (6.36), a vítima dos conselhos de seus pais (6.37) e a vítima das circunstâncias (6.38) oferecem exemplos não menos claros do que o simbolista (12.11), o moralista indignado (8.41) ou o reformador da educação (10.11). Que reminiscência perdida motivou este último é um ponto que não deveria deixar de interessar aos educadores.

A situação pessoal do leitor inevitavelmente (e com razão dentro de certos limites) afeta a leitura, e muitos são atraídos para a poesia em busca de algum espelhamento de sua mais recente crise emocional, embora poucos desses admitiriam o fato se tivessem de enfrentar uma declaração tão franca como a do 11.2. Apesar de ultimamente – por respeito a várias doutrinas confusas da "arte pura" e das "emoções estéticas impessoais" – ter sido moda deplorar tal estado de coisas, não há realmente motivo para tanto. Pois uma comparação dos sentimentos atuantes num poema com o sentimento pessoal ainda presente na lembrança viva do leitor de fato proporciona um padrão, um teste para a realidade. Os perigos são que os sentimentos relembrados possam dominar e distorcer o poema e que o leitor possa esquecer que a evocação de sentimentos até certo ponto semelhantes é provavelmente apenas parte do objetivo do poema. Este existe talvez para *controlar e ordenar* tais sentimentos além de relacioná-los com outras coisas, não simplesmente para despertá-los. Mas uma pedra de toque da realidade é tão preciosa, e sentimentos artificiais ou convencionais são tão comuns, que vale a pena correr riscos.

Assim as lembranças, quer de crises emocionais quer de cenas vividas ou incidentes observados, não devem ser excluídas apressadamente como simples intrusões pessoais. Que sejam pessoais não é nada em seu desabono – toda experiência é pessoal – as únicas condições são que sejam genuínas e pertinentes, e que respeitem a liberdade e autonomia do poema. Lembranças genuínas, por exemplo, das "mais emocionantes manifestações da natureza" e de "seus aspectos mais belos e grandiosos" (9.9 e 9.91), se fossem comparadas com aquilo que o poema continha, teriam influenciado as opiniões lá expressas sobre o *Poema 9*. É a ausência de tais lembranças que permite que uma palavra como "glittering" ["cintilante"] passe incontestada no penúltimo verso do poema. Num momento em que precisão e verossimilhança são importantes, aparece uma palavra que falseia completamente as aparências que estão sendo descritas. Montanhas que estão "ondulando *a caminho do rubro poente*" ["surging away *into the sunset glow*"] não cintilam; não podem, a menos que o sol (ou a lua) esteja bastante alto nos céus. Mas "cintilante" ["glittering"] é um epíteto de estoque para montanhas geladas. Com isso chegamos ao tópico importante, esquecido e curioso tópico das Respostas de Estoque.

Tanta coisa que passa por poesia é escrita, e tanta leitura até mesmo da poesia mais original é controlada, por essas fixas reações convencionalizadas que sua história natural compensará a investigação. Sua intervenção, ademais, em todas as formas da atividade humana – no comércio, nas relações pessoais, na vida pública, nos Tribunais de Justiça – deve ser reconhecida, e qualquer luz que o estudo da poesia possa lançar sobre suas causas, seus serviços, suas desvantagens e sobre as maneiras pelas quais elas possam ser superadas deveria em geral ser bem recebida.

Uma Resposta de Estoque, como uma linha de sapatos ou chapéus, pode ser uma conveniência. Por já estar pronta, pode ser utilizada com menor dificuldade do que se tivesse de ser feita sob encomenda a partir de matéria-prima ou semipreparada. E a menos que venha a ocorrer um embaraçoso desajuste, podemos concordar que as Respostas de Estoque são muito melhores do que resposta nenhuma. De fato, Respostas de Estoque é uma necessidade. Poucas mentes poderiam prosperar se tivessem de elaborar uma resposta original, "feita sob medida", para cada situação que surgisse – suas reservas de energia mental mais do que depressa estariam exauridas e o desgaste de seus sistemas nervosos seria grande demais. Há sem dúvida um enorme campo de atividade convencional sobre o qual respostas habituais, estereotipadas, adquiridas, exercem seu devido controle, e o único ponto que é preciso examinar a respeito *dessas* respostas é saber se elas são as melhores permitidas pelas exigências práticas – a variedade de situações prováveis que possam surgir, a necessidade de uma disponibilidade imediata e assim por diante. No entanto, de modo igualmente claro há na maioria de nossas vidas campos de atividade onde a interferência das Respostas de Estoque é uma desvantagem e até mesmo um perigo, porque elas podem atrapalhar, e impedir, uma resposta mais apropriada à situação. Esses desajustes desnecessários podem ser observados em quase todos os estágios da leitura de poesia, mas são particularmente visíveis quando se trata de respostas emocionais. Vamos examinar alguns exemplos para mostrar a extensão da incidência desse distúrbio antes de tentarmos analisar-lhe as causas. Poderemos então indagar se é possível evitá-lo, e em que medida e por quais meios.

Na ponta mais humilde da escala, aqueles leitores a quem foi vedado o acesso ao *Poema 2* em decorrência de suas Respostas de Estoque a "casa verde refrescando" ["cool, green house"], bem como aqueles que foram traídos pelo monarca no *Poema 9*, deixam muito claro o mecanismo do erro. O significado comum, a interpretação automática, habitual, se apresenta com excessiva rapidez, não permitindo que o contexto do resto do poema torne efetivas suas peculiaridades. De maneira semelhante, quando o que se intromete é um corpo maior de idéias – os preconceitos religiosos e anti-religiosos de 7.2 e 7.21, as tendências políticas de 9.14 e 9.15, e a zelosa proteção da infância de 10.11, tudo isso se explica por si só, mas também revela algo mais. Uma "idéia", conforme o uso que aqui fazemos do termo, não é simplesmente um item passivo da consciência, trazido à tona pela ação de forças cegas à mercê de leis rotineiras de associação. É antes um sistema ativo de sentimentos e tendências que se pode imaginar pressionando constantemente para aparecer e sempre pronto a aproveitar qualquer oportunidade de se divertir. Não vamos entender os fenômenos das Respostas de Estoque se não as considerarmos como sistemas de energia que têm um direito de ingresso, a menos que algum outro sistema de energia maior possa barrá-los ou talvez drenar-lhes a força. Basicamente, embora essa seja uma maneira injusta de colocar o problema, quando qualquer pessoa lê mal um poema, isso acontece porque, *do jeito que está naquele momento*, ela quer isso. A interpretação que atribui às palavras é a mais ágil e a mais ativa entre várias interpretações que se encontram nas possibilidades de sua mente. Cada interpretação é motivada por algum interesse, e a idéia que aparece é o sinal desses interesses que são seus comandantes invisíveis. Quando o interesse é de espécie incomum e seu efeito deturpante é amplo e evidente, como em 10.11, logo admitimos que é isso mesmo. Com Respostas de Estoque – em que o interesse dominante é excessivamente comum e talvez não provoque nenhuma distorção – ficamos mais inclinados a subestimar esse aspecto "energético" das idéias, mas lembrar-se dele é o segredo de toda a questão.

O princípio segundo o qual a leitura que se adota é a mais "atraente" é muitas vezes camuflado e pode parecer refutado, por exemplo, quando um leitor diz que gostaria de ler o poema de certa maneira e lamenta não poder. Mas nesse caso um interesse maior – seu desejo de ler fielmente – prevaleceu e assumiu o controle sobre um interesse mais localizado. É de se temer que esse interesse maior fique adormecido com demasiada freqüência, e que a necessidade de um controle vigilante seja muito pouco percebida. Em seu lugar, um preconceito inicial, um desejo de *encontrar* motivos para aprovação (ou condenação) – um desejo que surge muito antes de qualquer justificativa adequada – costuma dominar todo o processo.

Um ritmo de estoque pode ser importado tão facilmente quanto uma idéia de estoque, como já vimos (8.41); e se pudéssemos ouvir ao vivo a leitura dos autores dos protocolos provavelmente notaríamos isso muitas vezes, mas pode-se duvidar que distorções iguais à que temos em 3.15 sejam comuns.

Nos casos citados até agora, a Resposta de Estoque interfere para deturpar uma passagem cuja leitura mais adequada se desenvolve de outro modo. Ao mesmo grupo pertencem 5.37, 5.38 e 5.4 (onde noções mais tradicionais do que as que realmente aparecem no poema são responsáveis pelos efeitos registrados), 8.3-8.33 (onde o poeta está modificando sentimentos convencionais, mas seus leitores se recusam a deixar que ele os mude), e 13.1-13.4 (onde vários sentimentos de estoque diferentes substituem o poema e o lançam no descrédito). As Respostas de Estoque podem, porém, interferir de outras maneiras. Em 12.5 é a *diferença* entre o poema e o poema estocado na cabeça do leitor que constitui a objeção. De maneira semelhante em 10.44 e 11.43, a razão da queixa é o desvio – num caso o poema se afasta da imagem de estoque de uma nuvem, no outro se afasta de uma noção de estoque de um epitáfio. Esse tipo de crítica negativa, em que se levanta uma objeção contra um poema por não ser outro completamente diferente, sem se respeitar o que ele é *do jeito que é*, deveria ser menos comum. Os poetas muitas vezes são mutuamente culpados por isso, mas eles têm alguma justificativa, pois estar absorto num tipo de objetivo bem pode impedir que alguém enxergue outros objetivos. Críticos inteligentes, porém, que percebem que nenhum poema pode ser julgado por padrões impostos de fora, não têm desculpa. Contudo, poucos poemas originais se livraram da censura generalizada por não serem mais parecidos com outros poemas – o que prova como é difícil a tarefa de ser inteligente e ser crítico.

Resta ainda discutir uma situação mais sutil envolvendo Respostas de Estoque. Aqui – em vez de deturpar o poema ou de estabelecer um padrão externo que não se aplica – a Resposta de Estoque na verdade está no poema. Os *Poemas 1*, *4*, *7* e *9*, com algumas diferenças de nível e grau, na minha opinião ilustram esse estado de coisas. A leitura mais correta deles, a leitura que mais combina com os impulsos que lhes deram existência, é em cada caso, salvo meu engano, de tal natureza que cada item e cada fio de significado, cada cadência e cada mínimo movimento da forma, tudo é fatal e irrevogavelmente familiar a qualquer pessoa com algum conhecimento da poesia inglesa. Mais ainda, essa familiaridade não é do tipo que trechos de grande poesia sempre conseguem, por mais que os leiamos e por mais que os saibamos de cor. Podemos estar extremamente cansados de "Ser ou não ser...", mas sempre sabemos que se quiséssemos nos expor ao monólogo novamente, ele poderia nos surpreender mais uma vez. A familiaridade desses poemas já faz parte deles quando os lemos pela primeira vez; não é uma familiaridade adquirida mas inata. E isso implica, na minha opinião, que os movimentos mentais a partir dos quais foram compostos há muito tempo fazem parte de nosso repertório emocional e intelectual e que esses movimentos são poucos, simples e dispostos numa ordem óbvia. Em outras palavras, a familiaridade é um sinal de sua facilidade como Respostas de Estoque.

Há uma razão que contribui para que se assuma essa posição. Quanto mais examinarmos os detalhes desses poemas, mais iremos notar, creio eu, sua extrema impessoalidade – a ausência de qualquer caráter individual pessoal, quer em seu movimento como versificação quer em seu fraseado. Os únicos toques de caráter que alguém pode apontar são os ecos de outros poetas. Cada um deles poderia muito bem ter sido escrito por uma comissão. Essa ausência de personalidade aparece com muita clareza se os compararmos[4] com o soneto de Donne, onde é difícil que ocorram sete palavras juntas em qualquer parte que não tenham um traço pessoal. Essa impessoalidade, como a familiaridade, é um sinal de que se compõem de Respostas de Estoque. Além disso, deve-se recordar que esses poemas (com exceção do primeiro verso do *Poema 9*) ficaram um tanto estranhamente imunes a erros sérios de interpretação. Tendo em vista esse ponto, incluí todos os exemplos de má leitura que ocorreram.

Poemas de estoque como esses são freqüentemente muito populares. São entendidos pela maioria dos leitores com um mínimo de esforço, uma vez que não se requer nenhuma nova perspectiva, nenhum novo direcionamento do sentimento. Por outro lado, como vimos, leitores que se tornaram mais exigentes costumam ficar muito indignados, o grau de indignação sendo às vezes uma medida, ao que parece, da distância que os separa da Resposta de Estoque e do caráter recente de sua elaboração. No entanto, essas reflexões cínicas nem sempre são cabíveis aqui, pois estas respostas devem evidentemente ser julgadas de acordo com dois conjuntos de considerações parcialmente independentes – sua adequação às situações às quais respondem, e o grau em que impedem o desenvolvimento de respostas mais apropriadas. Há sem dúvida Respostas de Estoque que são admiráveis sob os dois aspectos – estão corretas até onde chegam, são razoavelmente adequadas às situações e ajudam, em vez de impedir, desenvolvimentos mais amplos e mais refinados. Por outro lado, ninguém com a experiência necessária irá duvidar de que Respostas de Estoque inapropriadas sejam comuns e de que sejam poderosas inimigas da poesia. Algumas das *diferenças de origem* entre as Respostas de Estoque boas e as ruins merecem, portanto, um rastreamento.

Se considerarmos como as respostas em geral se formam, veremos que a causa principal das reações estereotipadas, inadequadas, é o *afastamento da experiência*. Isso pode ocorrer de muitas maneiras.

Fisicamente, como quando uma criança de Londres cresce sem jamais ver o campo ou o mar; moralmente, como quando um pai particularmente severo priva a criança do lado aventuroso e alegre da vida; através das convenções e da persuasão, como quando uma criança, sendo muito facilmente persuadida sobre o que pensar e sentir, desenvolve uma personalidade semelhante à de um parasita; intelectualmente, como quando a experiência insuficiente é elaborada de forma teórica de modo a se transformar num sistema que nos oculta o mundo real.

Esses dois últimos casos são os mais interessantes para nosso objetivo aqui, embora os efeitos da pura ignorância e desses desastres morais que produzem a timidez não devam ser subestimados. Talvez com maior freqüência seja um crescimento muito desordenado e fácil de nossas respostas o que conduz a uma fixação prematura. Idéias que nos são passadas por outros ou produzidas em nosso interior são um enganoso substituto da experiência real na evocação e elaboração de nossas respostas. Uma idéia – sobre soldados, por exemplo – pode permanecer a mesma ao longo de inúmeras repetições; nossa experiência com soldados de verdade pode ser lastimavelmente variada. A idéia, em regra, apresenta um aspecto; as coisas reais podem apresentar muitos. Podemos evocar nossa idéia pelo mero emprego de uma palavra. E mesmo na presença de um exército, não há absoluta certeza de que o que percebemos não resulte na mesma medida de nossa idéia quanto dos próprios soldados reais. Já que uma resposta se torna mais firme por meio de exercício, está claro que aquelas entre nossas respostas que cedo se atrelam a uma idéia, e não às peculiaridades reais de um objeto, conseguem uma grande vantagem em sua luta pela sobrevivência. É, portanto, conveniente que consideremos com muito cuidado que tipos de coisas essas idéias são, como chegamos a elas e até que ponto são confiáveis.

Uma idéia, no sentido que estamos usando aqui, é uma representação[5], mas é ao mesmo tempo muito menos e muito mais do que uma réplica mental ou uma cópia das coisas que representa. É menos, porque até mesmo a idéia mais elaborada não atinge a complexidade de seu objeto; é um esboço incompleto e provavelmente deturpador. É mais do que uma réplica porque, além de representar o objeto, representa (num sentido diferente) nosso interesse pelo objeto. Todos podemos observar que nossa idéia a respeito de um conhecido, por exemplo, é uma solução conciliatória. Ela reflete em parte suas qualidades reais, algumas delas; mas também reflete nossos sentimentos em relação a essa pessoa, nossas tendências a agir de um modo ou de outro em relação a ela; e isso, como todos sabemos, é determinado não apenas por suas qualidades reais – como se fôssemos divindades imparciais – mas por nossas necessidades, desejos, hábitos e tudo o mais. O exemplo é típico. Idéias puras, que refletem somente aspectos do objeto, podem ser encontradas apenas nalgumas das ciências – nas quais séculos de cuidadosos testes reduziram os efeitos de nossa parcialidade a um grau mínimo. Todas as nossas idéias comuns sobre objetos que importam para nós, que são, como dizemos, *interessantes*, são afetadas por nossas relações emocionais e práticas com eles. Mal conseguimos evitar de pensar, por exemplo, que nossa pátria é, no final das contas, a melhor. É muito natural que em geral não enxerguemos essa influência subjetiva, e nossa rapidez em detectar a parcialidade nos outros raramente nos faz pensar sobre a nossa própria. Essa é uma das razões para pensar que a Parte II pode ser útil, pois imaginar que um espelho está postado entre nós e as outras pessoas é certamente a maneira mais confiável de estudarmos a nós mesmos.

Chegamos a nossas idéias de três maneiras: pela interação direta com as coisas que elas representam, isto é, por experiência; pela sugestão de outras pessoas; e pela nossa própria elaboração intelectual. A sugestão e a elaboração têm seus perigos evidentes, mas são meios indispensáveis de aumentar nosso leque de idéias. É necessário na prática adquirir idéias com muito mais rapidez do que nos é possível ganhar a experiência correspondente; e a sugestibilidade e a elaboração, embora devamos responsabilizá-las por nossas Respostas de Estoque, são afinal de contas as habilidades que nos distinguem dos irracionais. A sugestão, operando basicamente através da linguagem, nos transmite uma herança que é ao mesmo tempo boa e ruim. Nove décimos, pelo menos, das idéias e das respostas emocionais a elas associadas que são transmitidas – pelo cinema, pela imprensa, por amigos, parentes, professores, pelo clero... – a uma criança média deste século – a julgar pelos padrões da poesia – são toscas e vagas em vez de sutis ou apropriadas. Mas os próprios processos de sua transmissão explicam o resultado. Aqueles que as passam para a frente receberam-nas de seus semelhantes. E sempre há na transmissão uma perda que se torna mais séria na proporção em que o que é transmitido é novo, delicado e sutil, ou de algum modo se afasta da expectativa comum. Idéias e respostas que dão muito trabalho, tanto na ponta da distribuição quanto na da recepção – tanto para o escritor quanto para o leitor – não são viáveis, como qualquer jornalista sabe. As leis econômicas da profissão não permitem sua transmissão; e em todo caso seria absurdo pedir que um milhão de leitores cansados se sentassem para trabalhar. Já é bastante difícil conseguir que trinta crianças cansadas se sentem direito, se comportem e pareçam espertas.

Uma aplicação muito simples da teoria da comunicação mostra que qualquer difusão muito ampla de idéias e respostas tende à padronização, ao nivelamento por baixo. No entanto, como já concordamos, qualquer resposta que funcione, mesmo mal, é melhor do que resposta nenhuma. Uma vez atingido o nível básico, uma nova escalada lenta pode ser possível. Essa pelo menos é uma esperança razoável de se alimentar. Enquanto isso, deve-se reconhecer na conjuntura atual a ameaça à poesia. Como nosso meio principal para a comunicação de idéias e respostas sutis, a poesia pode ter um papel a desempenhar na escalada de volta. Ela é, no mínimo, o mais importante repositório de nossos padrões.

Precisamos ainda considerar a outra influência que estimula no indivíduo a fixação de respostas inadequadas – *a elaboração especulativa divorciada da experiência.* Pensar – no sentido de uma meticulosa tentativa de comparar todos os aspectos de um objeto ou situação, de analisar-lhe as partes, de reconciliar todas as suas variadas implicações, de ordená-lo numa estrutura intelectual coerente com tudo o mais que sabemos sobre tudo o que está com ele relacionado – é uma ocupação árdua e sem lucro imediato. Por isso, fora das profissões científicas e das instituições subvencionadas, e mesmo dentro delas, é muito menos praticada do que convencionalmente supomos.

O que geralmente descrevemos como pensar é um exercício mental muito mais atraente; consiste em seguir uma linha de idéias, um processo que nos proporciona a maior parte do prazer de pensar, no sentido mais estrito, sem seus sofrimentos e perplexidades. Tais seqüências de associações podem conduzir a idéias novas e preciosas – e é o que muitas vezes acontece nas cabeças dos gênios. No entanto – acidentes à parte – a condição para esse feliz resultado é uma ampla base disponível de experiência pertinente. A idéia preciosa é, de fato, o ponto de encontro, o traço de união entre as partes separadas desse campo de experiência. Ela une aspectos da existência que comumente permanecem desconexos, e nisso reside seu valor. O segredo da genialidade talvez não seja nada mais do que essa maior disponibilidade de toda experiência acoplada a reservas maiores de experiência utilizável. O gênio a cada minuto parece absorver mais do que seu colega menos brilhante, e o que ele recebe parece estar mais facilmente à sua disposição quando necessário. Esta óbvia descrição de Shakespeare parece aplicar-se em grau menor a outros bons poetas.

O homem menos talentoso (estou por sinal descrevendo muitos poetas ruins) que tente uma façanha semelhante com menor experiência e com menor disponibilidade da experiência passada[6], provavelmente chegará a resultados simplesmente arbitrários. Não tendo o controle sobre uma experiência passada, multifacetada e ainda atuante, seus *momentâneos* impulsos, desejos e tendências formam suas conclusões e as decidem por ele, e é mais provável que a *atratividade* da idéia (iluminada por algum desejo particular), e não sua *pertinência*, faça com que ela seja adotada. Seria de se pensar que o teste da experiência subseqüente levaria esse cidadão a abandonar ou corrigir as idéias e respostas inapropriadas a que chega dessa forma arbitrária. Isso acontece em muitas questões práticas. Todos conhecemos entusiastas que constantemente vêem suas esperanças e projetos irreais espatifarem-se no chão. Já as atitudes e respostas dos tipos com os quais a poesia tende a se envolver infelizmente fogem a esse teste corretivo. O indivíduo equivocado não consegue ele mesmo perceber que suas respostas são inadequadas, embora outros possam preveni-lo. Quando interpreta mal um poema, não há conseqüências práticas que lhe mostrem sua bobagem; e, de igual maneira, se ele conduzir mal suas relações emocionais com seus semelhantes, pode facilmente persuadir-se de que *eles* estão errados. Estive descrevendo um tipo de leitor – conhecido de todo professor que lida com poesia – cujas interpretações têm uma qualidade de obstinada tolice que combina bem com a teimosia e a vaidade que são os traços básicos da personalidade. Freqüentemente transparece uma agilidade mental considerável, suficiente para sustentar uma simulação de "talento", mas com o tempo uma impressionante monotonia, uma repetição das mesmas formas de resposta torna-se igualmente aparente. Embora em essência alguma anomalia do sentimento de amor-próprio[7] – talvez um narcisismo tardio – deva estar na raiz desses fenômenos aflitivos, sua causa aproximada é certamente o afastamento da experiência através do hábito do devaneio. E sendo que formas mais brandas dessa condição parecem ser uma causa muito comum de leitura inconsistente (cf. 2.2, 6.4, 7.38, 8.4, 8.45, 9.111, 10.11, 10.6, 11.33, 12.41, 13.51), pareceu-nos valer a pena tentar uma análise genérica. No todo, porém, os aspectos de personalidade dos protocolos devem ser esquecidos.

Talvez isso baste no que se refere às causas das respostas inapropriadas de estoque, tanto do tipo padronizado quanto do tipo de "capricho pessoal". O único remédio para todos os casos deve ser um contato mais próximo com a realidade, seja diretamente, através da experiência de fatos reais, seja de modo indireto através de outras mentes que estão num contato mais próximo. Se a boa poesia deve em grande parte seu valor à proximidade de seu contato com a realidade, ela pode em conseqüência disso tornar-se uma poderosa arma para desfazer idéias e respostas irreais. A poesia ruim pode certamente ser para elas um guardião e aliado muito útil. Mas até mesmo a melhor poesia, se lhe atribuímos apenas o que por acaso já temos em nossas cabeças, e não a utilizamos como um meio para nos reorganizar, mais prejudica do que ajuda.

É claro que a maior parte da boa poesia resiste a esse tipo de mau uso, mas muitas vezes os hábitos emocionais e intelectuais dos leitores são demasiado fortes para o poeta. Além disso, a doutrina oficial do século XVIII segundo a qual

> Engenho é natureza com roupa de modelo,
> O que antes já se viu, mas não com tanto apelo.

ainda está profundamente arraigada em nossa mentalidade. A noção de que tudo o que o poeta pode fazer é colocar de modo surpreendente, bonito, elaborado ou eufônico, idéias e sentimentos que já possuímos, é um obstáculo tão sério e freqüente à boa leitura, que nem preciso me desculpar para citar uma carta que recebi de um dos autores dos protocolos mais ou menos nesse estágio de meu exame:

> "Embora interessado nas observações que o senhor fez ontem, não pude evitar de sentir que sua palestra sobre 'Respostas de Estoque' foi um pouco obscura e desorientadora... A verdade disso tudo, na minha opinião, é que *todo poema* evoca Respostas de Estoque, mas a poesia

ruim é a que nos toca superficialmente e nos leva a considerar a resposta como óbvia. Assim, ao lermos a *Elegia* de Gray, estamos prontos a deixar que certos sentimentos sobre a vida e a morte despertem dentro de nós. E não ficamos decepcionados, porque no fim do poema descobrimos que ficamos genuinamente comovidos *conforme esperávamos*, e a Resposta de Estoque ao cenário do Cemitério foi como que arrancada de dentro de nós e teve uma oportunidade de divagar. Já no *Poema 13* de sua apostila, o processo é diferente. Esperamos[8] que as Respostas de Estoque a pensamentos sobre a Morte sejam acionadas, mas de fato não o são, porque o poeta não nos toca fundo o bastante para isso. Partimos, porém, do pressuposto de que a ativação dessas respostas devesse acontecer e, só depois de termos lido o poema pela segunda ou terceira vez, descobrimos que fomos enganados."

A explicação de meu correspondente se encaixa de modo especial na *Elegia* sobre a qual o Dr. Johnson bem disse: "O *Cemitério* é rico em imagens que encontram um espelho em cada cabeça, e em sentimentos aos quais todo peito responde com um eco", embora seja duvidoso se "espelho" é a palavra que o lexicógrafo, após refletir, teria neste caso mantido. A *Elegia* é talvez o melhor exemplo em inglês de um bom poema construído sobre o alicerce de Respostas de Estoque. Tais respostas são do tipo que, como reconhecemos anteriormente – de fato insistimos –, podem ser admiráveis, perfeitamente apropriadas em toda a sua abrangência sem ser nenhum estorvo a respostas que possam avançar mais. Mas essas Respostas de Estoque não exaurem[9] a *Elegia*; embora sua extrema familiaridade possa nos impedir de ver as peculiaridades de tom e a seqüência de sentimentos que ela contém – as qualidades no poema que pertencem a Gray, não ao estoque geral a partir do qual a *Elegia* se desenvolve. E precisamos apenas abrir os poemas de Hardy praticamente em qualquer página para descobrir que além das "Respostas de Estoque ao cenário do cemitério" há muitas outras respostas possíveis. Mais ainda, como acontece com outros bons poemas, assim também com a *Elegia*, as interpretações dos bons leitores variarão de modo apreciável segundo a variedade do seu pensamento. Ninguém pode dizer: "No poema só temos isso, isso e nada mais". Ali temos tudo o que um leitor que começa direito e se mantém num contato equilibrado com a realidade consegue encontrar. Contudo, mentalidades excessivamente subjugadas por suas próprias Respostas de Estoque não encontrarão nada de novo; irão apenas encenar mais uma vez peças de seu repertório já formado. Talvez melhor isso que nada. O choque da descoberta de como qualquer coisa está repleta de novos aspectos quando se restaura o contato com a realidade é anestesiante para mentalidades que perderam sua capacidade de se reconhecer a si mesmas. Ele estupefaz e desnorteia. Quase toda boa poesia é desconcertante, ao menos por um momento, quando pela primeira vez a vemos como ela é. Algum hábito estimado tem de ser abandonado se quisermos acompanhá-la. Indo adiante, vamos provavelmente descobrir que outras respostas habituais, não diretamente implicadas, parecem menos satisfatórias. No tumulto das rotinas perturbadas que se pode seguir, testa-se a vinculação da mente com a realidade. A grande poesia, de fato, não é um brinquedo tão seguro quanto supõe a visão convencional. Mas esses efeitos indiretos da derrubada de pelo menos algumas atitudes e idéias de estoque é a esperança daqueles que acham que a humanidade pode ousar aprimorar-se. E a crença de que – em geral e ressalvadas as exceções – as respostas mais apropriadas, mais sutis e refinadas são mais eficientes, econômicas e vantajosas do que as grosseiras, é a melhor razão para um moderado otimismo que o cenário mundial apresenta.

Capítulo 6

Sentimentalismo e inibição

Que as lágrimas de solidariedade cristalizem conforme forem caindo e que sejam usadas quais pérolas sobre o peito de nossos amigos.

Brinde dos Caixeiros Viajantes do Século XIX

Entre os termos ofensivos mais educados, há poucos tão eficazes quanto "sentimental". Num passado não muito distante a palavra "tolo" ["silly"] era muito útil para esse propósito. Os mais inteligentes estremeciam um pouco, os menos inteligentes ficavam zangados, e os obtusos sentiam indignação se eles, ou opiniões que lhes eram caras, fossem descritos com esse termo – os três matizes de sentimento correspondendo talvez a uma suspeita, um medo e uma absoluta certeza acerca *da inaplicabilidade* do termo. Contudo, desde que o bergsonismo começou insidiosamente a infestar como cupim a intelectualidade contemporânea, a palavra "tolo" perdeu um pouco a força de sua ferroada. Hoje em dia, a acusação de sentimentalismo é mais irritante do que qualquer censura lançada a nossa capacidade como pensadores, pois nosso capital moral está investido em nossos sentimentos mais do que em nossos pensamentos.

O próprio fato de ser tão irritante sugere que "sentimental"– embora muitas vezes *possa* realmente significar algo preciso e definível – também pode ser, como um gesto de insulto, o veículo de outro tipo de expressão; sugere que às vezes, mais do que um instrumento para uma asserção, a palavra é uma expressão de desprezo. Tal expressão não pode, naturalmente, ser definida como se fosse um termo científico. Identificados os interlocutores e a ocasião, podemos descrever os sentimentos que a palavra estimula e as atitudes das quais se origina. Mas nesse ponto somos obrigados a abandonar a questão. E "lixo sentimental" é sem dúvida na maioria das vezes uma simples frase insultuosa. Compare-se com a expressão "tremenda besteira". O estudioso de lógica ou o perito em definições perderiam seu tempo tentando atribuir um escopo preciso ao adjetivo em ambos os casos.

"Sentimental" pode ser, porém, mais do que uma simples forma de insulto, um gesto emotivo. Pode ser uma descrição, pode representar uma idéia vaga ou qualquer uma dentre várias idéias precisas; e duas destas são extremamente importantes. Tão importantes que não é preciso ficar surpreso se "sentimental" estiver entre as palavras mais empregadas no âmbito geral da crítica literária. Sua freqüência, seu duplo emprego, como insulto e como descrição, sua nebulosidade na segunda função e sua importância social na primeira estão todos suficientemente demonstrados nos protocolos. Os *Poemas 4* e *8* e, em grau menor, os *Poemas 2* e *13* nos proporcionam os exemplos mais instrutivos. Antes, porém, de os examinarmos em detalhe, precisamos tentar algumas definições e elucidações.

Deixando de lado o emprego ofensivo de "sentimental" como um simples gesto que indica pouco mais do que desagrado, vamos refletir sobre os sentidos mais vagos da palavra. Com freqüência a empregamos para dizer apenas que há algo errado no sentimento implicado por seja lá o que for que chamamos de sentimental. E não tentamos especificar o que está errado. O uso de um pensamento vago como esse foi apropriadamente comparado por Bertrand Russel à tentativa de acertar um alvo com um monte de massa de vidraceiro. A massa se espalha, e temos uma boa probabilidade de salpicar o centro do alvo com algum respingo. Mas também se espalhará por sobre os anéis em volta do centro. Um pensamento preciso se assemelha mais a uma bala. Talvez possamos acertar com ela exatamente o que queremos acertar e nada mais, mas temos uma probabilidade muito maior de errar completamente. Os pensamentos vagos às vezes funcionam melhor; economizam trabalho e são mais fáceis de acompanhar, têm suas utilidades óbvias em poesia; mas para este caso precisamos de pensamentos mais precisos.

O primeiro deles é fácil formular. Pode-se dizer que alguém é sentimental quando suas emoções são excitadas com excessiva facilidade, sensível demais no gatilho. Como todos sabemos às nossas próprias custas, a regulagem do gatilho dos sentimentos varia com toda espécie de circunstâncias estranhas. Drogas, o clima, "a destemida música de um tambor *distante*", cansaço, doença – estes e muitos outros fatores estranhos podem tornar nossas emoções demasiado rápidas. O amante da bebida no estágio meloso é um conhecido sentimental. Certos ritmos – como no caso da banda de metais mencionada acima – e sons de certa qualidade, talvez através de suas associações – o trompete e o rouxinol, por exemplo – isso tudo prontamente facilita orgias emocionais. O que também acontece com certas sugestões de massa. Reuniões, procissões; freqüentemente somos obrigados a corar por causa de nosso sentimentalismo quando fugimos da multidão. Mais notáveis de todos, talvez, são alguns efeitos da doença. Relutante, recordo que na última vez em que fiquei gripado um romance muito bobo encheu-me os olhos de lágrimas várias e várias vezes, até eu não poder mais ver as páginas. Muitos acham que a gripe é uma anomalia do sistema nervoso autônomo; e, se for assim, não haveria nada a estranhar no que me aconteceu. Todas as nossas suscetibilidades emocionais podem ser mais ou menos afetadas, mas os resultados são mais percebidos naquelas com que podemos nos regalar, aquelas que não põem em risco nosso amor-próprio de forma explícita.

Este último é um fator que varia espantosamente de indivíduo para indivíduo. Alguns consideram a indulgência nas emoções suaves e delicadas sempre como algo creditável, e a elas se entregam com tal avidez que se é forçado a considerá-los emocionalmente carentes. Outros inclinam-se a pensar nessas emoções como Alexander Bain, o outrora renomado autor de *The Emotions and the Will* [As emoções e a vontade], pensava sobre o beijo (ele o chamava de ósculo).

"A ocasião", dizia ele, "deve ser adequada e a implementação rara".

Mas o que é essa ocasião adequada e o que a torna adequada?

Deixando para depois a consideração desse problema embaraçoso, investiguemos um pouco mais essas diferenças na suscetibilidade emocional, na delicadeza dos sentimentos. Elas são muito perceptíveis numa comparação entre infância, maturidade e velhice. A criança com freqüência parece singularmente desprovida de sentimentos, assim como acontece com o adulto mais do que experiente.

Não mais, nunca mais sobre mim cairá
  Qual chuva o frescor deste meu coração,
Que das coisas lindas sob o nosso olhar
  Extrai a beleza e uma nova emoção

como escreveu Byron. O ponto expresso na penúltima palavra também deverá ser considerado mais adiante. Interpondo-se entre o infante e o adulto aparecem os adolescentes, que, como bem se sabe, são considerados sentimentais *in excelsis* tanto pelos mais novos do que eles como pelos mais velhos. A menina de doze anos costuma pensar que sua irmã de dezessete é muito "melosa". Como veremos, pode haver vários motivos para esse fenômeno. Na velhice, às vezes, mas não sempre, acontece um retorno à elevada suscetibilidade emocional. "Sentimental" aplica-se aqui a pessoas. Significa que são excessivamente suscetíveis, que as comportas de suas emoções se abrem com demasiada facilidade.

Isso nos dá um sentido preciso, embora muito genérico, para "sentimental", um sentido *quantitativo*. Uma resposta é sentimental se for grande demais para a ocasião. Não podemos, obviamente, julgar que qualquer resposta seja sentimental neste sentido, a menos que ponderemos a situação com muito cuidado.

Outro sentido, ao qual isso não se aplica, é que "sentimental" equivale a "cru". Um emoção crua, em oposição a uma emoção refinada, pode ser provocada por todo tipo de situações, ao passo que uma emoção refinada é tal que só pode ser desencadeada por uma série muito limitada de situações. Emoções refinadas são como instrumentos sensíveis; refletem ligeiras mudanças nas situações que as suscitam. A distinção em vários aspectos é paralela à que foi feita anteriormente entre pensamentos vagos e pensamentos precisos. Embora as respostas refinadas possam ser muito mais apropriadas do que as cruas, elas têm probabilidade muito maior de se perderem, como costumam nos mostrar as pessoas extremamente sutis. Por outro lado, embora as emoções cruas tenham menos probabilidade de fracassar totalmente, elas também têm menos probabilidade de atingir completo sucesso, se as julgarmos por altos padrões de precisão. Nem a crueza nem o refinamento dão necessariamente a menor pista quanto à intensidade da emoção – são características *qualitativas*, não quantitativas. Uma emoção crua não precisa ser intensa, nem uma refinada precisa ser fraca. É verdade, porém, que as emoções mais violentas são geralmente cruas. O terror e a raiva, como todos sabemos, tendem, quando estimulados, a se difundir e afetar o que vier pela frente. E enquanto a intensidade está sendo discutida, pode-se observar mais um ponto. A violência da emoção, em que pese o que muita crítica popular parece presumir, não implica necessariamente um valor. Poemas que são muito "tocantes" podem ser desprezíveis ou ruins. É a qualidade que conta, não a violência. Como escreveu Wordsworth:

Os Deuses apreciam
A profundeza da alma e não o seu tumulto.

Podemos suspeitar que hoje a demanda de violência refletia alguma pobreza, através da inibição, na vida emocional quotidiana. Todavia, nos tempos isabelinos uma demanda talvez diferente não podia admitir essa explicação.

Mais um sentido de "sentimental" exige explicação antes que possamos considerar quando as acusações de sentimentalismo se justificam e quando não. Este sentido deriva do uso que os psicólogos fazem da palavra "sentimento". Nessa terminologia, um sentimento não é uma experiência da mesma forma que o são uma emoção, uma mágoa, a vista de alguma coisa, uma imagem ou um pensamento. Ele é um fato momentâneo, mas uma organização mental mais ou menos permanente: um grupo organizado de tendências para certos pensamentos e emoções girando em torno de um objeto central. O amor, por exemplo, é um sentimento, se por amor entendermos não uma experiência particular que dura alguns minutos ou algumas horas, mas um conjunto de tendências a nos comportarmos de certas maneiras, a termos certos pensamentos, a sentirmos certas emoções, em relação a uma pessoa. Os sentimentos podem ser muito complexos; o amor inclui uma tendência a ficar ressentido com quem perturba a pessoa amada, e assim por diante. Resumindo, um sentimento é um sistema organizado e duradouro de disposições.

Os sentimentos, neste sentido, formam-se dentro de nós através de nossa experiência passada em relação ao objeto central. São o resultado de nosso interesse passado pelo objeto. Por essa razão, tendem a persistir mesmo quando nosso interesse presente pelo objeto se transforma. Por exemplo, um mestre da escola primária que mais tarde descobrimos ter sido sempre uma pessoa bastante inexpressiva e sem importância pode ainda reter algo de seu poder de nos intimidar. Também o próprio objeto pode mudar, e contudo nosso sentimento em relação a ele – não como era, mas como é – pode permanecer tão inalterado a ponto de tornar-se inconveniente. Por exemplo, podemos continuar morando numa determinada casa embora o aumento do tráfego de veículos tenha tornado a vida nesse lugar quase insuportável. De modo oposto, embora o objeto continue exatamente como era, nosso sentimento para com ele pode mudar por inteiro – através de uma estranha e pouco compreendida influência de outros sentimentos que se formaram depois. O melhor exemplo é a mudança patética e terrível que se pode com demasiada freqüência observar nos sentimentos nutridos em relação à Guerra por parte de homens que nela sofreram e a odiavam ao extremo enquanto grassava. Passados apenas dez anos, eles às vezes parecem sentir que afinal "não foi tão ruim", e recentemente um general-de-brigada disse a uma assembléia de camaradas da Grande Guerra que eles "devem concordar que foi o tempo mais feliz de suas vidas". Outro exemplo familiar é a ilusão alimentada por tantas pessoas de meia-idade de que gostavam de seu tempo de escola, quando de fato eram profundamente infelizes.

Usarei esses dois tipos de distorção para definir um terceiro significado de "sentimental" da seguinte maneira: uma resposta é sentimental quando, seja através da persistência exagerada de tendências seja através da interação de sentimentos, é inapropriada à situação que a provoca. Torna-se inapropriada, em regra, ou por se restringir a um único aspecto dentre muitos que a situação possa apresentar, ou por substituí-la por uma situação artificial, ilusória, que pode, em casos extremos, não ter quase nada em comum com ela. Podemos estudar esses casos extremos em sonhos e em hospícios.

Passemos agora a aplicar essas três definições a algumas das acusações de sentimentalismo contidas nos protocolos. No caso dos dois primeiros sentidos, todavia – o sentido quantitativo e o sentido da crueza – persiste uma ambuigüidade óbvia da qual é preciso que nos livremos primeiro. Quando usamos a palavra em relação a um produto humano, um poema por exemplo, podemos estar indicando uma de duas coisas que quase nunca distinguimos, ou podemos estar indicando as duas. Se as distinguíssemos mais freqüentemente, evitaríamos muitos erros e alguma injustiça desnecessária.

Podemos indicar – tomando o Sentido Um – que o poema foi produzido por uma mente que se emocionava com demasiada facilidade, que ele aconteceu através de sentimentos fáceis, que o próprio *autor* era sentimental. Ou podemos indicar que *nós* estaríamos nos emocionando com demasiada facilidade, nós mesmos seríamos sentimentais, se permitíssemos uma vazão entusiasmada de nossas emoções. Sem dúvida, às vezes essas duas asserções são verdadeiras, mas freqüentemente só temos o direito de fazer a segunda. (Compare o que se disse sobre sinceridade em relação ao *Poema 7*, p. 91, e ao *Poema 8*, p. 108.)

Vamos agora considerar o *Poema 4* tendo essa distinção em mente. Não devemos, é óbvio, ler esses versos como um trabalho de sociologia imaginativa do jeito sonhado por Zola. Não se trata da tentativa de um romancista de traduzir *realisticamente* os sentimentos e pensamentos de estoque e a dicção de uma garota sem habilidade poética, expressando-se em verso. (Mas cf. 4.1, 4.3.) Devemos tomar o poema da maneira comum, como se toma a poesia lírica, emocional, como uma expressão semidramática *que não suscita* um olhar irônico – que se deve julgar por seus próprios méritos como poesia.

Este problema de abordagem é particularmente pertinente aqui. "Sentimentalismo recolhido numa tranqüilidade muito sentimental" (4.1) com o resto do protocolo como glosa, parece acusar o autor (talvez identificado, impropriamente, com a heroína do poema) de produção excessiva de emoção (Sentido Um) e sugere também uma causa para esse excesso[1], ou seja, preocupação com a emoção pela própria emoção e não com o contexto motivador. Novas emoções – como sugere Byron na estrofe citada anteriormente – desviam a atenção com facilidade chamando-a sobre si mesmas. Muito poucas pessoas, por exemplo, se apaixonam pela primeira vez sem ficarem fascinadas por suas emoções simplesmente como uma experiência nova. Ficam nelas absorvidas, muitas vezes excluindo um interesse genuíno pelo objeto amado. De modo semelhante, aqueles que pela primeira vez estão descobrindo que a poesia pode lhes trazer emoções costumam, exatamente por isso, prestar pouca atenção ao poema. Também os escritores, quando se descobrem aptos a imaginar sentimentos e expressá-los em palavras, podem prontamente ficar fascinados por essa ocupação, como uma espécie de jogo, e perder de vista as verdadeiras sanções dos sentimentos envolvidos. Podemos facilmente estimular os sentimentos pelos sentimentos, esquecendo-nos intermitentemente de como eles são, na nossa ânsia de pendurá-los nas formas de expressão que nos vêm à cabeça. Vendo uma oportunidade de criar uma situação emocional violenta, esquecemos de perguntar se é esse o efeito que desejamos.

Tanto a acusação quanto a sugestão acerca da origem do sentimento excessivo parecem justificar-se neste ponto. As antíteses, tão elogiadas (4.22, 4.24) e tão detestadas (4.23, 4.31), as rimas e a estrutura rítmica, de fato parecem indicar que as facilidades e as conveniências de expressão conduziram o sentimento, em vez de o sentimento ter ditado a expressão. Quanto ao sentimento que excedeu sua justificativa na situação real apresentada pelo poema, precisamos tomar cuidado com uma concepção falsa que, mesmo sendo um erro óbvio, não é por isso menos traiçoeira.

Se isolarmos o assunto ou tema do poema, *Uma garota chorando a perda ou ausência de seu amante*, e o tomarmos, abstratamente, como a situação, podemos concluir que parece suficiente para justificar qualquer exagero de emoção solidária. Mas esse tema abstraído não é nada em si mesmo e poderia ser a base para qualquer dos muitos desenvolvimentos possíveis que são tantos quantos são os tipos existentes de garotas. Ele não pode ser por si só uma desculpa para qualquer tipo de emoção. Se o simples fato de que alguma garota nalgum lugar está chorando assim fosse um motivo para emoção, em que convulsões não nos atiraria cada edição do jornal da noite? Isso é óbvio, mas há motivo para pensar que muita gente está disposta a reagir emocionalmente diante de uma situação "patética" nesse simples nível de abstração, desde que lhe seja apresentada nalgum tipo de métrica; e, sendo assim, essas reações são certamente "sentimentais" no sentido de excessivas.

A situação evidentemente deve ser algo mais concreta. É tarefa do poeta apresentá-la – não necessariamente separada de sua apresentação da emoção. Normalmente ele as apresentará juntas por meio das mesmas palavras. Aqui, já que a própria garota está falando, cada palavra, cada cadência, cada movimento e transição de pensamento e sentimento faz parte da situação.

Sendo assim, podemos formular duas perguntas. Será que a situação assim apresentada é suficientemente concreta, suficientemente próxima de nós e suficientemente coerente para justificar a vigorosa resposta emocional que se pede? E será que, na medida de sua concretude, proximidade e coerência, é do tipo ao qual *essa* resposta é apropriada? (Não estou dizendo que proximidade, concretude e coerência sejam necessárias em toda poesia – seria um pressuposto técnico ilegítimo. Mas estou dizendo que, se se objetiva atingir certos efeitos, certos métodos são para tanto prescritos.)

Sobre a primeira pergunta 4.23, 4.25 e 4.31 apresentam com veemência a opinião contrária, embora, como vimos no Capítulo 4, precisemos ter cuidado na aplicação do teste do ritmo. (Porém, aqui, 4.25 parece ter razão no ritmo que atribui aos versos.) Esses comentaristas, em contraste com 4.11, 4.24 ou 4.52, parecem estar respondendo à situação tal qual apresentada pelo poeta – não a situações que imaginaram por ele ou aos "adereços e palavras-chave do romance" com que ele embelezou os versos. Esses enfeites, por sua qualidade convencional, levantam todos os problemas revisados no último capítulo. Que tenham sido a fonte da grande popularidade do poema não é de duvidar. Igualmente evidente é o grande perigo de esnobismo sempre que tais questões aparecem. É claro que o fato de uma metáfora ser convencional e familiar não é, *por si só*, motivo suficiente para contestação, embora seja com muita freqüência toda a explicação para a queixa. De modo semelhante, se a situação e a emoção fossem comuns, simples e familiares (como sugere 4.3), isso por si só não seria nenhum impedimento ao mérito, desde que a emoção estivesse adequadamente *fundada* na situação. (Compare-se com a *Elegia* de Gray.) Supor o contrário seria uma espécie muito obtusa de esnobismo. Ou, se a falta de habilidade do autor fosse a causa das metáforas convencionais, isso também não seria motivo para indignação. Mas se a qualidade tomada emprestada, de segunda mão,

> Em roupas de escravo, trajes caindo mal
> Puídos e sujos

refletir não simplesmente a carência ou a falta de cuidado, mas uma semelhante qualidade de segunda mão, de coisa usada naquilo que foi expresso, então o vigor de algumas das rejeições é desculpável.

Essas reflexões se aplicam à concretude e proximidade que estamos procurando no poema. As metáforas convencionais tendem a falhar nos dois aspectos, uma tendência que aqui não se evitou. Elas se aplicam, porém, ainda mais à coerência que se exige. Enfeites tomados de empréstimo – e essa é a mais grave objeção ao seu uso – são quase sempre descabidos. Os vários itens não se sustentam, e seu efeito combinado, se é que existe, costuma ser cru no sentido já discutido anteriormente. Aqui, por exemplo, a luz do sol e a sarça da terceira estrofe precisam de certa forma se ajustar ao inverno e ao gemido do vento da segunda estrofe; e o inútil circular do "vento dos anos" que possivelmente veio soprando das páginas de Swinburne[2], tem de "sussurrar" mais alto do que este gemido. (Tais incoerências são típicas da poesia convencional; só uma concentração muito determinada das faculdades imaginativas do poeta pode impedi-las. Por si mesmas não são *necessariamente* destrutivas (cf. Capítulo 2), mas são uma corroboração muito útil se por outros motivos suspeitarmos que o impulso central do poema é fraco.) Depois que esses itens incoerentes houverem combinado seus efeitos, a resposta dificilmente pode ser qualquer coisa além de crua – um sentimento de pena indirecionado, sem objeto, que se grudará em qualquer coisa que lhe ofereça um pretexto – nos guisos da caravana de Hassan (4.52), por exemplo.

De fato, a emoção que o poema pode estimular (e da qual depende sua popularidade) é facilmente saboreada pelo que é, sem se levar em conta seu objeto ou situação motivadora. A maioria das pessoas não achará difícil, se o quiser, sentar-se junto à lareira e criar uma emoção exatamente semelhante sem a ajuda de qualquer poema que seja – simplesmente dizendo Oh! para si mesmas em vários tons de tristeza, lamento e trepidante esperança. É uma emoção com a qual podemos nos regalar, se chegarmos a nos permitir esse prazer, como observa 4.1. Daí o poder desses versos de dividir radicalmente os leitores em dois campos.

Passando agora para o *Poema 8*, acusações de sentimentalismo no primeiro e no terceiro de nossos sentidos aparecem de modo extremamente instrutivo. A acusação de resposta emocional exagerada, uma regulagem demasiado delicada do gatilho dos sentimentos, vem acoplada com as sugestões de que o poeta está "numa farra de emoção pela emoção" (8.1), positivamente rolando "num banho morno de espuma sentimental" (8.12), de que ele parece gostar "de se sentir emocionado" (8.41), e que está "o tempo todo tentando obter efeitos" (8.44) – como explicações desse excesso de sentimento. Em regra, os queixosos demonstram satisfatoriamente que confundiram a situação à qual a emoção responde. É música em geral para 8.12, "as aflições do poeta" para 8.11, sua "pura infância imaculada" e seu estado atual de "vítima exaurida pelo mundo" para 8.41. E em conseqüência desses erros, as características das emoções que esses comentaristas atribuíram ao poema são igualmente descabidas. A lição novamente é que antes de podermos decidir se um poema é sentimental ou não nesse sentido, precisamos saber com certeza qual é a situação apresentada e também qual a resposta sugerida. Apenas uma leitura extremamente rigorosa nos dirá o suficiente a respeito desses dois aspectos para que o julgamento valha a pena.

A acusação de sentimentalismo no nosso terceiro significado levanta uma questão mais complicada, pois o poema em si é claramente um estudo de um caso-limite, e, se não for lido mais cuidadosamente do que foi, por exemplo, por 8.3 ou 8.31, é provável que seja desastroso em seus efeitos emocionais. Há, é verdade, um "sentimento enjoativo com o qual tantas vezes pensamos na infância"; e "a emoção descompromissada" com a mesma facilidade se prende a "antigas noites de domingo lá em casa", à "aconchegante sala de estar" e ao "panorama dos anos" como ao "cantinho da chaminé" ou ao "vento dos anos". Mas o perigo, "o tremendo risco" (8.5) de despertar apenas essas emoções não precisa assustar o poeta e afastá-lo desses tópicos se ele conseguir conferir à situação bastante proximidade, concretude e coerência[3] a fim de sustentar e *controlar* a resposta resultante. Ou se ele conseguir estruturar esses elementos perigosos numa resposta unificada que os complete e liberte. Pois o que é ruim nessas respostas sentimentais é seu confinamento num aspecto estereotipado, não representativo da situação motivadora.

Isso nos traz ao assunto das inibições. Se não todas, a maioria das fixações e distorções do sentimento através do sentimentalismo resulta de inibições, e muitas vezes, quando discutimos o sentimentalismo, ficamos olhando para o lado errado do quadro. Se alguém só consegue pensar em sua infância como um paraíso perdido, é provavelmente porque está com medo de pensar nos seus outros aspectos. E aqueles que inventam um jeito de olhar para o tempo passado na Guerra como "uma época feliz" estão provavelmente procurando fugir de certas outras lembranças. A mente é curiosamente quantitativa nalgumas de suas operações; um cerceamento indevido numa direção parece implicar um excesso na direção oposta. A inibição, no seu devido lugar e grau, é, naturalmente, uma necessidade da atividade mental – tanto uma necessidade quanto um exercício. Foi Bergson, creio eu, que certa vez descreveu o Tempo como resistência – isto é, a resistência para impedir que tudo aconteça de uma só vez! Sem a inibição, tudo na mente *iria* acontecer ao mesmo tempo, o que equivale a dizer que nada aconteceria ou que voltaria o Caos. Toda ordem e proporção é resultado da inibição; não podemos nos dedicar a uma atividade mental sem inibir outras. Por isso a opinião às vezes expressa, segundo a qual toda inibição (ou repressão) é ruim, é no mínimo um exagero. O que é lamentável é o cerceamento permanente de nossas possibilidades como seres humanos, a anulação, através da inibição repetida e mantida, de aspectos da experiência que nossa saúde mental às vezes exige que encaremos.

Geralmente a fonte de tais inibições é algum sofrimento vinculado ao aspecto da vida que nos recusamos a contemplar. A resposta sentimental se insinua para substituir esse aspecto por algum outro mais agradável a nossos olhos, ou por algum objeto artificial que lisonjeia quem o contempla. Há inúmeras correntes de motivos que se entrecruzam neste ponto e que podem ocultar a nossos olhos o que estamos fazendo. O homem que, por reação às ingênuas formas de sentimentalismo mais comuns, se orgulha de ter cabeça e coração duros, de ser geralmente um insensível, e tenta descobrir ou inventa aspectos com um caráter cruel ou esquálido, sem ter melhores motivos do que este, está apenas exibindo uma forma mais sofisticada de sentimentalismo. A moda, naturalmente, é responsável por muitas dessas distorções secundárias. De fato, o controle da sociedade sobre nossos sentimentos, sobre nossos sentimentos publicamente confessáveis, tem uma eficiência notável. Comparem-se, por exemplo, as atitudes perante as lágrimas (especialmente as masculinas) aprovadas pelos séculos XVII e XX. Um mínimo de reflexão e investigação mostrará de modo conclusivo que o século XVIII, ao considerar que uma abundante descarga das glândulas lacrimais era um acompanhamento adequado e quase indispensável da emoção delicada e triste, representava muito mais a humanidade de todos os tempos do que os estóicos olhos secos dos nossos tempos. A atitude atual naturalmente aparece nos protocolos (8.52, 8.6, 8.61). Até o próprio *Poema 8* mostra isso, pois um escritor do século XVIII não teria sentido necessidade alguma de lutar contra tal emoção.

Deve-se reconhecer nas camadas escolarizadas da população uma inibição geral muito difundida de todas as mais simples manifestações efusivas de emoções (não apenas em sua expressão). É uma nova condição que não encontra facilmente paralelo na história; e, embora ela seja difundida através da convenção social, suas causas mais profundas não são fáceis de adivinhar. Atribuir isso, como muitos fizeram, aos excessos dos vitorianos é simplesmente mostrar ignorância sobre as gerações que os precederam. Talvez isso se deva à crescente indefinição de nossas crenças e descrenças, ao embaçamento do fundo moral de nossas vidas, mas essas especulações nos levariam longe demais.

Qualquer que seja sua causa, é importante o fato de que tantos leitores tenham medo de uma emoção efusiva livre, mesmo quando a situação a autoriza. Isso os leva, como o *Poema 8* mostrou, a temer e evitar situações que possam despertar um sentimento forte e simples. Ele produz superficialidade e complexidade trivial em suas respostas. E deixa àquelas excrescências "sentimentais" que fogem ao tabu um campo demasiadamente aberto para sua existência semiclandestina. O único remédio seguro para um apego doentio ao paraíso de uma infância ilusória, por exemplo, é tomar o sentimento distorcido e trabalhá-lo, estabelecendo uma relação próxima e viva com alguma cena percebida em termos concretos e verdadeiros, que pode atuar como um padrão da realidade e despertar o objeto do sentimento, infectado de sonho, para o mundo real. Trata-se de um tratamento por expansão, e o *Poema 8* pode ser tomado como um exemplo de como se pode fazer isso. A outra forma de tratamento, essa mais praticada, que aplicamos aos sentimentais – tratamento por zombaria, por "realismo", por sarcasmos, a tentativa por vários meios de não ampliar a resposta canalizada, mas destruí-la ou fazê-la secar – é ineficaz, e só pode conduzir a um empobrecimento maior. Pois a maldição do sentimentalismo no terceiro sentido não está no fato de que suas vítimas tenham sentimentos demais à sua disposição, mas no fato de que têm de menos, de que vêem a vida de uma maneira especializada demais e respondem a ela de modo muito tacanho. Resumindo, o sentimental não está distribuindo seu interesse com suficiente abrangência, e o distribui numa quantidade de formas muito reduzida.

Capítulo 7

Doutrina em poesia

A lógica é a ética do pensar, no sentido em que a ética é a aplicação do autocontrole com o propósito de realizarmos nossos desejos.

CHARLES SAUNDERS PIERCE

No caso da maioria de nossas dificuldades críticas anteriores o que tivemos de explicar foi a razão da alta incidência de erros. Aqui, porém, temos o caso oposto, temos de explicar a razão de sua raridade. Pois deveria parecer evidente que poemas que foram construídos sobre crenças firmes e definidas acerca do mundo, *A divina comédia* ou *Paraíso perdido*, os *Divine Poems* [Poemas religiosos] de Donne, *Prometheus Unbound* [Prometeu desacorrentado] de Shelley ou *The Dynasts* [Os Dinastas] de Hardy, devem apresentar-se de modos diferentes para os leitores que aceitam e para os que rejeitam semelhantes crenças. Na prática, contudo, a maioria deles, e quase todos os leitores competentes, perturbam-se muito pouco, mesmo perante uma oposição direta entre suas crenças e as crenças do poeta. Em geral, presumimos que Lucrécio e Virgílio, Eurípides e Ésquilo são igualmente acessíveis, havendo a necessária escolaridade, para um católico romano, para um budista e para um cético convicto. Igualmente acessíveis no sentido de que esses diferentes leitores, após o devido estudo, podem responder da mesma maneira à poesia e emitir sobre ela julgamentos semelhantes. E quando diferem, suas divergências não serão em geral uma conseqüência de suas diferentes posições a respeito das doutrinas[1] dos autores, mas derivam mais provavelmente de outras causas – inerentes a seus temperamentos e experiência pessoal.

Usei como exemplo a poesia religiosa porque as crenças envolvidas nesse caso têm as mais amplas implicações e entre todas são as que recebem consideração mais séria. Mas o mesmo problema surge em quase toda poesia; na mitologia de modo muito evidente; no tipo de dispositivo sobrenatural que aparece em *The Rime of the Ancient Mariner* [A balada do velho marinheiro]:

> A Lua em chifre, com uma estrela a brilhar
> Na ponta inferior,

nos manifestos de Blake; mas também, embora com menos alarde, em toda passagem que aparentemente faça uma afirmação, ou que dependa de uma suposição, da qual um leitor possa discordar por razões alheias ao texto, evidenciando com isso uma perturbação mental.

É essencial reconhecer que o problema[2] é o mesmo, seja o possível obstáculo, o ponto de dissenção, trivial ou não. Quando o ponto é trivial, facilmente nos satisfazemos com uma explicação em termos de "ficções poéticas". Quando não tem importância o fato de concordarmos ou não, a teoria de que essas afirmações discutíveis, que tão constantemente nos são apresentadas em poesia, são simplesmente *suposições* introduzidas com propósitos poéticos, parece uma explicação adequada. E quando as afirmações, por exemplo, o relato de Homero das "trapaças da turma do Olimpo", são abertamente inacreditáveis, se tiverem de desfilar solenemente ante as barras do julgamento racional, a mesma explicação se aplica. Mas à medida que as suposições ficam mais plausíveis e que as conseqüências para a nossa visão de mundo se tornam importantes, a questão parece menos simples. Até que, no fim, com o Soneto de Donne (*Poema 3*), por exemplo, torna-se muito difícil não achar que uma *crença real* na doutrina que aparece no poema não seja necessária para sua completa e perfeita compreensão. A mera suposição da doutrina de Donne, como uma ficção poética, pode parecer insuficiente em vista da intensidade do sentimento que é sustentado e nos é transmitido por meio dela. No mínimo temos a certeza de que, como mostram os protocolos (3.15, 5.42, 5.37, 5.38, 7.21), muitos dos que tentam ler poesia religiosa sentem-se fortemente solicitados pelas crenças apresentadas, e que a dissenção doutrinal é um obstáculo muito sério à sua leitura. Inversamente, muitos leitores competentes que discordam do poeta assumem uma atitude mental com relação à doutrina que, se não for uma crença, muito se parece com isso.

Todavia, se imaginarmos que, além dessa mera suposição "poética", se requer um estado definido de crença nessa doutrina específica da Ressurreição da Carne para uma leitura plena do poema de Donne, surgem imediatamente grandes dificuldades. Teremos de supor que leitores de crenças diferentes, incompatíveis com essa doutrina particular, estarão necessariamente incapacitados para ler o poema ou deverão durante a leitura abandonar temporariamente suas crenças e adotar as de Donne. As duas suposições *parecem* contrariar os fatos, embora estas sejam questões sobre as quais a certeza é arriscada. Melhor será, porém, examinarmos a teoria da "ficção (ou suposição) poética" com maior rigor para ver se, quando expressa em toda a sua plenitude, ela consegue responder à queixa de inadequação observada anteriormente.

Em primeiro lugar a própria palavra "suposição" é inadequada neste caso. Geralmente uma suposição é uma proposição, um objeto de pensamento, nutrido intelectualmente como uma hipótese para identificar suas conseqüências lógicas. Aqui, porém, estamos muito pouco preocupados com conseqüências lógicas e nos fixamos quase exclusivamente nas conseqüências emocionais. Toda a importância para a poesia está no efeito do pensamento sobre nossos sentimentos e atitudes. Mas há claramente duas maneiras pelas quais podemos nutrir uma suposição: intelectualmente, isto é, num contexto de outros pensamentos dispostos a sustentar, contradizer ou estabelecer outras relações lógicas com ela; e emocionalmente, num contexto de sentimentos, percepções, desejos e atitudes dispostos a se agruparem em torno dela. Por trás da suposição intelectual está o desejo de consistência e ordem lógicas no lado receptivo da mente. Já por trás da suposição emocional está o desejo ou necessidade de ordem de todo o lado emocional da personalidade que se externa, o lado que está voltado para a ação.

Correspondendo a essa distinção, há duas formas de crença e igualmente duas formas de descrença. A crença intelectual mais se parece com a ponderação de uma idéia do que com qualquer outra coisa, uma atribuição de pesos[3] que obriga outras idéias, que pesam menos, a se ajustarem a ela e não *vice-versa*. A atribuição de pesos pode ser legítima; a quantidade de evidências, sua instantaneidade, o alcance e complexidade dos sistemas que lhe dão sustentação são formas óbvias de ponderação legítima. Ou pode ser ilegítima; nossa simpatia pela idéia, seu brilho, a dificuldade que sua transformação pode envolver, satisfações emocionais que ela proporciona, são aspectos ilegítimos – *do ponto de vista da crença intelectual*, entenda-se bem. Toda a utilidade da crença intelectual consiste em reunir *todas* as nossas idéias num sistema tão perfeito e ordenado quanto possível. Deixamos de acreditar somente porque acreditamos em outra coisa que é incompatível, como há muito tempo observou Spinoza. De modo semelhante, talvez apenas acreditemos porque é necessário deixar de acreditar em tudo aquilo que logicamente contraria a nossa crença. Nesse sentido intelectual, *não surge a crença nem a descrença, a menos que o contexto lógico de nossas idéias entre na questão.* Isolada dessas conexões intelectuais, a idéia não é acreditada nem desacreditada, nem posta em dúvida ou questionada; simplesmente está presente. A maioria das idéias da criança, do homem primitivo, do camponês, do mundo não-intelectual e da maior parte da poesia está nessa condição feliz de verdadeira desvinculação intelectual.

A crença emocional é uma questão muito diferente. No homem primitivo, como inúmeros observadores já notaram, qualquer idéia que abra uma saída imediata para a emoção ou que aponte para uma linha de conduta em conformidade com os costumes é rapidamente transformada em crença. Permanecemos muito mais primitivos nesta fase de nosso comportamento do que em questões intelectuais. Dada uma necessidade[4] (seja consciente *como um desejo* ou não), aceita-se qualquer idéia que se possa tomar como um passo na direção de sua satisfação, a menos que ela seja impedida por alguma outra necessidade igualmente ativa naquele momento. Essa aceitação, esse uso da idéia – por nossos interesses, desejos, sentimentos, atitudes, tendências para a ação e outras coisas mais – é a crença emocional. Na medida em que a idéia lhes for útil, haverá crença nela, e a sensação de apego, de adesão, de convicção, que sentimos e à qual damos o nome de crença, é o resultado dessa implicação da idéia em nossas atividades.

Naturalmente, a maioria das crenças que têm alguma força ou persistência resulta de combinações de crença intelectual e emocional. Uma crença puramente intelectual precisa de pouca força, de nenhuma qualidade de convicção, pois, a menos que a idéia seja muito original e contrária às idéias já acolhidas, ela precisa receber pouco peso para se sustentar. Quando encontramos um físico moderno, por exemplo, apaixonadamente apegado a uma teoria específica, podemos suspeitar de um peso ilegítimo; sua reputação talvez esteja envolvida na aceitação dessa teoria. Inversamente, uma crença emocional muito forte pode ter pouca persistência. A revelação da noite passada fica obscurecida em meio às atividades dessa manhã, pois a necessidade que lhe conferiu uma realidade tão fascinante foi apenas uma necessidade do momento. São desse tipo em sua maioria as revelações que a poesia e a música nos oferecem. Mas, embora a sensação de revelação tenha se apagado, não deveríamos supor que a influência moldadora de tais experiências esteja necessariamente perdida. A mente descobriu através delas um padrão de resposta, e esse padrão é mais importante do que a revelação em si.

A grande diferença entre essas duas espécies de crença, como as defini, aparece com a máxima clareza se considerarmos a que equivale a *justificativa* de cada uma. A justificativa de uma crença intelectual depende inteiramente de seu lugar lógico no sistema de idéias mais amplo, mais completamente ordenado, que possamos alcançar. Mas a massa central, mais estável, de nossas idéias já tem uma ordem e um arranjo fixados pelos fatos da Natureza. Precisamos fazer com que nossas idéias sobre esses fatos se harmonizem com eles, caso contrário logo estaremos perdidos. E essa ordem entre os fatos diários de nosso meio determina o arranjo de mais um sistema de nossas idéias: ou seja, a teoria física. Essas idéias são assim ponderadas de modo a impedir que a força de idéias irreconciliáveis possa perturbá-las. Quem as entender não pode deixar de crer nelas, e de descrer *intelectualmente* de idéias irreconciliáveis, desde que as aproxime umas das outras para perceber sua irreconciliabilidade. Obviamente há inúmeras idéias em poesia que, se forem colocadas neste contexto lógico, devem ser alvo imediato de incredulidade.

No entanto, essa descrença intelectual não implica que a crença emocional na mesma idéia seja impossível ou mesmo difícil – muito menos que seja indesejável. Pois uma crença emocional não se justifica por meio de quaisquer relações lógicas entre sua idéia e outras idéias. Sua única justificativa é seu êxito em satisfazer nossas necessidades – dando-se a devida atenção às exigências relativas de nossas necessidades comparadas entre si. Em termos simples, trata-se de uma questão da *prudência* (em vista de *todas* as necessidades de nosso ser) em relação ao grupo de atividades emocionais das quais a crença é instrumento. A conveniência ou inconveniência de uma crença emocional não tem nada a ver com sua condição intelectual, desde que não se permita que ela interfira no sistema intelectual. E a poesia é um recurso extraordinariamente eficaz para impedir que essas interferências aconteçam.

Coleridge, quando observou que "uma suspensão voluntária da descrença" acompanha muita poesia, estava notando um fato importante, mas não exatamente nos termos mais felizes, pois nem temos consciência de uma descrença, nem a suspendemos voluntariamente nesses casos. É melhor dizer que a questão da crença ou descrença, no sentido intelectual, nunca se apresenta quando estamos lendo bem. Se infelizmente aparecer, seja através da falha do poeta, seja da nossa, teremos naquele momento cessado de ler poesia e nos teremos transformado em astrônomos, teólogos ou moralistas, gente ligada a um tipo totalmente diferente de atividade.

Neste ponto, deve-se ressaltar um possível equívoco. A exploração intelectual da coerência *interna* do poema e o exame intelectual das relações de suas idéias com outras idéias da experiência comum, que se aplicam ao poema *em termos emocionais* não são apenas permissíveis mas necessários na leitura de muita poesia, como vimos em relação ao mar-harpa no *Poema 9* e em relação ao sentimentalismo e aos problemas de Respostas de Estoque dos *Poemas 4*, *8* e *13*. Essa investigação intelectual restrita difere, porém, da tentativa pan-abrangente de sistematizar nossas idéias, que por si só levanta o problema da crença intelectual.

Podemos agora voltar ao *Poema 3*, ao ponto onde esta longa análise começou. Há muitos leitores que acham difícil conceder à teologia de Donne aquele mesmo tipo de aceitação, *e nada mais*, que concedem à "estrela na ponta inferior" da lua de Coleridge. Sentem um apelo a conceder ao poema aquela crença em suas idéias que mal podemos deixar de supor que tenha sido, na cabeça de Donne, uma influência poderosa na moldagem do poema. Esses leitores podem, talvez, ficar satisfeitos se insistirmos que a crença *emocional* mais plena possível é adequada e desejável. Ao mesmo tempo há muitos que são incapazes de atribuir uma crença *intelectual* a esses princípios teológicos específicos. Tais leitores talvez sintam que uma certa liberdade ameaçada não lhes é negada em conseqüência disso. O fato de que provavelmente Donne tenha concedido as duas formas de crença a essas idéias não impede, na minha opinião, que um bom leitor lhes conceda a mais plena crença emocional enquanto lhes recusa a crença intelectual, ou melhor, enquanto não permite que se coloque a questão da crença intelectual. A evidência sobre este ponto é fragmentária, sobretudo porque estranhamente ele foi tão pouco discutido. Mas o próprio fato de que a necessidade de discuti-lo não tenha surgido insistentemente – diante da constatação de que tanta gente de tantas posições intelectuais diversas conseguiu concordar a respeito do valor de tais poemas doutrinários – aponta fortemente para essa direção. A ausência da crença intelectual não precisa mutilar a crença emocional, embora seja muito evidente que para alguns leitores possa fazê-lo. Mas o hábito de vincular uma crença emocional apenas a idéias intelectualmente garantidas é forte nalgumas pessoas; ele é estimulado por certas formas de educação; e talvez esteja se tornando mais comum, através do crescente prestígio da ciência[5]. Para aqueles que esse hábito conquista, ele significa "Adeus à poesia".

Esse problema aflora, como já insisti, em toda poesia que se afasta, por suas próprias razões, dos fatos universais mais corriqueiros da experiência comum ou das deduções mais lógicas da teoria científica. Ela assalta os rigorosos racionalistas com "Sunflower" [Girassol] de Blake, "River Duddon" [Rio Duddon] de Wordsworth e "Cloud" [Nuvem] de Shelley, da mesma forma que o faz com as expressões mais transcendentais desses poetas. A "Cotovia" de Shakespeare tem tanto impacto quanto sua "Fênix". Até mesmo um homem honesto como Gray atribui razões muito discutíveis à sua "Coruja". Quanto à "recém-acesa estrela" de Dryden, ao último verso de *Ode to Melancholy* [Ode à melancolia] de Keats ou a *Rose Aylmer* [Rosa Aylmer] de Landor – fica bem claro que teríamos problemas com eles se não conseguíssemos um assentimento emocional desvinculado da convicção intelectual. A poesia mais insignificante pode apresentar o problema de modo tão claro (embora não tão incisivo) como a da melhor qualidade. E o fato de o resolvermos, na prática, sem a mínima dificuldade em casos menores demonstra, penso eu, que até nos maiores exemplos de questões filosóficas e religiosas se pode aplicar a mesma solução. Contudo, a tentação de confundir as duas formas de crença é nesses casos maior.

Porque nesses casos uma aparência de incompletude ou insinceridade pode se associar à aceitação emocional divorciada do assentimento intelectual[6]. Que isso é simplesmente um erro decorrente de um duplo significado de "crença" é o ponto que eu venho defendendo. "Fingir crer" no que "realmente não cremos" seria certamente insinceridade, se as duas formas de crer fossem uma só e mesma coisa; mas se não forem, a confusão é simplesmente mais um exemplo do prodigioso poder das palavras em nossas vidas. E este é o melhor momento para tratar do constrangedor problema da "sinceridade", uma palavra muito usada na crítica, mas geralmente sem qualquer definição precisa de seu significado.

As idéias, as vagas e as precisas, que a palavra "sincero" representa devem ter estado constantemente na cabeça do leitor durante nossa discussão tanto das Respostas de Estoque quanto do Sentimentalismo. Podemos imediatamente pôr de lado o sentido comum "comercial" segundo o qual alguém é insincero quando deliberadamente tenta enganar, e sincero quando suas declarações e atos são regidos pelo "melhor de seu conhecimento e fé". E podemos tratar brevemente de outro sentido, a que já nos referimos em relação ao *Poema 7* (ver p. 91), segundo o qual alguém é insincero quando "se engana a si *mesmo*", quando confunde seus próprios motivos e assim professa sentimentos que divergem daqueles que de fato o impulsionam. Dois pontos sutis, porém, devem ser aqui observados antes de abandonarmos este sentido. Os sentimentos não precisam ser declarados nem mesmo abertamente expressos; basta que nos sejam sugeridos. E não precisam ser "sentimentos vivos, reais", pessoais e presentes; podem ser imaginados. Nada mais se requer desse tipo de insinceridade do que uma discrepância entre a resposta que o poema exige de nós e seus impulsos *moldadores* na mente do poeta. Mas somente os impulsos moldadores nos interessam. Um bom poema pode perfeitamente ser escrito por dinheiro, ressentimento ou ambição, contanto que esses motivos iniciais externos não interfiram em seu desenvolvimento. Interferências de toda espécie – especialmente o desejo de criar um poema "original", "chocante", ou "poético"– são, naturalmente, a causa comum da insinceridade nesse sentido. Um sentido que não deveria, é bom que se note, imputar culpabilidade ao autor, a menos que queiramos concordar que todos os homens que não são bons poetas são conseqüentemente culpáveis em alto grau.

Essas sutilezas foram necessárias para fugir à conclusão de que a ironia, por exemplo – na qual o sentimento de fato presente é com freqüência exatamente o contrário daquele professado às claras – é tão insincera quanto certos leitores simplórios costumam supor que seja.

Um problema mais complicado surge se perguntarmos se uma emoção, por si só e independente de sua expressão, pode ser sincera ou insincera. Muitas vezes falamos como se assim fosse (provam isso 4.2, 4.23 e 8.51); e embora às vezes sem dúvida se trate apenas de uma maneira eficaz de dizer que aprovamos (ou reprovamos) a emoção, ocorrem sentidos em que se quer expressar um fato acerca da emoção, não acerca de nossos sentimentos a respeito dela. As emoções sinceras, dizemos, são genuínas ou autênticas, opondo-se a emoções espúrias, e os vários sentidos que podemos sugerir com isso merecem um exame. Podemos querer dizer que a emoção é genuína no sentido de que todo produto de uma mente perfeita seria genuíno. Resultaria apenas da situação provocadora *somada* ao total da experiência pertinente daquela mente, e estaria livre de impurezas e de todas as interferências, de impulsos que de alguma forma tivessem acabado fora de lugar, tornando-se perturbados. Sendo que mentes como essas não se encontram em lugar algum neste nosso mundo obstrutivo, esse sentido só serve como um padrão ideal para a aferição de graus de relativa insinceridade. "Não existe um homem justo sobre a face da terra que faça o bem e que não peque." Há poesia excelente, poderíamos dizer, que representa a maior aproximação da sinceridade que se pode encontrar. E para achar os graus extremos da insinceridade deveríamos procurar em hospícios. É possível, porém, que a mente perfeita, se um dia aparecesse no meio de nós, também fosse colocada num desses lugares.

É claro, porém, que esse não é um sentido de sinceridade que usamos com freqüência; não é o que as pessoas geralmente querem dizer por esse termo. Pois concordaríamos que gente obtusa pode ser muito sincera, embora em suas mentes possa haver uma confusão muito grande, e poderíamos até sugerir ser mais provável que nessa gente haja mais sinceridade do que nos espertos. A simplicidade, podemos pensar, tem algo a ver com a sinceridade, pois há um sentido em que "genuíno" se opõe a "sofisticado". Seria possível sugerir que o sentimento sincero é aquele que permaneceu em seu estado natural, sem ser elaborado e complicado pela reflexão. Assim, os fortes sentimentos espontâneos estariam mais propensos a ser sinceros do que os sentimentos que superaram o pesado desafio da autocrítica, e um cachorro, por exemplo, poderia ser visto como um animal mais sincero do que qualquer homem.

Esse é sem dúvida um sentido que é freqüente, embora seja muitíssimo duvidoso se deveríamos elogiar emoções que são sinceras nesse sentido na grande medida em que a maioria o faz. Em parte, trata-se de um eco da ficção romântica de Rousseau, o "Homem Natural". A admiração pelo "espontâneo" e "natural" tende a selecionar exemplos favoráveis e fecha os olhos aos fenômenos menos atraentes. Além disso, muitas emoções que parecem simples e naturais não são nada disso, resultando do autocontrole cultivado, tão perfeito a ponto de parecer espontâneo. Esses casos, e uma qualidade atraente porém limitada no comportamento de algumas crianças, explicam, creio eu, a popularidade da sinceridade neste sentido. Usada assim, a palavra presta pouco serviço à crítica, pois esse tipo de sinceridade em poesia deve ser necessariamente raro.

Valerá a pena perseguir um pouco mais um sentido de "sinceridade" que seja satisfatório. Seja ela o que for, é a qualidade que exigimos com maior insistência em poesia. É também a qualidade de que mais precisamos como críticos. E, talvez, na proporção em que a possuirmos, reconheçamos que não é uma qualidade que podemos presumir em nós mesmos como um direito inato inalienável. Ela varia com nosso estado de saúde, com a qualidade de nossas companhias recentes, com nossa responsabilidade e proximidade em relação ao objeto, com numerosas condições que não são fáceis de levar em conta. Podemos nos *sentir* muito sinceros quando, de fato, como os outros conseguem ver com clareza, não há em nós sinceridade alguma. Pretensas formas de virtude nos apanham de emboscada – confiantes certezas interiores e convicções invasoras infundadas. E quando duvidamos de nossa própria sinceridade e nos perguntamos: "Será que eu *realmente* penso assim? Eu realmente sinto isso?" não é fácil chegar a uma resposta honesta. Um esforço direto para ser sincero, como outros propósitos de nos obrigarmos a agir, na maioria das vezes, frustra sua própria intenção. Por todas essas razões, qualquer luz que se possa projetar sobre a natureza da sinceridade, sobre os modos possíveis de testá-la e sobre os meios de induzi-la e promovê-la, é extremamente útil à crítica.

A discussão mais estimulante deste tópico encontra-se na *Chung Yung*[7] (A Doutrina do Meio, ou Equilíbrio e Harmonia), o tratado que expressa a parte mais interessante e mais intrigante dos ensinamentos de Confúcio. Uma palavra mais distinta (em todos os sentidos) do que "estimulante" caberia bem para descrever este tratado, se fosse fácil definir o efeito revigorante de uma leitura cuidadosa. A Sinceridade – o objeto de alguma idéia que parece situar-se no território que a "sinceridade" cobre – aparece ali como o começo e o fim do caráter pessoal, o segredo da vida honesta, o único meio de fazer um bom governo, o meio de propiciar desenvolvimento pleno às nossas naturezas, de propiciar desenvolvimento pleno à natureza dos outros, e muito mais. Essa virtude é tão misteriosa quanto poderosa; e, onde muitos sinólogos e estudiosos chineses se declararam perplexos, seria absurdo que alguém que não sabe chinês sugerisse interpretações. Mas algumas especulações geradas pela leitura de traduções podem fechar este capítulo.

Os extratos seguintes da doutrina *Chung Yung* parecem os mais aplicáveis à nossa discussão.

"A sinceridade é o caminho do Céu. A consecução da sinceridade é o caminho dos homens. Aquele que possui a sinceridade é aquele que, sem esforço, descobre o que é certo e o apreende, sem o exercício do pensamento; ele é o sábio que de maneira natural e fácil expressa o caminho certo. Aquele que alcança a sinceridade é aquele escolhe o que é bom e o segura com firmeza e força" (Legge, XX, 18). "A sinceridade é aquilo pelo qual se efetua a auto-realização, e seu caminho é aquele pelo qual o homem deve se conduzir" (Legge, XXV, 1). "Na auto-realização o homem superior também completa outros homens e outras coisas... e essa é a maneira pela qual se efetua uma união do externo e do interno" (XXV, 3). "No Livro de Poesia está escrito: 'Quando se falqueja um cabo de machado, quando se falqueja um cabo de machado, o modelo não está muito longe'. Pegamos na mão um cabo de machado para falquejar o outro e contudo, se olharmos de esguelha de um para o outro, podemos considerá-los como coisas separadas" (XIII, 2). "Há um meio para se atingir a sinceridade do próprio eu; se um homem não entende o que é bom, ele não alcança a sinceridade no seu eu" (XX, 17). "Quando temos a inteligência que resulta da sinceridade, essa condição deve ser atribuída à natureza; quanto temos sinceridade que resulta da inteligência, essa condição deve ser atribuída à instrução. Mas existindo a sinceridade, deverá haver a inteligência, existindo a inteligência deverá haver a sinceridade" (XXI). O quanto qualquer exposição precisa em inglês, ou em qualquer outra língua ocidental, deve estar afastada do pensamento original aparece se compararmos este último trecho com uma versão mais literal: "Ser verdadeiro gera luz, chamamos isso de natureza. A luz leva a ser verdadeiro, chamamos isso de ensino. O que é verdadeiro torna-se luz; o que é luz torna-se verdadeiro" (Lyall e King Chien-Kün, p. 16).

Meditando sobre essa cadeia de pronunciamentos podemos talvez elaborar (ou descobrir) um outro sentido da sinceridade. Um que seja importante o suficiente para justificar a ênfase tantas vezes dada a essa qualidade pelos críticos, e que todavia não nos force a exigir uma perfeição impossível nem nos peça uma admiração sentimental (Sentido 3) exagerada e indiscriminada pelas exuberâncias dos bebês. E pode ser possível, por meio da apreensão mais clara desse sentido, ver que condições gerais estimulam a sinceridade e que passos podem ser sugeridos para promover no crítico essa virtude misteriosa mas necessária.

Podemos tomar a auto-realização como ponto de partida. A mente realizada seria aquela mente perfeita que vislumbramos anteriormente, na qual não restou nenhuma desordem, nenhuma frustração mútua entre os impulsos. Vamos supor que na irremediável ausência dessa perfeição, ausência devida à constituição inata do homem e aos acidentes aos quais ele está exposto, exista *uma tendência para uma ordem crescente*[8], uma tendência que se efetua, a menos que seja obstruída por interferências físicas (doenças) ou por fixações habituais que nos impeçam de continuar a aprender por experiência; ou por idéias excessivamente revestidas de emoção a ponto de impedir a formação de outras idéias que as possam perturbar; ou por um vínculo muito frouxo e fugaz entre nossos interesses (uma frivolidade talvez devida à drenagem de energia para outra parte) de modo que não resultem formações firmes o suficiente para se construir sobre elas.

Há muito a dizer a favor dessa suposição. Essa tendência seria uma necessidade, no sentido definido anteriormente neste capítulo – derivando de fato *daquele* desequilíbrio fundamental[9] ao qual é possível supor que se deva o desenvolvimento biológico. Esse desenvolvimento no caso do homem (e de seus companheiros no reino animal) parece ser predominantemente na direção de uma complexidade maior e de uma diferenciação mais sutil de respostas. E é fácil conceber o organismo aliviando, por meio dessa diferenciação, a tensão que lhe é imposta pela vida num ambiente parcialmente incompatível. Basta um passo a mais para concebê-lo também tendendo a aliviar tensões internas decorrentes desses desdobramentos impostos de fora. E uma reordenação de seus impulsos de modo a reduzir-lhes as interferências mútuas a um grau mínimo seria a direção mais acertada – e "natural" – que tal tendência iria tomar.

Tal reordenação seria uma auto-realização parcial, temporária e provisória, em relação ao mundo exterior que continuaria para o indivíduo muito semelhante ao que fora no passado. E mediante essa auto-realização o homem superior *iria* "efetuar a união do externo e do interno". Estando mais harmonizada consigo mesma no seu próprio interior, a mente torna-se assim mais apropriadamente receptiva ao mundo exterior. Não estou sugerindo que isto seja o que Confúcio quis dizer. Para ele "completar outros homens e também coisas" é possivelmente a prerrogativa da força do exemplo, sendo que os outros homens simplesmente imitariam a conduta do sábio. Mas ele *pode* ter querido dizer que a liberdade chama a liberdade; que aqueles que são "muitíssimo eles mesmos" fazem com que outros em volta deles se tornem "mais eles mesmos"; o que talvez fosse uma observação mais sagaz. Talvez, também, "a união do externo e do interno" significasse para ele algo diferente da harmonia de nossos pensamentos e sentimentos com a realidade. Mas com certeza, para nós, essa harmonia é um dos frutos da sinceridade.

Essa tendência para uma ordem mais perfeita, à medida que se efetua, "nos permite, sem esforço, descobrir o que é certo e o apreender, sem o exercício de pensamento". O "exercício de pensamento" deve ser aqui tomado como aquele processo de separar deliberadamente idéias e sentimentos inapropriados, o que, na ausência de uma suficiente ordem interior – uma suficiente sinceridade – é ainda muito necessário. Confúcio tem bastante a dizer noutras partes da doutrina *Chung Yung* (cap. XX, 20) sobre a necessidade de uma busca e reflexão infatigáveis *antes* de se conseguir a sinceridade, a fim de livrar-se de qualquer acusação de recomendar a "intuição" como uma *alternativa* para a investigação. A "intuição" é a prerrogativa só dos que já alcançaram a sinceridade. Somente o homem superior "de um modo natural e fácil encarna o caminho certo". E o homem superior saberá quando sua sinceridade for insuficiente e sempre dará todos os passos necessários para sanar o problema. "Se outro homem (mais sincero) obtém êxito mediante um esforço, *ele* utilizará cem esforços. Se outro homem obtém êxito mediante dez esforços, ele utilizará mil" (*Chung Yung*, XX, 20). É a sinceridade que o homem superior já alcançou que lhe permite saber quando ela é insuficiente; se ainda não lhe permite encarnar o caminho certo, ela pelo menos lhe permite evitar de encarnar o errado, como aqueles que confiam na intuição cedo demais provavelmente farão. De fato, lançando um olhar sobre o passado da história do pensamento, poderíamos dizer "certamente farão", tal é o peso das probabilidades contra o êxito das conjecturas.

Portanto, a sinceridade, nesse sentido, é obediência àquela tendência que "busca" uma ordem mais perfeita no interior da mente. Quando se frustra essa tendência (p. ex.: mediante a fadiga ou mediante uma idéia ou sentimento que perdeu seu vínculo com a experiência, ou que se cristalizou excluindo a possibilidade de mudança), temos a insinceridade. Quando reina a confusão e não conseguimos decidir o que pensamos ou sentimos (o que se deve distinguir claramente do caso em que pensamentos ou sentimentos *decididos* encontram-se presentes, mas não conseguimos defini-los ou expressá-los) não seremos necessariamente nem sinceros nem insinceros. Estamos num estágio de transição que pode resultar numa coisa ou na outra. A maioria dos bons críticos confessará a si próprios que esse é o estado em que os deixa uma primeira leitura de qualquer poema de tipo desconhecido. Sabem que precisam de mais estudo se quiserem conseguir uma resposta genuína e sabem disso em virtude da sinceridade que já alcançaram. Segue-se que gente com idéias e pensamentos claros e definidos, com um alto grau de eficiência prática, pode ser insincera nesse sentido. Outros tipos de sinceridade, fidelidade a convicções por exemplo, não os salvarão, e de fato bem pode acontecer que esta fidelidade lhes esteja baldando a vida do espírito (*Chung Yung*, XXIV).

Qualquer resposta (por mais errada a partir de outros pontos de vista) que expresse a atividade presente dessa tendência a um ajustamento interior será sincera, e qualquer resposta que conflite com ela ou que a iniba será insincera. Assim, ser sincero é agir, sentir e pensar de acordo com "a verdadeira natureza do eu", e ser insincero é agir, sentir ou pensar de modo contrário. Mas o sentido que se deve dar à "verdadeira natureza da gente" é, como já vimos, uma questão altamente conjectural. Definir isso com maior precisão seria talvez tedioso e, para nossos propósitos neste caso, desnecessário. Na prática temos a impressão de captar isso de modo muito claro; e tudo o que tentei aqui foi esboçar o estado de coisas que nesses casos temos a impressão de captar. "O que o céu conferiu é a Natureza do homem; uma harmonia com essa Natureza é a Senda" (*Chung Yung*, I). Às vezes temos certeza de tê-la abandonado[10].

Sobre as maneiras pelas quais a sinceridade pode ser aumentada e ampliada, Confúcio é muito preciso. Se procuramos um padrão para uma nova resposta cuja sinceridade possa ser duvidosa, vamos encontrá-lo, diz ele, nas mesmas respostas que tornam a nova resposta possível. O modelo para o novo cabo de machado já está em nossas mãos, embora exatamente sua proximidade, nossa posse firme dele, possa ocultá-lo aos nossos olhos. Precisamos, naturalmente, de uma certeza fundada na sinceridade dessas mesmas respostas instrumentais, e isso podemos conseguir por meio de comparação. O que se entende por "tornar os pensamentos sinceros" é não permitir nenhuma auto-ilusão "*como quando detestamos um mau cheiro*, e como quando amamos o que é lindo" (*The Great Learning* [A grande aprendizagem], VI, i). Quando detestamos um mau cheiro, não podemos ter dúvida de que nossa resposta é sincera. Todos podemos, no mínimo, encontrar *algumas* respostas acima de qualquer suspeita. Essas são nosso padrão. Pelo estudo de nossa sinceridade nos campos em que somos plenamente competentes, podemos estender o padrão aos campos nos quais nossa habilidade ainda avança tateando. Esse parece ser o significado de "escolher o que é bom e segurá-lo com firmeza e força", onde "bom" representa não tanto nossa noção ética ocidental quanto o que é adequado, apropriado, são e sadio. O homem que não "detesta um mau cheiro" "não entende o que é bom"; não tendo bases ou padrões, "ele não alcançará a sinceridade".

Juntamente com essas respostas mais simples e mais definidas, também se podem sugerir, como padrões de sinceridade, as respostas que damos aos objetos mais desconcertantes que se possam apresentar à nossa consciência. Seria possível elaborar algo semelhante a uma técnica ou ritual para intensificar a sinceridade. Quando nossa resposta a um poema depois de nossos maiores esforços continua incerta, quando ficamos sem saber se os sentimentos que ele estimula provêm de uma fonte profunda de nossa experiência, se nossa simpatia ou aversão é genuína, é *nossa*, ou se trata de um modismo incidental, de uma reação a um detalhe superficial ou a coisas essenciais, talvez possamos ajudar a nós mesmos observando o poema numa estrutura de sentimentos cuja sinceridade esteja acima de nosso questionamento. Sente-se junto à lareira (com os olhos fechados e os dedos pressionando firmes sobre os globos oculares) e considere com a mais plena "compreensão" possível:

i. A solidão do homem (o isolamento da situação humana).
ii. Os fatos do nascimento e da morte, em sua inexplicável estranheza.
iii. A inconcebível imensidão do Universo.
iv. O lugar do homem na perspectiva do tempo.
v. A enormidade de sua ignorância,

não como pensamentos sombrios ou como alvos de alguma doutrina, mas como os mais incompreensíveis e inexauríveis objetos de reflexão que existem. Depois, à luz tênue de sua reverberação emocional, repasse o poema mentalmente, recitando-o em silêncio tão devagar quanto ele o permita. Então talvez fique claro se aquilo que ele suscita em nós tem importância ou não. Muitos exercícios religiosos e algumas das práticas de adivinhação podem ser vistos como parcialmente direcionados para uma busca semelhante de sanção, como rituais projetados para fornecer padrões de sinceridade.

Essas são atitudes sérias, pode-se pensar, para tomar numa questão como a leitura de poesia. Mas, embora às vezes a maré irresoluta dos impulsos, cuja hesitação tem sido nosso problema, seja rasa, às vezes é profunda. E profunda ou rasa, a sinceridade de nossa resposta é de vital importância. Pode-se, de fato, dizer, com alguma justiça, que o valor da poesia está no difícil exercício de sinceridade que ela pode impor aos seus leitores mais até do que ao próprio poeta.

Capítulo 8

Pressupostos técnicos e preconceitos críticos

O homem vivo tende, e tal é a tendência
Que o sábio não a vê por palpite ou padrão,
O eu sem eu do eu, estranho em sua imanência,
Todo enrolado só se solta em Sim ou Não.

GERARD HOPKINS

"Meus filhos", disse Confúcio certa vez, "por que nenhum de vocês estuda as *Odes*? Elas estão adaptadas para despertar a mente, auxiliar a observação, tornar as pessoas sociáveis, estimular a indignação. Elas falam de deveres remotos e próximos; e é por elas que nos familiarizamos com os nomes de muitos pássaros, animais, plantas e árvores"[1].

Além desses benefícios, podem-se esperar muitas outras vantagens provenientes da leitura de poesia. São essas expectativas, com seus diferentes graus de legitimidade e importância, que são o tema deste capítulo. Poucas pessoas abordam a poesia sem expectativa – explícita ou, mais freqüentemente, implícita. "Supõe-se que pelo ato de escrever em verso o autor assume um compromisso formal de que irá satisfazer certos hábitos conhecidos de associação", disse Wordsworth em seu famoso Prefácio. O leitor não precisa saber o que está esperando; basta que espere. Ficará satisfeito ou irritado de acordo com sua expectativa.

Podemos separar essas expectativas em dois tópicos, conforme se refiram aos meios empregados pelo poeta ou aos fins que ele procura alcançar; mas existe tanta confusão entre os dois aspectos que devemos primeiro considerá-los em conjunto. Muitas vezes um leitor não tem a menor idéia se a exigência que ele faz se refere a uma coisa ou a outra; e sem uma boa dose de evidência pode ser difícil decidir a questão por ele. Não há nada de surpreendente nisso, pois em nenhum campo complexo da atividade humana é fácil estabelecer a distinção entre meios e fins. E no caso da poesia uma imponente doutrina de Virtudes Formais está ultimamente em voga, e seu efeito é simplesmente negar a distinção. Se a "Arte pela Arte", ou a "Poesia Pura", figurar no pano de fundo de nossas mentes[2] podemos com razão perder a esperança de alcançar qualquer clareza neste assunto.

Antes de começarmos de novo a mergulhar nos protocolos à cata de exemplos, precisamos lembrar um perigo que já foi mencionado na Parte I. Não devemos supor que maus princípios críticos indiquem má leitura. Um bom leitor *pode* alegar as razões mais absurdas para um julgamento que sob todos os outros aspectos é totalmente pertinente. Mais do que as razões declaradas, temos de examinar a influência real das expectativas prévias, seja seu efeito bom ou ruim. Uma expectativa ilegítima é, porém, sempre uma ameaça ao leitor; ela aguarda até que a sensibilidade dele, a "vigilância neural", decline o bastante para deixá-lo à sua mercê.

Os pressupostos técnicos, embora possam apanhar até leitores inteligentes, não são um assunto muito interessante e podem ser tratados de forma breve. Interferem sempre que cometemos o erro de supor que os *meios* que um poeta usa constituem valores por si próprios, ou que podem ser prescritos sem se fazer referência ao objetivo do poeta, de forma que pela simples investigação dos meios podemos tirar uma conclusão quanto ao valor. Colocado nesses termos, o erro pode parecer tolo demais para ocorrer com freqüência, mas ele é de fato extremamente traiçoeiro, pois a linguagem da crítica e muitas de suas suposições correntes são um convite constante a que o cometamos. Se desejamos, como críticos, escrever o que a classe culta não especializada aceita como prosa tolerável, somos muitas vezes forçados, por exemplo, a dizer coisas a respeito do poema, ou das palavras que contém, que só são verdadeiras no que se refere ao efeito do poema nas mentes dos leitores. Usamos uma espécie de taquigrafia que identifica o ritmo atribuído ao poema com seus sons reais, os vários significados das palavras com as próprias palavras e nossa resposta ao todo do poema com alguma característica sua. Falamos da beleza do poema em vez de entrar em análises elaboradas e especulativas de seu efeito em nós. (É possível que estejamos confiando que nossos leitores mais inteligentes e informados saberão decodificar e ampliar nossa taquigrafia, mas na realidade poucos farão isso.) E porque escrevemos assim, restaura-se em nossas mentes o poder de hábitos muito antigos e temporariamente chegamos a pensar que as virtudes de um poema estão não no poder que ele exerce sobre nós, mas na sua estrutura e conformação como um ajuntamento de sons verbais. Com esta exacerbação de uma atitude para com a língua, que há muito tempo já é obsoleta e desacreditada para pessoas que pensam, ficamos imediatamente expostos a todo tipo de erro e confusão.

A freqüência e a variedade desses pronunciamentos dogmáticos sobre detalhes, sem levar em conta o resultado final, estão amplamente demonstradas em nossos protocolos. Muitos foram comentados à medida que foram aparecendo, na Parte II; mas aqui podemos relacionar algumas das principais ocasiões para esse tipo de asneira, ainda que seja só para mostrar uma lição. Nenhuma outra lição crítica merece, talvez, mais insistência. O erro em todos os casos consiste na tentativa de atribuir avaliações *independentes* a detalhes que só podem ser julgados de modo correto com referência ao resultado final total para que contribuem. É a tolice de tentar dizer como o poeta deve trabalhar sem levar em conta o que ele está fazendo. Vou partir dos exemplos mais óbvios para chegar aos mais discutíveis.

Em primeiro lugar entre esses casos típicos de insensatez podem aparecer as Rimas Imperfeitas (2.1-2.22, 3.1, 3.41) e as Irregularidades Métricas (2.2, 3.44, 8.44, 12.51,13.61, 13.62), a Pausa em Fim de Verso (8.33, 8.43) e a Forma do Soneto (3.1, 3.4, 3.41, 5.56, 6.4, 9.82, 12.5l). Em seguida talvez devessem aparecer a Cacofonia (2.23, 3.4, 6.33, 10.42, 10.44) e a Eufonia (4.22, 7.57) bem como as Qualidades Intrínsecas das Palavras (10.4, 10.55). Depois as exigências de Precisão Descritiva (2.22, 8.15, 9.2) merecem menção, juntamente com a Intensidade (11.22), a Lógica (2.24), a Adequação na combinação de Metáforas (6.41, 10.61) e os vários problemas de linguagem figurada discutidos na Parte III, Capítulo 2.

Mais dúvidas podem surgir acerca da insistência sobre a Clareza (5.51, 6.37), Concisão (13.65), Solenidade em Epitáfios (11.43) e a exigência de um Assunto Sério ou Mensagem (2.3, 11.42, 13.8). Com isso, porém, passamos para um caso-limite, no qual um Pressuposto Técnico pode confundir-se com um preconceito crítico no que se refere ao objetivo da poesia.

O autor de 2.3, por exemplo, pode estar associando, juntamente com seus outros dois pressupostos técnicos, a exigência de que o *sentido* do poema seja importante em si mesmo. O verbo "dizer", quando usado em poesia, é sempre ambíguo. Pode equivaler a "comunicar" – e neste caso é claro que todo poema digno de nossa atenção "diz" alguma coisa importante. Mesmo ele pode equivaler a "declarar", e muitos grandes poemas não declaram nada. Mas quando se declara algo importante, deveríamos nos resguardar de considerar a declaração isolada de seu lugar no poema. Mas sobre isso já se falou bastante no capítulo anterior.

Em contraste com 2.3, os dois comentaristas que vêm em seguida (2.4 e 2.41) parecem mostrar uma preocupação, não com a técnica e o detalhe do poema, mas com sua natureza em geral ou com o resultado final. Sua busca de um assunto sério pode ser a busca de um fim, não de um meio. E um assunto sério pode ser apenas o nome que dão a um resultado sério. Se for esse o caso, passamos para a questão mais interessante das opiniões que se podem ter sobre o valor da poesia e sobre a influência dessas opiniões, professadas de modo implícito ou explícito, em nossa leitura e julgamento.

Pressupostos técnicos, em regra, não são produtos da reflexão. Quem supõe que as rimas *devem* ser perfeitas, que os versos não *devem* encadear-se, que os sonetos *devem* ter uma divisão precisa, que se *deve* conseguir uma rigorosa precisão descritiva, normalmente admitiria, se fosse questionado, não ter visto nenhuma razão conclusiva para que essas coisas devessem ser assim. Acidentes do ensino, falsas inferências indutivas a partir de alguns exemplos salientes, expectativas nas quais caímos sem refletir, são responsáveis pela maior parte desse dogmatismo técnico. Mas preconceitos gerais sobre o valor da poesia são teorias, isto é, são frutos de reflexão; e felizmente acontece que a sinceridade e inteligência dessa reflexão podem ser testadas. *O teste consiste em saber se os valores da poesia estão descritos de um modo que alega ser diretamente utilizável na crítica.*

Posso esclarecer com alguns exemplos essa asserção um tanto críptica. Tomemos primeiro a teoria comum de que o valor da poesia está no valor de seu assunto. Ela pode ser estruturada, e geralmente o é, de tal maneira que podemos decidir por nós mesmos com grande facilidade, de acordo com nossos gostos e temperamento, quanto ao valor do assunto. Um leitor que aborda o *Poema 10* ou o *Poema 12*, por exemplo, pode dizer a si mesmo: "Ah, esse poema é a descrição da experiência de ficar deitado olhando para as nuvens!" Ele escolhe alguma coisa que pode identificar como sendo o assunto. Normalmente não tem muita dificuldade em decidir sobre o valor desse assunto. Pode então argumentar: "É bom ficar deitado olhando para as nuvens; este poema comunica a experiência de ficar deitado olhando para as nuvens; portanto, esse poema é bom". (Ver 10.2.) Ou de modo oposto: "Ficar deitado olhando para as nuvens é uma atividade comum e trivial; esse poema representa tal atividade; portanto, esse poema é comum e trivial". (Ver 2.3, 4.24.) Alguém poderia do mesmo modo argumentar que o retrato fiel de um homem mau é logicamente um mau retrato.

De modo semelhante, com as teorias muito freqüentes da mensagem. Metade dos leitores do *Poema 1*, especialmente 1.181 e 1.21, nos servirão como exemplos; ou ainda 4.13, 4.24, 4.28, 4.5; ou 5.3, 5.32, 5.35, 5.38; ou 7.2, 7.34, 7.5; ou ainda 9.5, 9.51; a lista poderia se alongar muito mais. O leitor encontra, ou não encontra, algo no poema que lhe parece "uma mensagem inspiradora", e argumenta a partir da presença ou ausência desse "detalhe inspirador" sobre o valor ou falta de valor do poema. Mal se pode duvidar de que essa busca de uma mensagem, esse preconceito de que o valor da poesia está em seu poder de nos inspirar, exerça uma forte influência na abordagem da poesia pela maioria dos leitores, e de que determine em alto grau sua leitura e julgamento. Que há então de errado nisso?

Pode nos ajudar a esclarecer o erro fundamental dessa abordagem a comparação com outro caso no qual um preconceito semelhante conduz a semelhante indiscriminação e perda de valores: o preconceito em favor da "cadência" em poesia (4.16, 4.22, 8.43, 12.41). A cadência é um aspecto excelente em seu devido lugar, mas não confere valor à poesia a menos que o resto do poema a exija, se harmonize com ela, condicionando-a e justificando-a. (Ver Capítulo 4.) Como uma exigência independente e um teste de valor, a busca da cadência nos torna insensíveis a outros movimentos mais importantes que podem estar presentes em seu lugar. Deixa-nos cegos a coisas mais importantes que o poeta pode estar fazendo. O mesmo acontece com a busca de "pensamentos inspiradores". Às vezes realmente estão no lugar adequado – quem iria negar? – mas esperá-los é ficar cego a coisas melhores que a poesia pode oferecer. E, como podemos ver, se nos observarmos uns aos outros, a "sede de inspiração" é passível de refinamento ou crueza como qualquer outra sede.

Quanto mais refinado e perspicaz for nosso preconceito sobre a poesia, tanto mais impossível se torna qualquer aplicação *direta*. Uma crua "teoria do tema" ou "teoria da mensagem" *pode* ser aplicada diretamente. Ela vai nos permitir concluir de modo rápido e fácil (e errado) se o poema é bom ou ruim. O mesmo acontecerá com as teorias de que o poema deve ser "intenso", "simples", "musical", "instigante", "apaixonado", "sensual", "impessoal" ou "sincero"[3]. Na realidade, o mesmo se aplicará a qualquer teoria que nos dê uma característica definida que podemos procurar num poema e decidir se está presente ou ausente. Devotou-se uma quantidade enorme de trabalho à descoberta de tais chaves e à tarefa de torná-las cada vez mais complexas. Esse trabalho, se o que estamos procurando é uma chave, é perdido. No entanto, se o que estamos procurando não for uma chave mas, sim, um entendimento do todo e particularmente das razões de não se poder usar nenhum instrumento semelhante, então o trabalho é muito bem recompensado. Pois quanto maior for o cuidado que elaborarmos nossa explicação das diferenças entre poesia boa e poesia ruim, tanto mais intrincada e complexa se torna a explicação. Alternativas, condições, qualificações, condições compensatórias... e tudo o mais, à força querem entrar na explicação, pressionados pelos fatos, até se tornar evidente que uma aplicação direta e prática de uma explicação adequada a qualquer poema é uma impossibilidade. É muito mais fácil decidir que um poema é bom ou ruim do que estruturar uma descrição de seus méritos e decidir se a descrição se aplica a ele.

Poderíamos ficar tentados a concluir disso tudo que uma investigação das diferenças entre poesia boa e poesia ruim é fútil, e que a entrega prazerosa a tal tarefa é um exemplo de fatuidade acadêmica. Mas essa conclusão se revelará um erro, espero eu. As ciências físicas oferecem inúmeros paralelos. É muito mais fácil, por exemplo, dizer se uma pedra caindo de uma montanha tem a probabilidade de atingir uma pessoa do que coletar os dados necessários e calcular-lhe a trajetória. Apesar de tudo, as teorias matemáticas e físicas que aqui parecem tão inúteis têm inúmeras aplicações *indiretas* e sinuosas. (Nem dois por cento de meus leitores estariam vivos sem elas. Tal foi o efeito da descoberta da máquina a vapor, ela própria uma conseqüência de Galileu, sobre a civilização!) E embora toda a teoria do mundo não torne possível a certeza de que não seremos atingidos, ela pode pelo menos garantir-nos que a pedra não é um mágico hostil disfarçado e que encantamentos não a desviarão consideravelmente de sua rota.

A maioria dos dogmas da crítica, preconceitos do tipo que se podem aplicar e são aplicados à poesia, tem quase exatamente o mesmo nível intelectual e a serventia das "superstições" primitivas. Apóiam-se em nosso desejo de explicações, noutros desejos nossos, em nosso respeito pela tradição e, num grau menor, na indução falha. Às vezes, por sorte, eles são úteis; em geral, porém, nos tornam muito mais obtusos do que seríamos sem eles. Só mesmo um experimento como o que produziu os protocolos (uma pequena seleção dos resultados e não, sob esse aspecto, uma seleção de exemplos extremos) pode convencer qualquer um da extensão da interferência desses dogmas.

Eles interferem de duas maneiras diferentes. Deixando o leitor cego a tudo mais que existe no poema, de modo que, na medida do possível, ele *impõe* ao poema sua preferência – rejeitando poemas, comparativamente não lidos, que não autorizem seu dogma. Em segundo lugar, embaçando e incapacitando-lhe o julgamento. Qualquer teoria geral que possamos ficar tentados a aplicar à poesia e a continuar aplicando deve – a menos que sejamos leitores muito napoleônicos – ser do tipo que disfarce uma grande imprecisão e ambigüidade por trás de uma aparência de simplicidade e precisão. A maioria das palavras-chave sobressai nessa duplicidade, como já vimos com "sentimental" e "sincero". Armados com uma dessas palavras – "sincero" é uma das grandes preferidas em sua condição primitiva não analisada – dispomos o poema diante de nós e aplicamos o teste. Haverá provavelmente de sete a onze sentidos, mais ou menos importantes, todos se confundindo entre as possibilidades da palavra no contexto. A palavra é o ponto de encontro desses sentidos que, sem esse meio comum para dar vazão à expressão, talvez jamais corressem o risco de serem confundidos. Tais palavras como "bacamartes" têm grande abrangência; todavia é muito fácil supor que um único significado inequívoco (embora, naturalmente, "sutil") esteja presente. Palavras como "sinceridade", "verdade", "sentimentalismo", "expressão", "crença", "forma", "significância" e até mesmo "sentido" passam àqueles que nelas confiam a impressão de atingirem o alvo repetidas vezes de um modo quase milagroso. Mas isso só acontece porque em cada caso se dispara uma nuvem de palpites heterogêneos em vez de um único significado, e a pontaria não é mais notável do que o são façanhas semelhantes num Show do Velho Oeste de Búfalo Bill. O que causa surpresa é a ingenuidade dos espectadores e dos artistas, que nesse caso nem chegam a suspeitar de que, com tais palavras, errar completamente é quase impossível. Mas descobrir que bala acertou o quê em qualquer ocorrência não é de modo algum uma tarefa fácil.

O resultado de uma doutrina altamente ambígua, embora aparentemente simples, quando em colaboração com nossa bem determinada capacidade de ler poemas totalmente do nosso jeito, consiste em incapacitar nosso julgamento a ponto de fazê-lo ficar muito abaixo de seu nível normal quando livre de qualquer doutrina. Ou então, para esclarecer melhor o ponto – de um modo que reflete com maior clareza nossas operações mentais – o resultado da doutrina é transformar em julgamento o que era escolha. O julgamento *nessas questões* não é um refinamento da escolha (como acontece em questões jurídicas), mas uma degradação; é um disfarce a impedir e confundir uma atividade de escolha que permanece até o fim como o espírito propulsor por trás de todas as aparências do julgamento.

Todas as doutrinas críticas são tentativas de transformar a escolha em algo que possa parecer uma atividade mais segura – a evidência da leitura e a aplicação de regras e princípios. São uma invasão numa esfera inapropriada daquela transformação moderna, o deslocamento da vontade pela observação e pelo julgamento. Em vez de *decidirmos* que sentimos frio ou calor demais, penduramos um termômetro. Talvez uma atitude sábia, uma vez que nossas sensações nesse caso não são completamente confiáveis desde a invenção do aquecimento central. Já em poesia nossos sentimentos (no sentido amplo que os torna correntes de nossa vontade assim como objetos de introspecção) são no fim tudo o que conta. Não podemos substituí-los por nenhum termômetro poético na forma de qualquer doutrina que seja sem sermos traídos. A única exceção seria alguma doutrina – tal qual a explicação da sinceridade atribuída a Confúcio vista no capítulo precedente – que se limitasse a transformar o discernimento do que é bom numa questão de escolha. Porém, deve ser uma escolha não arbitrária mas essencial, que expresse as necessidades do ser como um todo, não como um sopro aleatório do desejo ou a capacidade obstrutora de algum membro paralisado.

Assim não se pode confiar em nenhuma teoria, nenhuma descrição que não seja intrincada demais para aplicar. Talvez fosse isso que Blake quis dizer quando escreveu que "A virtude reside apenas nos pequenos detalhes". O valor em poesia gira sempre em torno de diferenças e conexões excessivamente pequenas e insignificantes para serem percebidas de forma direta. Só as reconhecemos em seus efeitos. Exatamente como as diferenças de fases através das quais localizamos os sons no espaço são demasiado insignificantes em seus efeitos auditivos para serem discriminadas[4], e contudo através de seus reflexos oculares desempenham perfeitamente sua função; assim as diferenças entre a poesia boa e a poesia ruim podem ser imperceptíveis à atenção direta, embora sejam patentes em seus efeitos sobre o sentimento. A escolha de nossa personalidade total talvez seja nosso único instrumento delicado o suficiente para efetuar a discriminação.

Quando temos o poema, em todos os seus pequenos detalhes, presente em nossas mentes, do modo mais íntimo e pleno que possamos conseguir – não uma descrição geral, mas a própria experiência presente como uma pulsação viva em nossa biografias – nesse caso nossa aceitação ou rejeição deve ser *direta*. Chega um momento em toda crítica em que a escolha pura e simples deve ser feita sem a corroboração de quaisquer argumentos, princípios ou regras gerais. Tudo o que os argumentos e os princípios podem fazer é proteger-nos de impertinências, pistas falsas e preconceitos perturbadores. Eles talvez possam nos lembrar que cada poema tem muito mais aspectos do que os que se apresentam numa determinada ocasião. Podem nos ajudar a fazer com que uma parte maior de nossa personalidade entre em contato com o poema do que aconteceria em outras condições. Certamente podem impedir que julguemos pelo detalhe preterindo o todo. Podem nos proteger contra maus argumentos, mas não podem oferecer argumentos bons. Tão complexa é a poesia. E geralmente se nos surpreendermos, perto do ponto crucial da escolha, procurando ajuda em argumentos, podemos suspeitar de estar no caminho errado. O ponto é crítico também em seu sentido secundário, pois é nesses momentos de pura decisão que a mente é maleável ao máximo e seleciona, na encruzilhada de múltiplas e incessantes mudanças, a direção de seu futuro desenvolvimento.

O ato crítico é o ponto de partida, não a conclusão, de um argumento. A personalidade está equilibrada entre a experiência particular que é o entendimento do poema e toda a estrutura de suas experiências passadas e hábitos mentais desenvolvidos. O que está sendo decidido é se esta nova experiência pode ou não ser acolhida na estrutura com vantagem. A estrutura depois ficaria melhor ou pior? Freqüentemente deve acontecer que a nova modificação da experiência melhoraria a estrutura se pudesse ser acolhida, mas exigiria uma reconstrução excessiva. A tensão, a resistência, é grande demais, e o poema é rejeitado. Às vezes nada essencial na estrutura impede a incorporação do poema. Apenas alguma pequena dobra, torção ou amassado desnecessários, ou alguma inesperada peça de andaime atrapalha, conseqüência de um pensar confuso, não de uma falha ou malformação do eu. Todavia, esses empecilhos podem nos separar daquilo de que mais precisamos. Entre tais acidentes, teorias críticas inadequadas, que retêm o que necessitamos e nos impõem o que é dispensável, ocorrem com demasiada freqüência em nossas mentes.

O próprio crítico, naturalmente, na hora da escolha não tem consciência de nada disso. Pode sentir a tensão. Pode notar as estranhas mudanças de perspectiva emocional – capazes de afetar todos os outros pensamentos – conforme sua mente vai tentando, ora numa ora noutra direção, adequar-se ao poema. Perceberá uma luta obscura à medida que os aliados secretos do poema e seus inimigos manobrarem dentro dele. Quando essas facções internas em conflito não conseguem fugir ao impasse, ou entram numa guerra de desgaste, ele saberá, se for sincero, que qualquer decisão que tomar acerca do poema será apenas um adiamento. Pois não é somente sua opinião sobre ele que não está resolvida, mas também a forma e a ordem de sua própria personalidade. Todavia, fará bem tomando uma decisão temporária e persuadindo-se provisoriamente da excelência ou dos deméritos do poema. Essa experiência muitas vezes agita a disputa interna provocando um movimento sadio. E a opressão que acompanha a aceitação forçada de um poema ruim pode dar aos seus inimigos a oportunidade de uma revolução. Mas quando o conflito se resolve, quando a obstrução cai por terra ou o que estava amassado é alisado, quando um velho hábito que esteve acolhendo um mau poema renasce numa formação nova, ou um novo ramo que cresceu para receber um bom poema desperta para a vida, a mente clareia, e brota uma nova energia. Depois da pausa sobrevém um recolhimento. Depois de nossa rejeição ou aceitação (mesmo de um poema menor) sentimos a sanção e a autoridade do espírito que se realiza.

Isso talvez seja o mesmo que afirmar que um certo tipo de escolha crítica é infalível. Sabemos bem demais o que esperar quando alguém *começa* dizendo: "Naturalmente, somos todos falíveis...". Vamos ouvir alguma afirmação descarada ou coisa assim. O que deveríamos entrever num autor que *termina* anunciando que somos todos infalíveis? Dúvida, presumivelmente; dúvida em todos os sentidos e no mais alto grau.

Gostaria muito de não frustrar essa expectativa. De fato, gostaria de infectar estas últimas páginas, se eu pudesse, com uma cultura de dúvida tão virulenta que todas as certezas *críticas*, exceto uma, secariam nas cabeças de todos os leitores. Pontos de análise não seriam infectados, uma vez que são apenas explorações provisórias de um assunto que futuras investigações penetrarão muito mais fundo. Mas certezas *críticas*, convicções acerca do valor, e dos tipos de valor, dos tipos de poesia, podem sem risco e com vantagem definhar, contanto que permaneça uma firme sensação da importância do ato crítico da escolha, de sua dificuldade, e do exercício supremo de todas as nossas faculdades que o ato impõe. A simples imersão aquiescente na boa poesia nos pode dar, é claro, muita coisa valiosa. A imersão aquiescente em poesia ruim acarreta uma penalidade correlata. Mas os maiores valores só se podem conseguir transformando-se a poesia na ocasião para aquelas significativas decisões da vontade. A sedutora tentação do que é mau e a repugnância secreta ao que é bom são mais fortes do que nós na maioria das leituras de poesia. Só penetrando na poesia muito mais fundo do que em regra tentamos fazer, e reunindo todas as nossas energias em nossa escolha, podemos superar essas traições dentro de nós. Esta é a razão pela qual a boa leitura, no fundo, contém todo o segredo do "bom julgamento".

PARTE IV

Resumo e Recomendações

Mêncio disse: "O filho de K'ung Clan (Confúcio) escalou a pequena Colina Leste e achou que o estado de Lu parecia pequeno; escalou a Grande Montanha e achou que Tudo-sob-o-céu era desprezível. Aquele que contemplou o oceano despreza outras águas; e aquele que entrou pelo portal dos homens iluminados sabe julgar as palavras."

Resumo

O incontrolável mistério sobre o chão brutal.

W. B. YEATS

Restam três tarefas, e essa parte final está conseqüentemente dividida em três pontos. No primeiro, examino o estado atual da cultura, como se manifesta nos protocolos, e algumas conclusões a serem tiradas; no segundo, discuto os serviços que a teoria psicológica pode nos oferecer aqui, seus usos e limitações; no terceiro, trato das medidas práticas que parecem aconselháveis e possíveis. *Não* é inevitável, nem está na natureza das coisas, que a poesia deva parecer algo tão remoto, misterioso e inacessível para uma maioria tão ampla de leitores. As deficiências tão visíveis nos autores dos protocolos (e, se conseguíssemos ser mais francos com nós mesmos, em nossas próprias leituras) não são defeitos inatos e inalteráveis na mente humana normal. Devem-se em grande parte a erros que se podem evitar, e a uma falha do ensino. De fato, será que alguém em algum momento recebe qualquer instrução sobre esse assunto? Mesmo assim, sem exigir mais do homem comum do que aquilo que até um misantropo lhe concede, alguma coisa se pode fazer para tornar mais disponível e atuante a herança espiritual do homem. Embora eu possa causar a impressão de estar, no que segue, empreendendo uma travessia por um terreno com o qual todo professor (e toda pessoa obrigada a um contato estreito com a humanidade) está familiarizado a ponto de perder as esperanças, confio que a última palavra nesse assunto ainda não foi pronunciada. Como aprendemos diariamente em outros campos, uma técnica melhor pode dar resultados que a maioria dos esforços mais dedicados não alcança quando não são bem aplicados. E a técnica da abordagem da poesia ainda não recebeu metade do estudo sério e sistemático que se dedicou à técnica do salto com vara. Se é fácil melhorar o nível geral do desempenho em atividades tão "naturais" como correr ou saltar (para não insistir nos exemplos mais paralelos do alpinismo, pescaria e golfe) simplesmente através de uma pequena investigação cuidadosa dos melhores métodos, certamente há motivos para esperar que a investigação da técnica de leitura possa dar resultados até melhores. Encorajados por essa esperança nada extravagante, vamos tentar ver o que exatamente se requer e o que dentro de nossas limitações podemos fazer.

I

§ 1. A condição dos homens e mulheres que nos forneceram os protocolos foi descrita na Parte I (p. 3). Com raras exceções, são produtos da espécie de educação mais dispendiosa. Gostaria de repetir, enfaticamente, que não há nenhuma razão para imaginar que em alguma parte do mundo qualquer grupo semelhante mostrará uma capacidade superior na leitura de poesia. Alunos e alunas de outras Universidades que se sintam tentados a pensar diferentemente podem ser convidados a apresentar provas coletadas nas mesmas condições. Mas nenhum professor experiente ficará surpreso com qualquer desses protocolos; pelo menos, nenhum professor que tenha evitado transformar seus pupilos em meras caixas de ressonância que refletem suas próprias opiniões. E, sinceramente, quantos de nós estão convencidos, com razão, de que nós próprios teríamos tido um desempenho melhor nessas circunstâncias?

§ 2. *Imaturidade*. – Está claro que as lacunas no preparo desses leitores são muito significativas. Em primeiro lugar pode-se pôr a imaturidade geral dos leitores. Sua média de idade estaria entre dezenove e vinte anos. Contudo, no caso de vários poemas (notadamente *Poemas 1*, *2* e *8*) uma razão importante para opiniões equivocadas parece ser indubitavelmente a falta de experiência em geral. Gostaria muito de poder incluir, na página de rosto, uma boa fotografia do grupo dos autores dos protocolos. Ela poderia nos ajudar a perceber, melhor do que páginas de discussão, a significância concreta de algumas dessas revelações. Estatísticas acerca da proporção de comentaristas que mais tarde serão professores também ajudariam nesta percepção. Todavia, pode-se duvidar que um número razoavelmente elevado dos que demonstraram ser imaturos – não apenas em inteligência mas também no desenvolvimento emocional – esteja destinado a amadurecer muito mais com o passar do tempo. Sob alguns aspectos os anos farão seu trabalho, para melhor e para pior, mas sob outros (Cf. Capítulo 5, p. 219) há pouco motivo para esperar qualquer mudança essencial. Por mais que se tenha a dizer, com base em princípios gerais de antropologia, a favor de um amadurecimento tardio, um sistema educacional e social que estimula uma grande parte de seus produtos mais dotados e favorecidos a permanecer *para sempre* infantil está se expondo ao perigo. A questão é conhecida; simplesmente acrescento meu pequeno testemunho.

§ 3. *Falta de Leitura*. – Examinando os protocolos desenvolvi uma forte suspeita de que as comentaristas tinham um padrão médio de discernimento superior ao dos colegas do sexo masculino. Talvez o fato esteja relacionado ao que acabo de dizer. Geralmente se acredita que, sob muitos aspectos, a moça de dezenove anos esteja mais próxima de seu caráter final definitivo do que o jovem da mesma idade. Uma explicação melhor seria a maior familiaridade com a poesia que a moça média certamente possui. Uma falta de experiência com poesia deve ser colocada ao lado da inexperiência geral de vida nesta lista de deficiências. Um número elevado de comentaristas mostrou claramente (fato já bastante conhecido) que eles não dispunham de quase nenhuma leitura que lhes servisse como experiência e meio de orientação. E aqueles leitores que tentaram usar sua experiência muitas vezes mostraram a ingenuidade de sua visão e a pobreza de sua vivência literária por meio das comparações e identificações apresentadas. Excluída essa larga experiência, fica difícil ver como qualquer leitor, com exceção dos mais dotados, pode evitar de impressionar-se, por exemplo, com uma obra que é meramente um eco enfraquecido de alguma outra. Às vezes poderíamos dizer, então, que é a obra original que indiretamente ocasiona a impressão. Devemos reconhecer que grande parte da admiração, que um leitor melhor e mais experiente pode condenar como demasiado fácil, é simplesmente admiração *faute de mieux*. Também aparece, porém mais raramente, a condição de aguda fome poética. O leitor, que descobriu algum valor na poesia, engole todo poema que pode durante um certo tempo, na esperança de que lhe faça bem e lhe melhore o gosto, mesmo quando realmente não gosta do que lê. Mas não há muito disso em nossos exemplos. Poderíamos seguramente deduzir dos protocolos que a juventude relativamente culta de nossa época dedica uma parte ínfima de seu tempo à poesia.

§ 4. *Interpretação*. – Podemos atribuir em parte a esse fato amplamente reconhecido, embora em parte haja causas mais interessantes, a difundida incapacidade de interpretar o significado, e essa talvez seja a deficiência mais visível em minhas seleções. Mas não são apenas os que têm pouca experiência com poesia que falham nesse ponto. Alguns que dão a impressão de ter tido vasta exposição à leitura parecem fazer pouco ou nenhum esforço para entender ou, pelo menos, permanecem num estranho insucesso. De fato, quanto mais estudarmos o assunto, tanto mais vamos descobrir "um amor pela poesia" acompanhado de uma incapacidade de entendê-la ou interpretá-la. Somos levados a supor que essa interpretação não é um trabalho nem um pouco fácil e "natural" como nos inclinamos a imaginar. É um ofício, no sentido de que a matemática, a culinária e o ofício do sapateiro são ofícios. Pode-se ensinar. E, embora alguns indivíduos talentosos possam ir longe usando apenas a força de sua sagacidade, outros precisam muito de instrução e prática. Os melhores métodos de instrução ainda não foram descobertos. Atualmente, com exceção de exercícios não muito satisfatórios de tradução de outras línguas e de alguns experimentos ainda menos satisfatórios em escrever resumos e paráfrases, essa instrução cessa num estágio muito precoce. Ainda não se fez nenhuma tentativa de ensinar uma técnica geral racional de interpretação. Talvez porque ainda não se tenha percebido suficientemente sua necessidade. Dois problemas para reflexão, sugeridos por essa baixa capacidade de interpretar, podem ser notados. (1) Qual é o valor da poesia para leitores que não conseguem entender o que ela significa? (2) Até onde podemos esperar que esses leitores se mostrem inteligentes, imaginativos e argutos em suas relações íntimas com outros seres humanos? Nenhuma das duas questões pode ser respondida de modo sumário, certamente não a segunda (ver § 10, mais adiante). Mas não resta dúvida de que certas inclinações "sentimentais" à poesia têm pouco valor, ou de que essa reduzida capacidade de interpretar significados complexos e estranhos é uma fonte de infinita perda, para aqueles cujas vidas não precisam ser tacanhamente padronizadas num nível baixo. Se alguma coisa se *pode* fazer, na escola, que já não esteja sendo feita para melhorar a situação, a tentativa valeria muito a pena. Esse defeito em nosso preparo é um ponto tão essencial que deve ser entendido por qualquer estudante de poesia; e é tão esquecido, que eu nem preciso pedir desculpas pelo modo enfático com que trato o que segue.

§ 5. *Respostas de Estoque*. – Intimamente ligada a essa incapacidade de apreender significados incomuns está a fatal facilidade com que significados comuns reaparecem quando não são desejados. Grande importância se deu na Parte III a essa tendência de nossas respostas adquiridas interferirem em situações para as quais não são apropriadas, e resta pouco a acrescentar aqui. Se quisermos uma população fácil de controlar por meio da sugestão, devemos decidir a que repertório de sugestões ela deve ser suscetível e estimular essa tendência, excetuando-se uma minoria. Mas se desejarmos uma civilização elevada e variada, com os riscos que a acompanham, deveremos combater essa forma de inércia mental. Em ambos os casos, uma vez que a maioria dos autores dos protocolos certamente se consideraria como parte dos poucos, e não dos muitos, se fosse proposta tal divisão, será conveniente reconhecermos quanto do valor da existência nos é diariamente subtraído por nossas Respostas de Estoque, por mais necessário que possa ser um substrato de hábitos mentais estáveis e rotineiros.

§ 6. *Preconcepções*. – Como casos especiais da impropriedade dessas respostas adquiridas, certos testes, critérios e pressupostos acerca do que se deve admirar ou desprezar em poesia mostraram seu poder de ocultar o que de fato estava presente. Um pretenso conhecimento de tais critérios às vezes se associa a uma certa tentação, que nunca se esconde muito abaixo da superfície, de ensinar ao poeta seu mister. No entanto, excluindo-se esse motivo, um leitor sério mas menos arrogante, desprovido de quaisquer desses critérios, teorias e princípios, com freqüência se sente lamentavelmente perdido diante de um poema. Um desafio insuperável parece impor-se ao seu eu desprotegido. O desejo de condensar a experiência passada ou invocar uma autoridade firme, na forma de uma máxima crítica, é quase irresistível. Sem *alguns* critérios objetivos, pelos quais se possa testar a poesia, separando-se o bom do ruim, ele se sente como um homem sem amigos, desprovido de armas e abandonado nu à mercê de um animal traiçoeiro. Já concluímos que o animal traiçoeiro estava dentro dele, que as armas críticas – a menos que sejam excessivamente elaboradas para serem usadas – só iriam prejudicá-lo, que sua própria experiência – não como se representa numa fórmula, mas em sua totalidade disponível – era sua única salva-guarda, e que, se ele pudesse depender bastante dela, só poderia beneficiar-se de seu encontro com o poema.

§ 7. *Perplexidade.* – Esse conselho, porém, por mais bem intencionado, talvez só vá complicar ainda mais aquela grande parcela de leitores cuja primeira e última reação à poesia (quase não chega a ser uma resposta) é a perplexidade. Uma insinuação de impotência desesperada ronda os protocolos num grau que minhas seleções não mostram suficientemente. Omiti uma grande quantidade de opiniões em-cima-do-muro. Sem pistas adicionais (autoria, período, escola, a sanção de uma antologia ou a sugestão de um contexto), a tarefa de "tomar uma decisão sobre o poema", ou até mesmo de elaborar algumas opiniões possíveis dentre as quais escolher, foi sentida como algo realmente além de suas forças. A extraordinária variedade de opiniões expostas e o caráter temerário, desesperado, de muitas delas mostram a dificuldade sentida e como a maioria dos leitores estava despreparada para esse encontro com o teste. Certamente deveria ser possível, mesmo sem dedicar mais tempo ou esforços ao ensino do inglês do que se faz hoje em dia, prepará-los melhor e dotá-los de uma segurança mais razoável.

§ 8. *Autoridade.* – Os protocolos mostram, também, como a posição ocupada por poetas famosos, tal qual é aceita e reconhecida pela opinião pública, é necessariamente só uma questão de autoridade. Sem o controle dessa autoridade tradicional e bastante misteriosa, poetas detentores das reputações mais estabelecidas perderiam de forma muito rápida e surpreendente seus lugares na aprovação geral. Essa reflexão, se insistirmos nela, é perturbadora, pois nos levaria a questionar com muito rigor a qualidade da leitura que normalmente concedemos a autores cuja posição e caráter foram determinados oficialmente. Não pode haver muita dúvida de que, quando sabemos que estamos lendo Milton ou Shelley, uma grande parte de nossa aprovação e admiração está sendo atribuída não à poesia mas ao ídolo. De modo oposto, se estivéssemos lendo Ella Wheeler Wilcox sem sabê-lo, grande parte de nossos risos e ares de superioridade poderia facilmente desaparecer. Muito mais do que gostamos de admitir, é da fama do poeta que tiramos uma pista para nossa reação. Quer estejamos de acordo, quer não, a opinião tradicional permeia nossa resposta como um arame sobre o qual uma trepadeira está condicionada. E sem ela não dá para saber a que conclusão não chegaríamos.

A tentativa de ler sem essa orientação cria sobre nós uma pressão a que estamos pouco habituados. Dentro de certos limites, é uma pressão salutar. Ficamos conhecendo a extensão de nossa dívida para com outras mentes que fixaram a tradição, ao mesmo tempo que tomamos consciência dos perigos dela. E descobrimos que espécie de atividade comparativamente relaxada e desatenta constitui nossa leitura comum de poesia consagrada. Mesmo aqueles que conquistaram merecida eminência através de sua capacidade crítica, que condignamente ocuparam Cadeiras de Poesia e desempenharam seu papel na transmissão da tocha da tradição bem organizada, provavelmente iriam admitir no íntimo de seus corações que eles não leram muitos poemas com o cuidado e a atenção que esses itens anônimos exigem nessas circunstâncias. Mas enquanto, por meio dessas reflexões, nos tornamos por um lado leitores mais dispostos a questionar a tradição, por outro lado nos tornamos, mais conscientes de nossa dependência dela.

§ 9. *Variabilidade*. – É interessante observar a ampla variação de qualidade que muitos leitores apresentaram individualmente. Passaram, em poemas contíguos, de um alto nível de discernimento para uma obtusidade relativamente espantosa, e muitas vezes nos obrigaram a considerar com muito cuidado se o que pareceu ser tão estúpido não mascarava uma inesperada profundidade, e se a obtusidade estava realmente onde se esperava que estivesse. São grandes, eu sei, as probabilidades de que eu não tenha superado esse obstáculo. Deixei de ilustrar essas variações, porque esse tipo de estudo de leitores individuais teria conduzido esse livro para muito longe de seu roteiro principal, tornando o que já é uma investigação complexa em algo difícil demais de manejar. Também não tentei investigar com cuidado quaisquer correlações entre a aprovação de um tipo de poema e a desaprovação de outro e assim por diante. Tenho apenas uma forte impressão de que essas correlações seriam difíceis de descobrir; como, de fato, é de se esperar em questões teóricas – tendo-se em vista a complexidade das condições. Já essa variabilidade no discernimento individual foi surpreendente o suficiente para merecer uma observação. Ela traz consigo a confortante lição de que, por mais perplexos que um poema possa nos deixar, ainda podemos ser extraordinariamente perspicazes com outro – talvez com um poema que para a maioria dos leitores seja mais difícil. Algumas dessas irregularidades podem ser atribuídas ao cansaço. Estou inclinado a pensar que quatro poemas são demais para ler numa semana – por mais absurda que essa observação possa parecer àqueles semideuses do mundo dos currículos, que acham que toda a literatura inglesa pode ser compulsada com proveito em mais ou menos um ano!

Além do cansaço, porém, há outras razões muito evidentes para a variação da capacidade crítica. "Formar nossa opinião a respeito de um poema" é o mais delicado de todos os empreendimentos possíveis. Temos de reunir milhões de impulsos fugazes e semidependentes numa estrutura momentânea de fabulosa complexidade, cujo cerne ou germe só nos é dado pelas palavras. O que "inventamos", aquela trêmula ordem momentânea em nossas mentes, está exposto a incontáveis influências despropositadas. A saúde, a concentração, as distrações, a fome e outras tensões instintivas, a própria qualidade do ar que respiramos, a umidade, a luz, tudo nos afeta. Ninguém que seja minimamente sensível ao ritmo, por exemplo, duvidará de que o ruído novo, difuso, quase incessante do burburinho ou ronco do transporte moderno, que substitui o ritmo dos passos humanos ou dos cascos dos cavalos, seja capaz de interferir de muitas maneiras em nossa leitura de versos[1]. Assim não há motivo para surpresa se muitas vezes nos achamos incapacitados a responder à poesia de qualquer maneira cabível e coerente.

O que é na realidade digno de nota é o fato de fingirmos que podemos fazê-lo até normalmente. Deveríamos ser mais prudentes e reconhecer com sinceridade que, quando as pessoas põem poemas em nossas mãos (nos mostram quadros ou tocam música para nós), o que dizemos, em nove casos dentre dez, nada tem a ver com o poema, mas origina-se da cortesia, mau humor ou alguma outra motivação social. Não pode originar-se do poema se o poema ainda não ocupa lugar em nossas mentes, e de fato quase nunca ocupa, em condições de leitura tão públicas e apressadas. Seria excelente se toda crítica furada que nessas ocasiões produzimos fosse universalmente reconhecida pelo que é, um gesto social, "comunhão fática". Contudo, as pessoas para as quais o tom é mais interessante do que o sentido ou o sentimento sempre o tenham tratado como tal, o leitor sincero e inocente é com demasiada facilidade solicitado a esvaziar sua cabeça por qualquer assaltante literário que diz: "Quero sua opinião", e com demasiada facilidade é humilhado porque nada tem a apresentar em tais ocasiões. Talvez sentisse algum consolo se soubesse quantos profissionais fazem questão de carregar consigo algumas notas falsas da moeda corrente, novinhas e brilhantes, o que satisfaz os assaltantes e é tudo o que até mesmo o crítico mais opulento pode oferecer nessas emergências.

§ 10 *Valores Gerais*. – É natural indagar em que medida a insensibilidade, a discriminação falha e a capacidade reduzida de entender poesia implicam uma incapacidade correspondente de apreender e utilizar valores da vida comum. Esta é uma pergunta ampla e embaraçosa a que responderemos de maneiras diferentes conforme a variação de nossa experiência. Duas respostas, porém, com certeza estariam erradas: a opinião de que alguém que é obtuso em relação à poesia *deve* ser obtuso em relação à vida, e a opinião de que a obtusidade em assuntos literários não implica nenhuma inépcia genérica. Sem dúvida até certo ponto a poesia, como as outras artes, é uma disciplina secreta para a qual se requer alguma iniciação. Alguns leitores são dela excluídos simplesmente porque jamais descobriram, e ninguém jamais lhes ensinou, como entrar. A poesia traduz em sua linguagem sensorial especial muito daquilo que na comunicação comum entre as mentes no dia-a-dia é transmitido por gestos, tons de voz e expressão, e um leitor que é muito rápido e esperto nessas questões, por razões meramente técnicas, pode deixar de apreender exatamente as mesmas coisas quando são transmitidas em verso. Ele estará na mesma triste situação dos Bubes de Fernando Po, que precisam ver-se um ao outro antes de poderem entender o que se está dizendo. Por outro lado, às vezes não é difícil durante a leitura dos protocolos distinguir aqueles que estão incapacitados por essa ignorância e *falta de habilidade na leitura* daqueles cujo fracasso tem causas mais profundas. E, além disso, os que têm naturalmente uma bela imaginação e discernimento, que têm uma sensibilidade desenvolvida para os valores da vida, parecem de fato encontrar a senha da poesia com grande facilidade. Pois não existe aquele abismo entre poesia e vida que as pessoas excessivamente literárias às vezes imaginam. Não há um vazio entre nossa vida emocional quotidiana e o material da poesia. A expressão verbal dessa nossa vida, nos seus momentos mais belos, se vê forçada a usar a técnica da poesia; essa é a única diferença essencial. Não podemos evitar o material da poesia. Se não vivermos em consonância com a boa poesia, seremos obrigados a viver em consonância com a poesia ruim. E, de fato, as horas ociosas de muitíssimas vidas estão repletas de devaneios que são simplesmente poesia pessoal de má qualidade. Diante de todas as evidências, não vejo como podemos fugir à conclusão de que uma insensibilidade generalizada à poesia é testemunho de um nível baixo de vida imaginativa em geral. Há outras razões para pensar que esse século não está num ápice cultural, mas sim numa depressão. Não preciso me alongar nelas aqui. Mas a situação parece suficientemente séria a ponto de obrigar-nos a considerar com muito cuidado que influências estão disponíveis como remédios. Quando somos traídos pela natureza e tradição, ou melhor, por nossas condições socioeconômicas contemporâneas, é razoável refletir se não podemos deliberadamente criar um meio artificial de correção.

Pode-se acreditar que as invenções mecânicas, com seus efeitos sociais, e uma difusão demasiado rápida de idéias indigeríveis, estão perturbando no mundo inteiro toda a ordem da mentalidade humana, e que nossas mentes estão assumindo, por assim dizer, uma condição inferior – rala, quebradiça e fragmentada em vez de controlável e coerente. É possível que a carga de informação e consciência que uma mente em desenvolvimento tem hoje de suportar seja exagerada para sua capacidade natural. Se já não for demais, pode logo vir a ser, pois a situação tende a piorar antes de melhorar. Portanto, se houver quaisquer meios pelos quais possamos fortalecer artificialmente nossa capacidade mental de auto-ordenação, devemos nos utilizar deles. E entre todos os meios possíveis, a Poesia, o exclusivo instrumento lingüístico pelo qual nossas mentes ordenaram seus pensamentos, emoções, desejos... no passado, parece ser o mais útil. Tornar acessível essa forma elevadíssima de linguagem pode ser para nós uma questão de alguma urgência, no interesse de nosso padrão de civilização. Desde o princípio, a civilização sempre foi dependente da fala, pois as palavras são nossa principal ligação com o passado e com nossos semelhantes, bem como o canal de nossa herança espiritual. À medida que outros veículos da tradição, a família e a comunidade, por exemplo, se dissolvem, somos obrigados cada vez mais a depender da linguagem.

Todavia, como mostram os protocolos, essa confiança que nela depositamos na atualidade absolutamente não se justifica. Nem um décimo da força da poesia é liberado em benefício de todos; na verdade, nem um milésimo. Ela fracassa, não por falha própria, mas por nossa inépcia como leitores. Será que não existe um meio de dar aos indivíduos "escolarizados" um controle receptivo melhor desses recursos da linguagem?

II

§ 11. *Abuso da Psicologia.* – O psicólogo é suspeito hoje em dia, e com razão, quando aborda esses tópicos. Um estremecimento é a provável e até certo ponto justificada resposta à sugestão de que se poderia convocá-lo para nos ajudar na leitura de poesia. Investigações estatísticas da "eficiência" de diferentes formas de composição, de tipos de imagens, da relativa freqüência de verbos e adjetivos, de laterais, sibilantes e fricativas em vários autores; classificações de "motivos" literários, de "impulsos" que os autores podem empregar; investigações das proporções de "apelo sexual" presente; aferições da "resposta emocional", da "facilidade de integração", do "grau de retenção de efeitos" ou classificações de "associações artisticamente confiáveis"; coisas assim farão qualquer leitor de poesia sentir-se curiosamente desconfortável. E ainda fica pior com o esforço de alguns psicanalistas de elucidar obras-primas que eles estão claramente abordando pela primeira vez e apenas com esse propósito. A poesia já sofreu demais nas mãos de quem está simplesmente procurando algo para investigar e de quem deseja praticar alguma teoria abraçada. Os melhores entre os experimentalistas e analistas devem concordar quanto a isso.

Entre essas duas alas extremas das forças psicológicas existe, porém, o corpo médio comparativamente negligenciado e desconhecido, os psicólogos cautelosos, tradicionais, acadêmicos, semifilosóficos, que vêm tirando proveito das vigorosas manobras das alas avançadas e que agora estão muito mais preparados do que estavam vinte anos atrás para participar na aplicação da ciência. O leitor comum, cujas idéias acerca dos métodos e esforços dos psicólogos derivam mais dos divulgadores de Freud ou dos behavioristas do que dos alunos de Stout ou Ward, talvez necessite de alguma confirmação de que é possível combinar um interesse e uma fé nas investigações psicológicas com uma devida apreciação da complexidade da poesia. Contudo, um psicólogo pertencente a esse corpo principal talvez seja a última pessoa do mundo a subestimar essa complexidade. Infelizmente, a matéria da psicologia – para um centrista – é tão vasta que poucos conseguiram devotar grande atenção à literatura. Esse campo ficou, portanto, um pouco aberto demais a incursões irresponsáveis.

§ 12. *Profanação.* – Se nos propusermos a observar de perto os processos mentais atuantes na leitura de poesia, muitas vezes sentiremos certa relutância ou escrúpulo. "Assassinamos para dissecar", murmurará alguém. Esse preconceito deve ser combatido. Nenhuma dissecação psicológica pode ser prejudicial, exceto para mentes numa condição patológica. O medo de que uma observação excessivamente minuciosa possa ser nociva àquilo que nos é caro é um sinal de interesse fraco ou desequilibrado. Existe uma certa frivolidade das paixões que não implica uma delicadeza maior, uma sensibilidade mais perfeita, mas apenas uma constituição leviana ou frágil. Aqueles que "gostam demais de poesia" para examiná-la de perto estão provavelmente adulando a si mesmos. Podemos imaginar a cena desses delicadinhos explicando suas objeções a Coleridge ou a Schiller.

Deveríamos reconhecer, entretanto, como seria sinistro o panorama se tais escrúpulos se justificassem. Pois não pode haver certeza maior do que essa: com o tempo a psicologia fará uma revisão completa de nossas idéias sobre nós mesmos e nos oferecerá uma explicação muito detalhada de nossas atividades mentais. Não estou preparado para argumentar que a aceitação de idéias impróprias sobre nós mesmos não se mostrará prejudicial. É bem provável que o prejuízo já esteja sendo causado, nos EUA e noutras partes, por cursos elementares de behaviorismo e por uma psicologia excessivamente simplificada de Estímulo-Resposta. Todavia, não é a investigação que é perniciosa, mas a investigação que não vai fundo. Seria melhor, sem dúvida, para as perspectivas imediatas da poesia se nos contentássemos com nossas noções tradicionais em vez de aceitarmos em seu lugar idéias simples demais para demarcar quaisquer distinções importantes – as distinções "espirituais". Mas essa não é a única opção que temos. Uma psicologia naturalista que observe essas distinções mais sutis é possível, embora talvez a civilização deva passar por grandes dificuldades antes que isso aconteça e seja comumente aceito. Watson no lugar da Bíblia, ou no lugar de Confúcio ou Buda, como fonte de nossas concepções fundamentais sobre nós mesmos é uma perspectiva alarmante. Mas a solução de atrasar o relógio é impraticável. Não se pode agora parar a investigação. A única rota possível é apressar, o mais que pudermos, o desenvolvimento de uma psicologia que não ignore nenhum dos fatos e ainda assim não destrua nenhum dos valores que a experiência humana mostrou serem indispensáveis. Uma explicação da poesia será um ponto crucial em tal psicologia.

§ 13. *Discurso Prudente.* – O entendimento do discurso é uma arte que supostamente adquirimos sobretudo à luz da natureza – através da operação de vários instintos – e aperfeiçoamos por meio da prática. Que na maioria dos casos ele permanece de fato muito imperfeito é o principal parecer deste livro. Durante os estágios iniciais da aquisição da linguagem – na infância e nos primeiros anos de escola – é possível que a natureza trabalhe bastante bem, embora as pesquisas de Piaget[2] sugiram que se poderia dar-lhe uma considerável ajuda. Mas depois de certo estágio, quando o indivíduo já se tornou razoavelmente competente, diminui a pressão da necessidade de entender sutilezas cada vez maiores. Erros e falhas já não acarretam tão claramente a penalidade de ser excluído. Como também não são denunciados com tanta facilidade. Uma criança de oito anos de idade é constantemente forçada a sentir que não está entendendo alguma coisa. Aos dezoitos anos talvez entenda mal com a mesma freqüência, mas a ocasião de se testar, que a faz perceber que é isso o que ocorre, raramente se apresenta. A menos que suas companhias ou seus estudos sejam excepcionais, poucas vezes será forçada a enfrentar esses fatos desagradáveis. Pois já terá adquirido habilidade suficiente na reprodução de uma linguagem mais ou menos apropriada para camuflar a maior parte de seus fracassos tanto para o mundo como para si mesma. Ela sabe responder a perguntas de uma forma capaz de convencer a todos, inclusive a si própria, de que as entende bem. Talvez saiba traduzir trechos difíceis dando total impressão de discernimento, escrever ensaios razoáveis e conversar sobre muitos assuntos aparentando grande inteligência. Todavia, apesar dessas aptidões, ela pode estar fazendo, em inúmeros pontos, o que o Sr. Russell certa vez denominou, referindo-se às palavras *número* e *dois*, "um uso puramente prudente da linguagem". Isto é, talvez esteja usando palavras não porque sabe com qualquer precisão o que está querendo dizer, mas porque sabe como são usadas comumente, e faz com elas o que anteriormente ouviu outros fazerem. Prende-as uma a outra numa seqüência adequada, manobra-as com bastante aptidão, produz razoavelmente bem com elas os efeitos pretendidos e, contudo, durante o processo, talvez não tenha mais noção do que está (ou deveria estar) realmente fazendo com elas do que uma telefonista precisa ter a respeito da fiação interna do painel de controle que ela opera com tanta desenvoltura. Talvez esteja simplesmente na condição que Conrad atribuiu àqueles russos que despejam palavras "que às vezes parecem aplicar-se tão bem, como acontece com papagaios muito habilidosos, que a gente não consegue evitar a suspeita de que realmente entendem o que dizem"[3].

Essa acusação poderá parecer menos injustificável se sublinharmos a palavra *realmente*, e se depois nos perguntarmos com que freqüência, até mesmo em nossos momentos mais esclarecidos, mais conscientes e mais vigilantes, estaríamos nós mesmos dispostos a reivindicar esse tipo de entendimento. O entendimento é de maneira muito evidente uma questão de grau, não sendo nunca tão consumado a ponto de não poder melhorar. Tudo o que podemos dizer é que os mestres da vida – os maiores poetas – às vezes parecem mostrar tal entendimento e controle da linguagem que não podemos imaginar uma perfeição maior. E julgadas, não por esse elevado padrão, mas por uma ordem de percepções muito mais humilde, podemos ter certeza de que a maioria das pessoas "bem escolarizadas" continua, nas condições de hoje em dia, muito abaixo do nível de capacidade onde, por convenção social, supostamente se encontram. Quanto aos menos "bem escolarizados" – gênios à parte –, esses habitam no caos.

Poucas mentes sinceras talvez estejam dispostas, em seus foros íntimos, a contestar isso, por mais que os pretextos socialmente impostos possam nos forçar a negar o fato. Mas para sondar as implicações dessa situação precisamos fazer algumas distinções. O que entendemos por "entendimento"? Vários sentidos dessa palavra solta e ambígua pedem nossa atenção.

§ 14. *Entendimento.* – Tomando primeiro o sentido mais primitivo, devemos concordar que, quando não acontece absolutamente mais nada em nossas mentes além da simples percepção do som ou da forma das palavras *como palavras*, nós não as entendemos. Em comparação, quaisquer pensamentos, sentimentos ou impulsos ativados pelas palavras, e aparentemente voltados para algo que elas representam, são um começo de entendimento. Nesse sentido primitivo é possível que um cachorro ou um cavalo venham a "entender" algumas palavras e frases. Numa situação mais desenvolvida, entendemos quando as palavras desencadeiam dentro de nós uma ação ou emoção apropriada à atitude da pessoa que as profere. Os animais atingem também esse nível, e grande parte da conversa que dirigimos aos bebês exige somente esse grau de entendimento. (Esse objetivo – uma mistura de tom e intenção – de algum modo continua talvez em toda a comunicação humana, estendendo-se até às mais elevadas elocuções do filósofo.) Num terceiro nível, o "entendimento" implica algum grau de discriminação intelectual. Exige-se que distingamos o pensamento sugerido pelas palavras de outros pensamentos mais ou menos semelhantes. As palavras podem significar "*Isto*, não *Aquilo*", e a proximidade de *Isto* a *Aquilo* corresponde à precisão do pensamento sugerido.

Aqui nos deparamos com a primeira oportunidade de nos enganarmos quanto à qualidade de nosso entendimento. Pois assim que saímos do campo da ação imediata ou da expressão emocional ingênua, assim que o apontar e tocar, o ver e provar já não podem ser aplicados como um teste de nosso entendimento, temos de recorrer a outras palavras. Se quisermos mostrar a outros que realmente discriminamos o *Isto* do *Aquilo*, nosso único método será produzir alguma descrição de *Isto* e *Aquilo* para tornar clara a diferença. Nesse ponto não é difícil alcançar um uso "puramente prudente" dessas descrições. Ele não precisa fazer-se acompanhar de quaisquer pensamentos precisos sobre *Isto* ou *Aquilo*. Se nos perguntarem: "O que você quer dizer por assim e assado?"– por *entendimento*, por exemplo, podemos geralmente responder apresentando algumas outras palavras que a experiência nos ensinou que podemos usar em seu lugar. Respondemos: "Quero dizer compreensão, captação do sentido, percepção do significado, isso é o que quero dizer", e absolutamente não se conclui que, porque sabemos oferecer essas locuções alternativas, tenhamos quaisquer idéias precisas sobre o assunto. Esse *entendimento de dicionário*, como se poderia chamar, há muito tempo foi reconhecido como um substituto traiçoeiro para tipos mais autênticos de entendimento em estágios elementares de todas as ciências nas quais se exigem definições. Porém, sua operação é muito mais abrangente. Ninguém que tenha experiência com discussão filosófica irá tranqüilamente estabelecer limites para isso, e todos corremos o risco de virar filósofos no momento em que tentamos explicar como usamos as palavras ou como estabelecemos distinções entre nossos pensamentos.

O verdadeiro perigo do *entendimento de dicionário* é que com muita facilidade ele nos impede de perceber as limitações de nosso entendimento; uma desvantagem inseparável da vantagem que nos oferece de ocultá-las de nossos amigos. Uma dissimulação paralela com desvantagens semelhantes está à disposição da outra forma importante de comunicação. Além de conduzir um pensamento bastante preciso, a maior parte da linguagem busca ao mesmo tempo estimular alguma sutileza de sentimento. Como vimos anteriormente, essa função da linguagem falha pelo menos com tanta freqüência quanto a comunicação do sentido. E nossos meios para descobrirmos por nós mesmos se entendemos corretamente esse sentimento são ainda menos satisfatórios do que no caso do pensamento. Em regra, apenas um contato mais íntimo com pessoas que são exigentes sobre esse aspecto pode nos dar o treinamento necessário. Elas devem ser exigentes no sentido de notarem com discriminação que sentimento apreendemos, não, é claro, no sentido de constantemente exigirem de nós certos sentimentos definidos. Muitíssimos de nossos recursos para mostrar sentimentos por meio de palavras são tão grosseiros que facilmente convencemos a nós mesmos e aos outros de que nosso entendimento mais perfeito do que realmente é. A patética necessidade de comunhão de sentimentos por parte da humanidade também alimenta essa ilusão. Assim, o *entendimento de dicionário* é tão traiçoeiro na comunicação do sentido quanto na do sentimento, embora nesse caso haja menos loquacidade.

Considerações semelhantes se aplicam às outras formas de entendimento – a apreensão de tom e intenção[4]. Sutilezas de tom raramente são apreciadas sem alguma formação especial. O dom talvez atinja seus pontos mais altos apenas dentro de certos contextos sociais favoráveis[5]. Da mesma forma, um homem envolvido a vida inteira em negociações intrincadas (e de preferência escusas) com muitíssima facilidade se torna um perito em adivinhar as intenções de outras pessoas. Esperteza e sensibilidade naturais (uma expressão que esconde profundos mistérios) às vezes compensam a ausência dos ambientes particularmente favoráveis.

§ 15. *Confusões.* – Mesmo no caso de um leitor que tenha muita habilidade em todos os quatro tipos de entendimento, ainda há perigos adicionais à espreita. Destaca-se o perigo de confundir uma função de linguagem com outra, de tomar como uma asserção o que é simplesmente a expressão de um sentimento e *vice-versa*, ou de interpretar uma modificação devida ao tom como uma indicação de intenção impertinente. Essas confusões a que todos os textos complexos ou sutis estão muito expostos foi ilustrada e discutida anteriormente. Tão logo se introduzam usos metafóricos ou figurados de discurso, e textos dessa natureza raramente podem evitá-los, esses perigos aumentam muito mais. Conduzi, depois da preparação do corpo deste livro, alguns outros experimentos dedicados à paráfrase de trechos bastante simples de linguagem figurada e semi-alegórica. Corroboram de sobejo o que foi mostrado pelos protocolos aqui transcritos. Não se pode confiar que praticamente trinta por cento de uma turma de universitários deixe de interpretar mal essa linguagem. Os fatos são de tal natureza que apenas professores experientes dariam crédito a uma asserção deles desacompanhada de provas[6]. Espero poder num trabalho futuro apresentar a teoria da interpretação e discuti-la mais a fundo.

A separação e o desenredar das quatro funções da linguagem não é uma questão fácil. Até mesmo mostrar claramente as distinções entre elas – se quisermos ir além do entendimento de dicionário – é uma tarefa difícil. O que é o pensamento? O que é o sentimento? Como vamos poder separar a atitude de um autor para conosco (ou para com um ouvinte hipotético) de sua intenção? E o que é uma atitude? Ou o que é uma intenção? Ser capaz de responder a essas perguntas não é, naturalmente, indispensável para o bom entendimento de uma frase envolvendo as quatro funções. Tudo o que se requer é que a mente de fato receba cada significado cooperante separado, sem confusão. Não é nem mesmo desejável, normalmente, que ela *pense no* sentimento, no tom e na intenção. É suficiente que ela pense no sentido. Os outros significados são mais bem recebidos, quando possível, cada qual em sua maneira mais direta e imediata. Mas quando surge uma dificuldade, o pensamento pode vir em socorro.

§ 16. *Mais Dissecação.* – O pensamento[7], para estabelecer essas distinções de um modo bastante simples, é uma direção do lado receptivo da mente, uma espécie de *apontar* mental voltado para esse ou aquele tipo de objeto. Podemos pensar *por meio de* imagens, palavras ou por meios menos descritíveis, porém o que importa não é o meio e sim o resultado. *Voltamos nossa atenção* para esse ou para aquele lado a fim de perceber ou contemplar alguma coisa. Assim o pensamento implica alguma outra coisa, diferente dele próprio, que é aquilo "em" que se pensa[8] – seu objeto.

Contrastando com isso, um sentimento não implica um objeto. É um estado da mente. Não é necessariamente dirigido "a" alguma coisa nem trata "de" alguma coisa. É verdade que podemos falar de "um sentimento de pena", ou "de raiva", mas esse uso da palavra "de" é nitidamente diverso. Não deveria haver nenhuma confusão, embora às vezes possamos usar a palavra dos dois jeitos ao mesmo tempo, como quando falamos de uma "sensação de azedo". ("Sentimento" também usamos de todos os jeitos. "Sinto frio", "Sinto que você deveria", "Sinto-me em dúvida". É o curinga da linguagem do psicólogo.)

Na medida em que o "sentimento", no sentido que lhe atribuo aqui, pareça ter um objeto, implicar alguma coisa *para a qual* está dirigido, ele adota essa direção a partir de um pensamento que o acompanha ou de uma intenção concomitante. Pois as intenções também têm objetos, embora a relação de uma intenção com seu objeto não seja a mesma que existe entre um pensamento e seu objeto. Uma intenção é uma direção do lado ativo (não do receptivo) da mente. É um fenômeno de desejo, não de conhecimento. Como um pensamento, ela pode ser mais ou menos vaga e está exposta a formas análogas de erro. Exatamente como um pensamento pode estar de fato dirigido para algo diferente daquilo para o qual ele professa estar, assim acontece com uma intenção. Talvez estejamos, de fato, tentando fazer algo diferente daquilo que temos a impressão de estar almejando. (Quero com isso indicar um caso diferente daquela forma comum de erro em que nos persuadimos a nós próprios *pensando* que desejamos alguma coisa que, de fato, absolutamente não desejamos.)

Um sentimento é assim uma coisa inocente e não ardilosa em comparação com pensamentos e intenções. Pode surgir mediante estimulação direta sem a intervenção nem do pensamento nem da intenção. Sons musicais, cores, cheiros, o rangido de uma pena no papel, as peles dos pêssegos, tesouras sendo afiadas, todas essas coisas podem estimular sentimentos sem que nossas mentes sejam conseqüentemente *dirigidas* para coisa alguma. Mas uma atenção e ação incipientes em geral acompanham até a mais leve provocação de sentimento. No entanto, os sentimentos mais elaborados só se desenvolvem em nós através do pensamento e da intenção. O pensamento direciona a mente para certos objetos (no-los apresenta), ou então alguma intenção é fomentada ou frustrada, e surge o sentimento.

Há dois sentidos importantes em que podemos "entender" o sentimento de uma passagem. Simplesmente podemos *experimentar* o mesmo sentimento ou podemos *pensar no* sentimento. Freqüentemente, assistindo a uma peça, por exemplo, pensamos no sentimento dos personagens, mas provamos o sentimento que o todo da ação transmite. É óbvio que podemos cometer erros nas duas formas de entendimento, e isso acontece. Praticamente a mesma coisa se aplica à apreensão do tom, nossa apreciação da atitude do falante para conosco. Sua atitude nos pede uma atitude lisonjeira. Então podemos simplesmente adotar essa atitude ("reconhecendo" assim num sentido sua atitude), ou pensar sobre sua atitude (percebê-la, "reconhecendo-a" assim num sentido totalmente diferente).

Em nosso íntimo, o real despertar tanto do sentimento como da atitude lisonjeira pode se dar diretamente ou através de nossa consciência de sentido ou intenção. Um chimpanzé assustado emite um grito peculiar que imediatamente lança seus companheiros de grupo num estado de alarme solidário. O mesmo acontece também com os seres humanos. A cadência de uma frase pode instigar um sentimento sem quaisquer intermediários. Quanto ao tom, também parece que às vezes o entendemos diretamente. Do ponto de vista biológico, há uma boa razão para esperar que tenhamos essa capacidade. A mesma coisa talvez seja verdadeira nos casos simples de intenção – especialmente intenções que dizem respeito a nós mesmos, mas casos mais complexos requerem (como vimos na Parte III, Capítulo 2) um cuidadoso estudo do sentido, se quisermos evitar erros grotescos. Mas aqui, mais uma vez, "reconhecer" uma intenção não equivale exatamente a pensar nela.

§ 17. *Ordem.* – Inúmeras influências e complicações mútuas entre esses quatro tipos de significado são possíveis e costumam estar presentes naquilo que pode parecer uma observação muito simples. Um entendimento perfeito envolveria não apenas um direcionamento preciso do pensamento, uma evocação correta do sentimento, uma apreensão exata do tom e um reconhecimento apurado da intenção, mas além disso captaria esses significados cooperantes na sua justa ordem e proporção mútua e perceberia – embora não em termos de pensamento explícito – sua interdependência recíproca, suas seqüências e inter-relações.

Pois o valor de uma passagem freqüentemente depende *dessa ordem interna* entre seus significados cooperantes. Se o sentimento, por exemplo, dominar demais o pensamento, ou, noutra situação, se o pensamento controlar demais o sentimento, o resultado pode ser desastroso, mesmo quando pensamento e sentimento são em si mesmos os melhores possíveis. De maneira talvez mais óbvia, um sentimento adequado, apresentado não por si mesmo ou pelo pensamento mas por indevida deferência para com o leitor (tom), ou para lisonjeá-lo (intenção), perderá sua sanção, a menos que o autor salve a situação, seja escondendo muito bem o fato, seja por meio de uma confissão adequada. Mas o tom exato dessa confissão será de capital importância.

Seria tedioso continuar insistindo nesse aspecto do significado sem dar exemplos, e esses ocupariam um número excessivo de páginas. Se uma mente é valiosa, não por possuir idéias sólidas, sentimentos refinados, traquejo social e boas intenções, mas porque essas características se apresentam em suas relações adequadas entre si, deveríamos esperar que essa ordem fosse representada em suas expressões verbais e que o discernimento dessa ordem fosse necessário para o entendimento. Uma vez mais, porém, esse discernimento não equivale uma análise *intelectual* do Significado Total dividido em seus componentes. Ele é uma verdadeira formação, na mente receptiva, de toda uma condição de sentimento e consciência que corresponde, na devida ordem, ao significado original que se está discernindo. Sem algum discernimento, a análise seria simplesmente impossível. Temos agora de considerar se a prática dessa análise poderia talvez levar a um aperfeiçoamento da capacidade de discernir.

III

§ 18. *O Ensino do Inglês*[9]. – Não tenho informação de que qualquer trabalho capaz de testar essa sugestão tenha sido feito. Exercícios de análise gramatical e paráfrase não são os tipos de análises que tenho em vista. E não ouvi falar de nenhum professor de escola secundária que tenha tentado incluir em seu programa uma discussão *sistemática* das formas de significado e da psicologia do entendimento. Encontrei muitos, porém, que estavam dispostos a tratar minha sugestão com desprezo indignado ou sarcástico. "Quê?! Encher as cabeças das crianças com um monte de abstrações?! Já é dificílimo conseguir que captem *um* significado – O SIGNIFICADO –, que dizer de quatro ou dezesseis, ou sei lá quantos! Não iam entender uma palavra do que você estaria dizendo." Essas observações, todavia, me desanimavam menos devido à constatação de que alguns dos falantes estavam exatamente no mesmo caso. No entanto, ainda que algum professor tivesse desejado fazer esse tipo de experiência, fica difícil descobrir onde ele teria conseguido seus instrumentos intelectuais. Por enquanto, nem os críticos nem os psicólogos os forneceram em qualquer forma útil. De fato, o mais estranho a respeito da linguagem, cuja história está cheia de coisas estranhas (e um dos fatos mais estranhos acerca do desenvolvimento humano), é que tão poucas pessoas tenham algum dia sentado para refletir sistematicamente sobre o significado[10]. Pois não se requer nenhuma medida ousada ou original para fazer com que nosso conhecimento desses assuntos avance no mínimo um passo além do estágio onde geralmente estaca. Um pouco de pertinácia, bem como um certo hábito de examinar nossos instrumentos intelectuais e emocionais enquanto os estamos usando, é tudo o que se requer. A partir do ponto de vista assim atingido, seria de se esperar que nossas bibliotecas estivessem cheias de obras sobre a teoria da interpretação, a diagnose de situações lingüísticas, a ambigüidade sistemática e as funções de símbolos complexos; e que houvesse Cadeiras de Teoria do Significado ou de Lingüística Geral em todas as nossas universidades. Todavia, de fato, não existe nenhum tratado respeitável sobre a teoria lingüística da interpretação, e não há ninguém cuja ocupação profissional seja investigar essas questões e conduzir estudos na matéria. Pois os estudos gramaticais não invadem esse tópico. Certamente é de se esperar que uma investigação sistemática dos usos da língua melhore o uso real que dela fazemos no dia-a-dia, pelo menos na mesma medida em que o estudo da fisiologia das plantas pode beneficiar a agricultura; ou a fisiologia humana auxiliar a medicina ou a higiene. Não existe outra atividade humana em que a teoria seja tão reduzida em relação à prática. Até a teoria do futebol tem sido investigada mais a fundo. E se perguntarmos qual é o maior responsável por esse negligenciamento, a resposta provavelmente deva ser "A vaidade". Dificilmente nos persuadimos de que temos muito a aprender a respeito da língua, ou de que nosso entendimento dela é deficiente. E essa ilusão se refaz sempre que é desfeita, se bem que qualquer procedimento educacional eficiente não deveria encontrar nenhuma dificuldade em desfazê-la toda vez que fosse necessário. A primeira condição para melhorar o uso da língua por parte do adulto deve ser abalar esse ridículo exemplo de auto-ilusão.

§ 19. *Sugestões Práticas*. – Quase não há razão para duvidar que se pode conseguir algum progresso nessa direção por meio de experimentos como aquele em que esse livro está baseado. Descobrimos mais rapidamente nossos erros quando são duplicados por nossos semelhantes e ficamos mais preparados para desafiar uma presunção quando é adotada por outro. Mas podemos, antes que seja tarde, tornar a lógica da situação irresistivelmente forte até para os mais convencidos. E quando se promove uma publicidade sistemática desses fenômenos comuns de interpretação errônea que geralmente permanecem tão sutilmente escondidos, a segurança mais sólida sofre abalos. A língua é essencialmente um fenômeno social, e não causa surpresa que o melhor jeito de mostrar sua ação seja através da atividade de um grupo. Talvez a única maneira de mudar nossa atitude para com a língua seja acumular provas suficientes acerca do grau em que ela pode ser mal entendida. Mas não basta acumular provas; também devemos convencer o público para que as acolha. As interpretações absurdas de outros não devem ser vistas como tolices de incompetentes, mas como perigos de que nós mesmos escapamos por um triz, se é que de fato escapamos. Devemos ver nas leituras errôneas de outros a concretização de possibilidades que ameaçaram os estágios iniciais de nossas próprias leituras. A única atitude adequada é olhar para uma leitura bem-sucedida, um entendimento correto, como um triunfo contra a improbabilidade. Devemos deixar de ver uma interpretação errônea como um simples acidente infeliz. Devemos tratá-la como o acontecimento normal e provável.

No entanto, essa atitude desconfiada não nos conduz muito longe no caminho da cura. Devemos, se possível, obter algum poder de diagnose, algum entendimento dos riscos a que se expõem as interpretações e alguma capacidade de detectar o que aconteceu. Este pode parecer um assunto demasiado abstruso e frustrante, bastante ruim para o adulto determinado e fadado ao insucesso como sugestão educacional. A resposta é que os que pensam assim provavelmente esqueceram como qualquer matéria é abstrusa e frustrante – até que seja estudada e até que tenham sido elaborados os melhores métodos de aprendê-la e ensiná-la. Teria parecido totalmente absurdo se alguém no século XVII tivesse sugerido que o Cálculo Diferencial (mesmo com notação melhorada) pudesse ser proveitosamente estudado na escola secundária, e não muito tempo atrás a Biologia Elementar teria parecido uma disciplina muito estranha para ensinar a crianças. Com inúmeros exemplos como esses, deveríamos hesitar antes de decidir que a Teoria da Interpretação, numa forma ligeiramente mais avançada e simplificada (talvez com a ajuda de uma nova notação e nomenclatura), não poderá em breve tomar a dianteira das disciplinas literárias em todas as escolas. Ninguém iria imaginar que a teoria como está exposta nesse livro estivesse pronta, do jeito que está, para aplicação ampla e imediata. Mas, na minha opinião, podemos elaborar uma argumentação muito forte, a favor tanto da necessidade como da possibilidade de providências práticas para aplicá-la. Ninguém que considere os protocolos com cuidado, ou examine sinceramente sua própria capacidade de interpretar uma linguagem complexa, irá, penso eu, negar a necessidade. Quanto à possibilidade, as únicas melhorias no treinamento que se podem sugerir devem basear-se num estudo mais rigoroso do significado e das causas de equívocos desnecessários no entendimento.

Podemos, então, fazer a seguinte recomendação positiva: que uma investigação da linguagem – que já não se confunda com a investigação do gramático no campo da sintaxe e da morfologia lingüística comparativa, nem com os estudos do lógico ou do filólogo – seja reconhecida como um ramo vital de pesquisa, e que já não seja tratada como o campo de interesse típico do amador extravagante.

É possível, porém, ir mais longe sem excesso de precipitação. Por mais incompletas, hipotéticas ou, de fato, especulativas que possamos considerar nossas opiniões atuais sobre a questão, elas são bastante avançadas para justificar algumas aplicações experimentais, se não durante a escola secundária, então certamente na universidade. Se replicarem que não há tempo para uma disciplina adicional, podemos responder questionando o valor do tempo atualmente gasto com leitura extensiva. Uma melhora mínima na capacidade de entender aumentaria tanto o valor desse tempo que parte dele seria trocado com vantagem pelo ensino direto de leitura. Isso se aplica igualmente à literatura como a estudos de economia, psicologia, teoria política, teologia, direito ou filosofia. Pois embora o material trabalhado nesse livro não me tenha permitido demostrá-lo (exceto talvez de maneiras que eu deveria deplorar), o número de leitores que cometem as mesmas asneiras desnecessárias em exposições e argumentações intrincadas é tão elevado quanto o dos que tropeçam em poesia. E aqui um estudo direto de interpretação pode ser igualmente muito útil. O treinamento incidental que cada um supostamente deve receber durante o processo de estudo de outros assuntos é excessivamente fragmentário, acidental e assistemático para servir ao nosso objetivo. Mais cedo ou mais tarde a interpretação deverá ser reconhecida como uma matéria-chave. *Mas apenas o esforço concreto de ensinar essa matéria pode revelar a melhor maneira de ensiná-la.*

Resta ainda acrescentar o seguinte em favor da matéria. Ela de imediato aciona um interesse natural, um primo que pertence àquela família de interesses que controlam os quebra-cabeças de palavras cruzadas, os acrósticos e a ficção policial. E um tipo de curiosidade acerca das palavras e seu significados que as crianças e os selvagens primitivos dividem com filólogos sofisticados (muito diferente de um interesse psicológico pelo problema do significado, com o qual às vezes entra em conflito), também pode ser explorada – com critério. Assim, embora provavelmente fosse mais cauteloso começar com turmas avançadas de universitários, seria precipitado dizer a que distância da Escola Primária deveríamos no fim nos deter.

§ 20. *O Declínio da Fala.* – Minha sugestão é que não basta aprender uma língua (ou várias línguas), da mesma maneira que alguém herda um negócio, mas que devemos, também, aprender como ela funciona. E por "aprender como funciona", *não* quero dizer estudar-lhe as regras de sintaxe ou a gramática, ou divagar por sua lexicografia – duas investigações que até agora desviaram a atenção da questão central[11]. Por "aprender como funciona" quero dizer: estudar os tipos de significado com que a língua trabalha, suas conexões mútuas, suas interferências; em resumo, a psicologia da situação da fala. O paralelismo com o caso de um homem que herda um negócio pode ser levado um pouco mais longe. Algumas gerações atrás, quando os negócios eram mais simples e mais diferenciados, o proprietário podia conduzir um negócio com base em conhecimentos empíricos ou na simples competência rotineira sem se preocupar muito com as condições industriais ou econômicas em geral. Agora não é mais assim. De maneira semelhante, quando o homem vivia em pequenas comunidades, conversando ou lendo, em geral, apenas a respeito de coisas que pertenciam à sua própria cultura, e lidando apenas com idéias e sentimentos conhecidos de seu grupo, o simples aprendizado de sua língua através do intercâmbio com seus semelhantes bastava para lhe dar um bom controle sobre ela. Um controle melhor, tanto como falante quanto como ouvinte, do que aquele que as pessoas, com poucas exceções, podem ostentar hoje em dia. Um declínio aparece em praticamente todos os departamentos da literatura, do épico às efêmeras revistas. As razões mais prováveis disso são o tamanho ampliado de nossas "comunidades" (se ainda se pode chamá-las assim, quando sobra tão pouco em comum), e as misturas culturais que a palavra impressa ocasionou. Nossa leitura e conversa do dia-a-dia lidam agora com fragmentos de dezenas de culturas diferentes. Não estou aqui me referindo às derivações de nossas palavras – elas sempre foram variadas –, mas à maneira pela qual somos forçados a passar de idéias e sentimentos que se formaram na época de Shakespeare ou do Dr. Johnson para idéias e sentimentos da época de Edison ou de Freud, para depois retroceder outra vez. E o que é mais perturbador, nosso modo de lidar com esses materiais varia de uma coluna do jornal para outra, descendo do nível acadêmico para o da empregada doméstica.

O resultado dessa heterogeneidade é que, em todos os tipos de enunciados, nosso desempenho, tanto de falantes (ou escritores) quanto de ouvintes (ou leitores), é pior do que aquele de pessoas que alguns anos atrás dispunham por natureza de semelhante habilidade natural, lazer e reflexão. Pior em todas as quatro funções da língua, menos fiel ao pensamento, menos discriminador com o sentimento, mais grosseiro no tom e mais confusos na intenção. Defendemo-nos do caos que nos ameaça estereotipando e padronizando tanto nossos enunciados quanto nossas interpretações. E essa ameaça, deve-se insistir, só pode aumentar à medida que as comunicações internacionais, através do rádio e de outras formas, forem se aperfeiçoando.

§ 21. *Prosa*. – Se se aceitar esse declínio com sua explicação, e não creio que muitos estudiosos da história da literatura ou da sociologia da atualidade irão negá-lo, a lição é clara. Um esforço mais consciente e deliberado de dominar a língua é imperioso. Sendo que a mera prática nestas condições não é suficiente, devemos procurar ajuda na teoria. Devemos nos conscientizar mais de como funciona a língua de que tanto dependemos. É importante perceber que essas deficiências em nosso uso das palavras prejudicam a prosa exatamente tanto quanto a poesia. A poesia, com seu jeito direto de transmitir sentimentos e com suas maneiras metafóricas, sofre especialmente com certos tipos de entendimento equivocado, mas a prosa de debate, reflexão e pesquisa, a prosa com a qual tentamos lidar intelectualmente com um mundo demasiado confuso, sofre praticamente na mesma proporção devido a outras confusões. Cada palavra abstrata interessante (com exceção das que foram rigidamente afixadas a certos fenômenos pelas ciências empíricas) é inevitavelmente ambígua – e contudo fazemos uso delas diariamente com a patética confiança de crianças. Alguns termos, ao longo dessas páginas, tiveram suas ambigüidades expostas – *significado*, *crença*, *sinceridade*, *sentimentalismo*, *ritmo*, *entendimento* e assim por diante –, mas dezenas de outros que merecem o mesmo tratamento foram usados com aparente inocência, e nenhuma explicação plenamente satisfatória de poesia pode aparecer antes que suas ambigüidades tenham sido reveladas.

Uma técnica de discussão mais ponderada tem, porém, uma importância mais ampla. Nossas opiniões sobre poesia não são de tipo muito diferente de nossas opiniões acerca de muitos outros tópicos; e todas essas opiniões estão sujeitas à ambigüidade. Os métodos que aqui tentei aplicar a questões críticas devem ser aplicados a questões de moral, teoria política, lógica, economia, metafísica, religião e psicologia, tanto para fins de pesquisa quanto na educação superior. Somente comparando-se uma opinião dada ou sua formulação verbal, se se preferir, conforme é aplicada por muitas mentes a muitos assuntos diferentes, temos uma oportunidade de observar-lhe as ambigüidades e analisá-las de modo sistemático. Mas essa é uma oportunidade que não podemos abraçar sem uma boa dose de coragem. O horror à confusão que poderia decorrer se reconhecêssemos e investigássemos a inevitável ambigüidade de praticamente todas as fórmulas verbais constitui-se provavelmente numa forte razão de nossa relutância generalizada em aceitá-la. Pois se trata de uma das verdades mais impopulares que se possam expressar.

Por isso, ocultamos o fato sempre que possível e nos beneficiamos ao máximo daquelas ocasiões em que a ambigüidade de nosso discurso se reduz ao mínimo. Enquanto permanecemos na esfera das coisas que podem ser contadas, pesadas e medidas, ou apontadas, realmente vistas com os olhos ou tocadas com os dedos, tudo vai bem. E além dessa esfera, as coisas que podem ser deduzidas pela observação de coisas mensuráveis e tocáveis, como o físico deduz suas moléculas e átomos, essas coisas se prestam a discussões sem ambigüidade. E ainda numa terceira região, a região da conversação comum com seus significados vagos regidos pelas convenções sociais – conversas sobre esportes, literatura, política, notícias, personalidades e tudo o mais – nós nos saímos discretamente bem, porque nossos significados são tão amplos e vagos que mal podem deixar de se encaixar mutuamente. Mas basta que a conversa se aprofunde (ou degenere, o ponto de vista varia), basta que se faça um esforço para ser preciso – basta que se discuta se fulano é realmente uma pessoa "inteligente" ou "intuitiva", e em que consiste exatamente sua inteligência ou intuição; ou se questione se é realmente "justo" remunerar tipos diferentes de trabalho com salários diferentes; ou se este ou aquele poema é "romântico"; ou se esta ou aquela composição é poesia; ou praticamente qualquer uma das questões discutidas nestas páginas – e outro estado de coisas logo se apresenta. Em breve começamos "a confundir os pontos um do outro", "a deixar de entender as posições um do outro", "a não ver qualquer justificativa para as asserções um do outro", "a nos equivocar quanto aos argumentos um do outro", "a deturpar totalmente questões factuais muito óbvias", "a introduzir sofismas descarados na discussão", "a dizer coisas que ninguém honesto e sensato sequer poderia querer dizer", e a nos comportar de modo geral como uma reunião mista de retardados e moleques. A situação plena, porém, só se desenvolve se formos pessoas sérias, sinceras e pertinazes que estão determinadas a "levar a discussão até o fim" – infelizmente o único fim que tais discussões podem por enquanto atingir.

Geralmente é necessário um certo grau de juventude mental se se quiser aproveitar toda a colheita das incompreensões mútuas. As inteligências mais amadurecidas tendem a recolher-se num estágio inicial da discussão e reservar a declaração mais precisa de suas opiniões para outros momentos. Mesmo então, como, por exemplo, durante uma série de conferências, ou diante das páginas de uma monografia, o irônico estudante de comunicação acha motivo para deliciar-se com seus prazeres pervertidos. Basta que os ouvintes ou os leitores sejam adequadamente questionados, e novamente a velha história tem de ser contada. Não pode haver muitos que já tenham tentado expor, falando ou escrevendo, qualquer assunto genérico com precisão, que não tenham tido amplo ensejo de admitir que a satisfação sentida por dizerem o que tinham a dizer deve ser contrabalançada pelo desgosto de contemplar as outras coisas que supostamente teriam dito.

Se estou superestimando essas dificuldades, faço-o num grau menor do que são habitual e convencionalmente subestimadas. Elas aumentam na proporção em que aumenta nosso esforço visando uma comunicação ampla e precisa, e é realmente necessário encontrar um meio de evitá-las. Escrevi extensamente sobre essa necessidade noutros textos, e não vou me estender mais sobre esse ponto aqui. A saída não consiste em evitar a discussão abstrata ou em relegar essas questões a especialistas, pois são exatamente os especialistas que mais se dão ao luxo de mútuos mal-entendidos (Cf. *The Meaning of Meaning* [O significado do significado], caps. VI e VII). Nem consiste numa definição mais rigorosa de termos capitais e numa adesão mais rígida a eles – essa é a solução "militarista" de um problema causado pelo fato de que as mentes das pessoas não funcionam todas da mesma forma. Fracassa, porque os outros não podem de fato ser tão facilmente persuadidos a adotar nosso ponto de vista. Na pior das hipóteses, dão a *impressão* de fazê-lo. A única saída consiste, realmente, na direção contrária, não numa rigidez maior mas numa flexibilidade maior. A mente capaz de mudar seu ponto de vista e ainda manter sua orientação, que consegue transportar para um conjunto totalmente novo de definições os resultados obtidos através da experiência passada em outros contextos, a mente que sabe rapidamente e sem deformação ou confusão operar as transformações sistemáticas exigidas por tal mudança, essa é a mente do futuro. Pode-se objetar que há muito poucas mentes assim. Mas será que alguma vez tentamos treiná-las? Todo o treinamento lingüístico que recebemos atualmente vai noutra direção, visando a nos equipar com uma ou outra dentre as numerosas estruturas doutrinárias onde aprendemos a encaixar todo o material com que vamos trabalhar.

Essa onipresente ambigüidade dos termos abstratos, quando refletimos sobre ela, bem pode dar a impressão de apresentar dificuldades insuperáveis para a apreensão especulativa do mundo. Mesmo os termos básicos com os quais poderíamos buscar definir e limitar esses equívocos nos denunciam. Pois *mente*, *causa*, *coisa*, *acontecimento*, *tempo*, *espaço* e até mesmo *dado*, todos revelam, sob inspeção, variedades de significados possíveis e reais. À medida que a análise prossegue, qualquer perspectiva intelectual coerente derivará cada vez mais da ordem que soubermos manter entre distinções que se tornam progressivamente mais abstratas e intangíveis, e portanto mais dependentes das palavras. Não é fácil conviver bem com uma perspectiva confusa ou autoconflitante, mas muitas mentes privilegiadas não gozam de boa saúde hoje em dia sem uma visão genérica do mundo.

Esta também, a menos que invoquemos em nosso auxílio a teoria dos significados, é uma condição que mais tende a piorar do que a melhorar, à medida que os conceitos da física e da psicologia de hoje entram na correnteza da especulação geral. Mas certamente na maioria dos tipos de discussão e reflexão, a teoria do significado pode nos ajudar. Mostrando a natureza sistemática de muita ambigüidade ou identificando o processo de abstração, por exemplo, preparando-nos para distinguir entre aqueles enunciados "filosóficos", que são de fato expressões de sentimento, e asserções que se proclamam verdadeiras, e nos acostumando a procurar não um significado mas um número de significados relacionados sempre que nos deparamos com palavras problemáticas. E até mesmo para esse intrigante ramo do estudo da interpretação podem-se projetar exercícios que não sejam demasiado difíceis para aplicar na prática do ensino.

Pode-se pensar que esses equívocos entre abstrações traem apenas os filósofos, amadores ou profissionais, e que, portanto, não têm grande importância. Mas não é assim. Basta somente dar uma olhada em qualquer controvérsia que acontece nas colunas dos leitores de revistas semanais e observar os procedimentos de homens eminentes e inteligentes que lutam, por exemplo, com a distinção entre Prosa e Poesia, ou entre Ritmo e Métrica, para ver claramente que até em discussões simples uma melhor técnica geral para lidar com duas ou mais definições da mesma palavra faz muita falta. Sem uma técnica dessa natureza a confusão, ou na melhor das hipóteses uma perspectiva restrita, é inevitável. O hábito de começar uma exposição com "Poesia *é* assim e assado", em vez de "Estou definindo 'poesia' como sendo 'assim e assado'", constantemente anula até os esforços mais inteligentes e decididos na busca de um entendimento mútuo. Seria interessante saber quantas pessoas que se interessam por essas questões conseguem abrigar em sua cabeça ao mesmo tempo sequer três definições incompatíveis de "poesia". E, no mínimo, três definições seriam necessárias para uma discussão satisfatória das diferenças entre Poesia e Prosa. Todavia, a habilidade de analisá-las e o esforço que se exige da memória para transmiti-las intactas não são mais difíceis do que aqueles envolvidos em aritmética mental. A diferença que todos notamos se baseia no fato de que não recebemos nenhum tratamento sistemático em definição múltipla, e assim a atitude exigida para com as palavras quase nunca se desenvolve. Na melhor das hipóteses, permanece uma atitude provisória, instável, precária, e facilmente sucumbimos à tentação de supor que nosso "adversário" está obviamente errado quando, de fato, ele pode apenas estar momentaneamente usando palavras num sentido diverso do nosso[12]. Aos olhos de uma inteligência perfeitamente emancipada das palavras, a maior parte de nossa discussão se apresentaria como manobras de seres tridimensionais que por algum motivo acreditassem existir em apenas duas dimensões.

§ 22. *Nevoeiro Crítico.* – Em parte por essa razão, nossas atitudes reflexivas atuais em relação à poesia contêm uma porção indevida de perplexidade. Com demasiada freqüência ela é vista como um mistério. Há mistérios bons e ruins; ou melhor, há o mistério e a exploração do mistério. É misterioso o que é inexplicável, ou essencial, na medida em que nossos meios atuais de investigação não conseguem explicá-lo. Existe, porém, uma forma espúria de misteriosidade, que surge apenas porque nossas explicações são confusas ou porque ignoramos a significância do que já entendemos ou lhe fazemos vista grossa. E há muitos que pensam estar servindo à causa da poesia com a exploração dessas dificuldades que cada explicação complexa apresenta. Talvez tenham a impressão de que "explicar" deve ser "achar uma desculpa e encerrar a questão". Mas isso é mostrar pouco respeito pela poesia. Como já não recebemos pela tradição qualquer introdução adequada à poesia, as explicações, quando é possível explicar, são necessárias. Atualmente, os enganos grosseiros de interpretação são os piores inimigos da poesia. E essas confusões têm sido estimuladas por aqueles que gostam de considerar a questão toda, e cada um de seus detalhes, como um mistério incompreensível – porque imaginam que esse seja um modo "poético" de ver a poesia. No entanto, a confusão mental não é algo "poético" em nenhum sentido respeitável, embora um número exagerado de pessoas pareça pensar assim. Podemos distinguir o que se pode explicar acerca da poesia daquilo que não se pode; e em inúmeros pontos uma explicação pode nos ajudar tanto a entender que tipo de coisa é a poesia em geral, quanto a entender trechos específicos. Quanto ao aspecto realmente misterioso da poesia – aquela "tendência da vontade" em virtude da qual escolhemos o que aceitar ou rejeitar – é provável que não nos aproximemos de uma explicação dentro de qualquer período de tempo previsível. E quando o intelecto humano atingir um estágio no qual esse problema se resolva, talvez já não haja necessidade de temer esse ou qualquer outro resultado de investigação. Deveremos então ter aprendido o bastante sobre nossas mentes para fazer com elas o que nos aprouver[13].

§ 23. *Subjetividade.* – Essa distinção entre o que se pode e o que não se pode explicar não equivale exatamente à distinção entre o que se pode e o que não se pode proveitosamente debater na crítica. Uma diferença de opinião ou gosto pode ser causada por um entendimento errôneo do significado de uma passagem – de um dos lados ou de ambos. Mas pode ser causada por uma oposição de temperamentos, por alguma diferença na direção de nossos interesses. Se for assim, talvez a discussão possa esclarecer essa diferença, mas é pouco provável que possa superá-la. Devemos admitir que, quando nossos interesses estão evoluindo em direções opostas, não podemos concordar em nossas escolhas e avaliações finais. A menos que devamos nos tornar padronizados num nível absolutamente indesejável, as diferenças de opinião acerca da poesia devem continuar – diferenças não apenas entre indivíduos, mas também entre fases sucessivas na formação da mesma personalidade. Conforme uma atitude qualquer seja abraçada com autenticidade e entusiasmo, ela inevitavelmente se apresentará como a atitude certa, e a percepção que a acompanha parecerá sagaz, penetrante e iluminadora. Até que, por razões desconhecidas, a mente mude, surpreenda-se com interesses diferentes e uma nova perspectiva. Todo desenvolvimento emocional, numa mente ativa que conserva qualquer lembrança de seu passado, deve parecer um processo abrupto e inconseqüente. O que se pensará ou sentirá no ano próximo parece incerto, pois o que parecia fundamental no ano passado hoje mal parece digno de atenção. Essa não é a descrição de um temperamento neurótico, mas de um indivíduo alerta, que vive e cresce.

No entanto, essa base mutante – porque viva – de todas as respostas literárias *não* nos força, como podem supor alguns derrotistas intelectuais, desorientados pela palavra "subjetivo", a tomar uma posição agnóstica ou indiferentista. Toda resposta é "subjetiva" no sentido de que é um acontecimento psicológico determinado pelas necessidades e recursos de uma mente. Mas isso não implica que uma seja melhor que outra. Também podemos concordar que o que é bom para uma mente pode não o ser para outra numa condição diversa, com outras necessidades e numa situação diferente. Contudo, a questão fundamental dos valores, o que é melhor e o que é pior, nada perde de sua significância. Só a transferimos para um terreno mais iluminado. Em vez de um problema ilusório a respeito de valores supostamente inerentes a poemas que, no fim de contas, são apenas conjuntos de palavras – temos um verdadeiro problema acerca dos valores relativos de estados mentais diferentes, acerca de formas e graus variáveis de ordenação da personalidade. "Se você examinar em profundidade os componentes essenciais finais dessa arte, vai descobrir que o que chamamos de 'a flor' não tem existência independente. Se não fosse pelo espectador que atribui à apresentação mil qualidades, não haveria absolutamente 'flor' alguma. Diz o Sutra: 'O bem e o mal são uma coisa só; a vilania e a honestidade são da mesma espécie'. De fato, que padrão temos nós pelo qual possamos distinguir o bom do mau? Só podemos tomar o que satisfaz a necessidade do momento e chamá-lo de bom."[14] A necessidade de um homem não é a de outro; porém, a questão dos valores ainda persiste. O que tomamos de fato julgamos segundo "a necessidade do momento", mas o valor dessa necessidade momentânea é ele mesmo determinado por seu lugar entre outras necessidades e suas transações com elas. E a ordem e precedência entre nossas necessidades muda constantemente para melhor ou pior.

Nossas idéias tradicionais acerca dos valores da poesia – que nos são passados automaticamente se a poesia for separada da vida, ou se os poemas nos forem apresentados desde o início como sendo bons ou ruins, como "poesia" ou "não-poesia" – desfiguram os fatos e ocasionam dificuldades desnecessárias. É menos importante gostar da "boa" poesia e não gostar da poesia "ruim", do que ser capaz de usar ambas como um meio de ordenar a mente. O que conta é a qualidade da leitura que fazemos da poesia, não a correção com que a classificamos. Pois é perfeitamente possível gostar dos poemas "errados" e não gostar dos "certos" por razões que são excelentes. Nesse ponto nossos métodos educacionais apresentam falhas gritantes, criando uma situação ultrapassada que frustra seu próprio objetivo. Enquanto tivermos a sensação de que o julgamento de poesia é uma provação social e de que nossas respostas verdadeiras a ela podem nos expor ao ridículo, nossos esforços, mesmo depois de passar pelo portal, não nos levarão muito longe. Mas a maioria de nossas respostas não é verdadeira, não é realmente nossa, e nisso justamente consiste o problema.

§ 24. *Humildade.* – Se as amostras de críticas contemporâneas apresentadas na Parte II não tiverem outras serventias, no mínimo nos prestarão o seguinte serviço: que aqueles que as leram com atenção ficarão durante um certo tempo menos impressionáveis diante de julgamentos literários, por maior que seja o vigor e a confiança de sua expressão; serão menos dogmáticos, menos impiedosos, menos sujeitos a opiniões flutuantes. "Não sei como acontece", escreveu Matthew Arnold, "mas seu contato com os antigos a mim me parece produzir, naqueles que o praticam sempre, um efeito estabilizador e organizador sobre seu julgamento, não apenas de obras literárias, mas também de homens e acontecimentos em geral. São como pessoas que passaram por uma experiência muito grave e de forte impacto: estão de um modo mais verdadeiro que os outros sob o império dos fatos e são mais independentes da linguagem empregada entre aqueles com quem convivem". Seria absurdo comparar os efeitos das obras-primas da Antiguidade sobre nossas mentes com aqueles que um exame atento desses fragmentos de opiniões literárias pode produzir. Mas há um aspecto de contrapartida para cada realização humana. E há na história particular de cada opinião, se soubermos examiná-la e compará-la com outras opiniões em que ela por um triz deixou de se transformar, uma fonte de comédia irônica. A confluência de tantos desses riachos poderia muito bem ter um efeito purificador assim como "um efeito estabilizador e organizador sobre nosso julgamento". Poderíamos nos tornar menos suscetíveis a imposições por parte de nossos semelhantes e de nós mesmos.

Precisamos urgentemente de alguma disciplina que nos proteja desses dois perigos. À medida que os aspectos mais belos de nossa tradição emocional forem se afrouxando com a expansão e dissolução de nossas comunidades, e à medida que formos descobrindo a que distância da praia de nossa profundidade intelectual a maré enchente da ciência está nos levando – tão longe que nem mesmo os gigantes ainda conseguem sentir o fundo –, precisaremos cada vez mais de toda disciplina fortalecedora que possa ser criada. Se não quisermos nadar às cegas em cardumes sugeridos pela moda, nem acabar paralisados de medo diante da inconcebível complexidade da existência, precisamos encontrar meios de exercer nosso poder de escolha. A leitura crítica da poesia é uma disciplina árdua; poucos exercícios nos revelam mais claramente as limitações em que nos debatemos, a cada momento. Mas, de igual maneira, fica patente a imensa expansão de nossas capacidades que se segue à convocação de nossos recursos. A lição de toda a crítica é que nada temos em que possamos confiar quando fazemos nossas escolhas, a não ser a nós mesmos. A lição da boa poesia parece ser que, depois de a entendermos, num grau em que conseguimos nos ordenar a nós mesmos, não precisamos de mais nada.

Apêndice A

1. Notas Adicionais sobre o Significado

A Função 2 (sentimento) e a Função 3 (tom) são provavelmente mais primitivas do que a Função 1 (sentido) ou do que as formas mais deliberadas e explícitas da Função 4 (intenção). Em sua origem, a linguagem talvez tenha sido quase puramente *emotiva*; quer dizer, um meio de expressar sentimentos a respeito de situações (o grito diante do perigo), um meio de expressar atitudes interpessoais (arrulhar, rosnar, etc.), e um meio de provocar ação conjunta (observem-se os grunhidos ritmados que um grupo de indivíduos produz enquanto juntos vão puxando algum objeto pesado). Sua utilização como *asserção*, como um meio mais ou menos neutro de representar situações, é provavelmente um desdobramento posterior. Mas esse desdobramento posterior nos é agora mais familiar do que as formas anteriores; e, quando refletimos sobre a linguagem, costumamos tomar essa utilização como se fosse a fundamental. Daí talvez provenha em grande parte nossa dificuldade em distinguir claramente uma das outras. E quando estamos expressando sentimento e tom de modo relativamente puro, geralmente não estamos dispostos a fazer indagações abstratas acerca de nossas utilizações da linguagem. Essa é outra dificuldade.

Se aceitarmos as opiniões recentes de Sir Richard Paget, o sentido (a indicação descritiva de situações) seria de fato muito primitivo no uso da linguagem. Isto é, se supusermos que grande parte do discurso foi desde o princípio um equivalente – por meio de gestos (movimentos) produzidos pelos órgãos da fala – de gestos descritivos anteriores feitos com as mãos. Devemos certamente admitir que os sons e os movimentos de muitas palavras e expressões de fato ainda agora parecem corresponder significativamente ao seu sentido. E essa correspondência provavelmente lhes confere um poder importante de apresentar seu sentido a nossas mentes de modo concreto, de nos apresentar "perceber" o que significam. Essa percepção, todavia, é em grande parte um despertar de sentimentos.

Em muita poesia – como tantas vezes se observou – a linguagem tende a voltar para uma condição mais primitiva: uma palavra como *ferro*, por exemplo, desperta, em poesia, um conjunto de sentimentos em vez de pensamentos sobre as propriedades físicas daquele material, e uma palavra como *espírito* evoca certas atitudes em vez de reflexões ontológicas. Portanto, a Função 1, como a conhecemos em sua forma desenvolvida numa rigorosa discussão em prosa, freqüentemente parece perder a força em poesia. Ou então volta para aquela forma de referência mais vaga que usamos para falar sobre *Isso* ou *Aquilo*, não como objetos detentores de propriedades com as quais, se desafiados, poderíamos defini-los em algum contexto científico, mas como objetos de um tipo que desperta em nós certas atitudes e sentimentos ou objetos que surtem em nós este ou aquele efeito. Essa imprecisão é muitas vezes mal interpretada em poesia, o que se deve à substituição de classificações científicas por classificações emotivas. Utilizamos propriedades exteriores em vez de propriedades interiores – os efeitos produzidos em nós pelos objetos, em vez das qualidades inerentes a eles. Mas essas classificações emotivas são a seu modo muito estritas e definidas. Assim, a incoerência no pensamento poético, embora não se possa demonstrá-la com os mesmos meios com que se demonstra a incoerência numa exposição lógica, pode ser investigada assim que tivermos captado o princípio em ação.

Contudo, o pensamento controlado por classificações emotivas é ainda pensamento, e no caso de palavras usadas dessa maneira a Função 1 (sentido) ainda pode ser dominante, embora não seja a mais óbvia. Situações mais intrigantes se apresentam quando é revogado ou posto em segundo plano todo o aspecto das palavras na função de transmissoras do pensamento. Tomemos primeiro o caso da revogação completa do pensamento. "Como vai?" tal qual se profere em muitíssimas ocasiões é um ótimo exemplo. Deixou de ser uma indagação e tornou-se um ritual social, cuja função é ajustar o tom da conversa entre duas pessoas. Numa escala menor, é uma forma análoga às cerimônias de apaziguamento do espírito com que os japoneses iniciam alguns de seus ritos mais solenes. O mesmo acontece com "Prezado Senhor" e "Atenciosamente". Num grau menor, comentários sobre o tempo e muita conversa sobre as últimas notícias satisfazem a mesma necessidade. Em poesia, a Função 2, mais do que a Função 3, é geralmente responsável por essa revogação, essa redução ao absurdo do que se assemelha a sentido. Os refrões "sem sentido" de muitas baladas são um exemplo óbvio – formas mais sutis de *Hurra!* e *Ai!* É mais normal que o sentido seja *insignificante* em vez de absurdo – de forma que, embora se pudesse atribuir um esquema de significado às palavras, esse não é suficientemente pertinente para fazer com que o esforço valha a pena. Muita letra de música é dessa natureza, o que não significa nenhum demérito.

Em oposição à revogação, a colocação do sentido em segundo plano está quase sempre presente em poesia. O poeta faz uma asserção acerca de alguma coisa, não para que se examine a asserção e se reflita sobre ela, mas para evocar sentimentos, e quando estes são evocados se exaure o uso da asserção. É inútil e descabido tecer maiores considerações sobre ela. Essas são palavras duras para aqueles que têm o hábito de procurar na poesia mensagens inspiradoras, mas esse hábito muitas vezes leva à profanação da poesia.

A freqüente independência da poesia em relação àquilo que ela *diz* (Função 1) aparece claramente em muitas odes, elegias e poemas de exaltação. Talvez muito pouco do que se diz na *Ode to the Pious Memory of an Accomplished Young Lady, Mrs Anne Killigrew* [Ode à piedosa memória de uma jovem perfeita, Sra. Anne Killigrew] de Dryden, seja verdadeiro; talvez o próprio Dryden não tivesse de fato, a respeito dessas perfeições, a mesma opinião que expressou no poema. Talvez Milton não estivesse pensando muito detalhadamente em Edward King quando compôs *Lycidas*. Talvez Burns, quando escreveu *A Fond Kiss* [*Um beijo apaixonado*], estivesse mais do que feliz por separar-se da senhora para quem escreveu o poema. Talvez nem Shelley nem Victor Hugo tenham merecido sequer metade do que Swinburne escreveu a respeito deles. Mas a qualidade boa ou ruim do que foi escrito não é afetada por essas dúvidas. A identidade do destinatário não faz diferença para a poesia *enquanto poesia*. Como biografia ou crítica sua importância seria total. Isso não quer dizer que uma certa dose de conhecimento sobre os destinatários não possa ser *útil* ao leitor para o entendimento do poeta, mas isso não deveria ser usado para condenar ou exaltar o poema. Essas observações se aplicam a alguns dos comentários sobre os *Poemas 9* e *11*.

Tomemos agora o caso oposto – quando a Função 2 está subordinada à Função 1. Sejam lá quais forem os sentimentos admiráveis por sua nobreza, elevação, qualidade moral ou por outro motivo que o poeta possa explicitamente declarar, eles certamente não devem ser tomados *como prova* de sua elevada estatura poética. A recepção do *Poema 1* e alguns comentários sobre os *Poemas 5* e *11* podem nos ajudar a nos proteger desse perigo. É fácil insistir que nossos sentimentos são interessantes, é menos fácil prová-lo. É mais fácil descrevê-los do que apresentá-los. Pois se quisermos apresentá-los, precisamos descobrir uma forma de enunciação natural e nada artificial. Precisamos não apenas declarar nossos sentimentos mas também expressá-los. E o fato de que um poeta os *declare* é por si só quase suspeito – pelo menos isso é o que acontece com grande parte da poesia georgiana do século XVIII do tipo descrição anedótica da natureza. Um poeta que esteja consciente de seus sentimentos, de tal forma que seja capaz de descrevê-los e analisá-los, corre algum risco. Um passo a mais e ele estará mentalmente do avesso, assim como estão muitos emocionalistas intelectuais contemporâneos. Há uma grande diferença entre controlar e transmitir sentimentos e falar a respeito deles.

2. Intenção

Pode-se pensar que a intenção seja uma função mais enigmática do que as outras. Podemos admitir as distinções entre sentido, sentimento e tom, mas consideramos que juntas essas funções cobrem os usos da linguagem e que falar de intenção como uma quarta função adicional é confundir as coisas. *Há* para isso alguma justificativa. Todavia, há numerosos casos, especialmente em peças teatrais e poesia dramática, em ficção de estrutura dramática, em algumas formas de ironia, em textos do tipo policial – seja da ordem de Conan Doyle seja de Henry James – em que essa função adicional pode auxiliar nossa análise. Onde a conjectura, ou o peso do que fica *subentendido*, é a arma do escritor, não parece natural ver o texto à luz do sentido (ou asserção). A pista falsa ou a esperança ilusória talvez não se devam a coisa alguma que o autor disse ou a sentimentos expressos por ele, mas simplesmente à ordem e ao grau de relevância que ele atribuiu às várias partes da composição. E quando houvermos admitido isso, não estaremos longe de admitir que a forma, a construção ou o desenvolvimento de uma obra pode muitas vezes ter uma importância que não se pode reduzir a qualquer combinação de nossas outras três funções. Essa importância é, portanto a intenção do autor.

Há, porém, outra maneira de mostrar como a intenção interfere constantemente. Ela controla as relações das outras três funções entre si. Vimos que para ler poesia com êxito precisamos distinguir constantemente o caso em que o sentido é autônomo do caso em que está dominado pelo sentimento. Às vezes o sentido é o aspecto mais importante num determinado verso, e nossos sentimentos assumem sua própria qualidade a partir desse fato. As estrofes 1-5 do *Poema 9* podem servir de exemplo. O que ali se diz, o sentido, é a fonte do sentimento. Mas com a estrofe 6 tem início a distorção na forma de exagero. O sentimento subordina o sentido para seus próprios fins. A distorção, desde que se perceba de algum modo o que está acontecendo, produz então outras distorções recíprocas do sentimento. Essas alternâncias na precedência de sentido e sentimento em regra são apreendidas de modo automático, por meio de um tato adquirido[1]. Não podemos observá-las explicitamente. Se precisássemos descrevê-las, talvez pudéssemos dizer que uma estrofe era "séria", outra "não muito séria" ou "extravagante". Mas com certeza nós as interpretamos de maneira diferente, e essa variação sutil, extremamente delicada, em nossos modos de interpretar diferentes trechos de poesia é o que espero salientar.

Outro exemplo é proporcionado por aquelas pessoas ilustres que se recusam a deixar qualquer fala de Hamlet ou Lear, por mais "demente" que seja, sem extrair-lhe alguma recôndita implicação filosófica. Qualquer indicação de sentido pode ser comparada a um homem apontando para alguma coisa; e podemos colocar nossa questão perguntando se devemos olhar para o que ele está apontando ou concentrar nossa atenção em seus gestos. Por exemplo, no poema de Pope *Elegy to the Memory of an Unfortunate Lady* [Elegia à memória de uma senhora infeliz], o olhar do poeta está muito claramente voltado para si mesmo e para seu leitor, não para o objeto imaginário, e o leitor deveria acompanhá-lo nesse gesto, caso contrário versos como

Sua alma assim voou para o seu bom lugar,
Não deixou dom algum pra sua raça salvar.

O seio *que aquecia o mundo* é agora frio,

e

Assim, se *o baile guia* a Justiça divina,
Mães e filhos cairão seguindo a mesma sina;
Por toda estrada aguarda súbita vingança,
Freqüentes os caixões levarão a esperança....

iriam certamente produzir efeitos muito diferentes daqueles que Pope queria. Mas os exemplos são infinitos. Nossa passagem do sentido para o sentimento ou *vice-versa*, ou nossa tomada das duas funções simultaneamente, como costumamos ser obrigados a fazer, podem causar uma enorme diferença no efeito, alterando não apenas a estrutura interna do Significado Total, mas até mesmo características aparentemente isoladas, como o som das palavras.

Deste último fato, "vaporoso ar viciado", a tão discutida expressão da última estrofe do *Poema 9*, pode servir como exemplo. O que à primeira leitura talvez pareça uma ocorrência desagradável e afetada de palavras vagas – à medida que a primeira pressão do sentimento sobre o sentido vai relaxando, e se desenvolve o efeito contrário da noção de climas espirituais afetando o sentimento – pode vir a parecer não apenas natural mas até mesmo inevitável como som. Pode ser, todavia, mais óbvio que o *Poema 1* tenha sido interpretado por alguns leitores basicamente em termos de sentido e por outros basicamente em termos de sentimento; e que as divisões de opinião quanto aos méritos do poema também tenham sido determinadas pela interpretação de seu tom. Os protocolos do *Poema 6* oferecem excelente material adicional para acompanhar essas variações. Por ser muito delicado o ajuste entre sentido, tom e sentimento no poema, uma leitura mal feita tem efeitos evidentes sobre a apreensão, tanto do significado quanto da forma.

3. Adjetivos Estéticos

Esses adjetivos estéticos ou "projetáveis" e seus correspondentes substantivos abstratos levantam várias questões extraordinariamente interessantes. Aqui só posso mencioná-las pois mesmo um esboço de uma discussão exigiria um volume inteiro. Na medida em que registram a projeção de um sentimento num objeto, eles desempenham pelo menos uma dupla função e originam uma série sistemática de ambigüidades[2]. Podemos tomar uma palavra como *beleza* seja para representar alguma propriedade (ou conjunto de propriedades) que é inerente ao objeto considerado belo, seja para representar uma classificação emotiva (isto é, incluindo o objeto numa série de coisas que nos afetam de determinado modo); ou ainda para expressar a ocorrência de um certo sentimento no falante. É óbvio que a palavra pode muito bem estar desempenhando as três funções simultaneamente. Qual das três tem a prioridade num caso qualquer depende provavelmente do grau de reflexão e da sofisticação do falante.

Podemos tornar essa situação lingüística mais clara se compararmos três exemplos que mostram diferentes graus de projeção. Tomemos primeiro o adjetivo *agradável*. Poucos sustentariam que todas as coisas agradáveis possuem alguma propriedade peculiar em comum, exceto a de causar (em condições apropriadas) prazer em pessoas apropriadas. A tendência à projeção é neste caso muito leve – embora a forma gramatical a justifique. Todos concordamos que quando dizemos "isto é agradável [*pleasant*]" poderíamos igualmente dizer "isto está agradando [*pleasing*]" (a mim, do jeito que sou, e à gente como eu nestas minhas condições), sem nenhuma consciência de uma mudança de significado. E com igual facilidade concordamos que o que pode ser agradável numa ocasião pode não o ser noutra ou para outra pessoa.

Consideremos agora o adjetivo *bonito* [*pretty*]. Se dissermos que algo ou alguém é bonito, damos a impressão de estar fazendo mais do que simplesmente dizer que somos afetados pela coisa ou pessoa de determinada maneira. Coisas bonitas realmente parecem ter alguma propriedade em comum que talvez lhes seja peculiar, embora seja extremamente difícil descobrir o que possa haver em comum em paisagens, gatinhos, encadernações, gueixas e melodias e em mais nada que não seja bonito. Mais ainda, o que parece bonito em regra continua nos parecendo bonito. Se a coisa permanecer em si a mesma, não há mudanças óbvias nas meras condições externas, desde que ainda possamos estar em contato com ela, que bastem para fazê-la deixar de parecer bonita. Tudo isso mostra que a projeção neste caso é muito mais pronunciada e estável. Apesar disso, se desafiadas, poucas pessoas sustentariam que de fato há uma propriedade ou qualidade objetiva, inerente, a saber, a boniteza, que pertence a certas coisas, totalmente separada de seus efeitos sobre nossas mentes, uma qualidade que, por assim dizer, por si só as *torna* bonitas. A própria terminação -ness [-ade, -eza, -ura] (compare-se *pleasantness* [*agradabilidade*], *prettiness* [*boniteza*], *loveliness* [*beleza*], *ugliness* [*feiúra*], *attractiveness* [*atratividade*]) é, talvez, uma ligeira indicação a mais, na qual porém não se pode confiar, do estágio intermediário em que se fixa a projeção.

Um grau maior de projeção se encontra no adjetivo *belo* [*beautiful*]. Pelos menos metade da literatura sobre estética é uma prova de que achamos extremamente difícil não acreditar que alguma propriedade simples ou complexa não esteja de fato presente em todas as coisas – por mais diferentes que possam ser sob outros aspectos – que nós corretamente chamamos de belas. E costumamos pensar que essa propriedade inerente, a *Beleza*, é independente de quaisquer efeitos sobre nossas mentes ou sobre as mentes de outros e não é afetada por nossas mudanças pessoais. Algo semelhante, embora com alguma diferença ligeira mais curiosa, acontece com *sublime* (*sublimidade*) e *santo* (*santidade*).

Quatro estágios de relativa ingenuidade ou sofisticação podem ser observados em nosso emprego da palavra *beleza*. A visão menos sofisticada supõe que, naturalmente, as coisas são bonitas ou não *em si mesmas*, exatamente como são azuis ou não, quadradas ou não. Uma visão menos ingênua mergulha no extremo oposto e considera a beleza como "totalmente subjetiva", talvez como algo simplesmente equivalente a "agradável aos sentidos superiores". Uma visão ainda mais sofisticada reelabora novamente – em total oposição a essa "visão subjetiva" – uma doutrina de qualidades terciárias objetivas, reais e inerentes, dotando-a de um complexo suporte lógico e filosófico e talvez arriscando alguma fórmula provisória como uma descrição dessa propriedade – "unidade na variedade", "necessidade lógica da estrutura", "proporções de apreensão repousante" e coisas do gênero. Finalmente uma visão talvez ainda mais sofisticada reduz essa fórmula a algo tão vago e genérico que deixa de ser útil como instrumento para investigar diferenças entre o que é considerado belo e o que não é. Por exemplo, se definirmos o *belo*, conforme sugiro que poderíamos fazer para esse nosso objetivo, como "tendo tais propriedades que possam, em condições apropriadas, despertar na mente tendências à auto-realização" (ou algo mais elaborado nessa linha), a *beleza* deixa de ser o nome de qualquer propriedade *verificável* das coisas. É ainda objetiva; é ainda a propriedade em virtude da qual a coisa bela desperta essas tendências. Mas não podemos tomar essas coisas belas e observá-las para ver o que elas têm em comum, pois de fato não precisam ter nada *em comum* (se as condições forem dissimilares) além dessa pura propriedade abstrata de "serem tais de forma a despertar, etc.". Em cada caso haverá uma explicação que se pode oferecer acerca de como a coisa é bela, mas não será possível nenhuma explicação *genérica*. (Veja-se o caso da palavra *amável* [*lovable*]. Em cada caso particular, talvez possamos apontar características que explicam por que uma coisa é amada, mas não podemos dar nenhuma explicação genérica das propriedades comuns e peculiares que todas as coisas amáveis possuem – que todas compartilham e que nada não amável possui.)

Esse último ponto de vista descarta abertamente nossa noção tradicional da Beleza como um augusto princípio corporificado ou um poder inerente a coisas belas, e aqueles que acreditam nisso serão considerados por muitos como excluídos – "por sua estéril argumentação materialista"? – da fonte natural de inspiração. (De igual maneira, supõe-se freqüentemente que aos materialistas está proibido o uso e apreciação de valores espirituais.) Mas esse é o resultado de uma teoria errônea de poesia e de uma confusão da poesia com ciência. Isso nos traz de volta ao ponto onde começamos – o uso da linguagem "projetável".

Quando proferimos a palavra *Beleza* ou quando a lemos, podemos, como já vimos, estar fazendo qualquer um de pelos menos três usos distintos. Podemos estar fazendo uso dela num dos dois tipos de sentidos, ou para expressar um sentimento. Qualquer que seja nossa visão do ponto de vista *filosófico* acerca da natureza da beleza como uma qualidade objetiva inerente ou acerca do processo da projeção, *não* ficamos (este é um fato observado, não uma posição teórica) necessariamente privados de nossa capacidade de usá-la como se representasse essa qualidade objetiva e de usufruir de todas as vantagens que derivam desse uso. É difícil para aqueles que há muito tempo estão acostumados com a idéia da beleza como uma qualidade projetada recordar o calafrio e desalento que se pode sentir ao primeiro contato com essa explicação. Contudo, grande parte da oposição à estética psicológica tem essa origem emocional, e é importante insistir que o primeiro efeito entorpecente se desfaz. (O mesmo vale para aqueles que acham que é mais "poético" considerar a poesia como uma força mística, inexplicável; o sentimento pode ser mantido depois que o obscurantismo for rejeitado.) Mesmo que acreditemos firmemente que não existe nenhuma qualidade genérica chamada "beleza", ainda podemos usar o termo como se ela existisse. Os efeitos sobre nossos sentimentos serão os mesmos, depois que houver passado o choque inicial da operação mental que nos faz reconhecer o fato da projeção. E o mesmo acontece com o resto de nossa linguagem projetável. Felizmente – caso contrário o efeito desta investigação seria não apenas destruir a poesia mas também destroçar toda nossa vida emocional.

Em algumas mentes, talvez se deva temer tal perigo – mentes em que se criou uma dependência excessiva dos sentimentos em relação às idéias, mentes sem suficiente flexibilidade intelectual e sem vínculos com as fontes naturais da emoção e da atitude. Mas esse problema já foi discutido nos Capítulos 5 e 7.

4. Ritmo e Estudo da Versificação

Num recente trabalho de peso (*What is Rhythm?* [*O que é ritmo?*] de E. A. Sonnenschein) recomenda-se a seguinte definição de ritmo:

"O ritmo é aquela propriedade de uma seqüência de acontecimentos no tempo, que produz na mente de um observador a impressão de proporção entre as durações de vários acontecimentos ou grupos de acontecimentos de que se compõe a seqüência." (p. 16)

Pode-se levantar uma séria objeção contra esse tipo de definição. A propriedade assim definida pode não ser absolutamente uma *propriedade interna* da seqüência. A impressão de proporção talvez não se deva a nenhum caráter do objeto que é visto como rítmico, mas a alguma outra causa. Como mostram alguns fenômenos dos sonhos provocados pelo ópio, pelo gás hilariante e pelo haxixe, um único estímulo pode originar uma impressão extremamente definida indefinida de ritmo. E, para tomar um exemplo menos radical, é um fenômeno comum, que sempre se pode notar em conexão com o verso, o fato de o ritmo atribuído à seqüência ser determinado menos pela configuração da seqüência do que por outros fatores externos a ela – em poesia, o significado das palavras. Pode-se admitir que geralmente quando o ritmo é atribuído à seqüência por algum observador, "alguma proporção entre as durações de vários acontecimentos na seqüência" pode ser identificada. Mas é duvidoso, para dizer o mínimo, que o estudo dos detalhes dessa proporção seja muito útil se as "impressões de proporção" que eles produzem são apenas em parte devidas a eles.

O próprio Professor Sonnenschein parece percorrer um certo caminho na direção de admitir isso quando diz (p. 35): "Aquilo que nos interessa em todas as manifestações do ritmo não é tanto um fato físico como um fato psicológico – isto é, a impressão produzida pelo fato físico sobre a mente do homem através dos órgãos dos sentidos". Minha objeção é que ele não torna o fato que nos interessa suficientemente psicológico. Os processos que discutimos no tópico – A Apreensão do Significado – entram, na minha opinião, como fatores importantes na formação da impressão, embora, naturalmente, não a determinem em sua totalidade. A impressão é uma solução conciliatória.

Em todo caso, são certamente as relações do ritmo atribuído ao significado (em suas várias formas) que interessam ao estudioso da poesia, não as características dos ritmos atribuídos num ou noutro sentido. E embora essas relações possam ser sentidas (trata-se, naturalmente, de relações psicológicas, correspondências entre diferentes sistemas de atividade mental) e em toda boa leitura de boa poesia sejam sentidas continuamente, fica difícil ver como qualquer descrição das características dos ritmos, do tipo que os estudiosos da versificação poderiam oferecer, iria ajudar nessa questão. Supor que sempre podemos *observar intelectualmente* a relação de um ritmo com um significado em qualquer exemplo que seja poeticamente interessante, e com o grau de sutileza que se exigiria se nossas observações quisessem ser úteis ou proporcionar uma base para uma generalização científica, é, na minha opinião, ser injustificadamente otimista. Pois além das dificuldades de medir o ritmo atribuído, precisaríamos também medir de alguma forma o significado.

Estudar o ritmo em poesia separadamente do significado, sendo que o significado é sem dúvida o fator de controle na escolha que o poeta faz dos efeitos rítmicos por ele produzidos, parece deste ponto de vista um empreendimento de valor duvidoso. Todavia, certos efeitos *genéricos* do ritmo, mencionados em *Principles* [Princípios], cap. XVII, parecem mececer atenção. E como um meio de indicar a pessoas ausentes como se podem ler certos versos, o estudo da versificação tem uma função óbvia. Mas até isso talvez logo se torne obsoletos graças ao rádio e ao gramofone. E distinguir os diferentes ritmos a serem atribuídos, por exemplo, a diferentes tipos de versos brancos é, naturalmente, uma realização valiosa; mas também se pode questionar se o estudo da versificação possibilitaria essa tarefa a alguém que não soubesse desempenhá-la sem ele (ou utilizando apenas a notação mais óbvia). Se o estudo da versificação é somente um meio de dirigir a atenção do leitor para os aspectos formais do verso, então não resta dúvida de que há muito tempo atingiu um estágio de desenvolvimento suficiente para essa finalidade, e não são necessárias maiores pesquisas. Mas se se deve esperar que seja possível estabelecer alguma correlação, podemos perguntar: "Entre o que deve existir essa correlação e que razões há para esperar que ela exista?" Essa questão parece ter sido estranhamente esquecida, e talvez aqui tenha havido confusão entre os dois sentidos de *lei*. De fato é possível que os estudos tremendamente laboriosos dos pesquisadores modernos da versificação venham com o tempo a ocupar um lugar entre os curiosos exemplos de mau direcionamento da inteligência e da capacidade que a história da ciência exibe com tanta freqüência.

"*Cette page nuira de plus d'une façon au malheureux auteur*", como gostava de dizer Stendhal. Pode, porém, haver outras pessoas que precisem de instrução tanto quanto o autor – instrução acerca do objetivo ou teor exato das labutas de tantos homens ilustres.

5. *Imagens Visuais*

A palavra "visualizar" recebeu uma extensão metafórica de forma que é muitas vezes usada no lugar de "pensar em algo de *qualquer* modo concreto". Não há mal nisso, obviamente, *a menos que* nos leve a supor que não podemos pensar concretamente sem usar imagens visuais ou de outra natureza. Na realidade, porém, para muita gente é possível pensar com o máximo detalhamento e concretude sem contudo fazer uso algum de imagens visuais. Às vezes, no lugar dessas, outras imagens, não visuais, são utilizadas. Muitos acham que estão fazendo uso de imagens visuais quando, de fato, se examinassem a questão com maior rigor, descobririam que imagens cinestésicas de movimentos dos globos oculares tomaram o lugar daquelas. Mas também é possível pensar concretamente sem imagens de qualquer espécie, ou pelo menos (já que esse ponto é questionado) sem imagens que de alguma forma correspondam àquilo em que se está pensando. (Este ponto não é questionado.) As imagens que usamos (se é que usamos imagens) podem ser muito incompletas, vagas e incoerentes, e contudo nosso pensamento pode ser rico, detalhado e coerente[3].

A confusão e o preconceito neste assunto devem-se principalmente a uma idéia demasiado simples do que se requer para a *representação* mental. As imagens, podemos pensar (e tradicionalmente também os psicólogos pensaram assim), devem ser necessárias, se quisermos representar em nossas mentes panoramas ausentes, sons ausentes, etc; porque as imagens são as únicas coisas suficientemente *semelhantes* a panoramas, sons, etc., para poderem representá-los. Mas isso é confundir representação com semelhança. Para que *a* possa representar *A* não é necessário que *a* se pareça com *A* ou que seja uma cópia de *A* sob qualquer aspecto que se queira. Basta que *a* de alguma forma exerça sobre nós o mesmo efeito que *A*. É óbvio que aqui *a* e *A* têm ambos o efeito de nos fazerem produzir o mesmo som quando os lemos em voz alta – e também têm outros efeitos em comum.

Esta é, de modo esquemático, a maneira pela qual as palavras representam as coisas. Para que uma palavra possa representar uma coisa – a palavra *vaca* representa uma vaca – não é necessário que ela evoque uma imagem de uma vaca semelhante a uma vaca; basta que estimule qualquer conjunto considerável daqueles sentimentos, noções, atitudes, tendências à ação e assim por diante, que a percepção real de uma vaca pode estimular[4]. Sem dúvida esse é um sentido mais geral de "representação" que inclui como um caso especial a "representação" no sentido de "ser uma cópia".

As palavras como um todo *agora*, não importa como tenha sido no passado distante, não se assemelham às coisas que representam. Contudo, podem-se observar traços de semelhança – na forma de onomatopéia e, talvez mais importante, de gestos de língua e lábios. Podemos atribuir alguma parte do efeito das palavras em poesia a essas semelhanças, se tomarmos o cuidado de não exagerar. Pois a força evocativa e representativa das palavras lhes advém mais *por não se assemelharem* àquilo que representam do que por se assemelharem. Pela própria razão de uma palavra *não* ser semelhante ao seu significado, ela pode representar uma gama extremamente ampla de coisas diferentes. Ora, uma imagem (na medida em que representa por ser uma cópia) só pode representar coisas que são semelhantes entre si. Uma palavra, por outro lado, pode representar igualmente e ao mesmo tempo coisas diferentes ao extremo. Pode assim efetuar combinações extraordinárias de sentimentos. Uma palavra é um ponto onde muitas influências diferentes podem se cruzar ou se unir. Daí seus perigos em discussões em prosa e sua natureza traiçoeira para descuidados leitores de poesia, mas daí resulta ao mesmo tempo a influência peculiar, meio mágica, das palavras nas mãos de um mestre. Certas conjunções de palavras – em parte por meio de sua história e por meio das colocações de influências emocionais que *por sua própria ambuigüidade* elas efetuam – têm um poder sobre nossas mentes que nenhuma outra coisa pode exercer ou perpetuar.

É fácil ser misterioriso a respeito dessas forças, falar da magia "inexplicável" das palavras e entregar-se a devaneios românticos sobre sua história semântica e seu passado imemorial. Mas é melhor perceber que essas forças podem ser estudadas, e que aquilo de que a crítica mais precisa é menos poetização e mais detalhe na análise e na investigação.

Apêndice B

A popularidade relativa dos poemas

Os números seguintes (dados em percentuais) são apenas estimativas aproximadas, não sendo possível obter nenhuma precisão nestas circunstâncias. Não se deve depositar neles nenhuma confiança e pretendem ser apenas indicadores da votação. Seja como for, uma vez que as razões para gostar ou não dos poemas são variadas, nenhuma estimativa numérica poderia ter grande importância.

		Favorável	*Desfavorável*	*Neutro*
Poema	*1*	45	37	18
"	*2*	51	43	6
"	*3*	30	42	28
"	*4*	53	42	5
"	*5*	52	35	13
"	*6*	31	59	10
"	*7*	54	31	15
"	*8*	19	66	15
"	*9*	48	41	11
"	*10*	37	36	27
"	*11*	31	42	27
"	*12*	44	33	23
"	*13*	5	92	3

Apêndice C

Autoria dos poemas

Aconselha-se ao leitor que não tome conhecimento do conteúdo deste Apêndice antes que a Parte II tenha sido estudada. Para ajudá-lo a evitar uma leitura acidental, esse Apêndice foi impresso de trás para a frente. Pode ser lido sem dificuldades num espelho.

Poema 1. Extraído de *Festus*, de PHILIP JAMES BAILEY (1816-1902). Publicado em 1839.

Poema 2. *Spring Quiet* [Quietude primaveril] (1847), de CHRISTINA ROSSETTI (1830-1894). A palavra "go" (como terceira palavra do terceiro verso) foi acidentalmente omitida na versão entregue aos autores dos protocolos.

Poema 3. JOHN DONNE (1537-1631) *Holy Sonnets* [Sonetos sacros] VII. Provavelmente composto em 1618. Adotou-se a ortografia moderna no interesse do experimento.

Poema 4. Extraído de *More Rough Rhymes of a Padre* [Mais Rimas Toscas de um Padre], do rev. G. A. STUDDERT KENNEDY ("Woodbine Willie"). Publicado por Hodder & Stoughton.

Uma referência à guerra no primeiro verso da segunda estrofe, que no original reza:—

"Mas há o inverno da guerra no anoitecer,"

foi camuflada por mim, e uma quinta estrofe foi omitida. Sou imensamente grato ao autor, que escreveu: "O senhor pode usar qualquer um de meus poemas para qualquer finalidade que lhe agrade. As críticas a eles não poderiam ser mais adversas e cruéis do que as minhas próprias."

Poema 5. Extraído de *The Harp-Weaver* [O tecelão da harpa] (1924), de EDNA ST VINCENT MILLAY. Com permissão de Harper & Brothers.

Poema 6. *Spring and Fall, to a young child* [Primavera e outono, para uma criança pequena] (1880) de GERARD MANLEY HOPKINS (1845-1889). Com permissão do Sr. Humphrey Milford.

Poema 7. *The Temple* [O templo] extraído de *Parentalia and other Poems* [Parentália e outros poemas], de J. D. C. PELLEW. O autor escreveu em resposta à minha solicitação para usar o poema: "É agradável saber que estou sendo útil à causa da ciência!" Com permissão do Sr. Humphrey Milford.

Poema 8. *Piano*, de D. H. LAWRENCE. Extraído de *Collected Poems* [Poemas coligidos] (1928). Com permissão do Sr. Martin Secker.

Poema 9. *For the Eightieth Birthday of George Meredith* [Para o octogésimo aniversário de George Meredith], por ALFRED NOYES. Extraí a versão que usei da antologia *Shorter Lyrics of the Twentieth Century* [Líricas mais breves do século vinte] (1900-1922), selecionadas pelo Sr. W. H. Davies. A versão final (v. p. 113) foi publicada por Wm. Blackwood & Sons.

Poema 10. De G. H. LUCE, em *Cambridge Poetry, an Anthology* [Poesia de Cambridge, uma antologia] (1900-1913). Publicada por W. Heffer & Sons.

Poema 11. *George Meredith* (1828-1909), de THOMAS HARDY. Com permissão de Macmillan & Co.

Poema 12. Extraído de *Ivory Palaces* [Palácios de marfim] (1925), de WILFRED ROWLAND CHILDE. Publicado por Kegan Paul & Co.

Poema 13. *In the Churchyard at Cambridge* [No cemitério de Cambridge], de HENRY WADSWORTH LONGFELLOW. Cambridge, Massachusetts, é óbvio.

Notas

PARTE I

1. Todavia, algumas pitadas do método clínico não são totalmente inadequadas nestas páginas, mesmo que seja apenas para reagir contra as descabidas tendências da área. Se não, vejamos: aqui estão nossos amigos e vizinhos – e por que não nossos irmãos e irmãs – apanhados num momento de despreocupação, entregando-se a si mesmos e sua reputação literária com uma liberdade sem igual. Trata-se realmente de um espetáculo que dá o que pensar, mas que, como certas cenas de hospital, serve muito para redimensionar proporções e para nos fazer lembrar como é a humanidade, por trás de seus disfarces e fingimentos.

2. Vamos encontrar nos protocolos muitos exemplos vivos de famosas doutrinas críticas que hoje são vistas como simples opiniões curiosas há muito extintas.

3. Uma estranha luz é, por sinal, lançada sobre as fontes da popularidade da poesia. Na verdade não escondo um receio de que meus esforços possam resultar em ajuda para poetas jovens (e outros) que desejam aumentar suas vendas. Um conjunto de fórmulas de "apelo de alcance nacional" parece ser uma conseqüência perfeitamente possível.

PARTE II

1. Esta numeração dos protocolos foi introduzida basicamente para facilitar as referências. Mas o sistema decimal me permite que também a use para sugerir certos agrupamentos. O número anterior ao ponto decimal (1. até

13.) indica o poema que está sendo discutido. O primeiro número seguinte ao ponto sugere, quando permanece o mesmo para um certo número de extratos, que o mesmo problema geral, a mesma abordagem ou ponto de vista estão sendo ilustrados. Assim 1.11, 1.12, 1.13... têm alguma correlação entre si, ao passo que a partir de 1.2 começa um tópico geral diferente. O mesmo acontece com as casas decimais subseqüentes. Por exemplo, 1.141, 1.142... podem ser observados de maneira especial em conjunto com 1.14, pois todos tratam de modos diversos dos mesmos pontos secundários. (Nesse caso, das qualidades métricas do trecho.)

Mas não procurei tornar essa numeração rigorosamente sistemática. Está sendo usada como uma indicação aproximada dos momentos em que passamos para uma nova questão; trata-se de um mero suplemento à paragrafação, e qualquer leitor pode ignorá-lo se preferir.

A menos que seja expressamente declarado, um número diferente indica um comentarista diferente.

2. Os itálicos são sempre meus e foram introduzidos não para distorcer os protocolos (o leitor vai se acostumar com eles) mas para direcionar mais facilmente a atenção do leitor para os pontos aos quais se volta meu comentário em dado momento – ou para indicar onde as comparações podem ser interessantes.

3. Não posso me pavonear de que meu acume literário seja o único responsável por essa observação. Tenho outras evidências.

Poema 8

4. Uma experiência muito simples resolve estas questões. "Tingling" ["zunido"] é, naturalmente, a vibração. A nitidez da memória do poeta é notável.

Poema 10

5. Tudo indica que o autor de 10.1 é americano. Por isso ele interpreta *cornfield* como *plantação de milho*. Para os americanos *corn* é milho; para os ingleses é trigo. O autor do *Poema 10* é inglês (N. do T.).

Poema 13

6. A claridade deixa as janelas,
Morrem rainhas jovens e belas.
O pó fechou os olhos de Helena.

PARTE III

Capítulo 1

1. Passivos apenas em termos relativos ou técnicos, fato que nossos protocolos nos ajudarão a não esquecer. A recepção (ou interpretação) de um significado é uma atividade que pode perder-se pelo caminho; de fato, há sempre um certo grau de perda e distorção na transmissão. Para uma explicação do "entendimento" ver Parte IV, § 13.

2. Como "Sentimento" agrupo por comodidade todo o aspecto volitivo-afetivo da vida – emoções, atitudes emocionais, vontade, desejo, prazer-desprazer e o resto. "Sentimento" é abreviação para qualquer uma dessas coisas ou para todas elas.

3. Fica claro que esta função não está exatamente no mesmo nível das outras. Ver Parte IV, § 16 e Apêndice A, onde se tenta avançar a discussão dessas quatro funções.

4. O ponto delicado é, naturalmente, a implicação de que o falante crê nos "fatos" – não apenas como poderosos argumentos mas *como fatos*. "Crença" aqui tem a ver com a Função 2 e, como sugerem tais exemplos, é também uma palavra com vários significados, pelo menos tantos quantos se prendem à palavra "amor", que é até certo ponto análoga. Alguma distinção e discussão desses termos, além do que se tentou no Capítulo 7 mais adiante, é algo muito desejável, e espero explorar esse assunto num trabalho futuro.

5. Ver *The Meaning of Meaning* [O significado do significado], Suplemento I, § IV.

6. Não estou presumindo que o poeta tenha consciência de qualquer distinção entre seus meios e seus fins. (Compare-se com a nota 1 do Capítulo. 2, abaixo.)

Capítulo 2

1. Para simplificar, escrevo como se o poeta estivesse consciente de seus objetivos e métodos. Mas, naturalmente, muitas vezes não está. Talvez seja ele totalmente incapaz de explicar o que está fazendo, e não quero insinuar que necessariamente saiba alguma coisa sobre isso. Essa ressalva, que poderá se repetir, irá, espero, me defender da acusação de uma concepção muito crua da composição poética. Os poetas variam imensamente em sua consciência tanto de sua técnica interna como do resultado preciso que se esforçam por conseguir.

2. Devo pedir desculpas pelo trabalho braçal que essas referências impõem. Tentei espaçar esses acessos de viração de páginas da maneira mais conveniente possível, com longos intervalos de repouso. A alternativa de reimprimir todos os protocolos citados mostrou outras desvantagens. Para mencionar apenas uma – o custo do livro teria subido consideravelmente.

3. Não é injusto, penso eu, arrolar esse harpista ausente entre as imperfeições do trecho, porque o mar tem aqui de tocar a si mesmo. Cf. Swinburne, *The Garden of Cymodoce* [O jardim de cimodócea], estr. 8, v. 3:

   Sim claramente esse mar qual harpista pôs sua mão sobre a areia qual lira.

4. Veja-se Wordsworth sobre os efeitos do laço entre o Bebê e sua Mãe.

   Para ele, numa Presença amada, existe
   Uma virtude que irradia e exalta
   Objetos pelo mais amplo intercâmbio sensual
   Ele não sendo nenhum proscrito, aturdido e deprimido
   Ao longo de suas veias infantis se entrelaçam
   A gravidade e o vínculo filial
   Da natureza que o conecta com o mundo.
   The Prelude, Bk II.

   Uma conseqüência disso é que por uns sete anos todos os objetos são vistos mais como se estivessem vivos do que de outra maneira. O conceito de "inanimado" se desenvolve mais tarde. Cf. Piaget, *The Language and Thought of the Child.* [A linguagem e o pensamento da criança].

5. Não, porém, de visualização. Ver Capítulo 5 e Apêndice A.

6. Espero que entendam que com isso me refiro a todo o estado da mente, à condição mental, que noutro sentido *é* o poema. Aproximadamente é o conjunto de impulsos que na origem formou o poema, que lhe deu expressão e que, num leitor idealmente suscetível, lhe daria de novo origem. Essa definição, naturalmente, exigiria detalhamentos, se rigorosa precisão fosse necessária, mas aqui isso pode bastar. Não me refiro com seu "objetivo" a quaisquer intenções ou esperanças do poeta, de natureza sociológica, estética, comercial ou propagandística.

7. Esse foi o calamitoso, embora nobre, erro de Ruskin. Vejam-se suas observações sobre a Antropopatia (*Modern Painters* [Pintores modernos], Vol. III, pt. 4). Ele é injusto, por exemplo, com Pope, porque não vê que a poesia pode ter outros objetivos além da clareza de pensamento e força do sentimento.

Capítulo 3

1. "Tom" num sentido aqui totalmente diferente, é claro; mas esta descrição das qualidades dos sons dos versos nos permite deduzir diferenças na maneira de o leitor sentir que a palavra lhe está sendo dirigida.

2. Aqui se deve distinguir a originalidade do pensamento e a da expressão. "As quatro estrofes que começam em *Yet e' en these bones*, são originais a meu ver: nunca vi essas idéias em qualquer outro lugar; contudo, quem as ler aqui se convencerá de que sempre as sentiu." O Dr. Johnson talvez esteja certo ao dizer isso, mas acho difícil não acreditar que as idéias dessas quatro estrofes não sejam conhecidas de muitos que não leram a *Elegia* nem as receberam dos que a leram.

3. A menos que suponhamos que o poeta não esteja nos aprostrofando, mas sim nos convidando a ficar ao seu lado e discursar com ele para a multidão. O tom em Swinburne às vezes desaparece por completo; ele não tem boas ou más maneiras, mas simplesmente não tem maneiras. Esse traço, talvez aristocrático, em parte desculpa sua prolixidade, por exemplo.

4. Sobre os aspectos semânticos disso tudo pode-se proveitosamente consultar Owen Barfield, *History in English Words* [História nas palavras do inglês]. Sua *Poetic Diction* [Dicção poética] é menos satisfatória, devido a uma infeliz tentativa de elaborar uma explicação filosófica do significado – uma explicação que embaça a distinção entre pensamento e sentimento e reduz o multifacetado tema do Significado a um assunto de um único aspecto, especificamente, a semântica.

5. Se refletirmos, por exemplo, sobre as fórmulas emotivas das liturgias de várias religiões, não poderemos subestimar a importância deste tópico.

6. Ver Apêndice A, Nota 3. Como a maioria dos adjetivos projetáveis, é aplicado a coisas muito diversas por pessoas diversas.

7. Esses tipos de situações não são mutuamente exclusivos. A mesma palavra pode originar simultaneamente situações dos Tipos 1 e 2. Freqüentemente não sabemos dizer qual dos dois, sentido ou sentimento, é o parceiro dominante, sendo as duas visões possíveis. O dilema pode ser um tributo ao nosso *insight* em vez de um sinal de sua deficiência, pois as duas visões podem ser verdadeiras.

8. Essa investigação não será tanto uma questão de semântica (embora a semântica obviamente forneça informações inestimáveis), como de um estudo comparado dos recursos (diretos e indiretos) disponíveis em diferentes línguas e períodos com objetivos psicológicos.

9. Derivados logicamente, não gramaticalmente, é óbvio.

10. Ver Apêndice A, Nota 3.

11. Algumas explicações adicionais dessa distinção podem ser encontradas em *Principles*, p. 240, e em *The Meaning of Meaning*, Cap. VI.

Capítulo 4

1. Estou aqui usando a palvra "ritmo" no sentido muito amplo de uma configuração repetitiva, isto é, um conjunto de grupos de tal natureza que vários grupos constituintes são semelhantes uns aos outros, embora não necessariamente exatamente similares. Noutro texto (em *Principles of Literary Criticism* [Princípios de crítica literária], Cap. XVII) usei a palavra num sentido totalmente diverso, isto é, para indicar a dependência de uma parte em relação a outra num todo que se origina da expectativa e previsão. Esse não é, talvez, o uso mais natural da palavra, mas essa dependência é, na minha opinião, o que está na cabeça de muita gente que discute, por exemplo, o ritmo da prosa, o ritmo de quadros ou o ritmo do golfe; sendo assim, o uso se justifica. O sentido empregado aqui, por outro lado, nos permite falar dos movimentos dos planetas como sendo rítmicos, independentemente da mente que os observa.

2. Naturalmente, não uma semelhança de ritmo simples, direta; mas alguma ordem ou regularidade, alguma propriedade peculiar pertinente.

3. Ver Apêndice A, Nota 4.

4. Projetados no sentido de que nosso prazer é projetado quando descrevemos alguém como "agradável" ["pleasant"] (que se deve distinguir de "que agrada" ["pleasing"]) ou feio (que se deve distinguir de "que causa repulsa"). Ver Apêndice A, Nota 3. Uma indicação clara da ocorrência dessa projeção na apreensão do ritmo é o fato de que podemos oferecer vários ritmos alternativos para uma série simples de estímulos, tal como a batida de um metrônomo ou o tique-taque de um relógio. Muitos outros fatos de experimento e observação poderiam ser aduzidos para reforçar esta conclusão.

5. Tenho consicência de que todos esses experimentos são invalidados pelo fato de que se introduzem *algumas* diferenças no som das vogais e das consoantes, e assim o equilíbrio do ritmo inerente fica até certo ponto perturbado; mas mesmo não sendo convincentes, esses experimentos me parecem instrutivos.

6. Muito lamentavelmente a maioria dos discos de gramofone até agora disponíveis devem ser descritos como extremamente ruins em ambos os sen-

tidos. Justificariam numa criança sensível uma aversão permanente à poesia. E crianças menos sensíveis podem adquirir hábitos de "sentimentalização", "emocionalidade" e exagero, muito difíceis de curar. Alguns dos discos do Sr. Drinkwater, por outro lado, apontam numa direção melhor e merecem uma menção honrosa.

7. Em parte porque movimentos dos órgãos da fala (com suas imagens musculares e tácteis) fazem parte do som atribuído às palavras tanto quanto as próprias imagens e sensações auditivas.

Capítulo 5

1. Segundo o *Webster's Third New International Dictionary*, a palavra "bardo" designa "o estado intermediário ou astral da alma após a morte e antes do renascimento" (N. do T.).

2. Ver W. Y. Evans Wentz, *The Tibetan Book of the Dead* [O livro tibetano dos mortos], p. 202.

3. Quero lembrar ao leitor que, aqui e em outros pontos em que uso a palavra "significado", refiro-me a todos os quatro tipos de significado discutidos no Capítulo 1.

4. Tal comparação não é uma introdução de um padrão externo: é simplesmente um meio de realçar com maior clareza uma característica dos poemas que poderia passar despercebida.

5. Não precisamos discutir aqui se o representante mental é uma imagem – mais ou menos semelhante ao objeto representado – ou uma palavra, ou alguma outra espécie de evento misterioso da mente. Em regra, trata-se provavelmente deste último caso. As opiniões do autor sobre esses assuntos poderão ser encontradas em *The Meaning of Meaning* [O significado do significado], e, mais resumidamente, em *Principles of Literary Criticism* [Princípios de crítica literária]. Ver também Apêndice A, Nota 5.

6. Se indagarmos por que a experiência passada de alguém deveria ser-lhe menos disponível do que a experiência de outrem, e assim ser-lhe menos útil na orientação de seus desejos e pensamentos, a resposta deve ser dada em termos de inibições. Ver Capítulo 6.

7. Cf. os versos de abertura da Parte II do *Ensaio sobre a crítica*, de Pope:

> De tudo aquilo que conspira pra cegar
> Nosso falho juízo e a mente desviar,
> O que a cabeça fraca à força enche e enviesa;

É o orgulho, o vício do bobo que se preza.
O que de bom a natureza lhe negou
Em grandes doses de orgulho compensou!
No corpo e na alma descobrimos um portento:
Se falta sangue ou falta vida, sobra vento...
Desconfia de ti; para saberes quem és,
Usa o teu inimigo – e o amigo talvez.

O último dístico talvez possa ser tomado para mostrar um aspecto do benefício que se pode extrair do estudo dos protocolos.

8. Compare-se Seami Motokiyo sobre um dos "segredos" da peça Nô: "A 'flor' consiste em obrigar a platéia a sentir uma emoção que não se esperava." Waley, *The Nô Plays of Japan* [As peças Nô do Japão], p. 47.

9.
Toda beleza, todo ouro, tudo
Espera igual a hora inevitável.

Entre a resposta de estoque a esses versos que se poderiam interpretar como "Que triste!' e a resposta de Gautama Buda, há evidentemente espaço para muitas outras respostas, algumas estocadas e outras não.

Capítulo 6

1. Não, naturalmente, um excesso no sentimento atribuído à garota, mas um excesso da emoção solidária do autor ou de nossa emoção solidária.
2. Pode-se também sugerir que a frase "minha vida morreu" seja um provável eco de *A Forsaken Garden* [Um jardim abandonado] de Swinburne.
3. Não estou recomendando proximidade, concretude e coerência como remédios específicos para a prevenção do sentimentalismo. Tudo depende do que é trazido para perto, o que é concreto e o que é coerente.

Capítulo 7

1. Não estou acusando esses autores de poesia doutrinária no sentido estrito de versos cujo único objetivo é ensinar. Mas que um corpo de doutrina é apresentado em cada um desses poetas, até mesmo em Virgílio, dificilmente passará despercebido aos olhos de qualquer leitor.
2. Uma discussão suplementar e mais completa de toda essa questão pode ser encontrada em *Principles of Literary Criticism* [Princípios de crítica literária], Caps. XXXII-XXXV, cujas dificuldades, que aqui devem ser preteridas, são tratadas em detalhe.

3. Introspectivamente essa atribuição de pesos parece um sentimento de confiança – ou confiabilidade. Nós "tomamos o partido" da crença intelectualmente, e embora por tradição a crença tenha sido discutida junto com o julgamento, ela está, como apontou William James, mais aliada à escolha.

4. Emprego "necessidade" neste caso para representar qualquer desequilíbrio mental ou físico, uma tendência, dentro de condições adequadas, para um movimento na direção de um estado final de equilíbrio. Um pêndulo em oscilação pode assim ser descrito como sendo movido por uma necessidade de alcançar o estado de repouso, e constantemente exagerando seus movimentos na direção desse fim. Somos muito mais parecidos com pêndulos do que imaginamos, embora com certeza nossas oscilações sejam infinitamente mais intrincadas.

5. Discuti extensamente esse perigo em *Science and Poetry* [Ciência e poesia]. Há razão para pensar que a poesia muitas vezes resultou da fusão (ou confusão) entre as duas formas de crença, sendo a fronteira entre o que é e o que não é intelectualmente garantido definida com nitidez menor em séculos passados e *definida de outra maneira*. O padrão de *verificação* usado na ciência da atualidade é comparativamente novo. Conforme a visão científica do mundo (incluindo nossa própria natureza) for se desenvolvendo, seremos provavelmente forçados a fazer uma divisão entre fato e ficção que, se não for abordada com uma dupla teoria de crença dentro das linhas sugeridas acima, poderá ser fatal não apenas para a poesia mas para todas as nossas respostas mais espirituais, mais refinadas. Esse é o problema.

6. O exemplo mais importante desse divórcio que a história nos fornece é a atitude de Confúcio em relação à adoração dos ancestrais. Seguem-se as observações de seu principal tradutor para o inglês, James Legge, sobre o assunto. "Não se deve supor que eu queira apoiar ou defender a prática de oferecer sacrifícios aos mortos. Meu objetivo tem sido mostrar como Confúcio reconheceu essa prática, sem admitir a fé da qual deve ter-se originado, e como ele a impôs como uma questão de forma ou cerimônia. Vincula-se assim à mais séria acusação que se pode levantar contra ele – a acusação de insinceridade", *The Chinese Classics* [Os clássicos chineses], Vol. I, Prolegômenos, Cap. V, p. 100. Em que medida Legge estava qualificado a interpretar a doutrina da sinceridade de Confúcio talvez se possa adivinhar a partir desta passagem.

7. Como se poderia esperar, nenhuma tradução que seja em si uma recomendação está disponível. Aqueles que não dispõem da edição de Legge de *The Chinese Classics* [Os clássicos chineses], Vol. I, podem consultar a

tradução de L. A. Lyall and King Chien Kün, *The Chung Yung or The Centre, the Common* [O Chung Yung ou o centro, o comum] (Longmans), muito literal, mas talvez ligeiramente temperada com um sabor de Y. M. C. A. [Associação Cristã de Moços]. Aqui o que por outros é traduzido como "sinceridade" ou "unicidade" aparece como "ser verdadeiro" e "sendo verdadeiro".

8. Fiz em várias outras ocasiões esforços prolongados e determinados para mostrar os tipos de ordem mental a que estou me referindo (*The Foundations of Aesthetics* [Os fundamentos da estética], § XIV; *Principles of Literary Criticism* [Princípios de crítica literária], Cap. XXII; *Science and Poetry* [Ciência e poesia], § II), mas sem conseguir me livrar de certos grandes mal-entendidos de que eu esperava ter-me resguardado. Assim o Sr. Eliot, resenhando *Science and Poetry* na revista *The Dial*, descreve minha ordem ideal como "Eficiência, um sistema mental de armários de aço marca Roneo que funciona à perfeição" e o Sr. Read desempenhando um serviço similar em relação a *Principles* [Princípios] na revista *The Criterion*, deu a impressão de entender que, onde eu falava da "organização de impulsos", me referia àquele tipo de planejamento e organização deliberados que os administradores de uma boa ferrovia ou uma grande loja devem pôr em prática. Mas "organização" para mim representava aquele tipo de interdependência das partes a que nos referimos quando falamos de coisas vivas como "organismos"; e a "ordem" que eu julgo ser tão importante não é arrumação. Os nomes ilustres citados nesta nota de rodapé protegerão o leitor contra a sensação de que estas explicações insultam sua inteligência. Uma boa noção sobre algumas das possibilidades de ordem e desordem no âmbito da mente pode-se conseguir em *Conditioned Reflexes* [Reflexos condicionados] de Pavlov.

9. Saber se podemos proveitosamente postular um desequilíbrio primário em certas formas de matéria para as quais o aparecimento de substâncias vivas e seu desenvolvimento em formas cada vez mais complexas numa linha direta até Shakespeare corresponderia, por assim dizer, às oscilações do pêndulo "tentando" alcançar novamente o repouso, é uma especulação que talvez tenha apenas o valor de um passatempo. A grande dificuldade seria superar a separação das funções reprodutivas, mas esta é uma dificuldade para qualquer cosmólogo.

10. Mas veja-se *Chung Yung*, I, 2. "A senda não pode ser abandonada nem por um instante. Se pudesse ser abandonada, não seria a senda." Talvez possamos nos livrar dessa dificuldade admitindo que todas as atividades mentais são, até certo ponto, a operação da tendência de que estivemos

falando. Assim todas são a Senda. Mas a Senda pode ser obstruída, e pode apresentar desvios. "A regulamentação da (boa manutenção da) senda é a instrução" (*Chung Yung*, I, 1).

Capítulo 8

1. *Analects* [Analectos], XVII, 9.

   As Odes: uma compilação organizada e editada pelo próprio Confúcio, de forma que é compreensível o tom choroso do filósofo.
   Observação: que seja usada para os fins da autocontemplação (Legge). Muito verdadeiro e em mais de um sentido.
   Sociável: já não é verdadeiro na Inglaterra, nitidamente nos EUA.
   Para estimular a indignação: indignação virtuosa (Jennings); para controlar sentimentos de mágoa (Legge); *possumus jure indignari* (Zottoli). Todas estas interpretações também parecem justificadas por nossos protocolos.
   Deveres remotos e próximos: cf. *Treasure Island* [Ilha do tesouro]: "Dever é dever," diz o Capitão Smollett, e ele está certo. "É bom você ficar longe do Capitão."
   Pássaros: especialmente dignos de nota tendo-se em vista a poesia inglesa do século XX. E certamente deveríamos acrescentar os peixes.

2. Ver *Principles* [Princípios], Caps. II, X, XVIII, no qual discutem as confusões responsáveis por tais doutrinas. A distinção entre meios e fins não está, é óbvio, normalmente clara para o poeta durante o ato da composição, ou para o leitor no ápice de sua leitura. Mas, quando o leitor tenta discutir o poema, deveria pelo menos procurar estabelecer a distinção.

3. Alguém poderia pensar que, com base naquilo que eu mesmo apresentei no capítulo anterior, deveria ser aberta uma exceção para a sinceridade. Mas é apenas no sentido conjectural confuciano que poderíamos tomar a sinceridade como um critério de excelência em poesia; e sobre isso veja p. 272 adiante. Alguns tipos de insinceridade talvez sejam indícios *negativos* úteis.

4. Ver Piéron, *Thought and the Brain* [O pensamento e o cérebro], Parte II, Cap. iv.

PARTE IV

1. O Sr. T. S. Eliot, observador mais qualificado do que ninguém, sugeriu que o motor de combustão interna pode já ter alterado nossa percepção de ritmos. (Prefácio a *Savonarola*, por Charlotte Eliot.)

2. *The Language and the Thought of the Child* [A linguagem e o pensamento da criança].

3. *Under Western Eyes* [Sob o olhar do Ocidente], p. 3.

4. Contudo, outros sentidos de "entendimento" podem, naturalmente, ser imaginados – um sentido em que "entendimento" está em contraste com "conhecimento", por exemplo. Mas aqui estou ansioso por manter um tratamento tão simples e inespeculativo quanto possível.

5. Como exemplo, observe-se o desenvolvimento social de Julien em *Le Rouge et le Noir*.

6. Mas quando a raiz e o talo (em nossas escolas maternais, escolas preparatórias e escolas públicas) são como sabemos que são, deveríamos ficar surpresos com o fato de a flor e a copa serem imperfeitas?

7. Essas definições são simplesmente as que me parecem mais adequadas para meu objetivo aqui. Como todas as definições similares, não podem ser nem certas nem erradas, porém são todas mais ou menos úteis. Não são idênticas às que eu usaria com outros objetivos, e de fato usei noutros textos. Tudo o que se requer é que sejam inteligíveis e correspondam aos fatos da natureza para os quais se deve dirigir a atenção.

8. O tipo de relação aqui representado pela palavra "em" é discutido extensivamente em *The Meaning of Meaning* [O significado do significado], segunda edição, cap. III, e em *Principles of Literary Criticism* [Princípios de crítica literária], pp. 85-91. Ver também Apêndice A, Nota 5.

9. Aqueles que desejam familiarizar-se com os métodos empregados nas escolas dificilmente poderiam fazer coisa melhor opção do que a de consultar o Relatório da Comissão Departamental nomeada pelo Presidente do Departamento de Educação sobre a posição do inglês no sistema educacional da Inglaterra, intitulado *O Ensino do Inglês na Inglaterra* (Gabinete do Almoxarifado de Sua Majestade, 1921, 1 xelim e 6 pence); e o *Memorandum sobre o Ensino do Inglês*, publicado pela Associação Incorporada dos Mestres Assistentes das Escolas Secundárias (Cambridge University Press, 1927, 3 xelins e 6 pence). Mas de modo algum se deveria subestimar a obra *Inglês para os Ingleses* do Sr. George Sampson. Diz algumas coisas simples, de maneira simples, com emoção e objetividade.

10. Cf. *The Meaning of Meaning* [O significado do significado], cap. II, no qual se apresentam provas para mostrar que a razão de nossa relutância em investigar a língua muito de perto jaz nas profundezas das crenças primitivas da raça.

11. Não há intenção aqui de diminuir a importância da gramática, que hoje em dia já não é superestimada pelos professores, mas sim de insistir que a gramática não cobre toda a questão da interpretação.

12. Isso não significa que o erro não ocorra com freqüência. Mas precisamos saber o que se está dizendo antes que possamos condená-lo como erro.

13. É instrutivo conjecturar quais seriam os principais interesses dessa mente flexível ao infinito. Sendo ela, por hipótese, capaz de tornar-se qualquer tipo de mente que quisesse, a questão "Que tipo de mente devo escolher para mim?" se transformaria numa questão experimental; e o processo de levantamento e comparação das possibilidades de experiência a partir de todas as diferentes "personalidades" cabíveis (talvez com graus variados de predomínio dos componentes intelectuais, emocionais e ativos, e com diferentes graus de projeção, autoconsciência, etc.) ocuparia muita atenção. Nossas atividades críticas de hoje estariam para aquelas de uma mente semelhante como os conceitos físicos e a técnica experimental de um Aristóteles estão para aqueles de um Eddington. Ainda estamos longe de uma Teoria Geral da Relatividade Crítica, mas pelo menos estamos chegando ao ponto de em breve sabermos o quanto necessitaremos de uma teoria assim.

14. Seami Motokiyo (1363-1444 d.C.). Citado por Waley, *The Nô Plays of Japan* [As peças Nô do Japão], p. 22.

Apêndice A

1. Ou, como diriam alguns, usando uma palavra que atualmente em relação a esse assunto tem apenas um valor ofuscante, "instintivamente".

2. Daqui nascem aquelas dificuldades especiais numa discussão identificadas *The Meaning of Meaning* [O significado do significado] (Cap. VI) como sendo causadas pelo Subterfúgio Utraquista.

3. Asserções dogmáticas no sentido contrário são comuns. "Assim, ao se ler poesia uma das primeiras necessidades é visualizar, ver claramente cada quadro como é apresentado pelo poeta. Sem visualizar as palavras do poeta, o leitor em nenhum sentido tem diante de si o que tinha o poeta no momento em que escreveu. Ele também não pode em nenhum sentido pleno compartilhar sua emoção." J. G. Jennings *Metaphor in Poetry* [Metáfora em poesia], p. 82. A intenção do autor neste caso é excelente, devemos ler poesia com receptividade, mas seu conhecimento de psicologia é insuficiente.

4. O sentido mais fundamental de representação (ou significado) é, na minha opinião, diferente deste, que, todavia, pode servir bastante bem para colocar o caso contra a teoria representacional da cópia. (É contra o princípio de Wittgenstein, por exemplo.) O que foi apresentado acima é, aproximadamente, a visão de representação do Sr. Bertrand Russell (1921). *The Analysis of the Mind* [A análise da mente], pp. 210, 244. Minha visão pessoal é que uma palavra representa uma coisa, não por ter efeitos semelhantes à coisa, mas por ter coisas daquela espécie entre suas causas. Em suma, a visão dele era em termos de "eficácia causal", a minha em termos de origem causal. Em seu *Outline of Philosophy* [Esboço de Filosofia] (1927), porém, o Sr. Russell funde as duas teorias (p. 56) com uma distinção entre significado *ativo*, o de um homem proferindo a palavra, e significado *passivo*, o de um homem ouvindo a palavra. Ele sugere que eu e o Sr. Ogden, ao escrevermos *The Meaning of Meaning* [O significado do significado], ignoramos o significado passivo. Acho que isso é um mal-entendido, mas realmente consideramos o significado ativo o mais fundamental dos dois, uma vez que explica muita coisa do significado passivo e porque sua consideração joga mais luz sobre o surgimento e desenvolvimento da linguagem. Por sinal, não podemos aceitar o resumo que o Sr. Russell faz de nossa posição: "Ela afirma que uma palavra e seu significado têm as mesmas causas." Ela afirma, ao contrário, que o significado é a causa da palavra, num sentido não muito comum de "causa". (Cf. *The Meaning of Meaning*, segunda edição, p. 55.) As duas explicações não são necessariamente incompatíveis. Produzem, porém, duas espécies diferentes de significado e distingui-las pode ocasionalmente ser muito importante.

Índice onomástico

Aristóteles, 10, 203, 335.
Arnold, Matthew, 51, 306.

Bain, A., 237.
Bergson, 235, 245.
Blake, 158, 250, 255, 272.
Blood, B. P., 11.
Bradley, A. C., 180.
Brooke, Rupert, 69, 74.
Browne, Sir Thomas, 84.
Browning, 23, 24, 61, 69, 74, 81, 84, 144.
Burns, 56, 309.
Butler, Bishop, 147.
Butler, Samuel, 160.
Byron, 238, 241.

Carroll, Lewis, 135.
Coleridge, 189, 254, 288.
Confúcio, 259, 261, 263, 265, 272, 289, 331, 333.
Conrad, 290.
Cowper, 169.
Dante, 213.

Donne, 249, 250, 251, 254.
Doyle, Conan, 310.
Drinkwater, 74.
Dryden, 17, 147, 169, 196, 255, 309.

Eddington, 211, 355.
Edison, 299.
Eliot, T. S., 332, 333.
Ésquilo, 249.
Eurípides, 249.
Evans Wentz, W. Y., 329.

Freud, 39, 195, 288, 299.

Galileu, 104, 270.
Gautama Buda, 289, 330.
Gray, 196, 233, 243, 255.
Grenfell, Julian, 24.

Hadow, Sir H., 100.
Hardy, 83, 233, 249.
Hemans, Sra., 160.
Hobbes, 173.
Homero, 250.
Hopkins, G. M., 265.
Housman, A. F., 54, 137.
Hugo, Victor, 26, 309.
Hutchinson, A. S. M., 84.
Huxley, Aldous, 84.

Ibsen, 84.

James, Henry, 310.
James, William, 331.
Jennings, J. G., 331, 335.
Johnson, Dr., 121, 147, 233, 299, 327.

Keats, 26, 64, 65, 80, 119, 120, 169, 221, 255.
King Chien-Kün, 260, 332.
Kipling, 116, 138.

Lamartine, 56.
Landor, 255.
Lawrence, D. H., 107, 109.
Legge, James, 331, 333.

Longfellow, 160, 162.
Lucrécio, 249.
Lyall, L. A., 260, 332.
Lynd, Robert, 24.

Mackail, 180.
Marvell, 60, 74.
Miltor, 45, 68, 102, 129, 144, 216, 217, 284.
Nashe, 162.

Ogden, C. K., 336.

Paget, Sir Richard, 307.
Patmore Coventry, 143.
Pavlov, 332.
Piaget, .326.
Pierce, C. S., 249.
Pieron, 333.
Pope, 169, 311, 326, 329.

Read, Herbert, 332.
Rossetti, Christina, 143.
Rossetti, D. G., 64.
Rousseau, 258.
Ruskin, 326.
Russell, Bertrand, 236, 289, 336.

Sampson, G., 334.
Schiller, 288.
Seami Motokiyo, 330, 335.
Shakespeare, 3, 24, 26, 40, 74, 151, 200, 255, 299, 332.
Shelley, 24, 53, 115, 133, 135, 137, 138, 141, 150, 169, 186, 191, 197, 221, 249, 255, 284, 309.
Sonnenschein, E. A., 315.
Southcott, Joanna, 163, 221.
Spencer, Stanley, 45.
Spinoza, 252.
Stendhal, 150, 316.
Stevenson, R. L., 138, 333.
Stout, 288.
Swinburne 60, 104, 152, 185, 186, 187, 197, 244, 309, 326, 327, 330.

Turner, 130.

Vigney, Alfred de, 90.
Virgílio, 249, 330.

Wagner, 149.
Waley, Arthur, 330, 335.
Ward, 288.
Watson, 289.
Wilcox, Ella Wheeler, 3, 167, 196, 284.
Wittgenstein, 336.
Wordsworth, 22, 24, 56, 74, 95, 133, 138, 144, 152, 169, 191, 239, 255, 265, 236.

Zola, 241.

IMPRESSÃO E ACABAMENTO

YANGRAF

TEL/FAX.: (011) 218-1788
RUA: COM. GIL PINHEIRO 137